Eve Lambert ist das Pseudonym einer erfolgreichen deutschen Autorin. Genau wie ihrer Titelheldin Jackie Dupont wurde ihr das Reisen in die Wiege gelegt: 1979 im Tessin geboren wuchs sie in Hamburg, Italien und Großbritannien auf. Heute lebt sie wieder in Hamburg. Wenn sie nicht gerade schreibt, arbeitet sie als Gästeführerin und begleitet Touristen aus aller Welt durch die Hansestadt.

Außerdem von Eve Lambert lieferbar:

Die Tote mit dem Diamantcollier. Ein Fall für Jackie Dupont

Besuchen Sie uns auf www.penguin-verlag.de und Facebook.

EVE LAMBERT

MORD BEIM DIAMANTEN-DINNER

Ein Fall für Jackie Dupont

Sollte diese Publikation Links auf Webseiten Dritter enthalten,
so übernehmen wir für deren Inhalte keine Haftung,
da wir uns diese nicht zu eigen machen, sondern lediglich
auf deren Stand zum Zeitpunkt der Erstveröffentlichung verweisen.

Verlagsgruppe Random House FSC® N001967

PENGUIN und das Penguin Logo sind Markenzeichen
von Penguin Books Limited und werden
hier unter Lizenz benutzt.

1. Auflage 2020
Copyright © 2020 by Penguin Verlag
in der Verlagsgruppe Random House GmbH,
Neumarkter Straße 28, 81673 München
Umschlag: Favoritbüro
Umschlagmotiv: © ILINA SIMEONOVA/Trevillion Images;
tomertu/shutterstock; Disavorabuth/shutterstock; Vaclav Volrab/shutterstock;
Janis Smits/shutterstock; Gordon Bell/shutterstock
Redaktion: Angela Troni
Satz: Greiner & Reichel, Köln
Druck und Bindung: GGP Media GmbH, Pößneck
Printed in Germany
ISBN 978-3-328-10536-7
www.penguin-verlag.de

 Dieses Buch ist auch als E-Book erhältlich.

Buckingham Palace, Oktober 1920

Der erste Wagen, ein schwarzer Rolls-Royce, fuhr gegen 21 Uhr im Innenhof des Palastes vor. In der Dunkelheit waren die Insassen von außen nicht zu erkennen, zumal die von Regentropfen bedeckten Scheiben des Fahrzeugs die Lichter des Palastes widerspiegelten. Das schwere Automobil hielt vor einem Treppenaufgang. Sogleich eilte ein älterer Herr von eindrucksvoller Statur herbei, um die Wagentür zu öffnen. Es war Sir Reginald Hemsquith-Glover, Privatsekretär der Königinmutter, der dem noch unsichtbaren Passagier die Hand entgegenhielt. Bald kam ein eleganter Schuh zum Vorschein, und wenige Sekunden später hatte er eine Dame aus dem Fahrzeug befördert. Sie trug ein violettes Abendkleid, welches ihr rotes Haar perfekt zur Geltung brachte, dazu einen dunkelbraunen Nerzmantel und tiefgrüne Smaragde an Hals, Ohren und Handgelenken. Ihr Gesicht war durchaus attraktiv, doch wirkte alles an ihr ein wenig zu groß, fand Sir Reginald. Die Augen, der Mund und die weiblichen Rundungen.

»Misses McLeod«, sagte Sir Reginald und verbeugte sich. »Was für eine Freude.«

»Hallo, wie geht es Ihnen?«, antwortete die Dame mit hörbar amerikanischem Akzent. Sie interessierte sich jedoch nicht weiter für sein Befinden, sondern drehte sich zur geöffneten Wagentür um. »Ich hätte die Stola mitnehmen sollen, Minerva.«

Sir Reginald fischte soeben eine weitere Dame aus dem Auto. Sie war sehr schlank, besaß ein kantiges und dennoch feingliedriges Gesicht und trug das dunkle Haar kinnlang, wie es seit Neuestem unter trendbewussten jungen Frauen Mode zu sein schien. Ihr Kleid war leuchtend rot, der Pelz schneeweiß, und ihre schmalen Handgelenke zierten Brillanten.

Der Privatsekretär lächelte. »Lady Minerva, Sie sehen wunderbar aus.«

»Sir Reginald!«, rief Lady Minerva Wrexley überrascht. »Was machen Sie denn hier? Ich dachte, Mister Daubenay kümmert sich heute Abend um uns.«

»Mister Daubenay ist im Theater. Er hat mich mit der Aufgabe betraut, über Ihre kleine Party zu wachen.«

Lady Minerva zwinkerte verschwörerisch und legte ihm die Hand auf den Arm. »Ich verstehe. – Sagen Sie, Sir Reginald, könnten Sie wohl einen Diener rufen lassen? Ich habe einige Hutschachteln mit meinen neuesten Kreationen dabei, die ich meinen Freundinnen später zeigen möchte. Jemand muss sie hineintragen.«

»Ich werde mich selbstverständlich darum kümmern. Seine Königliche Hoheit hat allerdings darum gebeten, das Personal heute Abend auf das Nötigste zu beschränken.«

»Dieser Schelm. Wohin dürfen Tilda und ich uns denn begeben?«

»In den Blauen Salon, ich werde Sie begleiten.«

»Nicht nötig«, sagte Tilda McLeod. »Wir kennen den Weg. Und keine Sorge, wir werden schon nichts stibitzen. – Ah, da kommen ja die Kenworthys.«

Eine zweite Limousine hielt hinter der ersten, und Sir Reginald machte sich sogleich daran, die Neuankömmlinge zu begrüßen.

Zwei weitere Damen und ein Herr gesellten sich zu Tilda McLeod und Lady Minerva. Die Damen waren unverkennbar Zwillingsschwestern und trugen fast identische grüne Abendkleider, während der Herr ganz klassisch im Anzug daherkam. Bei ihm handelte es sich um Lord Kenworthy, den Ehemann einer der beiden Damen. Die Schwestern waren bei Weitem nicht so liebreizend wie Misses McLeod und Lady Minerva, stellte Sir Reginald bedauernd fest. Die Zähne zu prominent, von einem Kinn nicht viel zu sehen. Lord Kenworthy seinerseits besaß ein Durchschnittsgesicht, das in jeder Menschenmenge verschwinden würde. Mit solchen Zügen sollte man Trickbetrüger werden, dachte Sir Reginald amüsiert.

»Ich nehme an, Seine Königliche Hoheit erwartet uns bereits?«, fragte Lady Kenworthy und verkniff sich offensichtlich ein Grinsen.

»Aber natürlich, Madam, im Blauen Salon«, antwortete Sir Reginald verschmitzt. »Wo sollte er denn sonst sein?«

»Ganz richtig«, sagte Lord Kenworthy, gleichfalls um Ernst bemüht. »Wollen wir schon einmal hinaufgehen, die Damen? Gott bewahre, dass wir den Prince of Wales auf uns warten lassen! Boy und Lucas werden sich allerdings verspäten, wie ich die beiden kenne.«

Lachend verschwand das Grüppchen im Palast.

Einen Augenblick später, um ihnen die gebührende Privatsphäre zu gönnen, folgte Sir Reginald den Gästen. Vor ihm erstreckte sich die Eingangshalle mit den Statuen, den Gemälden, den Spiegeln und dem dicken roten Teppich, dem es zu verdanken war, dass die Besucher lautlos durch die Korridore des Palastes schwebten. Seufzend ließ Sir Reginald sich in einem der Sessel am Eingang nieder. Derzeit las er die neuesten Sherlock-Holmes-Geschichten und ließ nur ungern davon ab. Er hoffte, die fehlenden Gäste ließen sich mit ihrer Ankunft tatsächlich noch etwas Zeit. Doch schon eine Viertelstunde später vernahm er die Geräusche von Reifen auf Kopfsteinpflaster.

Im Hof hielt soeben ein Cabriolet der Marke Rover, dem zwei Herren entstiegen. Es gehörte zu Sir Reginalds Aufgaben, jeden zu kennen, der Umgang mit den Royals pflegte, und er erkannte in den Neuankömmlingen Boy Fielding, den Theaterkritiker, und Lucas Carmichael, den Kampfpiloten.

Fielding war ein kleiner Mann, dessen blaue Augen stets ein wenig glasig wirkten. Er roch nach Alkohol.

»Reggie, alter Junge«, sagte er ein wenig verschwommen. »Sie sehen wieder mal spitze aus. Die perfekte Besetzung für die Rolle des Privatsekretärs der Königsfamilie. Geben Sie zu, Sie sind eigentlich Schauspieler.«

»Ich gestehe es, Mister Fielding.«

»Ach, kommen Sie! Sie sind viel zu gutmütig. Wehren Sie sich ein bisschen.« Er grinste und klopfte Sir Reginald auf die Schulter.

Der ließ ihn gewähren, da er Boy Fielding mochte. Der Mann hatte Charme und wusste ihn einzusetzen. Eine Eigenschaft, die Sir Reginald gleichermaßen besaß und dank der er es weit gebracht hatte.

Carmichael hatte ebenfalls blaue Augen, aber sein Blick war klar, im Gegensatz zu dem von Boy.

»Sie wurden heute Abend abgestellt, um uns zu bewachen, Sir Reginald? An Ihnen kommt ja keiner so leicht vorbei. Sie haben bestimmt in der Schule geboxt.«

»Wo denken Sie hin?« Sir Reginald lachte. »Das war einmal. Heute pustet mich schon ein Windhauch um. Kommen Sie nur in mein Alter, und Ihnen werden Körperstellen wehtun, von deren Existenz sie gar nicht wussten. – Nein, nein, Mister Daubenay ist im Theater, und ich bin seine Vertretung. So einfach ist das.«

»Ich würde auch lieber in ein richtiges Theater gehen«, murrte Boy. »Wohin des Wegs?«

»In den Blauen Salon. Wenn Sie mir bitte folgen wollen?«

Die beiden Lebemänner durfte Sir Reginald keinesfalls allein durch den Buckingham Palace geistern lassen. So sympathisch sie ihm auch waren, er traute ihnen durchaus zu, im Vorbeigehen den einen oder anderen Kerzenhalter einzustecken. Langsam trieb er sie vor sich her, durch die Empfangshalle, die Treppe hinauf, weiter durch die Flure des Palastes, bis er sie sicher im Blauen Salon abgeliefert hatte. Anschließend setzte er seinen Weg fort und begab sich in sein unweit gelegenes Arbeitszimmer, wo er sich endlich ganz in Sir Arthur Conan Doyles Roman vertiefen konnte.

Erst als der Gong der Standuhr ihn informierte, dass eine volle Stunde vergangen war, erhob er sich und begann seine Inspektionsrunde durch den Palast. Er warf einen letzten Blick auf die Krone, die in einer Vitrine neben der Tür funkelte – ein Hochzeitsgeschenk an die Königinmutter –, dann rückte er sein Jackett zurecht und betrat den Flur.

Laute Musik drang aus dem Blauen Salon, in dem ein Grammofon stand. Sir Reginald trällerte leise die Melodie mit. Bald erreichte er das obere Ende der Treppe. Dort blieb er stehen und betrachtete eine chinesische Vase, auf der Staubspuren zu sehen waren. Er würde sich den zuständigen Kammerdiener zur Brust nehmen müssen. Doch noch etwas stimmte nicht. Er schaute nach links, er schaute nach rechts, aber das Bild wollte ihm einfach nicht gefallen. Dann trat er einen Schritt zurück und fand den Fehler. Hier sollten zwei Vasen stehen. Wo war die andere Vase?

Die Antwort auf die Frage wurde Sir Reginald sogleich offenbart: an seinem Hinterkopf.

Ein stumpfer Gegenstand traf ihn, er stürzte die Treppe hinunter, und um ihn herum wurde es schwarz.

EXTRABLATT –
MAYFAIR-MÖRDER SCHLÄGT WIEDER ZU!

Der Mayfair-Mörder tötet Opfer Nummer sechs. Kann Scotland Yard uns noch beschützen?

Am Montagvormittag wurde der bekannte Londoner Hutmacher Jesiah F. Storton von seinem Assistenten in seinem Atelier in der Savile Row ermordet aufgefunden. Alle Hinweise deuten auf eine erneute Tat des sogenannten Mayfair-Mörders hin, der sich seit einigen Jahren seine Opfer in den Werkstätten und Geschäften von Mayfair sucht. Ihnen allen wurde auf grausame Art und Weise die Kehle durchtrennt, anschließend wurden sie mit ihren eigenen Arbeitsmaterialien übersät.

Wie lange soll das Morden noch weitergehen? Was unternimmt Scotland Yard?

Saint Pancras, London, November 1920

»Sie sind also der Ansicht, es handele sich bei dieser Detektivin um Ihre verstorbene Frau?«

»Sie *ist* meine Frau. Daran besteht kein Zweifel.« Christopher St. Yves, der Duke of Surrey, rutschte ungelenk auf der viel zu kurzen Couch herum, auf der er sich zum Zwecke seiner Behandlung bei Professor Zwingli, derzeit Londons berühmtestem Psychiater, niedergelegt hatte. Es störte Kit, dass er das weißbärtige Gesicht des Arztes während der Behandlung nicht sehen konnte, aber der Professor hatte ihm gleich zu Beginn der Therapie erklärt, Kit rede nicht mit ihm, sondern mit seinem eigenen Unterbewusstsein, weswegen der Professor hinter ihm in einem Ohrensessel saß. Kit war sich allerdings sicher, sein Unterbewusstsein habe bis dato ohne Schweizer Akzent gesprochen.

»Ihre Frau gilt seit dem Untergang der Titanic vor acht Jahren als verschollen, und bis zu Ihrer Begegnung mit besagter Detektivin in Monaco hat niemand sie für die Duchess of Surrey gehalten, nicht wahr?«

»Meine Frau hat bis zu unserer Heirat ein behütetes Dasein geführt. Sie war noch sehr jung und überaus schüchtern. Jetzt ist sie eine ganz andere Persönlichkeit. Nur Menschen, die mit ihr wirklich vertraut waren, würden sie hinter der Fassade der Jackie Dupont erkennen.«

»Verstehe. Sie sagten außerdem, Sie seien mit der Detektivin intim gewesen. Hätte sich Ihnen die Identität Ihrer Ehefrau dabei nicht erschließen müssen?«

Kits Wangen erhitzten sich spürbar. »Ja und nein. Es war … Sie war … Entschuldigen Sie, aber ich kann darüber nicht sprechen.«

»Warten wir also noch ein Weilchen damit. Wir möchten nichts erzwingen, Mylord. Hatten Sie seit Ihrer Begegnung an der Riviera noch einmal Kontakt zu dieser Frau?«

»Nein. Nicht, dass ich es nicht versucht hätte. Ich habe ihrer Firma in Boston telegrafiert, ich habe Briefe geschrieben, ja, ich habe sogar meinen Sekretär nach Amerika geschickt, um sie ausfindig zu machen. Aber die Detektei ließ mich wissen, dass sie mit einem wichtigen Fall betraut und ich nicht dazu befugt sei, ihren Aufenthaltsort zu erfahren.«

Der Professor räusperte sich. »Gewiss nichts Ungewöhnliches in der Berufssparte.«

»Gewiss nicht. Dennoch werde ich das Gefühl nicht los, dass sie absichtlich nicht auf meine Kontaktversuche reagiert.«

»Warum, glauben Sie, wünscht Miss Dupont – so war doch der Name – keinen Kontakt zu Ihnen?«

»Weil sie mich hasst!« Kit versuchte, sein Temperament zu zügeln. Doch ihn überkamen die gleichen hilflosen Gefühle wie jedes Mal, wenn er an Jackie Dupont dachte. An jene Frau, die er neun Jahre zuvor als Diana Gould kennengelernt hatte.

»Hass ist eine starke Emotion. Worin sehen Sie diesen Verdacht begründet? Ihr Schluss mag übereilt sein.«

Die schweizerische Gemächlichkeit des Psychiaters half Kit nicht unbedingt dabei, sich zu beherrschen. »Herr Professor, seien Sie ehrlich, würden Sie den Mann, der Ihren Vater und Ihren Großvater auf dem Gewissen hat, etwa nicht hassen? Der Sie schändlich belogen und betrogen hat? Der mit Ihrem Geld ein Haus für seine Geliebte gekauft hat? Wenn ich mir vorstelle, was sie alles durchlitten hat!«

»Sie erwähnten auch anonyme Briefe, die Sie erhielten und in denen Ihnen die Insassinnen eines Rettungsbootes die Szenen an Bord der Titanic schilderten. Davon, wie Ihr Schwiegervater sich das Leben nahm, damit seine Tochter keinen Grund mehr sah, bei ihm an Bord des sinkenden Schiffes zu bleiben.«

Die Bilder, die sich daraufhin vor Kits geistigem Auge abspielten, waren entsetzlich. Sein Schwiegervater Henry Gould, der sich den Colt an die Schläfe hielt. Ein Knall. Blut. Diana in ihrem weißen Pelzmantel, den Hundewelpen auf dem Arm, die verkündete, ihn freizugeben für die Frau, die er liebte, und lieber zu sterben, als ihm im Weg zu stehen. Diese Szenen hatten ihn in den folgenden Jahren in den Wahnsinn getrieben, bis an die Kriegsfront, auf der Suche nach einem qualvollen Tod, um Abbitte für den Verrat an seiner Frau zu leisten.

Wie wäre es mir ergangen, fragte er sich, wenn ich keinen anonymen Brief erhalten hätte, in dem ihm die grauenhaften Situationen geschildert wurden? Wäre ich der überhebliche Lebemann von früher geblieben? Ein Filou, der eine junge Amerikanerin geheiratet hatte, ohne einen Gedanken an ihre Gefühle zu verschwenden, nur wegen ihres Vermögens?

Diana hatte ihn abgöttisch geliebt, doch es war ihm egal gewesen. Er hatte geglaubt, ihm stünde alles zu. Eine Ehefrau, die ihm eine hohe Mitgift und einen Erben bescherte, dazu eine Geliebte, die für die niederen Triebe zuständig war. Lag die Erklärung dafür in seiner Erziehung? Im britischen Hochadel war das alles völlig normal, trotzdem wollte Kit kein solcher Mann sein, und eine Erklärung war eben keine Entschuldigung. Mit dem verwöhnten Jungen von damals, der alles auf die leichte Schulter nahm, verband ihn heute nichts mehr. Nun ja, fast nichts mehr: Seine Leidenschaft für die Malerei hatte Dianas – vermeintlichen – Tod überdauert.

Seine Stimme bebte, als er weitersprach. »Was sie durchgestanden haben muss. Welche Seele kann das verkraften? Ist es da ein Wunder, wenn sie es vorzieht, das Leben einer anderen zu führen? Einer Fantasiegestalt?«

Der Professor schien einen Moment lang nachzudenken. »Was Sie schildern, nennen wir in der Forschung ein Trauma. Ein solches Schockereignis kann, da sind wir

Experten einer Meinung, eine Spaltung oder gravierende Veränderung der Persönlichkeit verursachen.«

»Sehen Sie! Das ist es! Diana weiß nicht, wer sie ist. Sie hält sich für Jackie Dupont, für die unbesiegbare, unberührbare Jackie Dupont. So schützt sie sich vor ihren furchtbaren Erinnerungen.«

»Andererseits«, fuhr der Professor unbeirrt und weiterhin entsetzlich behäbig fort, »hat die Person, die Sie für Ihre verstorbene Gemahlin halten, eine Familie sowie einen Beruf, und sie ist einer Vielzahl von Leuten bekannt. Außerdem, und da müssen wir ehrlich sein: Eine Chance, im eiskalten Wasser des Nordatlantiks zu überleben, gibt es nicht.«

»Diana muss gerettet worden sein und sich als jemand anders ausgegeben haben.«

»Ich habe die Geschehnisse damals in den Zeitungen verfolgt und nehme an, Sie waren sogar in die Untersuchungen verwickelt. Alle Überlebenden sind namentlich bekannt, ihre Identitäten sind sämtlich bestätigt.«

Kits Gedanken sprangen hin und her. »Meine Frau ist clever, wirklich, Herr Professor. Sie ist auf eine Weise intelligent, die Sie und ich uns kaum vorstellen können. Nun übt sie ihre lange geplante Rache an mir. Ich halte es sogar für möglich, dass sie die anonymen Briefe selbst geschrieben hat. Unsere Begegnung an der Riviera war ebenfalls abgekartet. Sie muss gewusst haben, dass ich dorthin reisen würde. Wahrscheinlich ließ sie mich damals längst beschatten. Über die Möglichkeiten dazu verfügt sie. Was sie über mich weiß …« Kit konnte an dieser

Stelle schlecht erwähnen, dass er zu seinem Privatvergnügen Gemälde fälschte und gegen die Originale eintauschte. »Diese Dinge kann niemand wissen, der mich nicht schon vor dem Krieg kannte. Sie ist nur deshalb nach Monaco gereist, um mit meiner Bestrafung zu beginnen. Acht Jahre musste ich laut Testament warten, bevor ich eine erneute Ehe schließe, ohne mein Erbe zu verlieren. Und nach sieben Jahren und zehn Monaten steht sie plötzlich vor mir? Ich war kurz davor, wieder zu heiraten. Sie wusste, sobald ich sie träfe, wäre ich dazu nicht mehr imstande. Ich liebe meine Frau und werde sie immer lieben.« Seine Worte kamen ihm selbst widersinnig vor. Woher hätte Diana wissen sollen, dass er sie liebte, obwohl er in der Vergangenheit nichts getan hatte, um diesen Umstand zu belegen? Tatsächlich war ihm erst ein Jahr nach dem Untergang der Titanic klar geworden, was er an ihr hatte.

Der Professor klang ein wenig belustigt. »Sie müssen sich entscheiden, Mylord. Hat sie ihre wahre Identität verdrängt, oder will sie Rache an Ihnen üben? Das eine schließt das andere aus, oder? – Ach, unsere Zeit ist um. Ich denke, wir werden der Sache im Laufe der Monate weiter auf den Grund gehen können. Merci vielmals.«

Kit fand es zwar eigenartig, dass der Professor das Gespräch mittendrin abbrach, genau in dem Moment, da Kit seine Gefühle preisgegeben hatte. Dennoch protestierte er nicht, sondern setzte sich langsam auf. Im Grunde war er froh, diesem merkwürdig stillen Raum zu entkommen, hinaus in die laute Stadt.

»Nächste Woche um die gleiche Zeit, Mylord? Zehn Uhr?«

»Sicher, sicher.«

Kit erhob sich und verließ das Behandlungszimmer. Es befand sich in einem kleinen Stadthaus in der Nähe des Bahnhofs King's Cross. Am Straßenrand vor dem Haus wartete ein cremefarbener Rolls-Royce. Kits Chauffeur entstieg dem Fahrzeug und hielt seinem Dienstherrn die Tür auf.

Der Duke nickte ihm zu. »Danke, Carlton.«

Auf der Rückbank lag, wie gewünscht, die aktuelle Ausgabe der *London Times*.

»Der Mayfair-Mörder hat wieder zugeschlagen, Sir«, verkündete Carlton genüsslich. »Diesmal in der Savile Row.«

»Tatsächlich?« Kit blätterte die Zeitung auf und entdeckte sogleich die Überschrift, die Carltons Behauptung bekräftigte. »Meine Güte, hoffentlich hat es nicht meinen Schneider erwischt.«

Er überflog den Artikel. Sein Schneider war noch einmal davongekommen.

»Unheimlich, nicht wahr, Sir?« Carlton bog am Hyde Park nach links ab. »Wenn ich darüber nachdenke, dass mein Vater mich damals zu einer Schneiderlehre überreden wollte ... Mir läuft es eiskalt den Rücken herunter.«

Auch Kit wurde von wohligem Grauen erfasst, wie ein jeder, der vom Mayfair-Mörder las, aber nicht dessen Zielgruppe angehörte. Außerdem war es viel angenehmer, sich über einen wahnsinnigen Serienkiller Gedanken zu machen als über Jackie Dupont.

Seit seiner Begegnung mit der Detektivin im Frühjahr war Kit in einen Gedankenkreislauf geraten. Wieder und wieder rief er sich ihr Gesicht vor Augen, verglich es mit den wenigen Fotografien, die er von seiner Frau Diana besaß, suchte verzweifelt nach einer Erklärung. Wie konnte das nur alles passiert sein? Im einen Moment hatte er noch mit seiner Verlobten Anne Fortescue auf einer Jacht in der Bucht von Monaco getanzt, und im nächsten verhörte ihn im Polizeipräsidium des Fürstentums Jackie Dupont in Form seiner reinkarnierten Ehefrau Diana zum Mord an einer amerikanischen Millionärin. Bald zwang sie ihn dazu, ihr bei den Ermittlungen behilflich zu sein, indem sie ihn mit ihrem Wissen über seine Fälscherkarriere erpresste. Sein mühsam wiederaufgebautes Leben fiel wie ein Kartenhaus in sich zusammen. Und dann, kaum dass er glaubte, sie für sich gewonnen zu haben, verschwand sie auf Nimmerwiedersehen.

Seine Rückkehr nach Großbritannien war alles andere als angenehm gewesen. Immerhin hatten seine Mutter und sein gesamter Bekanntenkreis nach einem Grund für die Auflösung seiner Verlobung mit Anne Fortescue verlangt. Er rechnete es Anne hoch an, dass sie die Wahrheit über die Trennung nicht offenbarte und Kits Vermutung, Jackie Dupont sei Diana, die Duchess of Surrey, für sich behielt. Anne hatte ihm sogar noch einen Brief geschrieben, in dem sie ihn inständig bat, einen Psychiater aufzusuchen. Sie war der festen Überzeugung, sein Irrglaube liege in dem Trauma begründet, das er auf den Schlachtfeldern von Frankreich und Belgien erlitten hatte. Dass er letztendlich den Weg zu Professor Zwingli fand, war jedoch einem anderen Umstand geschuldet. Jenem Tropfen, der das Fass zum Überlaufen gebracht hatte: Kit konnte nicht mehr malen.

Wie oft hatte er sich in den vergangenen Monaten an die Staffelei gesetzt? Er vermochte es nicht zu sagen. Was auch immer er zu malen versuchte, wie sehr er sich auch bemühte, sich in eine Szene hineinzuversetzen, stets plagten ihn seine elenden Gedanken, die unaufhörlich kreisten. Keinen Strich bekam er auf die Leinwand.

Carlton war mit dem Mayfair-Mörder noch nicht fertig. »Haben Sie einen Hut von Storton, Sir?«, holte er Kit aus seinen Gedanken.

»Nein, ich kaufe meine Hüte bei Giles, möge der Gott der Hutmacher ihn beschützen. Ich werde ihm einen privaten Sicherheitsdienst spendieren müssen.«

Der Chauffeur kicherte. »Böse, Sir. Sehr böse.«

Carlton konnte sich solche Vertraulichkeiten erlauben. Während des Krieges hatte er als Soldat Kits Regiment angehört, und Kit kannte seinen ehemaligen Offizier gut genug, um ihm einige Freiheiten zu gewähren, die den Bediensteten sonst nicht zustanden. Eine Zeit lang hatte Carlton seinen Herrn wegen dessen Schulterverletzung mehrmals die Woche vom Familiensitz der Surreys zu einem Spezialisten nach Brighton gefahren, und Kit war ihm in jenen Tagen für sein fröhliches Geplänkel immer dankbar gewesen.

»Man könnte meinen, die Leute hätten den Krieg schon vergessen«, schimpfte Carlton bei Erreichen der Oxford Street. »Da stehen sie vorm Schaufenster von Selfridge's, als könnten sie kein Wässerchen trüben.«

Es stimmte. Vor dem riesigen Kaufhaus drängelten sich die Passanten, um die Kreationen in der Auslage zu bestaunen.

»Gönnen Sie den Menschen das Vergessen, Carlton«, sagte Kit. »Weihnachten ist nicht mehr lange hin.«

»Damit fangen sie auch jedes Jahr früher an, Sir. Es ist eine Schande. Schon vor Allerheiligen. Das hätte es zu Zeiten meiner Großmutter nicht gegeben. – Mal sehen, ob sie endlich das Pferd vom Milchmann dazu bewegt haben, den Milchkarren aus der Audley Street zu ziehen. Ich frage mich, warum der sich keinen neuen Gaul zulegt, wenn der alte ständig streikt. – Tatsache, wir können durch.«

»Wie schön.«

Der Rolls stoppte vor dem Stadthaus der Surreys am Grosvenor Square. Wieder hielt der Chauffeur ihm die Wagentür auf.

»Ich gehe heute Abend nicht aus, Carlton. Sie können also freimachen.«

»Danke, Sir.«

Kit erklomm die Stufen zum Haus, wo ihm Morris, einer der Diener, bereits öffnete.

Kaum war Kit in den Flur getreten, kam der Butler herbeigeeilt. »Guten Abend, Mylord, erlauben Sie mir, Ihnen Hut und Mantel abzunehmen.«

»Guten Abend, Leadbetter.«

Obwohl der Butler schon seit einigen Jahren an Arthrose litt, bestand er darauf, sich bei jeder Begegnung tief vor Kit zu verbeugen. Er gehörte zu der aussterbenden Gattung von Hausangestellten, die ihr ganzes Leben bei einer Familie verbrachten. Die Surreys waren dementsprechend sein ganzer Stolz. Mit harter Hand regierte er über Pförtner, Zimmermädchen und Dienstboten, führte einen anhaltenden Kleinkrieg mit Mister Gingrich, Kits Sekretär, und kam nicht darüber hinweg, dass sein Herr mittlerweile auf die Dienste eines Kammerdieners verzichtete. Penibel achtete er auf die Einhaltung der Rangordnung, duldete keinerlei Untergrabung seiner Autorität seitens der anderen Hausangestellten und fühlte sich, außer gegenüber Gott, nur Kit oder dessen Mutter, der Dowager Duchess, zu Gehorsam verpflichtet. Kit wollte die treue Seele längst in den Ruhestand schicken, doch protestierte seine Mutter dagegen, mit dem Argument, dass es dem Mann das Herz brechen würde. Leadbetter habe sich schon von Dianas Tod kaum erholt.

Kits Mutter verließ den Familiensitz der Surreys kaum noch. Seventree, das Anwesen derer von Surrey, lag zwar nur wenige Stunden per Automobil von London entfernt, doch die Hausherrin wollte in Ruhe ihrer Leidenschaft für die Malerei nachgehen. Ohnehin fand sie das moderne London stickig und die Luft dort verpestet.

Womit sie durchaus recht hat, dachte Kit. Die Luft in der Hauptstadt wurde tatsächlich immer schlechter. Er freute sich schon darauf, im Dezember nach Seventree zu fahren und den Winter auf dem Land zu verbringen. Sollte sich die Therapie mit Professor Zwingli bewähren, würde er den Mann mit dem Zug aufs Land kommen lassen. Geld spielte für Kit keine Rolle, denn durch die Heirat mit Diana, der Tochter des amerikanischen Stahl- und Eisenbahnmagnaten Henry Gould, war er reich wie Krösus.

Nein, er wollte jetzt eine Weile nicht mehr an Diana denken. Die gehörte auf Professor Zwinglis Couch.

»Liegt die Post im Arbeitszimmer?«, fragte er den Butler. »Ich habe wegen der Auktion bei Rotherhithe's heute noch reichlich Korrespondenz zu erledigen.«

Leadbetter, der einige Zeit benötigt hatte, um sich wieder aufzurichten, neigte erneut den Kopf. Sofort bereute Kit, ihm eine Frage gestellt zu haben. »Ich nehme an, Mister Gingrich hat sie dort abgelegt, Sir. Das hoffe ich jedenfalls.«

»Danke, Leadbetter.«

Kit schritt die Treppe in den ersten Stock hinauf, wo er das Arbeitszimmer betrat. Kurz nach seiner lukrativen Heirat hatte er das Haus komplett renovieren lassen, weshalb die moderne Heizung nun dafür sorgte, dass der Raum ihn angenehm warm empfing.

Auf dem Schreibtisch lag ein Stapel Briefe. Leadbetter konnte Gingrich also nichts vorwerfen.

Kit hatte sich, nachdem er halbwegs von seiner Kriegsverletzung genesen war, dem renommierten Auktionshaus Rotherhithe's als Kunstexperte angeboten. Einerseits, um etwas zu tun zu haben, andererseits, um weiter seiner geheimen Leidenschaft nachgehen zu können. Schon in seiner Jugend hatte er damit begonnen, Gemälde zu kopieren. Bald fand er heraus, dass nicht einmal seine Mutter die Fälschungen von den Originalen, die überall in Seventree an den Wänden hingen, zu unterscheiden vermochte. In Amerika hatte er die damals kaum achtzehnjährige Diana mit seinem Können beeindruckt. Deren Wissen um sein Hobby schien mit der Titanic im Eismeer versunken zu sein. Im vergangenen Jahr hatte er dann der Versuchung nicht länger widerstanden. Mehrere seiner Fälschungen waren unerkannt bei Rotherhithe's unter den Hammer gekommen. Niemand hatte etwas bemerkt, außer Jackie Dupont. Außer Diana.

»Schluss mit Diana!« Grummelnd setzte Kit sich an den Schreibtisch und widmete sich der Post. Die Absender waren hauptsächlich Kunstsammler, die sich bei ihm über den Zustand und den Schätzpreis bestimmter Gemälde informieren wollten.

Er legte die Briefe der Sammler beiseite und betrachtete den einzig verbliebenen Umschlag. Er kannte die Handschrift. Oft sah er sie nicht, dennoch wusste er sofort, wem sie gehörte: Dianas Großmutter, Maria Dalton. Sie war die Witwe des berühmten Verlegers Hieronymus Dalton, der ebenfalls mit Diana und ihrem Vater an Bord der Titanic gegangen und niemals in New York angekommen war.

»Warum ausgerechnet heute?«, fragte Kit den Umschlag, der natürlich nicht antwortete.

Seine Finger waren schwer wie Blei, als er den Brieföffner zur Hand nahm. Das dicke Papier rutschte ihm entgegen, und für eine wahnwitzige Sekunde fürchtete er, der Brief würde ihm direkt an die Gurgel springen.

Er hielt die Luft an und las.

Lieber Christopher,
ich hoffe, du bist wohlauf und deine Genesung schreitet weiterhin voran. Wie du sicher weißt, geht es meiner alten Freundin aus New York, Jennie Jerome (dir besser als Lady Randolph Churchill bekannt, Winston Churchills Mutter), gesundheitlich zusehends schlechter. Daher habe ich beschlossen, den Winter bei ihr in England zu verbringen. In Begleitung meiner Zofe reise ich an Bord der RMS Scythia nach Liverpool, wo ich am 2. Dezember eintreffen werde. Von dort aus komme ich mit der Eisenbahn nach London und würde dich gerne einige Tage besuchen, bevor ich dann zu Jennie weiterfahre ...

Was für ein Streich des Schicksals! Dianas Großmutter. Hier, in seinem Haus. Wie sollte er bei solchen Nachrichten von den elenden Stimmen in seinem Kopf geheilt werden? Schon kamen ihm die ersten Ideen, welche Fragen er Maria Dalton stellen müsste, um herauszufinden, was es mit Jackie Dupont auf sich hatte. Wusste Maria, dass ihre Enkelin noch lebte? Kannte sie die Detektei Dupont & Dupont?

Er raufte sich die Haare.

Das alles führte zu nichts. Er würde keine Antworten auf seine Fragen erhalten, solange Jackie Dupont sich ihm entzog. Wie er die Detektivin kannte, würde er sie nicht finden, solange sie nicht von ihm gefunden werden wollte.

Das Blut gefror ihm in den Adern. Was, wenn er sie niemals wiedersah? Wenn er nie eine Antwort bekam? Was, wenn er eines Tages ins Grab ging, ohne die Wahrheit über Dianas Schicksal zu erfahren?

So fingen sie wieder an, die endlosen Schleifen in seinem Kopf.

Moment mal. Hatte er gerade etwas gehört? Die Klingel? Zur Mittagszeit? Da kam doch niemand zu Besuch. Hatte er etwa jemanden eingeladen und es vergessen?

Ein gellender Schrei ertönte von unten. Kit sprang auf, hastete zur Tür, riss sie auf und rannte die Treppe hinunter. Auf halber Strecke blieb er wie angewurzelt stehen.

Unten krallte sich Leadbetter kreidebleich mit einer Hand ans Treppengeländer, die andere presste er auf die Brust. Seine Augen waren weit aufgerissen, und er starrte auf die Eingangstür.

»Leadbetter, um Gottes willen!«, rief Kit. Er eilte den Rest der Treppe hinunter und legte dem Butler eine Hand auf die Schulter. »Sind Sie krank?«

Der Mann antwortete nicht.

»Morris!«, brüllte Kit. Er drehte sich zum Eingang um, wo er den Diener vermutete. »Schnell, rufen Sie einen A...«

Das Wort blieb ihm im Halse stecken.

Denn im Eingang, eingehüllt in einen sandfarbenen Nerzmantel, stand Jackie Dupont.

»Hallo, Kit.«

Leadbetter begann zu zittern. »Duchess!«, wimmerte er. »Duchess!«

Kit verstand sofort. Sein Butler sah es auch! Er erkannte sie!

»Diana!«, rief Kit.

»Duchess ...«, flüsterte Leadbetter wieder. »Duchess ...«

Diana oder Jackie Dupont, wie sie sich nannte, blieb von der Szene unberührt. »Sargent, lass den armen Diener in Ruhe, er muss Arty die Tür aufhalten.«

Ein kleiner weißer Hund marschierte in den Flur und sah sich um.

»Billy«, stammelte Leadbetter. »Billy the Kid.«

Billy the Kid ... richtig! So hatte Diana ihren Hundewelpen genannt. Kit war der Name des Tieres nicht mehr eingefallen, aber jetzt, da er ihn hörte, erinnerte er sich.

Und siehe da, der Hund, der angeblich Männer verabscheute und vermutlich gerade Kits Hausdiener Morris an der Tür massakriert hatte, trippelte schwanzwedelnd über den Läufer auf dem Fußboden und sprang an Leadbetters Bein hoch.

»Dein Butler muss sterbenskrank sein«, urteilte Jackie Dupont, zauberte eine Zigarettenspitze aus ihrem Mantel und steckte eine Zigarette hinein, »wenn Sargent so freundlich zu ihm ist. Ich nehme an, er hat Unterleib. Komm her, Baby.«

Kit fühlte sich kurz angesprochen, doch da der Hund als Erster auf den Befehl hörte, blieb er lieber stehen.

Just in diesem Moment war hinter Jackie ein Grunzen zu vernehmen. Ein älterer Herr mit Schnurrbart erschien im Türrahmen, über und über mit Koffern beladen. Er kam Kit bekannt vor.

»Stell alles da vorne hin, Arty.«

»Wie du wünschst, Jackie.«

Der Hund knurrte den Kofferträger an und wurde zur Belohnung von seiner Besitzerin liebevoll auf den Arm genommen. »Gleich ist er weg, mein Schatz. – Genau da, Arty. Vorsicht mit dem Beautycase.«

Der Mann stellte Jackies Koffer an die angeordnete Stelle und wischte sich den Schweiß von der Stirn. »War das alles, Teuerste?«

»Ja, Arty. Du kannst jetzt gehen.«

Er machte ein paar Schritte auf Jackie zu, wohl mit dem Wunsch, ihr die Hand zu küssen, jedoch vereitelte der zähnefletschende Sargent seinen Plan.

»Na, na, na«, säuselte Jackie, und es war Sargent, der den Kuss bekam.

»Auf bald, Jackie«, hauchte der Verehrer, verbeugte sich und lief hinaus.

An Arthrose scheint er nicht zu leiden, dachte Kit mürrisch. Auch nicht an Krebs im Unterleib.

Kit versuchte, seine Gedanken zu ordnen. Was spielte sich hier ab? Leadbetter, Jackie, Sargent, der Mann mit den Koffern … Der Mann mit den Koffern! »War … war das Sir Arthur Conan Doyle?«

»Der gute alte Arty.« Jackie setzte Sargent ab. »Will mir denn niemand den Mantel abnehmen?«

Wie durch ein Wunder von all seinen Beschwerden geheilt, schoss Leadbetter nach vorn. »Sehr wohl, Madam.« Er half ihr aus dem Nerz und verschwand damit in Richtung Garderobe.

Kit konnte nichts anderes tun, als Jackie anzustarren. Sie trug einen weißen Herrenanzug aus edler Wolle, dazu Stiefel mit schwindelerregend hohen Absätzen. Genüsslich zog sie an der Zigarette, pustete den Rauch in einer Wolke aus dem rot geschminkten Mund und setzte sich schließlich in Bewegung. Sie kam näher und näher. Direkt vor Kit blieb sie stehen. Ihr blondes Haar glänzte wie Gold, sie duftete nach Blumen und teurem Tabak, als sie das Kinn hob und zu Kit aufblickte, mit Augen in der Farbe des Meeres.

»Na, hast du mich vermisst?«

Bevor er etwas sagen konnte, hatte sie einen Arm um ihn geschlungen. Er verlor jegliche Selbstbeherrschung, riss sie an sich und küsste sie. Endlich schwiegen die Stimmen in seinem Kopf.

Nach einer Weile löste sie sich von ihm. Sie grinste. Es war das Grinsen eines Alligators. »Offensichtlich ja.«

»Bist du hier, um den Mayfair-Mörder zu fassen?«, fragte Kit atemlos.

Sie lachte. »Wen? Ach, euren Londoner Serienkiller. Nein, mit derart groteskem Blödsinn gebe ich mich nicht ab. Das Königshaus hat mich angeheuert. Sie haben eine Krone verloren.«

Surrey House, London, November 1920

»Sie haben … was?« Kit ließ die Arme sinken.

»Sie vermissen eine Krone, Darling. Jetzt guck nicht so entsetzt. Eine stinknormale Krone. Kein Kronjuwel, falls du dir dahingehend Sorgen gemacht hast. Obwohl es mich durchaus interessiert, wie der Markt auf die Cullinans oder den Koh-i-Noor reagieren würde.«

»Auf wen?«

Jackie wand sich von Kit ab und ging zu ihrem Gepäck hinüber, vor dem Sargent es sich bequem gemacht hatte. »Cullinans. Koh-i-Noor. Die müssen dir ein Begriff sein, dir als Herzog der Krone. Ich rede von Diamanten. Großen, funkelnden Diamanten. Aus den Kronjuwelen, Sweetheart. Der Koh-i-Noor ist ein uralter Stein aus Indien. Er sitzt vorne in der Krone der Königin. Nur Frauen können ihn tragen, ohne von ihm verflucht zu werden. Ist das nicht charmant? Ich werde ihn mir bei Gelegenheit borgen, um ihn widerspenstigen Kerlen an die Stirn zu halten.«

Kit ging auf die letzte Bemerkung nicht ein. »Ich dachte, die Kronjuwelen wären die Sterne von Afrika.«

»Jaja, das klingt eben glamouröser, aber korrekt ist es nicht. Der große Stern von Afrika heißt in Wahrheit Cullinan I. Das ist der Stein im Zepter. Der kleine Stern von Afrika ist dementsprechend Cullinan II und vorne an der Imperial-State-Krone angebracht, gleich unter dem sogenannten Rubin des Schwarzen Prinzen, der im Übrigen gar kein Rubin, sondern ein Spinell ist. Du wirst ja wohl mitbekommen haben, wie sie den Stern von Afrika gefunden haben? Im Ort Cullinan? Benannt nach meinem Freund Sir Thomas Cullinan? Zwanzig Meilen östlich von Pretoria? Das ist keine fünfzehn Jahre her. Also wirklich, Honey, ich frage mich, was du den lieben langen Tag treibst.«

Kit traute seinen Ohren nicht. Da tauchte Jackie wie aus dem Nichts nach monatelanger Abwesenheit in seinem Leben auf und hatte nichts Besseres zu tun, als einen Sermon über die Kronjuwelen von sich zu geben? Er hatte sie zwar schmerzlich vermisst, aber nun traf ihn ihre Persönlichkeit wie ein Schwall kaltes Wasser. Dennoch hielt er es für klüger zu schweigen.

Jackie ging in die Hocke und öffnete einen der Koffer. »Der Cullinan war der größte jemals gefundene Diamant in Edelsteinqualität. Bis sie ihn in neun Stücke zerlegt haben, um sie zu schleifen. Aber das wird dir nicht passieren.«

Kit, der noch immer nicht ganz glauben mochte, was sich vor seinen Augen abspielte, versuchte, einen Blick auf Jackies Koffer zu erhaschen. »Was wird mir nicht passieren? Ich werde nicht zerlegt?«

»Ich habe nicht mit dir geredet, Darling.« Sie stützte sich auf den Koffer und richtete sich auf. In der Hand hielt sie etwas, das aussah wie ein handtellergroßes Stück Gletschereis. »He, Sie! Morris!«, rief sie dem Diener am Eingang zu, der auf der Stelle seinen Posten verließ. »Wie heißen Sie?«

»Äh. Morris ...?«, erwiderte der Mann zögerlich.

»Nein, nein, mit Vornamen.«

Hilfe suchend sah Morris seinen Arbeitgeber an. Der zuckte hilflos mit den Schultern.

»J-Johnny, Madam.«

»Gut, Johnny. Bringen Sie die Sachen auf mein Zimmer.«

»Ihr Zimmer?«

Leadbetter, der offensichtlich vorhatte, ab sofort als Deus ex Machina zu fungieren, eilte mit hochrotem Gesicht aus den Tiefen der Garderobe herbei. »In die Gemächer der Herzogin natürlich, Morris.« Er verbeugte sich tief vor Jackie. Die Wunderheilung schien von Dauer zu sein. »Madam, der Lunch wird gleich serviert.«

»Wie reizend.« Jackie sah sich um. »Ich nehme an, das Esszimmer ist dort vorn? Sehr hübsch hast du dieses Haus einrichten lassen, Kit. Ganz entzückend.«

»Madam erinnern sich ausgezeichnet«, bemerkte Leadbetter und hielt ihr die Tür zum Esszimmer auf. Mit dem eigenartigen Eisklumpen in der Hand stolzierte Jackie am Butler vorbei, gefolgt von Sargent und Kit.

Sie nahm am Kopfende des Esstisches Platz und legte ihre graue Fracht vor sich hin. Dann lauschte sie aufmerksam, wie Leadbetter ihr das Mittagsmenü vortrug. Auch Sargent wirkte fasziniert, besonders als die Sprache auf Wachtelfleisch kam. Kit frage sich derweil, woher Leadbetter so schnell ein Drei-Gänge-Menü für zwei Personen und einen Hund zaubern wollte und wie er selbst, dem gänzlich der Appetit vergangen war, auch nur einen Bissen davon herunterbringen sollte.

»Ich werde sofort Misses Grottermore Bescheid geben, dass Sie hier sind, Madam«, erklärte Leadbetter zum Schluss. »Sie ist die neue stellvertretende Haushälterin von Surrey House. Misses Lynch weilt zurzeit in Seventree bei der Dowager Duchess, aber wenn Sie wünschen, lasse ich sie natürlich sofort anreisen.«

»Danke, Mister Leadbetter. Und wie heißen Sie?«

»Wie meinen, Madam?«

»Wie lautet Ihr Vorname?«

Eine unsichtbare Hand schien Leadbetter an seinem gestärkten Kragen zu packen und zuzuziehen. »Tim, Madam«, röchelte er.

»Prima, Timmy. Sagen Sie Ihren Jungs, sie können das Essen jetzt reinbringen. Ich sterbe vor Hunger.«

»Sehr wohl, Madam.« Er flitzte davon. Flitzte!

»Wirklich ein herrliches Haus, Kit«, befand Jackie erneut, kaum dass der Butler verschwunden war. »Du hast die Gould-Millionen sinnvoll eingesetzt.«

»Diana, ich ...«

»Nenn mich nicht immer so.«

Er seufzte. »Jackie ... Hättest du die Güte, mir zu erklären, was du hier willst?«

»Das habe ich doch bereits. Das Königshaus möchte die verschwundene Krone zurückhaben.«

Kit konzentrierte sich. »Was willst du hier, in meinem Haus? Ich habe monatelang versucht, dich zu erreichen. Jetzt stehst du ohne Ankündigung vor meiner Tür. Du hättest den armen Leadbetter umbringen können.«

»Sei bitte nicht so theatralisch.« Sie strich mit den Fingern über den ominösen Klotz. »Du hast in Frankreich zu mir gesagt, ich könnte jederzeit in dein Schloss ziehen. Warum sollte ich dein Angebot nicht annehmen? So spare ich der Firma die Kosten für ein Hotelzimmer.«

»Weil das Königshaus dafür nicht aufkommen könnte? Hast du auch nur den Hauch einer Idee davon, wie lächerlich ich mich gefühlt habe, nachdem du mich sitzen gelassen hattest? Warum bist du mir überhaupt an die Riviera gefolgt?«

»Dir gefolgt?«

»Jetzt tu nicht so unschuldig. Oder willst du etwa behaupten, unsere Begegnung in Monaco war Zufall? Das war doch Absicht!«

»Weißt du, wovon er spricht?«, fragte Jackie ihren Hund, der mit einem Ohr zuckte und sich auf die Vorderpfoten sinken ließ. »Ehrlich, Kit, ich bin eben erst in London eingetroffen, und sofort kommst du mir mit deinen verrückten Theorien. Sogar deinem Butler hast du eingeredet, ich sei die wiederauferstandene Diana.«

»Du bist …«, begann Kit, erinnerte sich jedoch der Worte von Professor Zwingli. Ein Schockereignis konnte eine Persönlichkeitsveränderung bewirken. Jackie wusste vermutlich nicht, dass sie früher einmal Diana Gould gewesen war. »Wie du meinst.«

Zwei Diener trugen unter Leadbetters Aufsicht Wasser, Wein, Champagner und die Suppe herein. Während sie servierten, sagten Kit und Jackie kein Wort. Nur Sargent knurrte. Jedoch hielt er sich für seine Verhältnisse zurück, denn es gab Ochsenschwanzsuppe. Da wollte er die Chance auf Teilhabe am Schmaus nicht durch schlechtes Benehmen mindern.

»Dem Königshaus ist also eine Krone abhandengekommen«, konstatierte Kit, sobald er wieder mit Jackie und Sargent allein war. »Und du sollst sie wiederfinden.«

»Ja, nach einer Party des Prince of Wales war sie weg. Futschikato. Aber sprich bitte mit niemandem darüber. Sie bestehen auf strikte Geheimhaltung.«

»Wie kann denn eine Krone verloren gehen? Ein solches Stück trägt man ja nicht einfach in der Hosentasche aus dem Palast.«

»Die genauen Hintergründe kenne ich noch nicht. Alles deutet auf Diebstahl hin. Das Telegramm von Winston Churchill erreichte mich in Kapstadt, wo ich eigentlich überwintern wollte. Winston wurde von den zuständigen Beamten ins Vertrauen gezogen. Er empfahl ihnen, mich zu engagieren.«

»Winston?« Eben hatte Kit doch noch von ihm gelesen. Im Brief von Dianas Großmutter. Das kam ihm verdächtig vor. Dessen Mutter Jennie war immerhin die erste Amerikanerin, die in ein britisches Adelshaus eingeheiratet und damit eine Trendwelle losgetreten hatte. War es möglich, dass der mit allen Wassern gewaschene Kriegsminister des British Empire um die wahre Identität der Jackie Dupont wusste? Kit sah den Mann nur selten, obwohl er natürlich, wie konnte es anders sein, entfernt mit ihm verwandt war. »Woher kennst du Winston überhaupt?«

»Über meinen Onkel Daniel«, antwortete sie.

Jackies Onkel Daniel, wusste Kit, leitete die Detektei Dupont & Dupont. Einer dieser Typen, die überall einen Fuß in der Tür hatten. Während des Krieges war er wohl maßgeblich in die Arbeit der Geheimdienste verwickelt. In den letzten Monaten hatte Kit sich immer wieder gefragt, inwiefern Daniel Dupont davon profitierte, die verschollene Diana Gould für seine Nichte auszugeben. Bezahlte sie ihn dafür? Oder erpresste sie ihn etwa? Als jemand, der selbst schon von Jackie Dupont erpresst worden war, hielt Kit die zweite Option für wahrscheinlicher. Und natürlich bestand immer noch die Möglichkeit, dass Jackie tatsächlich Daniels Nichte war und Kit ganz einfach den Verstand verloren hatte.

»Köstlich, diese Ochsenschwanzsuppe«, freute sich Jackie derweil. »Mein Kompliment an deinen Koch.«

Kit verstand. Sie wollte keine Details preisgeben. »Churchill hat dich also gebeten, so schnell wie möglich nach London zu kommen.«

»Ja, aber es ist natürlich nicht besonders schnell, wenn man bedenkt, dass die Seereise hierher zwei Wochen in Anspruch nimmt. Es ist höchste Zeit für eine Luftschiffverbindung. Wäre Graf Zeppelin nicht vor drei Jahren gestorben, hätten wir sie längst. Der Mann war ein Macher, Darling. Einmal hat er mir hundert rote Rosen per Luftpost geschickt.«

Kit gab sich alle Mühe, nicht laut zu stöhnen, und er nahm sich vor, solche Bemerkungen bis auf Weiteres zu ignorieren. Wenn Jackie sich einbilden wollte, jeder halbwegs prominente Mann sei ihr glühender Verehrer, dann bitte schön. »Die Polizei hat keine Ahnung, wer die Krone gestohlen haben könnte?«

»Die Polizei hat keine Ahnung, dass die Krone überhaupt fehlt. Die Sache ist dem Königshaus hochgradig peinlich, vermute ich. Nichts darüber darf an die Öffentlichkeit geraten.«

»Mir erzählst du aber gerade davon.«

Sie zwinkerte. »Du bist ja auch ein Kunstdieb. Schon vergessen? Ich glaube, du wirst kein Wort sagen.«

»Das ist Erpressung.«

»Genau. – Wir sind nachher zum Tee in den Buckingham Palace eingeladen, dort erfahren wir Näheres.«

»Wir?«

»Ja, wir alle. Sargent, du und ich.«

»Ich?«, rief Kit erstaunt, genau in der Sekunde, als die Diener zum Abräumen der Suppenteller eintraten.

Jackie blieb gelassen. »Bitte bringen Sie doch eine Schale mit frischem Wasser und einen weiteren Teller mit, wenn Sie wiederkommen. Für den Hund.«

»Sehr wohl, Madam«, kam die vorhersehbare Antwort.

Nach einer Weile fuhr Jackie endlich fort. »Natürlich du. Wie schon bei meinen Ermittlungen an der Riviera wirst du mein Insider sein. Wie du weißt, lehne ich das britische Klassensystem aus tiefster Überzeugung ab, dennoch brauche ich in diesem Fall jemanden, der dazugehört. Warum nicht den Herzog benutzen, der einem zur Verfügung steht?«

»David, das heißt, Seine Königliche Hoheit Edward Prince of Wales und ich verkehren nicht in denselben Kreisen.«

»Das freut mich zu hören«, sagte Jackie spitz. »Selbst wenn es in diesem Fall hilfreich wäre. Er ist kein Kind von Traurigkeit, nach allem, was man so hört, euer Prinzlein, oder David, wie ihr ihn nennt. Können die Leute sich nicht für einen Vornamen entscheiden?«

»Es überrascht mich, dass er nicht zu deinem unerschöpflichen Pool an Herrenbekanntschaften zählt«, entgegnete Kit ebenso spitz. »Ich hätte schwören können, ihr wärt dicke Freunde.«

»Monarchen interessieren mich nicht. Schon gar nicht solche mit mehreren Vornamen.«

»Was ist mit Prinz Albert von Monaco?«

»Bist du etwa eifersüchtig?«

Ja. Du bist meine Frau, verdammt! Kit wollte wüten und toben und zu ihr hechten. Aber einerseits, dachte er sich, wäre das nicht in Professor Zwinglis Sinne, andererseits würde Sargent ihn auf der Stelle entmannen. »Hm«, murmelte er stattdessen nur.

Das Hauptgericht wurde aufgetischt, mitsamt Wasserschale und Extrateller.

Behutsam zerteilte Jackie ihre Wachtel und bedachte

Sargent mit ausgesuchten Stückchen. »Nein, keine Knochen. Geflügelknochen sind für Hunde tabu. Ja, auch für besonders große Hunde. Ich weiß, das hast du verdient, du bekommst trotzdem keine Geflügelknochen, die können splittern. Ja, wir machen gleich ein Mittagsschläfchen. Ganz bestimmt.«

Ist dieser giftige Köter denn das einzige Wesen auf der Welt, dem diese Frau Höflichkeit entgegenbringt?, fragte sich Kit. Kein Wort der Entschuldigung für ihn, der er seit Monaten an ihr verzweifelte?

»Was ist das überhaupt für ein eigenartiger Klotz?«, fragte Kit mürrisch und mit dem Wunsch, ihr irgendwie beizukommen. »Muss der auf dem Tisch liegen?«

»Der hier?« Jackie hob das eigenartige Gebilde in die Höhe. Durch das Fenster fiel ein Sonnenstrahl in den Raum und traf direkt auf die gräuliche Oberfläche des Objekts. Für einen Augenblick war die Welt in gleißende Regenbogenfarben getaucht. »Das ist ein Diamant.«

Kit verschluckte sich beinahe an dem Stück Rosenkohl. Er kaute hastig, schluckte und sagte: »Das ist nicht dein Ernst.«

Jackie hob eine Augenbraue. »Wieso sollte das nicht mein Ernst sein? Ich bin aus Südafrika angereist, man nennt mich die Diamanten-Detektivin, warum sollte ich da keinen Diamanten bei mir haben? Ich muss ihn leider meistens mit mir herumtragen. Während der Überfahrt konnte ich einen Steward gerade noch daran hindern, den Stein über Bord zu werfen, weil er ihn für Abfall hielt.«

Kit ärgerte sich über seine eigene Arglosigkeit. Darüber, dass er schon wieder den Fehler begangen hatte, Jackie nach seinen eigenen Maßstäben zu beurteilen. Er würde sich niemals mit einem riesigen Rohdiamanten an den Tisch setzen. Jackie Dupont schon.

»Aber so einen großen Stein?«, fragte er, um seine Überraschung zu rechtfertigen. »Den findet man doch nur alle hundert Jahre.«

»Ganz so groß wie der Cullinan ist er nicht, das gebe ich zu. Der hatte über dreitausend Karat. Dieser hier hat nur knapp zweitausend. Dafür darf er unversehrt bleiben. Wie die Erde ihn schuf, tief in ihrem Inneren, über Milliarden von Jahren. Sargent hat ihn in einer Mine in Rhodesien entdeckt. Er ist, wie du weißt, ein Mineralien-Spürhund. Unter anderem.«

»Du hast einen riesigen Diamanten aus einer Mine gestohlen?« Kit schwindelte bei dem Gedanken. Sämtliche Diamantenminen Südafrikas gehörten den Kartellen von de Beers und Oppenheimer. Die verstanden keinen Spaß.

»Gerettet. Ich habe ihn gerettet. Diamanten haben eine Seele, weißt du? Sie sprechen zu mir. Dieser hier hat mir gesagt, er möchte nicht das gleiche Schicksal wie seine Brüder erleiden. Zerschunden, zerschlagen und gleichgemacht.«

Kit legte Messer und Gabel beiseite und wischte sich mit der Serviette über die Stirn. Jackie hatte einen ausgesprochen schweißtreibenden Effekt auf Männer, wie er vorhin bei Sir Arthur bezeugen durfte. »Du trägst doch selbst Diamantschmuck.«

»Das ist etwas anderes. Für die ist es ja schon zu spät, da sollte man sie wenigstens zu Kunstobjekten zusammensetzen.«

Kit verstand nicht, inwiefern das etwas anderes sein sollte. Dennoch sagte er nichts. Er fühlte sich auf einmal müde. Sehr müde. Er nahm kaum wahr, wie die Diener die Teller abräumten und das Dessert vor ihn hinstellten. Erst als Jackie sich bei ihm erkundigte, ob er kein Kompott möge, erwachte er aus seiner Trance.

»Herrlich. Ein leichter Lunch ...« Jackie hob Sargent hoch und setzte ihn sich auf den Schoß. »Man fühlt sich gesättigt und doch nicht beschwert. Für dich, Sargent-Liebling, finden wir jetzt ein schönes Plätzchen, damit du deine Siesta halten kannst. Dann lege ich mich ebenfalls hin.« Sie stand mit dem Hund im Arm auf. »Kommst du, Darling?«

Kit wunderte sich, warum sie Sargent dazu aufforderte, ihr zu folgen, obwohl sie den Hund doch längst bei sich trug.

Als sie die Tür erreichte, drehte sie sich noch einmal zu Kit um. Ihre Augen blitzten. »Oder willst du nicht?«

Aus den Memoiren der
JACKIE DUPONT

Die Reise von Kapstadt nach London verlief ohne besondere Zwischenfälle, und ich erreichte die Hauptstadt des British Empire an einem grauen Novembermorgen. Freundlicherweise hatte der Duke of Surrey mir einige Monate zuvor seine Gastfreundschaft angeboten, sollte ich mich je in Großbritannien aufhalten. Dementsprechend fuhr ich nach meiner Ankunft direkt zum Grosvenor Square. Christopher St. Yves und sein Personal empfingen mich sehr herzlich. Der Duke erklärte sich sofort bereit, mir bei meinen Ermittlungen zur Hand zu gehen. Die geheimen Codices des britischen Adels sind für Außenstehende nicht leicht zu verstehen, da sie auf Traditionen und Überzeugungen beruhen, die einer demokratischen Gesinnung wie der meinen gänzlich widerstreben. Daher benötigte ich ein Mitglied dieser Gesellschaft, um gelegentlich für mich ... na sagen wir, zu übersetzen.

Das Stadthaus des Dukes, Surrey House genannt, präsentierte sich als dreigeschossiger Backsteinbau aus der Epoche der Regency. Schon beim Betreten des Gebäudes zeigte sich, dass man weder Kosten noch Mühen gescheut hatte, um dem kalten Gemäuer amerikanische Lebensart einzuhauchen. Neue Tapeten, Lampen im Art-déco-Stil, elegante Läufer auf dem Parkett. Diana Gould, Christophers verschollene Ehefrau, hatte vor ihrem Dahinscheiden für die Installation moderner Heizkörper und Sanitäranlagen gesorgt. Nicht die schlechteste letzte Tat. In London waren funktionierende Toiletten nämlich keine Selbstverständlichkeit.

Sicherlich hätte ich auch bei Lord Rothschild wohnen können, aber bei dem war es längst nicht so kommod. Wenn es um meinen Komfort ging, vertraute ich ausschließlich Amerikanerinnen. Und wenn Diana Gould eines war, dann Amerikanerin durch und durch. Hätte sie ihre Zeit mit anderen Dingen verbracht als mit der Auswahl von Keramiktoiletten, wenn sie ihr schreckliches Schicksal erahnt hätte? Wir werden es wohl nie erfahren.

Auch wenn Christopher bei unserer erneuten Zusammenkunft an der Behauptung festhielt, ich sei die verblichene Diana. Sogar seinem steinalten Butler hatte er diesen Unfug eingeredet. Ich? Diana Gould? Würde ich dann darauf verzichten, in Kapstadt zu überwintern? Um ins regnerische, kalte, von stinkenden Schornsteinen wimmelnde London zu reisen? Niemals! Ich würde am Fuße von Eiger und Jungfrau auf meinen Goldbarren die Skipiste hinabsausen. Oder täglich in der Milch von Araberstuten baden. Nein, Diana Gould mochte ein Leben im Luxus geführt haben, Jackie Dupont war ein rechtschaffen arbeitendes amerikanisches Mädchen. Egal was ein dahergelaufener Herzog behauptete.

Nun denn, dieser besondere Herzog besaß einige Vorzüge, die mir sehr entgegenkamen. Erstens war er ein Kunstfälscher, und damit hatte ich ihn in der Hand. Zweitens verfügte er über das größte Eisenbahnvermögen der Welt, und drittens sah er hinreißend gut aus. Wenn schon ein Herzog, dann dieser hier. Man fragt sich natürlich, warum ein steinreicher Mann es nötig hat, gefälschte Gemälde gegen die Originale einzutauschen, obwohl er sich die echten Bilder jederzeit kaufen kann, aber wie sagt man so schön? Jedem Tierchen sein Pläsierchen. Doch wenden wir uns wieder dem aktuellen Fall zu.

Nach einem leichten Lunch und einer ausgesprochen belebenden Mittagspause brachen Christopher und ich im herzoglichen Rolls-Royce zum Buckingham Palace auf. Der Chauffeur stellte sich als ehemaliger Soldat aus Christophers Regiment vor und versicherte mir, es sei für ihn kein Problem, mir auf unabsehbare Zeit zur Verfügung zu stehen. Er schien eine makabre Faszination für den Serienmörder zu hegen, der alle paar Monate in den Straßen rund um den Grosvenor Square im Londoner Stadtteil Mayfair sein Unwesen trieb. Dem unter dem Namen Mayfair-Mörder bekannten Wahnsinnigen waren nach Aussage des Chauffeurs bereits ein Juwelier, eine Spitzenklöpplerin, eine Schneiderin, ein Kutschenbauer, ein Sattler und zuletzt ein Hutmacher zum Opfer gefallen.

»Welcher Juwelier?«, wollte ich wissen. Perverse Tötungsdelikte begeisterten mich weniger, aber wenn es um Juwelen ging, war ich ganz Ohr.

»Wie hieß er noch gleich ... Miller?«, überlegte der Chauffeur. »Nein, Smith? Etwas Normales. Jones. Genau, Jones.«

»Jones? Nie von ihm gehört. Dann kann der Verlust nicht sehr groß gewesen sein. – Ach, ich sehe schon die Einfahrt zum St. James's Park. Wir sind wohl gleich da.«

Ich rief mir noch einmal in Erinnerung, was Winston Churchill mir über den Vorfall im Palast mitgeteilt hatte. Während einer privaten Feier des Prince of Wales verschwand die sogenannte Rundell-Krone. Dabei wurde Sir Reginald Hemsquith-Glover, der Privatsekretär der Königinmutter, schwer verletzt. Mehr wusste ich nicht. Natürlich war mir die Rundell-Krone ein Begriff. Es handelte sich um ein Stück, welches die damalige Prinzessin Alexandra von Dänemark von ihrem Verlobten, dem zukünftigen König Edward VII., zur Hochzeit geschenkt bekommen hatte. Die Krone stammte vom Hofjuwelier Garrard, wurde aufgrund ihres Stils jedoch nach einem berühmten Juwelier des achtzehnten Jahrhunderts benannt: Philip Rundell. Sie bestand aus mehreren Bögen, Schnörkeln und Verzierungen und war gänzlich mit Diamanten besetzt. Keine Krone von Weltruhm, aber eine von Wert.

Vor dem Buckingham Palace tummelten sich an diesem kühlen Tag nur wenige Schaulustige. Wir konnten ohne Probleme bis an den hohen Zaun heranfahren, der den Palastgrund sicherte. Ein Soldat am Tor fragte nach unserer Identität.

»Mein Name ist Jackie Dupont«, sagte ich.

Ohne zu zögern, gab der Wächter die Durchfahrt frei.

»Funktioniert das immer?«, fragte Christopher sichtlich angespannt.

»Was meinst du?«

»*Mein Name ist Jackie Dupont*, und alle Türen öffnen sich?«

»Bisher ja. Bedenke, dass die Leute, die mich beauftragen, üblicherweise Edelsteine im Wert eines Ozeankreuzers vermissen.«

»Richtig.«

Ich konnte mir nicht erklären, warum er mit einem Mal so wortkarg war. Immerhin hatte ich den Eindruck, auch seine Mittagspause sei durchaus entspannend gewesen.

Ein Herr in Livree bedeutete uns, in den Innenhof zu fahren und den Wagen dort abzustellen.

Sargent sprang im hohen Bogen aus dem Rolls-Royce, kaum dass die Tür sich öffnete. Laut bellend hielt er einen Herrn in Schach, der erschrocken einige Meter vor der Limousine stehen blieb.

»Wer sind Sie?«, fragte ich. »Mein Name ist Jackie Dupont.«

»Ich ... ich bin ... ich heiße Daubenay, Madam, ich bin der Privatsekretär des Prince of Wales. Seine Königliche Hoheit erwartet Sie bereits. Ähm, hätten Sie die Güte ...?«

»Welche Güte? Ach, den Hund meinen Sie. Hierher, Sargent.« Ich deutete auf den Duke. »Das hier ist Christopher.«

»Seine Durchlaucht ist mir bekannt. Willkommen, My Lord Duke.«

»Guten Tag, Daubenay«, antwortete Christopher.

»Folgen Sie mir bitte, Madam, Sir.«

»Warum bist du denn auf einmal so schlecht gelaunt?«, fragte ich meinen Begleiter leise.

Der knirschte hörbar mit den Zähnen. »Entschuldige bitte, dass ich nicht vor Freude platze, wenn du mich in deine Ränkespiele verwickelst. Noch dazu nach neun Monaten ohne ein Wort von dir.«

»Ich bin eben eine viel beschäftigte Frau.«

Er brummte etwas Unverständliches und verfiel in beleidigtes Schweigen. Von mir aus. Wenigstens schienen seine Lebensgeister zurückzukehren. Im Februar in Frankreich hatte ich ihn nur anpusten müssen, und er ging vor mir in die Knie. Er sah auch um einiges besser aus mittlerweile. Nicht, dass er je schlecht ausgesehen hätte. Groß, schlank, dunkelhaarig und mit den edlen Gesichtszügen der Surrey-Familie konnte ihm optisch niemand etwas anhaben. Nein, er wirkte insgesamt kraftvoller, entschlossener und aufrechter.

Daubenay führte uns durch eine pompöse Galerie voller Spiegel und Gemälde eine breite Treppe hinauf, dann durch die nächste Galerie, die von der ersten nicht zu unterscheiden war.

»Die Angelegenheit ist furchtbar«, erklärte er mir derweil. »Die Krone liegt der Königinmutter besonders am Herzen. Sie ist ein Hochzeitsgeschenk ihres Mannes. Unersetzlich!«

»Ich bin im Bilde. Es geht um die Rundell-Krone. Gold, besetzt mit eintausend Viertelkarätern sowie zwanzig indischen Diamanten mit je fünfzehn Karat, zehn im alten Brillantschliff, zehn im Tropfenschliff.«

»Offenbar wissen Sie mehr über das gute Stück als ich, Madam. Die Königinmutter hat keine Ahnung, dass jemand die Krone gestohlen hat. Es würde ihr das Herz brechen, wenn sie davon erführe. Nach allem, was sie in den letzten Jahren durchgemacht hat. Der Zar, Gott hab ihn selig, war ihr Neffe, wie Ihnen sicher bekannt ist. Schlimm genug, dass sie wochenlang auf Sir Reginald verzichten musste, während er im Krankenhaus lag.«

Ich stutzte. »Sir Reginald lag wochenlang im Krankenhaus, und Sie haben die Polizei nicht informiert? Dann war es ja versuchter Mord!«

Daubenay seufzte und blickte verstohlen zu Christopher hinüber. »Die Lage ist ausgesprochen heikel zurzeit. Die Irland-Frage, der lange Krieg, das alles hat die Öffentlichkeit mehr als empfindlich gemacht. Seine Majestät George V. ist stets darauf bedacht, ein positives Bild der königlichen Familie zu bewahren.«

»Sie meinen, weil er mal eben mir nichts, dir nichts den Namen seines Stammhauses geändert hat, um darüber hinwegzutäuschen, dass er und seine Sippe mehr deutsches Blut in den Adern haben als Kaiser Wilhelm persönlich?«

Daubenay zuckte zwar zusammen, überging aber meine Frage. Er verstand seine Arbeit. »Jedenfalls wäre es nicht förderlich, wenn die breite Öffentlichkeit erführe, dass der künftige König von England das Leben eines Playboys führt.«

Christopher schnaubte verächtlich. »Hannoveraner.«

Daubenays Ton wurde frostig. »Das Herzogtum von Surrey ist zweifelsohne das älteste des Reiches, dennoch glaube ich, mich daran zu erinnern, dass auch Ihr werter Vorfahr, Duke, im Jahre siebzehnhundertfünf für die Thronbesteigung durch das Haus Hannover gestimmt hat.«

»Die Alternative wäre ein Stuart gewesen.«

Ich konnte mir das Lachen nicht verkneifen. »Nicht streiten, Jungs. Tudor, Stuart, Hannover, Sachsen-Coburg und Gotha. Wen kümmert's, wie die Royals heißen? Sie sind doch alle miteinander verwandt.« Dennoch, es waren genau diese Untertöne, deretwegen ich Christopher mitgebracht hatte. Er erfüllte seinen Zweck par excellence.

Daubenay öffnete eine Tür. Wir betraten einen weitläufigen Salon, in dem zwei Männer auf uns warteten. Der eine saß, der andere stand. Einer war jung, der andere erheblich älter und hatte zwei Krücken dabei. Entgegen allen Annahmen saß der junge Mann. Der mit den Krücken stand dahinter.

Edward Albert Christian George Andrew Patrick David, Prince of Wales, Earl of Chester, Duke of Cornwall, Duke of Rothesay, Earl of Carrick, Baron Renfrew, Lord of the Isles, Prince and Great Steward of Scotland, war ein schmächtiger Knabe von etwa Mitte zwanzig mit goldblondem Haar und blauen Augen. Auf den ersten Blick wirkte er ziemlich harmlos, wie er da auf seinem vergoldeten Sofa hockte. Sein Ruf in der High Society eilte ihm jedoch voraus. Ein Lebemann sei er, der keine Lust auf die königlichen Pflichten hatte und lieber Zeit mit seiner verheirateten Geliebten Freda Dudley Ward verbrachte. Nun denn, wer mit so vielen albernen Titeln herumlaufen musste, hatte sicher Bedürfnis nach Zerstreuung.

Er erspähte mich und sprang auf. »Miss Dupont! Endlich lerne ich Sie persönlich kennen. Ich habe schon so viel von Ihnen gehört.«

Sargent knurrte.

»David, hallo«, sagte ich. »Mein Hund toleriert keine fremden Männer, die sich mir nähern. Sie werden also auf einen Handkuss verzichten müssen. Und bitte, nennen Sie mich Jackie.«

Er strahlte. »Jackie. Hinreißend. Sie müssen wissen, ich vergöttere Amerikanerinnen. Behalten Sie den Hund unbedingt in Ihrer Nähe, wenn Sie mich auf Abstand halten wollen.«

»Vorsicht, David, wir Amerikanerinnen können einem Mann schnell zum Verhängnis werden.«

Daubenay hüstelte, und David schien erst jetzt wahrzunehmen, dass ich nicht allein gekommen war. »Oh! Kit!«

Christopher neigte kaum merklich den Kopf. »David.«

»Hat das House of Lords endgültig beschlossen, mich des Landes zu verweisen?«

»Christopher hat sich freundlicherweise bereit erklärt, mir in diesem Fall zu assistieren«, erklärte ich.

»Ein Hobbydetektiv? Du?«

Kit knurrte lieber mit Sargent im Chor, als dem Prinzen eine Antwort zu geben. Wahrscheinlich konnten sich das die wenigsten erlauben. Ältestes Herzogtum und so weiter.

»Das ist der Nachteil am Reichtum, was, alter Junge?«, stellte David daraufhin fest. »Es ist unendlich langweilig. Wenigstens hatten wir im Krieg noch was zu tun.«

Da mein hübscher Herzog nach eigenen Angaben nicht in denselben Kreisen wie der Prinz verkehrte und außerdem zehn Jahre älter war, fragte ich mich, wann die beiden es auf die Vornamenebene geschafft hatten. Schließlich riefen die Herren Aristokraten einander am liebsten beim Titel, sogar wenn sie von derselben Amme gesäugt worden waren. Das klang dann wie bei einem Fußballspiel: *»Hey, Manchester!«, »Hier, Edinburgh!«, »Nein, hier drüben, Gloucester!«*

Erneut hüstelte Daubenay. Sein Schützling war darauf trainiert und er machte sich daran, mir den Herrn mit den Krücken vorzustellen. »Sir Reginald Hemsquith-Glover, der Privatsekretär meiner Großmutter. Der Leidtragende dieses Debakels.«

»Herrjemine!«, rief ich. »Sie sehen aber zerschunden aus! Ein Beinbruch?«

»Das rechte Wadenbein sowie drei Rippen, Madam.« Sir Reginald verbeugte sich tapfer. »Außerdem hatte ich eine schwere Gehirnerschütterung und eine Platzwunde. Man hat mich erst gestern aus dem Krankenhaus entlassen.«

Der Privatsekretär der Königinmutter war ziemlich groß und mit den Jahren in die Breite gegangen. Sein silbergraues, noch immer volles Haar trug er ein wenig länger, als es Mode war, und er besaß einen milden Gesichtsausdruck. Auf den ersten Blick wirkte er älter, als er war, was wohl daran lag, dass er den ganzen Tag mit greisen Damen zu tun hatte. Ich schätzte ihn bei genauerem Hinsehen auf Mitte fünfzig.

»Meine Großmutter hat ihn schwerlich vermisst«, sagte David. »Sie müssen wissen, dass sie extrem schwerhörig ist und zurückgezogen lebt. Da braucht sie vertraute Menschen um sich.«

»Verständlich. Aber kommen wir zur Sache.«

»Bitte, nehmen Sie Platz. Kit, trinkst du einen Scotch? Oder Tee? – Jackie? Champagner?«

Ich setzte mich auf eines der Sofas und zündete mir eine Zigarette an. »Champagner klingt gut.«

»Tee für mich.« Christopher nahm neben mir Platz, und Sargent rollte sich an meinen Füßen zusammen.

Daubenay bimmelte mit einem Glöckchen. Sogleich kam ein Diener herein, dem er unsere Wünsche auftrug.

Ich begann. »Antworten Sie einfach so gut Sie können auf meine Fragen, dann haben wir es bald hinter uns.«

David setzte sich ebenfalls wieder hin und bat Sir Reginald, es ihm gleichzutun. Der ließ sich sichtlich erleichtert auf einem Stuhl nieder.

»Wann hat sich der Vorfall ereignet?«

Der Prinz nahm es auf sich, mir zu antworten. »Vor etwas über zwei Wochen. Am Freitag.«

»An dem Abend haben Sie hier eine kleine Party veranstaltet?«

»So ähnlich.« Er faltete die Hände und schürzte die Lippen. »Die Wahrheit ist: Ich war überhaupt nicht da.«

»Wie bitte?«

»Ich habe einige Freunde gebeten, eine nette Dinnerparty auf meine Kosten zu veranstalten, hier im Palast. Ein wenig frivol, nichts Extremes. Es waren hauptsächlich Leute, mit denen ich auch sonst verkehre, dazu ein, zwei exotischere Gestalten, damit mein Vater die Sache schluckt. Er ist jederzeit bereit, mich des Umgangs mit Menschen von zweifelhaftem Ruf zu verdächtigen. Würde ich eine Party nur mit standesgemäßen Gästen veranstalten, stünde er sofort auf der Matte und witterte eine Verschwörung.«

»Oho.« Ich schlug die Beine übereinander und lehnte mich zurück. »Und wo waren Sie in der Zwischenzeit?«

»In Paris. Inkognito.«

»Mit Ihrer Geliebten, Misses Dudley Ward.«

»Richtig.« Er antwortete, ohne rot zu werden.

»Wo haben Sie in Paris übernachtet?«

»Im Ritz.«

»Inkognito? Im Ritz? Der Kronprinz von England? Dass ich nicht lache.«

Er grinste spitzbübisch. »Sie wissen schon. Unerkannt … von allen, die mich kennen.«

Christopher schnaubte schon wieder und verschränkte die Arme vor der Brust.

»Auf der Seite meines Alten, Surrey?«, fragte David kühl, und ich notierte gedanklich sofort, dass jetzt der Titel rausgeholt wurde.

»Du kennst meine Meinung dazu.«

»Affären gehören nicht in die Öffentlichkeit?« Der Blick des Prinzen triefte vor Sarkasmus.

»Die Krone ist die Krone. *Hoheit.*«

»Hören Sie das, Jackie? Da sprechen achthundert Jahre britische Geschichte. Wilhelm der Eroberer, Magna Carta, die glorreiche Revolution ... Die Surreys haben überall mitgemischt.«

»Ich weiß, ich weiß. Aber ehrlich gesagt kümmern mich diese historischen Feinheiten nicht weiter. Kommen wir zurück zur Sache, ich will nicht ewig hier herumsitzen. Surrey House ist wesentlich besser geheizt als dieses Mausoleum.«

»Aha, jetzt verstehe ich, Kit. Die Dame ist dein Gast.«

»Die Dame ist ...«

Ich ahnte, was er sagen wollte. Doch ihm wurde wohl rechtzeitig klar, was für einen irrsinnigen Eindruck eine solche Bemerkung auf meinen Auftraggeber machen würde, denn er ließ den Satz unvollendet.

»Wer hat sich alles an besagtem Abend im Palast aufgehalten? Das Königspaar?«

»Nein, die haben eine Woche auf Windsor Castle verbracht. – Wer war alles da, Daubenay?«

Der Privatsekretär hatte eine Liste zur Hand, die er mir reichte. Ich überflog sie. Einige Namen waren mir bekannt, andere hatte ich noch nie gehört. Der letzte stach mir ins Auge. »Lady Minerva Wrexley?«

»Sie ist die Tochter des ehemaligen Vizekönigs, Marquis Wrexley. Sie entwirft Mode und ist eine gute Freundin von Misses Dudley Ward.«

»Um Himmels willen!«, entfuhr es mir. »Die Wrexleys schon wieder.«

»Sie kennen die Familie?«, fragte Sir Reginald, der bis dato geschwiegen hatte.

»Oh ja, wir haben sie im Frühjahr an der Riviera getroffen.«

»Wir?« David hatte feine Ohren. »Sie und unser Freund hier? Schon wieder eine Amerikanerin, Kit? Ho, ho, ho. Du bist mir vielleicht einer … Jackie! Sind Sie etwa der Grund für den Abgang der redlichen Miss … Wie hieß sie doch gleich?«

»Ich habe eine Weile mit Lord Wrexley zusammengearbeitet, als ich im diplomatischen Dienst war«, wechselte Sir Reginald geschickt das Thema, und ich zog innerlich den Hut vor ihm. Dieser Mann wusste, wie er die Royals im Zaum hielt, ohne sie zu blamieren. »Mein ältester Sohn war sogar bei den Wrexleys in Indien. Mein Jüngster studiert noch in Oxford, aber er will ebenfalls in den diplo…«

»Das tut jetzt leider nichts zur Sache, Reginald«, unterbrach ich ihn trotz meiner Achtung für ihn. Je weniger ich von den Wrexleys hörte, desto besser. Unerträgliche Leute. »Da David zur Tatzeit gar nicht in London war, muss ich meine Fragen wohl an Sie richten, Reginald. Und an Sie, Daubenay.«

»Leider habe ich von dem Vorfall überhaupt nichts mitbekommen«, wehrte Daubenay hastig ab. »Ich habe den freien Abend genutzt, um ins Theater zu gehen. Mit meinem Bruder.«

»Und dabei haben allerlei Zeugen Sie beide gesehen?«

Er stellte sich ein bisschen gerader hin. »Selbstverständlich.«

»Finden Sie es völlig normal, eine Gruppe fremder Personen unbeaufsichtigt in den Räumlichkeiten des Prince of Wales feiern zu lassen?«

»Ich habe Sir Reginald gebeten, ein Auge auf sie zu haben. Als ich aus dem Theater zurückkam, fand ich ihn bewusstlos am Fuß der Treppe, die wir eben hinaufgegangen sind.«

»Jemand hat Sie die Treppe hinuntergestoßen, Reginald?«

Sir Reginald dachte einen Moment nach. »Ich kann es Ihnen leider nicht genau sagen, Madam. Eigentlich hatte ich nicht den Eindruck. Vielmehr kommt es mir vor, als hätte mir jemand auf den Kopf geschlagen.«

»Mit einem Gegenstand?«

»Das weiß ich nicht mehr. Aber ich habe keine Erinnerung daran, die Treppe heruntergefallen zu sein, und ich hatte eine Platzwunde am Hinterkopf.«

»Ich habe sofort Hilfe gerufen«, sagte Daubenay. »Alles ging sehr schnell. Erst am nächsten Morgen, bei meinem Besuch im Krankenhaus, stellten wir fest, dass sein Schlüsselbund fehlte. Ich fand es in seinem Arbeitszimmer, neben der Vitrine.«

»Vitrine!« Ich machte einen regelrechten Hüpfer auf dem Sofa, und Sargent bellte vor Schreck. »Wollen Sie sagen, die Krone war in einer Vitrine? Nicht in einem Safe?«

»Wir leben hier in einem Safe, Madam«, protestierte Sir Reginald.

»In dem Sie fremde Leute unbeaufsichtigt eine wilde Dinnerparty veranstalten lassen. Eintausend und zwanzig Diamanten. Fünfhundertfünfzig Karat! In einer Vitrine!«

Sir Reginald verzog den Mund. »Da sprechen Sie mit dem Falschen. Ich weiß leider immer noch nicht, was ein Karat ist, Madam.«

»Das Gewicht eines Samens des südafrikanischen Johannisbrotbaums. Null Komma zwei Gramm. Das weiß doch jedes Kind.«

»Di… Jackie, bitte«, flehte Christopher mich leise an. »Lass den Mann in Ruhe.«

»Ich lasse niemanden in Ruhe, Kit. Ich habe keine Zigaretten mehr. Gib mir eine.«

Er gehorchte.

Nach einigen tiefen Zügen fasste ich zusammen: »Eine unbekannte Person hat Sie also erst niedergeschlagen, Reginald, Ihnen anschließend den Schlüssel gestohlen und so die Krone entwendet. Diesen Umstand hat man aber erst am Tag danach entdeckt. Ich nehme an, die Gäste der kleinen Party waren bei Ihrer Rückkehr aus dem Theater noch anwesend, Daubenay? Wie heißen Sie überhaupt mit Vornamen?«

»Ja, Madam. Alle noch da. Ich ging zu ihnen hinauf, nachdem die Ambulanz Sir Reginald abgeholt hatte. – Victor, Madam.«

»Gab es jemanden unter den Gästen, mit dem Sie Streit hatten, Reginald?«

»Streit? Mit diesen jungen Leuten? Das sind doch nur alberne Kinder.«

»Sie glauben also nicht, dass es sich um einen als Raub getarnten Mordversuch handeln könnte?«

»Ausgeschlossen.«

Mir waren in meiner Karriere häufiger Raubmorde begegnet, deren Ziel gar nicht der Raub, sondern der Mord war, doch in diesem Fall schien mir der Verdacht gleichermaßen abwegig. Wer wirklich morden wollte, verließ sich nicht auf einen Schlag auf den Hinterkopf oder einen Treppensturz.

»Ich nehme an, die Verdächtigen sind mittlerweile in alle vier Himmelsrichtungen verschwunden, und es wird eine Ewigkeit dauern, sie aufzuspüren?«, fragte ich.

»Das stimmt wiederum nicht.« Prinzlein David sah mich triumphierend an. »Zum Dank für die kleine Scharade habe ich meinen Freunden ein Wochenende auf White Lodge versprochen. Dieses Mal mit mir. Meinem Vater habe ich den Trip als Jagdausflug verkauft.«

»Wo liegt White Lodge?«

Christopher wusste Bescheid. »Nicht weit von London entfernt. Im Richmond Park. Es ist eines der königlichen Jagdreviere.«

David nickte dem Duke gönnerhaft zu. »So ist es. – Churchill meinte, ich sollte Sie dorthin einladen, Jackie, dann hätten Sie Gelegenheit, meinen Freunden, wie sagt man so schön, auf den Zahn zu fühlen.«

»Wir kommen gern.«

»Schon wieder wir! Da werden sich die Damen aber

freuen, wenn der reichste Witwer des Empires sich die Ehre gibt.«

»Ich bin k…«

Ein sanfter Tritt gegen den Knöchel brachte Christopher zum Schweigen.

»Er ist kein besonders guter Schütze, wollte er sagen. Seine Waffe ist sein Pinsel, und ich versichere Ihnen, damit kann er ausgezeichnet umgehen. Ich hingegen bin überaus treffsicher.«

»Die Damen schießen nicht auf White Lodge.« Victor Daubenay warf mir einen besorgten Blick zu. »Das entspricht nicht der Etikette.«

»Diese Dame hier schon«, sagte ich und stand vom Sofa auf. »Das war's fürs Erste, meine Herren. Hund und Herzog, nehmen wir die Fährte auf.«

Aus den Memoiren der
JACKIE DUPONT

Dieser Fall war von Anfang an eine Katastrophe. Alles begann damit, dass ich den Tatort erst Tage später besichtigen konnte, nachdem sich die Königinmutter nach Schloss Sandringham zurückgezogen hatte. Kaum war es so weit, fand ich das Arbeitszimmer von Sir Reginald vollständig kontaminiert vor. Nicht nur gingen die Hofdamen und Diener der Königinmutter hier ein und aus, nein, auch die königlichen Hunde frequentierten das Büro. Ein ganzes Rudel Corgis. Das Arbeitszimmer fungierte quasi als Schleuse, die jeder zu durchlaufen hatte, wenn er zur Königinmutter wollte. Mensch oder Tier. Wie sollte Sargent unter diesen Bedingungen eine Spur aufnehmen? Ausgeschlossen. Sogar geputzt hatten sie. Geputzt! Einen Tatort!

Meine Hoffnung, dass nur eine begrenzte Anzahl der Partygäste vom Aufbewahrungsort der Krone gewusst hatte, wurde ebenfalls enttäuscht, da es David offenbar großes Vergnügen bereitete, seine Freunde durch den Palast zu führen. Halb London wusste, dass die Krone sich in einer Glasvitrine in Sir Reginalds Arbeitszimmer befand.

Hätte das Königshaus doch nur Scotland Yard gerufen! Die waren in Sachen Diamantenraub zwar nicht fähiger als andere, dennoch wussten sie, wie man einen Tatort behandelte. Absperren, nach Spuren und Fingerabdrücken suchen, einen Constable davor positionieren, fertig.

Daubenay war für all diese Argumente taub. Die Behörden durften unter keinen Umständen in den Fall verwickelt werden. Der König selbst hatte es angeordnet.

Ich war geneigt, ihm einen vergoldeten Kerzenhalter über den Schädel zu ziehen, um seine Meinung zu ändern. Dem König. Oder Daubenay. Wer von beiden als Erster in meine Reichweite geriet.

In Abstimmung mit Daubenay und dem Prinzen beschlossen Christopher und ich, getrennt auf White Lodge in Erscheinung zu treten, was zur Folge hatte, dass wir in den Tagen vor unserem Aufenthalt nicht gemeinsam in London gesehen werden durften. Unsere Zusammenkünfte beschränkten sich daher auf das Nötigste. Für mich stellte das kein Problem dar, immerhin hatte ich eine Reihe Bekannter in der Stadt und genoss das kulturelle Angebot Londons in vollen Zügen. Sargent geriet zwar in einen kleinen Streit mit einem Museumswächter der Tate Gallery, weil er ein Bild markieren wollte, aber ich muss wohl nicht näher ausführen, wer in dieser Auseinandersetzung obsiegte. Wie ich später dem Museumsdirektor erklärte, verehrte das Tier seinen Taufpaten, den Maler John Singer Sargent, sehr und wollte dessen Bilder bestmöglich absichern. Sollte der Direktor jemals einen Restaurator benötigen, mochte er sich vertrauensvoll an mich wenden.

Demnach war es dann auch Sargent, mit dem ich mich am Vorabend des Jagdausflugs beriet. Nach einer kurzen Begegnung mit Christopher in der Bibliothek zogen wir uns in mein Schlafzimmer zurück und ließen uns auf dem Himmelbett nieder. Sargent nahm wie üblich seinen Platz auf der Matratze ein. Erwartungsvoll sah er mich an.

»Ein interessantes Stück, nach dem wir da suchen, Liebling«, sagte ich und drapierte die Bettdecke über uns beide, bis nur noch Sargents Kopf darunter hervorschaute. So lag er am liebsten.

Durch ein Brummen gab er mir zu verstehen, dass er ganz meiner Meinung war.

»Bestimmt existieren Käufer für so eine Krone. Gerade in den USA oder in Fernost gibt es Leute, die sich die Hände reiben würden, wenn sie dem ehemaligen Kolonialherren eins auswischen könnten. – Du sagst, da gibt es einen Haken? Welchen denn?«

Sargent schloss verdrossen die Augen.

»Stimmt. Da liegst du ganz richtig. Solange der Diebstahl nicht öffentlich bekannt wird, kann der Dieb die Beute nicht loswerden, denn niemand würde ihm glauben, dass es sich bei der Krone um das Original handelt. Es wäre also im Sinne des Täters, wenn der Raub publik wird. Mal sehen, ob sich am Wochenende jemand darum bemüht.«

Sargent rekelte sich genüsslich.

»Eigenlob ist keine sympathische Angewohnheit, wenn ich dir das an dieser Stelle einmal sagen darf. Hast du eigentlich schon die Möglichkeit ins Auge gefasst, dass der Dieb die Krone gar nicht im Ganzen verkaufen will? Dann hätten wir nämlich eine völlig andere Situation. Tausend Viertelkaräter kann man ganz gut zu Geld machen, wenn man sie in kleinen Portionen verkauft. Und die großen, ja, die großen, mit denen lässt sich ein Vermögen verdienen. Wäre ich der Dieb, ich würde die Steine aus der Krone lösen, das Gold einschmelzen, nach Antwerpen fahren und die Klunker dort anonym an der Diamantenbörse veräußern. In diesem Szenario stellt sich dann die Frage, ob der Dieb das Geld sofort oder später braucht oder ob er jemand anderem eine große Summe schuldet, die er mit den Diamanten begleichen will. Es ist keinesfalls gesichert, dass die Person, die eventuell mit den Steinen in Antwerpen auftaucht, gleichzeitig unser Dieb ist. Bei dieser Variante kommt es dem Täter gelegen, wenn der Diebstahl weiterhin verheimlicht wird, weil er so die Steine loswerden kann, ohne bei den Händlern in Belgien Verdacht zu erregen. Solange die Brillanten echt und von guter Qualität sind, interessiert dort niemanden die Herkunft der Steine. In jedem Fall muss unser Dieb, unsere Diebin oder unser Diebesgespann Kontakt zu einem Hehler aufnehmen. Ich glaube kaum, dass die Freunde von Prinz Blondschopf im Handel mit gestohlenen Juwelen bewandert sind. Nur weil David jemanden als exotische Person bezeichnet, ist er in meinen Augen noch lange nicht exotisch. Jenen Mann, der zweihundert Saphire in seinem Rektum von Ceylon nach Delhi geschmuggelt hat, den nenne ich exotisch. Vor allem, wenn man berücksichtigt, welchen Einfluss die indische Küche auf die menschliche Verdauung hat. Ich muss nur an Curry denken, und … Na, du weißt schon.«

Der Hund zeigte keinerlei Reaktion.

»Bist du etwa beleidigt, weil ich dich nicht zu Wort kommen lasse, mein Schatz?«

Er seufzte.

»Fein. Du bist aber auch nicht gerade sonderlich engagiert. Ich hingegen habe längst die Namen der Verdächtigen an Onkel Daniel telegrafiert, damit er unser Netzwerk aktiviert. Ich bezweifle jedoch, dass wir nützliche Ergebnisse erhalten werden. Wer auch immer sich der Krone bemächtigt hat, ist sicher nicht unter seinem eigenen Namen nach Antwerpen gereist. Oder sonst wohin. Er oder sie ahnt vermutlich, dass die Royals jemanden anheuern, um die Krone zurückzubekommen. – Sag mal, Sargent, schnarchst du? Bist du etwa eingeschlafen? Mitten im Gespräch? Nicht zu fassen! Dir hat wohl unser Spaziergang im Hyde Park nicht gutgetan. Ein zu *großer* Park für einen so *kleinen* Hund?«

Nichts. Wenn das Tier darauf nicht reagierte, schlief es tief und fest.

»Wie du willst. Aber beschwer dich nicht, wenn ich dir meine Überlegungen morgen nicht noch einmal darlege.« Ich drehte mich auf die andere Seite. »Gute Nacht.«

Aus den Memoiren der
JACKIE DUPONT

Am späten Vormittag des nächsten Tages trafen Sargent und ich auf White Lodge ein. Für meine Anreise hatte Christopher mir einen reizenden kleinen Sportwagen besorgt. Mobilität war mir ausgesprochen wichtig. Ich hasste es, mich auf einen Chauffeur verlassen zu müssen, dafür war mein Beruf viel zu unberechenbar.

David, unser Prinz, war bereits am Vortag eingetroffen. Gemeinsam mit Daubenay erwartete er mich auf den Stufen von White Lodge, das so gar nicht meiner Vorstellung von einem Jagdschloss entsprach. Da schwebte mir Fachwerk vor, mit Schnörkeln, vielen Türmchen und waldgrünen Fensterläden. White Lodge hingegen sah aus wie ein Klotz aus Marmor. Das heißt, es sah nicht nur so aus, es war ein Klotz aus Marmor. Quadratisch und steril. Ich konnte mir beim besten Willen nicht vorstellen, wie man hier bei Wein, Weib und Gesang den zuvor geschossenen Braten vertilgen und danach zum fröhlichen Reigen aufspielen wollte.

»Bitte lassen Sie den Wagen parken und mein Gepäck aufs Zimmer bringen. Ich hoffe doch, ich bin die Erste?«

»So ist es, Madam.« Daubenay verneigte sich.

David war weniger formell. »Ich würde Ihnen gern die Hand reichen, Jackie, aber ich brauche sie noch. Ihr kleiner weißer Freund wirft mir äußerst kritische Blicke zu. Da möchte ich nichts riskieren.«

»Sehr weise, David. Sargent ist kein Kuscheltier, sondern ein hoch spezialisierter Such- und Schutzhund. In meinem Beruf reise ich häufig in Gegenden, in denen ein Menschenleben kaum etwas zählt. Ich bin zwar eine ausgezeichnete Schützin und selten unbewaffnet, trotzdem sind die Instinkte meines Hundes für mich unabdingbar. – Wann treffen Ihre Gäste ein?«

»In etwa zwei Stunden, Madam«, erklärte Daubenay. »Wie von Ihnen angeordnet, haben wir die Freunde des Prinzen gebeten, nach dem Lunch aufzubrechen, damit zum Tee alle hier sind.«

Ich zog die Zigarettenspitze aus der Manteltasche. »Hervorragend. Christopher wird erst heute Abend zum Aperitif eintreffen.«

David sah mich überrascht an. »Warum denn das?«

»Er soll einen großen Auftritt haben.«

Demonstrativ hielt ich die Zigarettenspitze in die Höhe. David holte auf der Stelle ein goldenes Etui hervor, aus dem er mir eine frisch gerollte Zigarette anbot.

»Verraten Sie mir, warum?«

»Nein. – Zeigen Sie mir bitte jetzt das Haus. Ich hoffe, es ist geheizt. Ich hasse Kälte. Nichts macht mir schlechtere Laune. Wenn ich mir überlege, dass ich jetzt eigentlich bei meinen Freunden, den Oppenheimers, in Südafrika wäre ... Ach, was soll's, es hat mich ja niemand gezwungen, diesen Auftrag anzunehmen.«

David und Daubenay führten mich hastig ins Gebäude. Die Eingangshalle war weitläufig und zu beiden Seiten von Treppen gesäumt. Das Personal stand in Reih und Glied bereit, um mich willkommen zu heißen. Der Blick des Butlers sprach Bände, als Daubenay ihn anwies, jeder meiner Aufforderungen unverzüglich nachzukommen und auf die Einhaltung der Hierarchien zu verzichten.

Wer ist diese Frau, schien der Mann sich zu fragen, dass man ihr Privilegien zugesteht, die nicht einmal der Prinz für sich selbst in Anspruch nimmt? Eine Bürgerliche. Eine Amerikanerin! Herrlich amüsant. Die Angestellten der Aristokraten waren noch größere Snobs als ihre Dienstherren.

White Lodge barg leider keine Überraschungen. Weder Falltüren noch falsche Wände, kurz gesagt: nichts, was ich mir für die Ermittlungen erhofft hatte. Lediglich klassizistische Schlichtheit.

Ach, wären wir doch nur in einem Landhaus aus der Tudor-Zeit gelandet, mit geheimen Kammern und Falltüren im Boden, unter denen man zu Zeiten der Katholikenverfolgung die Priester verbarg. Wie hätte ich die Freunde des Prinzen belauschen können!

Nun denn, ich hatte keine Zeit, einen Religionskrieg anzuzetteln, und musste wohl oder übel auf die klassischen Methoden der Kriminalistik zurückgreifen: sehen, hören, denken, schlussfolgern.

Nach der Besichtigung des Waffenkellers zog ich mich mit Sargent in mein Zimmer zurück, wo ein Feuer im Ofen brannte. Warm fand ich den Raum trotzdem nicht, aber ich hatte schon Schlimmeres erlebt. Wenn das Personal die Geistesgegenwart besaß, das Feuer bis zum Abend am Leben zu erhalten, war meine persönliche Wohlfühltemperatur pünktlich zum Zubettgehen erreicht. Bei so kalten Gemäuern war es kein Wunder, dass die britischen Ladys eine Vorliebe für Tweedröcke und Wolljacken hegten. Warme Kleidung stand bei mir zwar ebenfalls hoch im Kurs, aber knielange Röcke, beige Strümpfe und grobe Wolle existierten in meinem Universum nicht. Ich trug meinen Tweed in Form einer maßgeschneiderten Jacke, dazu eine Reithose und braune Stiefel. Ja, sogar eine Schiebermütze gehörte zu meinem Jagdensemble. Nur eine Flinte fehlte. Noch.

»Lass uns kurz unsere Strategie durchgehen«, bat ich Sargent, der mit halb geschlossenen Augen auf einem Sessel vor dem Ofen lag. »Außer dem Dieb ahnt keiner der Gäste, dass die Krone verschwunden ist. Sie sind bisher nur darüber im Bilde, dass Sir Reginald bei ihrer kleinen Party von der Treppe stürzte. Soll ich ihnen gleich zu Beginn offenbaren, warum ich hier bin?«

Sargent kratzte sich hinterm Ohr.

»Bitte hör doch zu.« Ich stellte mich direkt vor ihn hin. Er verharrte mit der Hinterpfote in der Luft und sah zu mir auf. »Danke. – Also, wenn ich ihnen den Grund meiner Gegenwart verschweige, kann ich sie eine Weile ungestört beobachten. Andererseits könnte die sofortige

Offenlegung meines Vorhabens den Täter zu einer verräterischen Kurzschlusshandlung verleiten und die Ermittlungen erheblich beschleunigen.«

Sargent senkte die Pfote.

»Was, wenn ich verrate, wer ich bin, aber nicht, *warum* ich hier bin? – Nein? – Du meinst, ich soll einfach abwarten, was passiert, und spontan entscheiden? Mich auf meine Nase verlassen? Das sagst du vielleicht als Spürhund.«

Sargent rollte sich resigniert zusammen, woraufhin ich mir eine Zigarette anzündete und aus dem Fenster in den Richmond Park sah. Neblig trüb lag die Landschaft vor mir. Eine Weile sann ich über die Sonne Südafrikas nach. Gin Tonic auf der schattigen Veranda, Leinenbettwäsche und Moskitonetze, dazu der Ruf der Hyänen in der Nacht …

»Es bringt nichts«, stellte ich schließlich fest und drückte die Zigarette im Aschenbecher aus. »Jetzt sind wir hier, also machen wir das Beste daraus. Hast du mein Beautycase gesehen, Schätzchen? Ach, da steht es ja. Britische Dienstmädchen sind entsetzlich neugierig, da gehen wir lieber mal auf Nummer sicher.«

Wie schon so oft im Leben machte ich mich daran, den Inhalt des kleinen Koffers – Messer, Schusswaffen und Munition, einen Schlagstock und diverse Messinstrumente – unter der Matratze zu verstecken. Den Colt behielt ich am Körper, in einer eigens dafür vorgesehenen Innentasche meines Tweedjacketts. Zu guter Letzt versteckte ich den Rohdiamanten im Bettkasten und richtete das Bettzeug wieder so her, als hätte ich es nie angerührt.

»Fertig. Lass uns runtergehen.«

Sargent rührte sich nicht.

Ich legte mir den Mantel um die Schultern. »Mein Herz, es tut mir außerordentlich leid. Ich weiß, wie sehr du schlechtes Wetter verabscheust, aber bis du lernst, eine Toilette zu benutzen, musst du mit dem Park vorliebnehmen. Er ist wirklich riesig, und es gibt bestimmt Maulwürfe.« Maulwürfe waren, neben Männern, Sargents Erzfeinde.

Bald überwand er seinen Unmut und flitzte ausgelassen über den Rasen. Gewissenhaft markierte und beschnüffelte er Bäume und Sträucher, und mit der Zeit wurde sein Fell immer schmutziger.

Bei unserer Rückkehr stand eine Limousine vor dem Haus, deren Chauffeur soeben einer Dame beim Aussteigen half, während auf der anderen Seite des Fahrzeugs ein Herr ins Freie kletterte.

Ein Ehepaar? Ein Liebespaar? Oder einfach nur eine Fahrgemeinschaft?

Daubenay trat aus dem Haus, begrüßte die Gäste mit einer Verbeugung und bat sie hinein. Leider hörte ich den Namen der Neuankömmlinge nicht, weil ich zu weit von ihnen entfernt war, also beschleunigte ich meinen Schritt und folgte ihnen hinein.

In der Eingangshalle lehnte ich mich gegen eine quadratische Marmorsäule und beobachtete die Begrüßungsszene. David erschien, verschenkte lachend einen Handkuss an die Dame sowie ein Schulterklopfen und Händeschütteln an den Herrn. Dann sah er mich.

»Jackie, bitte kommen Sie doch her. Darf ich vorstellen, das sind meine geschätzten Freunde Lord und Lady Kenworthy. Ihr Lieben, darf ich euch meinen Besuch aus Boston vorstellen? Jackie Dupont.«

Ein Ehepaar also. Das einzige an diesem Wochenende. Ich rief mir Daubenays Liste in Erinnerung. Mittlerweile hatte er die Namen der Verdächtigen mit einigen Anmerkungen zu Hintergrund und Herkunft versehen.

Lord Marcus, Baron Kenworthy, jüngster Sohn des Marquis of Arguile. Sein Titel war rein dekorativer Natur. In Großbritannien bekam nur der älteste Sohn den Erbtitel und die Güter, alle anderen Söhne mussten sehen, wie sie für ihr Auskommen sorgten. Im Fall von Lord Kenworthy hieß das Auskommen Berengaria »Bibi« Kenworthy, geborene Devereux, eine der vermögenden Devereux-Zwillingsschwestern, die beide an diesem Wochenende erwartet wurden.

Lord Kenworthy war in Davids Alter, dunkelblond, schlank und von mittlerer Größe. In einer Hand hielt er eine hölzerne Pfeife, was mir für einen so jungen Mann unpassend erschien. Seine Frau war klein und ein wenig gedrungen, doch immerhin sah sie mir aufgeschlossen entgegen. Ein wenig erinnerte sie mich an ein Nagetier. An einen Hamster vielleicht oder einen Biber. Sie war etwas jünger als ihr Mann. Anfang zwanzig, schätzte ich.

»Hocherfreut«, sagte Lord Kenworthy, ohne sonderlich erfreut zu wirken. »Sie sind aus Boston? Meine Mutter ist Amerikanerin.«

Schon vernahm ich ein leises Knurren auf Höhe meiner Waden. Es widerstrebte mir jedoch enorm, den schlammigen Sargent auf den Arm zu nehmen. Ich warf ihm daher einen mahnenden Blick zu, bevor ich mich an mein Gegenüber richtete. »Sieh an, da war Ihre Mutter wohl eine sogenannte Freibeuterin.«

So hatte man Ende des vergangenen Jahrhunderts die amerikanischen Millionärstöchter bezeichnet, die nach England gereist waren, um sich einen Mann mit Titel zu angeln. Frauen wie Jennie Jerome, Consuelo Vanderbilt oder Minnie Stevens, um nur einige der prominenteren Damen zu nennen. Leider war das Modell nicht von Erfolg gekrönt, und die meisten Ehen endeten in Skandal und Scheidung. Hätte Diana Gould sich das Schicksal dieser Frauen zu Herzen genommen, wäre sie vermutlich heute mit einem reizenden Rockefeller oder einem aparten Astor verheiratet. Stattdessen ging sie auf Nimmerwiedersehen mit der Titanic unter.

Kenworthy zog an seiner Pfeife. »In der Tat. Doch ich glaube, es hat mir nicht geschadet.«

»Natürlich nicht«, antwortete ich brüsk. »Sie können sich glücklich schätzen. Ihnen wurde der schädliche Inzest erspart.«

Er verschluckte sich beinahe an seinem Rauchgerät, und seine Augen füllten sich mit Tränen. Er hustete und schniefte wie eine Dampflok.

»Was verschlägt Sie nach England?«, fragte Bibi Kenworthy rasch, um die peinliche Situation zu überspielen. »Misses … Miss …«

»Dies und das. Rebhühner schießen vor allem. – David, wird schon der Tee im Salon serviert?«

Der Prinz gab die Frage an Daubenay weiter. Der war im Bilde.

»Jawohl, Madam.«

Soeben kam der Butler angelaufen, um den Kenworthys die Mäntel abzunehmen. Er wollte auch mir an den Pelz.

»Sind Sie verrückt?«, protestierte ich lautstark. »In diesem Eisschrank werde ich mich nicht entblößen, solange kein Feuer in der Nähe ist. Komm, Sargent, wir trinken erst mal eine heiße Tasse Tee.«

Ich ließ die perplexen Kenworthys im Flur stehen. Richtig so. Sie sollten sich gleich ein wenig unsicher fühlen, gleich ein wenig derangiert, und nach Möglichkeit sollten sie mich unsympathisch finden. Dann konnte Christopher am Abend als strahlender Ritter glänzen, und sie würden sich ihm erst recht anvertrauen. Einem von ihrem Schlag, nur um einiges höhergestellt als sie in den Sphären von Rang und Reichtum.

Welcher Kenworthy, wenn nicht beide, hätte ein Motiv gehabt, die Krone zu stehlen? War Bibis Erbe verspielt, verloren, verjuxt, vertrunken oder falsch investiert worden? Und wenn ja, wussten sie alle beide davon oder nur einer? Ich machte mir eine gedankliche Notiz, diesen Fragen auf den Grund zu gehen.

Der Salon befand sich im hinteren Teil des Hauses, mit Blick auf den Park. Ich setzte mich in einen der Sessel neben dem Kamin. Sargent robbte derweil genüsslich über den Perserteppich und entledigte sich der Feuchtigkeit und des Schmutzes, die seinen Körper bedeckten.

Keine zehn Minuten nach Ankunft der Kenworthys hörte ich erneut Stimmen im Flur, und nach einer Weile betraten zwei Herren den Salon, in Begleitung von David. Sargent war mittlerweile sauber und trocken und thronte auf meinem Schoß.

»Jungs, diese reizende Dame hier ist Jackie Dupont aus Boston. Jackie, darf ich Ihnen meine Freunde Captain Lucas Carmichael von der Royal Air Force und Mister Boy Fielding vorstellen. Boy ist ein begnadeter Theaterkritiker, aber hüten Sie sich vor seiner spitzen Zunge.«

»Meine Zunge ist sogar gespalten«, raunte ich. »Da habe ich nichts zu befürchten.«

Lucas Carmichael und ich waren uns schon mal begegnet, unter Umständen, die der militärischen Geheimhaltung unterliegen. Ein brillanter Pilot, berühmt für sein furchtloses Vordringen in Feindesland. Einer dieser Typen, die von Propagandisten in aller Welt geliebt werden. Blond, aufrecht und allzeit bereit, seine Höllenmaschine zur Rettung der Nation in die Flammen zu steuern. Einer, mit dessen Bekanntschaft andere sich gern schmückten. Mal sehen, was der Frieden aus ihm gemacht hatte. Er war auf jeden Fall furchtlos und vielleicht auch arm genug, um Sir Reginald niederzuschlagen und sich der Krone zu bemächtigen.

»Madam«, sagte Carmichael mit einer kurzen Verbeugung und ohne jedes Zeichen des Erkennens.

»Lucas und ich waren gemeinsam bei der Air Force«,

verkündete David stolz. »Ich durfte zwar nicht an die Front, aber das Fliegen konnten sie mir nicht verbieten. – Boy, sieh dich vor, Jackie ist aus einem anderen Holz geschnitzt als die Ladys, die du sonst so gerne verulkst. Und für euch beide gilt: Haltet euch von ihrem Hund fern. Eure Kronjuwelen sind nicht so gut bewacht wie meine.«

»David, du bist unmöglich! Vor einer Dame.« Boy Fielding kicherte. »Noch dazu einer so schönen.«

»Soll das heißen, weniger schöne Damen haben keinen Respekt verdient?«, fragte ich kühl.

»Natürlich nicht, keineswegs. Ich sehe schon, ich muss mein loses Mundwerk zügeln. Den meisten Frauen gefällt es aber am Ende doch.«

»Die meisten Frauen machen ihr Leben lang nichts anderes, als einem Mann vorzugaukeln, es würde ihnen gefallen. Im Gespräch wie im Bett.«

Alle drei Herren liefen schlagartig knallrot an und sagten kein Wort mehr.

»Warum trinken Sie nicht eine schöne Tasse Tee?«, schlug ich daher vor. »Scones, Sandwiches, alles da.«

In dieser Sekunde betraten Lady Bibi und Lord Marcus Kenworthy den Salon. Bibis Zwillingsschwester, Boudicca »Bobby« Devereux, war offensichtlich in der Zwischenzeit eingetroffen, denn eine weitere Dame trat ein, und siehe da: Aus einem Biber wurden zwei.

»Ist alles in Ordnung?«, fragte Kenworthy nach einem Blick in die Runde.

»Es geht uns ausgezeichnet«, antwortete ich. »Tee?«

Langsam kamen die Herren wieder zu sich und begrüßten die Kenworthys sowie Bobby Devereux mit der Vertrautheit alter Freunde.

Boy Fielding warf mir dabei einen bitterbösen Blick zu.

Ein echter Narziss, schloss ich. Er reagierte mit Wut, wenn sich jemand noch vulgärer äußerte als er selbst. Ich ging davon aus, dass er dem Prinzen, ähnlich wie der Kampfpilot Carmichael, nur zum Schmuck gereichte. Seht her, schien David mit der Freundschaft zu einer solchen Person sagen zu wollen, seht her, wie modern ich bin, wie wenig ich mir aus euren Konventionen mache. Aber was bedeutete das für unseren Fall? Boy Fielding wollte gewiss mit den anderen Freunden des Prinzen auf gesellschaftlicher Ebene mithalten. Eventuell hoffte er, eine Ehe mit einer Erbin oder einer reichen Witwe eingehen zu können, um endlich in höhere Gefilde aufzusteigen. Möglicherweise stieß er dabei gegen uralte Mauern, auf denen er zwar tanzen, die er aber nicht einreißen konnte. Und mit Geld, ja, mit Geld, da sah die Sache eben anders aus. Ihm käme ein Krönchen durchaus gelegen.

»Grauenhaft! Ich musste einen Hut aus dem letzten Jahr wählen!«, rief Bibi Kenworthy und riss mich aus meinen Gedanken. »Kann dieser schreckliche Mörder sich seine Opfer nicht in einem anderen Milieu suchen?«

»Anfang letzten Jahres hat er eine Näherin von Madame Gilbert ermordet«, fügte Bobby hinzu. »Sie fertigte gerade ein Ballkleid für mich an. Es ist, als wären wir verflucht.«

Boy Fielding hatte sich wieder gefangen. Er lächelte kongenial. »Makaber. Bald nimmt niemand mehr eine Bestellung von euch an. Aber schon der erste Mord war eine Katastrophe. Das halbe West End musste ohne Bühnenschmuck auskommen, weil der Kerl den alten Jones umgelegt hat.«

Schon wieder der Mayfair-Mörder! Bei Gelegenheit würde ich diesen Kerl ausfindig machen und ihn bitten müssen, sein Treiben einzustellen, um meine Nerven zu schonen. »Ich vermute, mit einem anderen Milieu meinen Sie nicht das Ihre, Bibi?«, fragte ich.

Die Angesprochene presste die Lippen aufeinander und rückte dichter an ihren Mann heran.

Ihre Schwester entdeckte mich erst jetzt. »Huch! Ich dachte, wir wären unter uns.«

»Bobby, Darling«, beeilte David sich zu sagen, »darf ich vorstellen: Jackie Dupont.«

»Ah ...«

»Ich höre Stimmen«, sagte Boy und eilte zur Tür, sichtlich erleichtert, den Salon verlassen zu dürfen. »Das sind die anderen.«

Etwa fünf Minuten später kehrte er mit zwei Damen zurück. Sie waren außerordentlich modisch gekleidet. Die Jüngere von beiden trug das dunkle Haar kinnlang, genau wie ich. Seit ein Foto von mir aus der Oper von Monte-Carlo erschienen war, wählten immer mehr Frauen diese Frisur.

Als sie mich entdeckte, schlug sie die Hand vor den Mund. »Sie sind Jackie Dupont!«

»Das bin ich, in der Tat.«

»Ich … Sie … Ich bin Minerva Wrexley. Meine Mutter hat mir von Ihnen erzählt. Von dieser schrecklichen Angelegenheit an der Riviera. Und meine Freundin Coco spricht ständig von Ihnen.«

»Sie meinen Copy Chanel?« Ich hielt David demonstrativ meine Tasse hin, bis er begriff, dass ich mehr Tee haben wollte. Schnell goss er nach.

»Wie bitte?«

Ich schüttete einen Hauch Milch in den Tee. »Copy Chanel … Sollte die Dame Ihre Freundin sein, dürfen Sie ihr ausrichten, dass ich im nächsten Sommer Basrröcke mit Apfelsinen daran tragen werde. Dann muss sie nicht warten, bis sie mich wiedersieht, um sich von mir inspirieren zu lassen. – Ich hörte, Sie sind ebenfalls Modeschöpferin, Minerva?«

»Oh ja, oh ja.«

»Und eine exzellente dazu«, kommentierte Bibi Kenworthy laut, damit ich es auch ja hörte. Sie nahm die erwünschte Trotzhaltung ein. Wunderbar.

Die reifere Frau, eher in Christophers Alter, hatte feuerrotes, dickes Haar, einen vollen Mund und Augen so groß wie Scheinwerfer. Im Grunde sah sie aus wie Christophers Rolls-Royce. Sogar ihr Kleid war cremefarben.

Sie kam direkt auf mich zu. »Sie sind Amerikanerin?«

»Voll und ganz.«

»Mein Vater ist der amerikanische Botschafter. Mein Name ist Tilda McLeod.«

»Hallo, Tilda.«

»Was treibt Sie in dieses kalte Schloss, Jackie?«

»David hat mich darum gebeten, ihn zu begleiten.«

»Was?« Sie drohte dem Prinzen spielerisch mit dem Zeigefinger. »David ... kommt Freda denn nicht?«

»Sie muss sich um ihren Mann kümmern«, frotzelte Boy Fielding.

»Miss Dupont ist eine berühmte Detektivin«, hauchte Minerva Wrexley andächtig. »Sie hat den Mord an Carla Tush in Monaco aufgeklärt und ihr unbezahlbares Diamantcollier wiedergefunden.«

Keiner der Gäste reagierte übermäßig nervös auf diese Bemerkung. Ich hatte mich schon gefragt, wie Minerva meine Anwesenheit kommentieren würde.

Tilda zeigte sich zwar sichtlich überrascht, aber sie war eben Amerikanerin und wusste natürlich von der renommierten Detektei namens Dupont & Dupont. »Jetzt verstehe ich! Sie sind der *Diamond Detective*. Von Ihnen habe ich schon oft gehört. Ich wusste gar nicht, dass Sie mit David verkehren.«

»Ich verkehre nicht mit ihm. Sie etwa? – Reichen Sie mir doch noch einen Scone, David. Für den Hund.«

»Warum sind Sie hier, Miss Dupont?«, fragte Minerva Wrexley besorgt. »Doch nicht etwa beruflich?«

Der Moment war gekommen, an dem ich eine Entscheidung fällen musste. Sargent brachte sich auf meinem Schoß in Position, indem er sich aufrecht hinsetzte und streng in die Runde blickte. Ihm stand der Sinn nach Konfrontation. Mir auch. Gespannt wartete die Gruppe auf meine Antwort.

»Doch«, sagte ich.

»Was?«, hauchte Tilda McLeod. »Warum das denn?«

»Vor genau vier Wochen haben Sie alle im Buckingham Palace eine ausschweifende Dinnerparty gefeiert, um darüber hinwegzutäuschen, dass David mit seiner Geliebten nach Paris gereist ist. Dabei hat jemand, also einer oder mehrere von Ihnen, Sir Reginald Hemsquith-Glover mit einem bislang unbekannten Gegenstand auf den Hinterkopf geschlagen, woraufhin Sir Reginald die Treppe hinunterstürzte und schwerste Verletzungen erlitt. Anschließend bemächtigte sich jemand von Ihnen des Schlüsselbundes von Sir Reginald, drang in sein Büro ein, öffnete die sich dort befindliche Glasvitrine und entnahm daraus die sogenannte Rundell-Krone, ein Besitzstück der Königinmutter. Ich bin hier, um herauszufinden, wer diese Krone unter Inkaufnahme des Todes von Sir Reginald an sich gebracht hat.«

Es herrschte eisige Stille.

»Sie dürfen gern gestehen. – Gibt es Freiwillige? Nein? – Ich habe keinerlei polizeiliche Befugnisse in Großbritannien, es kann Ihnen nichts passieren. – Niemand? – Wie Sie wollen.« Ich streichelte Sargent unterm Kinn. »Wir werden den Täter auch ohne Ihre Mithilfe finden. – Der Tee ist übrigens ausgezeichnet, David. Immerhin, das könnt ihr Engländer besser als wir.«

Surrey House, London, November 1920

»Denk dran, du holst Sir Reginald um sechs Uhr heute Abend ab. Bye.« Jackie hatte Kit noch auf die Wange geküsst, dann war sie aus dem Haus geschwebt, dicht gefolgt von ihrem Hund.

Sie hatte ihm nichts verraten. Nicht die Namen der Gäste (außer Lady Minerva Wrexley), nicht, warum er Sir Reginald mitbringen sollte, und auch nichts von dem, was sie bei ihren Untersuchungen im Buckingham Palace herausgefunden hatte.

»Sei eine weiße Leinwand, Darling. Ein unbeschriebenes Blatt Papier. Ein leeres Gefäß. So brauche ich dich.« Das war ihre einzige Erklärung. »Sei groß, gut aussehend, charmant und mysteriös. Das sollte dir gelingen.«

Sie hatte ihn zwar in den vergangenen Tagen, und vor allem Nächten, für manch andere Tätigkeit gebraucht, nur darüber verlor sie nie ein Wort. Kit nahm sich jedes Mal vor, ihr klarzumachen, dass er kein Spielzeug war, aber wenn sie die Arme um ihn schlang und ihr Duft ihn umfing, war er rettungslos verloren. Doch nun, da er allein im Flur seines Hauses stand, fragte er sich, ob er für sie eigentlich genauso ein nützlicher Idiot war wie Prinz Albert von Monaco oder Sir Arthur Conan Doyle. Sofort entflammte seine Eifersucht. Ließ sie etwa all ihre Lakaien zu sich ins Bett? Na, sollte sie. Kit vermochte sich kaum vorzustellen, dass die älteren Herren mit seiner Manneskraft mithalten konnten. Dahingehend hatte er sich wahrlich nichts vorzuwerfen, schon gar nicht mit Jackie.

»Sir?«

Kit fuhr herum.

Leadbetter stand hinter ihm und sah ihn vorwurfsvoll an. »Sie haben mich gar nicht wissen lassen, dass die Duchess nicht wünscht, zu Hause zu Mittag zu essen.«

»Das hätte die Duchess Ihnen auch selbst sagen können.«

Leadbetter richtete sich zu voller Größe auf. Je länger Jackie im Haus der Surreys weilte, desto mehr gewann der Butler an Flexibilität. »Die Duchess ist eine viel beschäftigte Frau, Sir, die Wichtigeres zu tun hat, als ihre Domestiken über ihre Pläne informiert zu halten.«

»Wollen Sie damit sagen, *ich* hätte nichts Wichtigeres zu tun?«

»Natürlich nicht, Sir.«

Natürlich doch, dachte Kit, genau das wollte er. »Gut.«

Der Butler schwieg bedeutsam.

»Sagen Sie, Leadbetter«, Kit kratzte sich am Kinn, »sind Sie der Meinung, die Duchess weiß, dass sie die Duchess ist?«

»Wer wäre ich, über die Duchess zu urteilen?«, fragte Leadbetter entsetzt. »Es steht meiner Hausherrin zu, sich zu halten, für wen immer sie möchte.«

Kit sah ein, dass er in Leadbetter keinen Verbündeten fand. Wie jeder englische Butler, der etwas auf sich hielt, vergötterte er seine Hausherrin. Seit ihrer Rückkehr spielte Kit nur noch die zweite Geige. Er konnte es aber noch nicht lassen. »Sie fragen sich nicht, wie es sein kann, dass meine Frau nicht zu den Überlebenden des Unglücks zählt und dennoch jetzt, Jahre später, hier vor uns steht? Ob sie ein Gespenst ist? Oder ob es sich nur um eine Doppelgängerin handelt?«

»Nein, Sir. – Werden *Sie* zu Hause speisen, Sir?«

Kit gab auf. »Ja, werde ich. Danke, Leadbetter.«

Er verbrachte den restlichen Tag in Ungeduld. Zwar sah er ein, dass es Sinn ergab, wenn Jackie und er getrennt auf White Lodge eintrafen. Trotzdem hielt er es kaum ohne sie aus. Viel zu früh zog er die Abendgarderobe an und bestellte den Rolls-Royce vors Haus, mit dem Ergebnis, dass er schon eine halbe Stunde vor dem verabredeten Zeitpunkt am Trafalgar Square auf die Paradestraße zum Buckingham Palace einbog.

Dann würde er eben eine Weile vor Sir Reginalds Cottage warten und sich mit Carlton unterhalten. Alles besser, als tatenlos in Surrey House herumzusitzen.

Zu seiner Überraschung entdeckte er Sir Reginald mitten auf dem Bürgersteig der Mall, die schnurgerade zum Palast führte. Der arme Mann kämpfte sich mühselig auf seinen Krücken voran.

»Halten Sie an, Carlton«, forderte Kit den Chauffeur auf. »Da ist unser Passagier.«

Carlton stoppte den Rolls, und Kit beugte sich aus dem Fenster. »Guten Abend, Sir Reginald. Ich bin soeben auf dem Weg zu Ihnen. Steigen Sie ein.«

»Ein Glück, Surrey!« Dankbar sank Sir Reginald neben Kit auf die Rückbank. »Ein Segen, dass Sie hier sind. Die Ärzte zwingen mich dazu, mehrmals am Tag durch den Park zu humpeln. Eine Qual. Bin ich zu spät?«

»Keineswegs, ich bin viel zu früh.«

Sir Reginald ließ den Oberkörper gegen die Rückbank sinken. »Gott sei Dank. Es heißt zwar, jeder Gang macht schlank, aber ich bin längst nicht mehr so gut in Form wie früher. Ich hoffe, meine Frau hat eine heiße Tasse Tee für uns parat.«

Die Aussichten bessern sich schlagartig, dachte Kit. Lady Hemsquith-Glover war mit Sicherheit eine außerordentlich fürsorgliche Dame mit gemütlichen Sofas.

Er sollte recht behalten.

Mit rosigen Wangen begrüßte Lady Hemsquith-Glover die Herren an der Tür und wies sofort ein Dienstmädchen an, Tee und Scones im Wohnzimmer zu servieren. »Es ist zwar beinahe sechs, aber ich achte immer darauf, dass mein Mann seinen Tee bekommt. – Ich habe deine Reisetasche gepackt, Reginald, du kannst dich umziehen und nach dem Tee direkt mit dem Duke aufbrechen. Ich hole sie gleich.«

»Danke, Agatha.« Sir Reginald küsste seine Frau auf die Wange und geleitete Kit ins Wohnzimmer. »Sie entschuldigen, Duke, ich mache mich schnell frisch. Das heißt, so schnell es eben geht, mit diesen entsetzlichen Geräten.« Er hob die Krücken. »Sehen Sie sich ruhig um.«

Kit setzte sich auf einen wunderbar weichen Sessel. Sogleich reichte das Dienstmädchen ihm eine Tasse Tee.

Wie erwartet, war das Cottage überaus heimelig eingerichtet. An den Wänden hingen exotische Malereien, wenn auch von eher minderer Qualität. Indien, China, Afrika. Alles Stationen aus der diplomatischen Karriere Sir Reginalds, vermutete Kit, und daher für die Familie von sentimentalem Wert. Überhaupt schienen die Hemsquith-Glovers stolz auf ihre Familie zu sein. Zwischen den Gemälden fanden sich immer wieder Fotografien junger Männer, mal einzeln, mal gemeinsam, deren Ähnlichkeit mit Sir Reginald unverkennbar war.

»Unsere Söhne.« Lady Hemsquith-Glover war mit der Reisetasche zurückgekehrt und strahlte übers ganze Gesicht. »Sie sind unsere große Freude.«

»Ich hörte, sie folgen Ihrem Mann in den diplomatischen Dienst?«

»In der Tat.« Sie senkte die Stimme zu einem vertraulichen Flüsterton, gerade so, als hielten sich die Söhne hinter den Vorhängen versteckt. »Wir haben ihnen nichts von Reginalds Unfall erzählt. Sie hätten sofort alles stehen und liegen gelassen und wären nach London gekommen. Aber wir wollen ihnen nicht im Weg sein mit unseren kleinen Problemen. Lehrjahre sind keine Herrenjahre.«

Sir Reginald, notierte Kit gedanklich, hatte seiner Frau nicht erzählt, dass der vermeintliche Unfall in Wahrheit ein Anschlag auf sein Leben gewesen war. So war es wohl, wenn man viele Jahre in einer liebevollen Ehe verbrachte. Man versuchte, den anderen zu schützen und zu schonen. Wäre es so für Kit gewesen, mit Diana? Was, wenn er die Affäre mit Rose Monroe aufgegeben und Diana niemals die Titanic bestiegen hätte? Wie viele Kinder hätten sie gehabt? Welche Opfer hätte er selbst für seinen Nachwuchs gebracht, um dessen Vorankommen zu sichern? Seine Kinder hätten keiner solcher Opfer bedurft, fiel ihm ein wenig reumütig ein. Durch seinen gesellschaftlichen Stand und Dianas Geld hätten ihnen alle Türen offen gestanden.

Plötzlich überkamen ihn die wildesten Gefühle. Hoffnung und Panik zugleich. Diana war noch am Leben. Egal wie sie sich nannte oder für wen sie sich hielt, sie war noch immer seine Frau. Und ganz gleich, wie viele Whiskeys sie trank, wie viele Zigaretten sie rauchte, ganz gleich, wie alterslos sie erscheinen mochte, sie war gerade einmal siebenundzwanzig Jahre alt. Oder jung. Damit war sie jung genug, um einen Erben für das Herzogtum Surrey zu gebären.

Warum ihm das auf einmal so wichtig erschien, vermochte er kaum zu sagen. Vielleicht lag es am Alter? Zweifelsohne war es der Wunsch und die Aufgabe eines jeden Adligen, seinen Titel und seine Güter an den erstgeborenen Sohn zu vererben. Genauso wie es seine Aufgabe war, den Reichtum und den Einfluss seines Hauses zu mehren. Aus diesem Grund hatte er einst Diana Gould geheiratet. Reich, jung, schön. Das waren die Kriterien, nach denen er damals eine geeignete Kandidatin für den Titel der Duchess of Surrey gesucht hatte. Reichtum, um seine Familie vor dem Ruin zu bewahren. Jugend, damit sie ihm möglichst viele Kinder gebar. Schönheit, um ihm die Zeugung leicht zu machen.

Seine Entscheidung für Diana war von Pragmatismus geprägt gewesen, mit Gefühlen hatte seine Wahl wenig zu tun. Jedenfalls am Anfang. Bald fand er immer mehr Gefallen an der Ehe mit der Amerikanerin, und mit der Zeit gewann ihre Meinung an Gewicht. Er verbrachte mehr und mehr Zeit mit ihr. Zwar war die Affäre mit Rose Munroe noch immer in vollem Gange, und er glaubte auch weiterhin, in der leidenschaftlichen Witwe seine große Liebe gefunden zu haben, dennoch wollte er Diana beeindrucken. Mit ihr wollte er bei anderen Leuten Eindruck schinden und einen Erben zeugen. Dann folgten der Untergang der Titanic, ein Jahr später der Brief der Damen von Rettungsboot X und schließlich sein Zusammenbruch.

Nachdem er den Krieg überlebt hatte, stellte sich sein Pflichtgefühl jedoch wieder ein. Im Sanatorium lernte er Anne Fortescue kennen, die ihm die richtige Wahl für ein gesetzteres Leben zu sein schien. Mit ihr hätte er eine beschauliche Existenz geführt, ein paar kluge Kinder bekommen und wäre im hohen Alter zufrieden gestorben. Wäre da nicht Monaco gewesen. Kit traf dort Jackie Dupont und wusste augenblicklich, dass er Anne Fortescue niemals heiraten würde. Solange der Hauch einer Chance bestand, dass Jackie in Wahrheit seine verschollene Ehefrau Diana war, gab es für ihn keine andere Frau. Ihr war er alles schuldig. Wenn sie seine Kinder bekam, dann waren es die Kinder, die er von Anfang an gewollt hatte, denen Dianas Erbe wirklich zustand, all die Millionen und Abermillionen ...

Mit zittriger Hand führte er die Tasse zum Mund.

»Da bin ich wieder«, verkündete Sir Reginald, mittlerweile im Smoking. »Jetzt noch einen Tee zur Stärkung und dann auf in den Kampf.«

»Mach dir keine Sorgen um die Königinmutter, Reginald, versprich mir das.« Lady Hemsquith-Glover nahm ihren Mann an der Hand. »Du hast dir ein wenig Erholung auf White Lodge wirklich verdient.«

Kit wusste, er musste ins Hier und Jetzt zurückkehren. Er hatte keine Zeit für Sentimentalitäten. »Möchten Sie uns vielleicht begleiten, Madam?«, fragte er Lady Hemsquith-Glover, da ihm nichts Besseres einfiel.

»Oh nein«, lehnte sie ab. »Mein Vater hat früher eine Jagdmeute gehalten. Ständig ging er auf die Pirsch. Ich konnte das Bellen und Knallen noch nie leiden.«

»Das verstehe ich.«

Sir Reginald stellte seine Tasse ab. »Wollen wir, Duke? Der Prinz hat uns gebeten, um neunzehn Uhr zum Aperitif auf White Lodge zu sein.«

»Natürlich.« Kit stand auf und küsste Lady Hemsquith-Glover die Hand. »Madam, es war mir ein außerordentliches Vergnügen, Sie und Ihr reizendes Heim kennenzulernen.«

»Ganz meinerseits, My Lord Duke. Ganz meinerseits.«

Aus den Memoiren der
JACKIE DUPONT

Unbehagen – ein herrliches Gefühl. Besonders, wenn es andere ereilt. Verunsicherte Blicke, die Finger wissen nicht, wohin, die Füße sind gleichermaßen unentschlossen ... Die versammelten Verdächtigen ähnelten einer Herde Schafe bei aufziehendem Gewitter. Es fehlte nur noch, dass jemand sich auf den Teppich übergab.

Zufrieden lächelte ich in die Runde. »Kommen Sie, setzen Sie sich doch. Es sind genügend Plätze vorhanden.«

Boy Fielding schob die Hände in die Hosentaschen. »Ist das ein Befehl?« Nach Applaus heischend sah er sich um.

»Von mir aus können Sie auch stehen bleiben«, sagte ich. »Wenn Ihnen das beim Teetrinken bequemer ist.«

»Ich trinke keinen Tee. Martini ist mein Treibstoff.«

»Boy ...« Minerva Wrexley ging verschämt zu dem Theaterkritiker hinüber und legte ihm die Hand auf den Arm. Ihre Bewegungen waren fließend und elegant und verrieten ihre tadellose Erziehung »Jetzt sei nicht so.«

Lord und Lady Kenworthy, die Eheleute in gedeckten Farben, waren unterdessen damit beschäftigt, abwechselnd Rufe der Empörung auszustoßen. Gerade arbeiteten sie sich an »Unerhört!«, »Skandalös!« und »Wer wagt es!« ab.

Prinzlein David, dem die Situation sichtlich unangenehm war, positionierte sich recht bald in der Mitte des Raumes. »Liebe Leute, liebe Leute. Bitte, bleibt ruhig. Ich werde euch erklären, wie die Dinge stehen.«

Der innere Widerstand der Gäste war deutlich zu spüren. Jeder andere hätte sich vorwerfen lassen müssen, seine Freunde in eine Falle gelockt zu haben. Ein Kronprinz hingegen war gegen solche Angriffe immun. Zu groß war die Angst, in seinem Ansehen zu sinken und von ihm fallen gelassen zu werden.

»Lächerliche Günstlinge«, flüsterte ich Sargent ins Ohr. »Ich hätte David längst eine Backpfeife verpasst.«

Sargent schnaubte gleichermaßen verächtlich. Wenn er eines nicht ertrug, dann Anbiederung. Die alten Damen Bostons konnten das bezeugen. Von denen versuchte es keine mehr mit *Du bist aber ein süßes Kerlchen*.

»Ihr ahnt gar nicht, wie leid es mir tut«, fuhr David fort, »dass ich euch in diese Lage bringen muss. Ich bin an der Situation gänzlich unschuldig, ehrlich. Es ist der ausdrückliche Wunsch meines Vaters und der Regierung, dass der Diebstahl der Krone der Geheimhaltung unterliegt.«

»Sonst interessieren dich die Wünsche deines Vaters doch auch nicht«, spöttelte Boy Fielding, der in dieser Runde offenbar die Rolle des Hofnarren bekleidete und daher befugt war, dem Prinzen gelegentlich Paroli zu bieten, wenn auch nur in humoristischer Form.

»Die Lage ist ernst, Boy«, sagte Lord Kenworthy, und seine Frau nickte. »Dies ist nicht der richtige Moment für deine Späße. Mich interessiert, warum Scotland Yard auch jetzt nicht hinzugezogen wird. Angesichts der hier Anwesenden ist der Diebstahl der Krone ab sofort nicht mehr geheim.«

Die Kenworthys schienen zum Lachen in den – leider nicht vorhandenen – Folterkeller zu gehen. Was diese Leute zu glamourösen Freunden des Prinzen machte, blieb mir verborgen.

»Willst du uns etwa unterstellen, dass wir zur Presse gehen, sobald wir wieder in London sind?«, erkundigte sich Minerva Wrexley und legte die aristokratische Stirn in Falten. »Wir sind nicht völlig verdorben, Marcus.«

Tilda, die Amerikanerin mit den roten Haaren, gähnte. »Mein Gott, ihr Engländer nehmt euch viel zu ernst, dabei tut ihr immer so gewitzt. Lasst uns doch erst mal hören, was David uns zu sagen hat. Miss Dupont hat niemanden konkret beschuldigt, und je besser wir kooperieren, desto leichter wird es für uns alle.«

»Du hast gut lachen mit deiner diplomatischen Immunität«, knurrte Lucas Carmichael.

Ein wichtiger Punkt, dachte ich mir, und machte mir eine gedankliche Notiz. Diplomaten genossen nicht nur Immunität, sondern auch bestimmte Privilegien, was Post und Zoll anging. Tilda hätte die gestohlenen Diamanten als diplomatische Sendung nach Amerika verschicken können. Niemand hätte das Päckchen kontrolliert.

»Soll das ein Geständnis sein?«, fragte ich sanft. »Wünschen Sie sich Immunität, Lucas?«

Der Pilot seufzte. »Sie wissen genau, was ich meine, Miss Dupont. Und mir ist klar, wer in einer derart illustren Runde am Ende verdächtigt wird.«

Unser Kriegsheld war mit seiner Rolle als Bittsteller offenbar nicht zufrieden. Sargents Nase zuckte. Auch er machte sich gedankliche Notizen.

»Ich verlasse mich da voll auf Miss Dupont«, erklärte Minerva Wrexley. »Meine Eltern haben mir berichtet, wie spitzfindig Sie sind, Miss. Bitte schonen Sie uns nicht.«

Ich hob die Augenbrauen. Spitzfindige Miss? Das klang eher nach einer Hobbydetektivin aus einem Groschenroman. »Da brauchen Sie keinerlei Befürchtungen zu haben, Minerva, ich habe noch nie jemanden geschont.«

David hob die Stimme. »Miss Duponts Qualifikationen sind über jeden Zweifel erhaben, und ich möchte euch bitten, die Ermittlungen nicht zu behindern.«

Carmichael verschränkte die Arme vor der Brust. »Es ist allerdings ein wenig unpraktisch, die Zeugen erst einen Monat nach dem Vorfall zu befragen.«

»Richtig, Lucas«, sagte ich und nahm eine frische Tasse Tee entgegen, die mir soeben einer der Diener reichte. »Aber auch in diesem Punkt können Sie unbesorgt sein. Ich beherrsche Befragungsmethoden, die selbst dem löchrigsten Gedächtnis auf die Sprünge helfen.« Wieder bedauerte ich das fehlende Ambiente von White Lodge. Gerade jetzt hätte ich das verheißungsvolle Knarren eines alten Gemäuers gut gebrauchen können. Vielleicht ließ sich Christopher später davon überzeugen, das Schlossgespenst zu geben. Oder Sir Reginald. Der machte sich gewiss sehr gut in Ketten, humpelnd und ächzend.

»... natürlich kooperieren«, hörte ich Lord Kenworthy eben noch sagen.

Meine mittelalterlichen Fantasien hatten mich davon abgehalten, dem ganzen Satz zu lauschen. Nicht, dass ich glaubte, Lord Kenworthy hätte etwas Staatstragendes gesagt.

»Eigentlich ist es doch ein Abenteuer«, sagte Tilda und setzte sich in einen Sessel. »Von uns wird ja wohl keiner Sir Reginald die Treppe hinuntergestoßen haben.« Sie verzog den riesengroßen Mund. »Es überrascht mich, dass es überhaupt jemandem gelungen ist. Der Mann ist nicht gerade eine Elfe.«

Ich rührte meinen Tee um und nippte daran. »Jemand hat ihm auf der obersten Stufe einen harten Gegenstand über den Schädel gezogen. Das hätte auch eine Frau bewerkstelligen können. Und Sie, Tilda, wirken auf mich durchaus ... kräftig.«

Bobby Devereux, die Zwillingsschwester, deren Gegenwart ich längst vergessen hatte, gab einen eigenartigen Laut von sich. War es der Ruf des Bibers oder ein verschlucktes Lachen? Auch Boy Fielding blieb von meiner Bemerkung nicht gänzlich unbewegt, ließ er sich doch kopfschüttelnd auf einer Couch nieder. Vermutlich war er beleidigt, weil ich ihn schon wieder um eine Pointe gebracht hatte.

»Wie geht es Sir Reginald überhaupt?«, erkundigte Minerva sich, wieder ganz Dame, wahrscheinlich um von ihrer Freundin Tilda abzulenken. »Ist er wieder wohlauf? Ich kenne ihn, seit ich ein kleines Mädchen war, und er liegt mir am Herzen.«

»Wie reizend von Ihnen, zu fragen«, sagte ich spitz. Zuneigungsbekundungen *in absentia* waren mir überaus unsympathisch. »Sicherlich haben Sie ihn mehrfach im Krankenhaus besucht, da er Ihnen so sehr am Herzen liegt.«

Minerva fuhr sich nervös durch die Haare. »Ich ... hatte viel zu tun. Mit meiner Kollektion, da muss ich immer ...«

»Er wurde vor einigen Tagen entlassen«, unterbrach ich sie. »Leider kann er uns nicht sagen, wer ihn niedergeschlagen hat. Wir werden später allerdings ein kleines Experiment mit ihm durchführen, denn wir erwarten ihn zum Abendessen. Wer weiß, was dabei zum Vorschein kommt.«

Lord Kenworthy räusperte sich. »Jetzt stellen Sie uns doch bitte Ihre Fragen, Miss Dupont. Wir werden Ihnen alles sagen, was wir wissen.«

»Wann ich Ihnen meine Fragen stelle, entscheide immer noch ich.« Meine Tasse war mittlerweile leer, und ich schob sie beiseite, dann zündete ich mir eine Zigarette an und zog einige Male daran. »Warum setzen Sie sich nicht einfach alle hin? Mein Hund möchte sich mit Ihnen bekannt machen.«

Buckingham Palace Grounds, London

Zurück im Rolls, atmete Sir Reginald tief durch. »Es fällt mir nicht leicht, die Wahrheit vor Agatha zu verbergen. Auch wenn ich ihr vollkommen vertraue, muss es doch sein. Sie mag nicht so wirken, aber ihr Herz ist nicht das stärkste.«

Kit nickte. »Es tut mir außerordentlich leid, dass man Sie in eine derart unangenehme Sache hineingezogen hat, Sir Reginald. Wirklich.«

»Danke. Na, dann wollen wir mal nach dem Täter fahnden, nicht wahr? Ehrlich gesagt kann ich mir Angenehmeres vorstellen, als mich erneut jemandem auszusetzen, der mir nach dem Leben trachtet.«

»Nur Mut«, sagte Kit, insgeheim wenig überzeugt. »Wer auch immer Sie niedergeschlagen hat, tat es nur, um der Krone habhaft zu werden. Für ihn besteht kein Grund mehr, Ihnen noch einmal etwas anzutun.«

»Ihr Wort in Gottes Ohr«, murmelte Sir Reginald und klammerte sich an seine Krücken, die er sich auf den Schoß gelegt hatte. »Sie sind der Meinung, Miss Dupont weiß, was sie tut? Sie hat mich nämlich gebeten, die Attacke auf mich heute Abend im Beisein aller Gäste mit ihr zusammen nachzustellen, um den Täter aus der Reserve zu locken.«

»Miss Dupont weiß immer, was sie tut.«

Das also war Jackies Plan. Eine Konfrontation. Er selbst sollte sicherlich während ihrer Darbietung die Reaktionen der Anwesenden beobachten, da niemand davon ausgehen würde, dass er mit Jackie zusammenarbeitete. Aber was war mit Lady Minerva Wrexley? Die hatte sicher von ihren Eltern bereits alles über den Mord an Carla Tush in Monaco gehört. Auch, dass Kit damals zugegen war und daher mit Jackie bekannt. Allerdings hatten die Wrexleys keine Ahnung, wie gut der Duke und die Detektivin einander mittlerweile kannten.

Sir Reginald war indes ein angenehmer Beifahrer. Kit hatte keine Mühe, ihn zu unterhalten. Wer jahrzehntelang im Dienst der Krone tätig war, verfügte über ein unerschöpfliches Small-Talk-Repertoire, und natürlich gelang es Carlton nach kürzester Zeit, den Mayfair-Mörder anzubringen. Sir Reginald gab seine eigene Theorie über den Täter zum Besten, die Kit jedoch kaum hörte, denn er träumte von Diana. Seine Diana, geheilt von ihrer Persönlichkeitsstörung, in den sonnigen Gärten von Seventree, umgeben von einer Schar Kinder …

Ein kalter Lufthauch holte ihn in die Realität zurück. Carlton hatte die Tür geöffnet, denn der Rolls stand vor dem Eingang von White Lodge. Die königliche Jagdresidenz war ein unansehnlicher weißer Kasten, der durch die vier dorischen Säulen an der Fassade wie ein überdimensionierter griechischer Tempel wirkte. Zwei geschwungene Treppen führten hinauf zum Eingang. Bei genauerem Hinsehen befanden sich hinter dem Haupthaus noch diverse Anbauten, in denen die Domestiken unterkamen sowie die Förster, Jäger, Pferdepfleger und Hundeführer, die man für einen königlichen Jagdausflug brauchte.

Reger Betrieb herrschte dennoch nicht. Der Prinz mochte es intim, erinnerte sich Kit. Meistens umgab er sich mit einer kleinen Gruppe vertrauter Dienstboten. Während des Krieges war David Teil des Offiziersstabs gewesen. Oft hatte er Kit angefleht, ihn doch endlich mit an die Front zu nehmen. Das hatte der König jedoch ausdrücklich verboten, und David blieb keine andere Wahl, als seine Abenteuerlust bei gelegentlichen Flügen über dem Ärmelkanal auszuleben.

Kit stieg aus dem Wagen, dann half er Sir Reginald mit den Krücken. Carlton trug derweil das Gepäck in die Lodge.

Daubenay erschien in der Tür. »My Lord Duke! Reginald! Willkommen. Die anderen Gäste warten schon auf die Überraschung Seiner Königlichen Hoheit.«

»Hetz mich nicht, Victor«, mahnte Sir Reginald scherzhaft. »Ich bin alt und schlecht zu Fuß.«

Daubenay lächelte. »Du bist, mit Verlaub, ein altes Rhinozeros, mein Freund. Mir machst du nichts vor. Du warst schon immer stark wie ein Elefantenbulle.«

Sir Reginald klopfte Daubenay bei Erreichen der obersten Stufe auf die Schulter. »Ich danke dir für deine lieben Worte. Ich kann sie gebrauchen. Unter uns, mir ist nicht ganz wohl bei dieser Sache. – Wollen wir, Surrey? Je eher daran und so weiter?«

»Gern«, log Kit. Er fürchtete sich plötzlich davor, Jackie wiederzusehen, nachdem er sich in seine neue Wunschvorstellung von der mütterlichen, fürsorglichen Diana verliebt hatte. Hauptsächlich fürchtete er sich vor der Ernüchterung.

Daubenay begleitete Kit und Sir Reginald ins Haus, wo ihnen ein Diener die Mäntel abnahm, und die beiden schritten in Richtung Salon weiter.

Kit war nicht zum ersten Mal im königlichen Jagdschloss. Nach dem Tod Queen Victorias war es eine Zeit lang an eine reiche Witwe vermietet gewesen, bevor der Prince of Wales es für sich beanspruchte. Besagte reiche Witwe hatte so manches Fest auf White Lodge veranstaltet. Die Einrichtung hatte Kit damals besser gefallen. David hatte allerlei Wandteppiche aus der Mottenkiste des Königshauses aufhängen lassen, die in starkem Gegensatz zur Architektur des Gebäudes standen und der Atmosphäre keinen Gefallen taten.

Ein weiterer Diener öffnete die Flügeltür zum Salon, und Kit trat ein, gefolgt von Sir Reginald. Die Ausstattung des Raumes war prunkvoll. Barocke Sofas und Sessel standen in verschiedenen Sitzgruppen beieinander, auf dem Fußboden lag ein Orientteppich, ja, sogar ein Konzertflügel fand in einer Ecke Platz, und von der Decke hing ein gewaltiger Kronleuchter.

Einige der Gäste saßen, andere standen, und wieder andere bewegten sich durch den Raum. Die Damen trugen

Abendkleider, die Herren Smoking. Zigarettenrauch hing in der Luft, ein Grammofon spielte leise Musik.

»Da ist ja mein Überraschungsgast!« David kam ihnen mit ausgebreiteten Armen entgegen. »Christopher St. Yves, Duke of Surrey.«

Alle Augen richteten sich auf Kit. Der blieb regungslos stehen, wie ein Reh, das ins Licht eines Scheinwerfers geraten war. Kurz flammte Panik in ihm auf. Was sollte er tun?

»Entschuldigen Sie, Sir, aber ich muss mich hinsetzen, nach der langen Fahrt sind meine Beine noch etwas wackelig«, flüsterte Sir Reginald.

Kit trat einen Schritt beiseite, damit der Sekretär sich einen Platz suchen konnte.

»Das hier, mein lieber Kit, sind meine Freunde«, verkündete der Prinz. Er nannte einen nach dem anderen beim Namen. Kit nickte jedem Einzelnen zu und hoffte, dabei nicht wie ein nach Korn pickendes Huhn auszusehen.

David sparte sich Jackie bis zum Ende auf. »Ich habe gehört, du kennst Miss Dupont bereits. Wir haben sie in einer dringenden Angelegenheit nach London gebeten, die sich dir noch erschließen wird.«

»Hallo, Christopher.« Jackie erhob sich von einem Sessel am Ende des Raumes. Sargent, der eben noch auf ihrem Schoß geschlummert hatte, sprang sofort auf die Füße.

Jackie war hinreißend schön. Schön und kalt. Ganz anders als die Diana aus Kits Tagträumen. Jackie glitzerte wie ein Eiskristall, und obwohl Kit sie noch am Morgen gesehen, ja, sogar geliebt hatte, war er von ihr geblendet. Das lag jedoch nicht nur an ihrer Schönheit, sondern genauso an den funkelnden Diamanten, die ihren Hals, die Ohrläppchen und die Handgelenke zierten. Ob diese Steine es nicht verdient hatten, gerettet zu werden?

Sie kam näher und näher.

Kit nahm Jackies Hand und küsste sie übertrieben formell. »Miss Dupont. Ich hoffe, es geht Ihnen gut.«

»Ganz ausgezeichnet, Christopher. Ganz ausgezeichnet.«

»Sie sind der Duke of Surrey!«, rief eine Dame mit roten Haaren und amerikanischem Akzent. Sie stürzte sich regelrecht auf Kit, der Angst bekam, sie würde ihm gleich ihr Getränk über die Kleidung gießen. »Ich bin Tilda McLeod, wie David eben schon sagte. Mein Vater ist seit letztem Jahr der amerikanische Botschafter.«

»Miss McLeod.« Kit verbeugte sich. »*Enchanté*.«

»Oh, Misses … Leider. Also, Sie wollte ich schon immer mal treffen, Duke. Immerhin gehört Ihnen halb Amerika.«

Kit gab sich bescheiden. »Ich überlasse die Geschäfte den Direktoren in den Staaten.« Das war seine Standardantwort, jedes Mal, wenn ihn jemand auf Gould Iron & Railways ansprach, das Eisenbahnimperium, das er nach dem Tod seiner Frau geerbt hatte.

»Wissen Sie«, Tilda legte ihm vertraulich eine Hand auf den Arm. »Ich habe Ihre Frau gekannt.«

»Wirklich?«, fragte Kit verdutzt und konnte nicht umhin, Jackie fragend anzusehen.

Die zog an ihrer verfluchten Zigarettenspitze und lächelte. »Tatsächlich, Tilda? Sie kannten Diana Gould?«

Sargent hielt sich gleichermaßen bedeckt.

»Oh ja, sie war natürlich deutlich jünger als ich, deshalb habe ich sie auf Empfängen in New York gelegentlich unter meine Fittiche genommen.«

Jackie stieß eine Rauchwolke aus, die ihr Gesicht für einen Moment unsichtbar machte.

»Wie ... reizend von Ihnen«, stotterte Kit. »Ich bin sicher, meine Frau hat es Ihnen gedankt.« Die Welt schien sich zu drehen. Was hatte das zu bedeuten? Warum sagte Jackie nichts?

»Ihr Tod hat mich tief erschüttert«, hauchte Tilda. »Aber was rede ich da! Ich will keine alten Wunden aufreißen.«

»Jetzt hattest du unseren neuen Freund wirklich lange genug für dich, Tilda, Darling«, krächzte ein Mann mit glasigen blauen Augen, der sichtlich angetrunken war. Der Prinz hatte ihn als Boy Irgendwen vorgestellt.

Sargent bellte, und es klang eigenartig schrill.

»Sei bitte still, Darling«, hörte Kit Jackie flüstern. Aber der Hund wollte sich nicht beruhigen. Hastig nahm sie ihn auf den Arm.

»Meine Güte, David, was hast du mir in den Martini gemischt? Meine Güte, meine Güte.« Boy erreichte das Grüppchen um Kit. Er streckte die Hand aus. »My Lord Duke, es ist mir eine Freude. Ich bin Boy Fielding und ich … meine Güte.« Seine Augen verdrehten sich ruckartig, sein Kopf fiel in einem unnatürlichen Winkel nach vorn, und er klappte wie ein nasser Sack zusammen.

Auf der Stelle sprangen mehrere seiner Freunde herbei, um ihm aufzuhelfen, da erklang Jackies Stimme, laut und klar und schneidend wie ein Pistolenschuss.

»Nicht anfassen! Er ist tot.«

Schreie des Entsetzens mischten sich unter aufgeregte Protestrufe.

»Bleiben Sie zurück!«, kommandierte Jackie noch einmal.

Sie reichte Kit die Zigarettenspitze, kniete neben dem regungslosen Körper des Mannes nieder und schnupperte an dessen Mund. Dabei hielt sie Sargent mit einem Arm davon ab, es ihr gleichzutun.

»Was riechen Sie, Miss Dupont? Etwas Verdächtiges?«, fragte Sir Reginald, der wegen der Krücken erst jetzt die Stelle erreicht hatte, an der Jackie neben dem Toten kauerte.

»Mandeln«, sagte Jackie. »Wo ist Daubenay?«

»Im Speisesaal. Er bespricht gerade den Ablauf des Dinners mit dem Butler.«

»Wissen Sie, wo hier das Telefon ist, Reginald?«

»Gewiss, Miss Dupont.«

»Dann rufen Sie Scotland Yard an. Um die kommen wir jetzt nicht mehr herum.«

»Grundgütiger. Und was soll ich denen sagen?«

»Dass hier ein Mord stattgefunden hat. Boy Fielding wurde vergiftet. Mit Blausäure.«

Schloss White Lodge, Richmond Park, London, eine Dreiviertelstunde später

Scotland Yard ließ sich wahrlich nicht lumpen. Commissioner Brigadier-General Sir Francis Horwood, der illustre Chef der Londoner Polizei, kam direkt aus der Oper herbeigeeilt. Er war ein großer Mann mit einem noch größeren grauen Schnauzbart, der ihm wie ein Rammbock vorauseilte. Im Schlepptau hatte er zwei seiner Chief Superintendents, fünf Inspektoren und zwanzig uniformierte Polizisten. Ein Mord in Gegenwart des Kronprinzen? Damit war nicht zu spaßen.

»Frankie!«, frohlockte Jackie beim Eintreten des Polizeichefs und nahm Sargent auf den Arm, der bereits seine Fangzähne präsentierte.

Kit kam sofort die Galle hoch. Natürlich! Großbritanniens ranghöchster Polizist – einer von Jackie Duponts Schoßhündchen! Wie konnte es anders sein?

»Jackie, Darling! Was machst du denn hier?«, rief Sir Francis überrascht, und sein mürrischer Blick wich einem freudigen Strahlen. Er schaute sich kurz um und entdeckte die Leiche von Boy Fielding auf dem Fußboden. »Meine Güte, hast du etwa den Mord bezeugt?«

»Oh ja, ich habe dich rufen lassen. Ich bin allerdings wegen einer Krone hier.«

»Ein Mord und du hier? Meine Liebe, da kommen wir in höchstem Aufruhr hierhergefahren, dabei ist der Prinz bereits in den besten Händen. Ich hätte die Tramezzini zu Ende hören können. Aber sei's drum, im Grunde kräht sie wie ein Hahn. Eine Schande, dass Dame Zelda nicht mehr unter uns weilt, keine moduliert so wie sie. – Willst du mir vielleicht kurz schildern, was hier geschehen ist?«

»Natürlich. Komm, wir gehen hinüber ins Kaminzimmer, dort erkläre ich dir alles in Ruhe, während deine Leute den Tatort sichern und so weiter.«

Sir Francis' Ton veränderte sich blitzartig. »Chief Inspektor MacAllister, Sie nehmen die Personalien auf und befragen die Zeugen. Potts, Sie überwachen den Abtransport der Leiche. Gershwin, Sie und Ihre Leute sind für die Spurensicherung verantwortlich. Die anderen begleiten den Prinzen in den Buckingham Palace. – Und halten Sie sich von dem Hund fern.«

»In den Palast?«, rief Bibi Kenworthy – oder Bobby Devereux? »Warum soll David denn in den Palast?«

»Madam«, erklärte Sir Francis kühl, »Sie werden dafür Verständnis haben, wenn wir den Thronfolger in Sicherheit bringen, solange wir nicht ausschließen können, dass dieser grässliche Anschlag ihm galt. Alle weiteren Fragen richten Sie bitte an die Herren Inspektoren. Vielen Dank.«

»Also, ich genehmige mir einen Drink«, sagte einer der Gäste. Der Mann war Kit bisher nicht vorgestellt worden. Attraktiv war er, schlank und sportlich, seine Haltung aufrecht und dennoch locker. Der Todesfall schien ihn nicht aus der Ruhe gebracht zu haben. Er schritt zum Spirituosentisch an der Wand und schenkte sich ein Glas Scotch ein.

»Noch jemand?«

»Lucas!« Minerva Wrexley eilte zu ihm und hielt ihn davon ab, das Glas zum Mund zu führen. »Was, wenn die Blausäure im Scotch ist?«

»Unsinn. Boy hat Martini getrunken. Niemals Scotch.« Er ließ die dunkle Flüssigkeit die Kehle hinunterrinnen. »Schmeckt einwandfrei.«

»Hut ab, Mister Carmichael«, sagte Sir Reginald. »Ich werde nichts zu mir nehmen, bis ich wieder zu Hause bei meiner Frau bin.«

»Seien Sie nicht albern, Sir Reginald, die tödliche Dosis für Zyanide und Zyankali sind bei einem Mann von Boy Fieldings Gewicht ungefähr achtzig Milligramm. So schnell, wie er starb, hat er viel mehr davon getrunken. Ich gehe davon aus, die Herren Polizisten werden feststellen, dass sich in dem Glas da auf dem Boden nie auch nur ein Hauch Martini befunden hat, sondern dass es randvoll mit dem Gift war. Boy hat gesoffen wie ein Loch. Der Mörder muss das gewusst haben.«

Bibi Kenworthy, diesmal eindeutig sie, weil sie mittlerweile ihren Ehemann in einem Klammergriff hielt, schluchzte laut. »Woher weißt du das alles, Lucas? Du bist mir unheimlich.«

Carmichael schenkte nach. »Aus der Air Force«, knurrte er.

Kit zählte eins und eins zusammen. Dieser Lucas Carmichael, gut aussehend und kraftstrotzend, war also der berühmte Kampfpilot, der Kit so oft während des Krieges von Propagandapostern entgegengelacht hatte. Ja, dachte er bei sich, der ist bestimmt einer dieser Exoten, von denen der Prinz gesprochen hat. Kit selbst war dem Helden der Air Force zuvor nicht persönlich begegnet, und auf den ihm bekannten Fotografien war Carmichael stets mit Fliegerhaube abgebildet gewesen, deswegen hatte er ihn nicht erkannt. Ohnehin interessierte er sich wenig für solche Typen. Seiner Meinung nach waren sie Abenteurer, keine Soldaten. Vom echten Krieg hatten sie nicht viel gesehen, sie wussten nichts von Cholera in den Schützengräben, von Giftgas oder Stacheldraht.

Die Amerikanerin, wie hieß sie noch gleich? Richtig, Tilda McLeod. Sie stellte sich dicht neben Kit. »Es hätte jeden von uns treffen können. Jeden.«

Sie duftete intensiv nach einem schweren Parfum, und Kit musste sich zusammenreißen, um nicht zurückzuweichen, denn er wollte sie nicht brüskieren.

Lord Kenworthy – noch immer im Klammergriff seiner Frau – räusperte sich. »Das glaube ich nicht, Tilda. Boy muss den Dieb der Krone erpresst haben. Wahrscheinlich wollte er an dem Deal beteiligt werden.«

»Wie sprichst du von einem Toten!«, schrie Bobby Devereux aus einer anderen Ecke des Raumes ihren Schwager an. Von allen Anwesenden zeigte sie die deutlichsten Anzeichen von Schock und Trauer. Sie hatte tiefe Augenringe und wirkte wesentlich ausgezehrter als ihre verheiratete Schwester. »Er liegt noch da, und du verunglimpfst ihn schon.«

»Ich wollte nur die Allgemeinheit beruhigen, Bobby. Sonst nichts.«

»Du bist ein Mistkerl, Marcus!«, keifte Bobby. »Ich hasse dich!«

Woher wohl diese heftige Reaktion kam, fragte sich Kit. Lord Kenworthy war nun wirklich ein Langweiler, wie er im Buche stand. Ihn zu hassen, bedurfte einer Menge Energie.

»Bitte, Madam, bewahren Sie Ruhe«, flehte Daubenay, der gerade dabei war, Chief Inspektor MacAllister seine Personalien zu diktieren. »Die Herren von Scotland Yard müssen ihre Arbeit machen.«

»Miss Dupont wird herausfinden, wer es getan hat«, fauchte Minerva, die nun wieder allein und mit verschränkten Armen an die Wand gelehnt stand. »Nicht wahr, Duke? Sie kennen die Frau, sie wird es herausfinden! – Boy war mein bester Freund. Mein bester Freund! Und einer von euch hat ihn umgebracht! – Jetzt guckt nicht alle so schockiert. Das ist es doch, einer von euch hat ihn umgebracht! Warst du es, Marcus? Ist dir etwa das Geld ausgegangen?«

Bibi reagierte sofort. »Was fällt dir ein, meinen Mann zu beschuldigen! Marcus würde keiner Fliege etwas zuleide tun. Das weißt du genau.«

»Naives Huhn.«

»Du bist eine elende Hetzerin, Minerva«, konterte Bibi.

»Nur weil du keinen Mann abbekommen hast, musst du es an meinem auslassen.«

»So einen Weichling wie deinen kannst du mir schenken.«

»Meine Damen, bitte«, flehte Daubenay, blieb jedoch ungehört.

Auch Sir Reginald gab sein Bestes, die Streithähne, oder Streithennen, zu befrieden. »Die Damen ... Ach, Myladys ...«

Kit stand in einem Strudel aus Geräuschen und Eindrücken. Vor ihm krabbelten Polizisten auf dem Fußboden umher, hinter ihm vermischten sich immer mehr Stimmen. Er konnte keinen klaren Gedanken fassen. »Ruhe!« Bevor er sich dessen überhaupt bewusst geworden war, hatte er schon losgebrüllt. »Sie werden sich jetzt alle beruhigen und den Anweisungen der Polizei Folge leisten!«

Wie durch ein Wunder herrschte Stille. Nein, kein Wunder war geschehen, er hatte gebrüllt. Er, Christopher St. Yves, höchstpersönlich. Gebrüllt wie einst auf dem Schlachtfeld. Er fühlte sich besser, eigenartig befreit. Hier gab es eine Gruppe Menschen, die eines Anführers bedurften, nachdem Scotland Yard den Prinzen ohne ein weiteres Wort in Richtung Buckingham Palace verfrachtet hatte. Dadurch bot sich Kit die Gelegenheit, in die Rolle zu schlüpfen, die Jackie für ihn vorgesehen hatte.

»Vorwürfe bringen an dieser Stelle überhaupt nichts«, hörte er sich weiter sagen. »Wir alle sind schockiert, manche mehr als andere. Ich nehme an, einige von Ihnen sind mit dem Tod schon einmal in Berührung gekommen, andere begegnen ihm heute zum ersten Mal. Besonders die Damen werden Schwierigkeiten mit dem Erlebten haben.«

»Ich war Krankenschwester im Krieg, Bobby ebenfalls«, sagte Minerva in Zimmerlautstärke. »Ich habe viele Männer sterben sehen. Nur war keiner davon mein Freund und Berater.«

»Ich schlage vor«, fuhr Kit fort, »dass wir den Butler bitten, uns im Esszimmer eine Stärkung zu servieren. Entgegen der üblichen Annahmen regen Todesfälle durchaus den Appetit an. Ein leerer Magen wird uns nicht weiterhelfen.«

»Wir können doch nicht essen, während Boy hier noch liegt«, widersprach Kenworthy.

Kit deutete auf mehrere Polizisten, die soeben eine Bahre in den Salon trugen. »Ihr Freund wird bereits abgeholt. – Inspektor MacAllister?«

»Ja, äh … Sir? Sie sind …«

»Surrey.«

»Oh, entschuldigen Sie, My Lord Duke. Wie kann ich Ihnen behilflich sein?«

»Wir würden gern in den Speisesaal umziehen. Können wir die Befragung dort fortsetzen?«

»Natürlich. Solange Sie alle beisammenbleiben und keiner den Raum verlässt.«

Kit wies mit der ausgestreckten Hand auf die Tür zum Speisesaal. »Meine Damen, meine Herren, darf ich bitten?«

Der Speisesaal war ein holzgetäfelter Raum mit einer Fensterfront und Glastüren, die in den Park hinausführten. Auf dem Boden lag – wie auch im Salon – ein Orientteppich. Kit und die anderen gruppierten sich um die lange Tafel, das Herzstück des Speisesaals, und sogleich eilten mehrere Diener mit Tabletts voller Häppchen herbei. Kit fragte sich, ob das Personal in Königshäusern für alle Eventualitäten gedrillt wurde. Vielleicht standen in der Küche stets Notfall-Häppchen bereit, die serviert werden konnten, falls das Dinner unerwartet ausfiel, wegen eines Attentats oder einer Kriegserklärung.

»Das ist alles die Schuld dieser Frau.« Bibi Kenworthy ließ sich auf einen Stuhl fallen.

»Welcher Frau?«, fragte Inspektor MacAllister.

»Dieser Miss Dupont. Oder ist sie eine Misses?«

Duchess of Surrey, hätte Kit gern korrigiert, wusste aber, dass er damit nur Unverständnis auslösen würde. Schließlich war die Duchess of Surrey mit der Titanic untergegangen, das wusste jedes Kind. Er musste die Oberhand behalten. Irre Theorien halfen dabei nicht.

»Sie meinen die Dame, die mit Sir Francis ins Kaminzimmer gegangen ist? Miss Jackie Dupont von Dupont & Dupont?«, fragte MacAllister.

»Sie soll Detektivin sein.«

Der Inspektor nickte. »Dupont & Dupont ist eine überaus angesehene Detektei aus Boston. Die zweitgrößte der Vereinigten Staaten, nach Pinkerton, wohlgemerkt. Warum sind Sie der Meinung, Miss Dupont sei schuld am Tod von Mister Fielding?«

»Weil Sie alle aufgestachelt hat, darum.« Bibi schob sich ein Häppchen in den Mund und kaute wütend darauf herum. »Dass ich überhaupt etwas zu mir nehmen kann ... Diese Miss Dupont hat heute Nachmittag verkündet, jemand hätte während einer Party, die wir im Buckingham Palace gefeiert haben, eine wertvolle Krone gestohlen und Sir Reginald niedergeschlagen.«

»Und die Treppe hinuntergestoßen«, fügte Sir Reginald hinzu. »Wäre ich nicht gerade erst eingetroffen, hätte ich angenommen, dieser Anschlag hätte mir gegolten. Miss Dupont wollte mich vor aller Augen in jenen Moment zurückversetzen, um meine Erinnerung aufzufrischen. Sollte der Täter gerade unter uns weilen, lassen Sie mich versichern, dass ich mich an nichts erinnern kann. Es besteht kein Grund, mich umzubringen.«

Kit wurde übel. Während der Fahrt hatte er Sir Reginald noch versichert, er habe nichts zu befürchten. Er durfte sich in Zukunft nicht so weit aus dem Fenster lehnen. Mit welchem Recht hatte er die Behauptung aufgestellt, Sir Reginald wäre nicht in Gefahr?

»Boy muss gewusst haben, wer es war«, fuhr Bibi unbeirrt weiter. »Vielleicht hat er den Täter heute Nachmittag konfrontiert?«

»Ganz deiner Meinung, Liebling«, sagte ihr Ehemann und setzte sich neben sie. »Boy war eine überaus neugierige Person.«

Kit wurde hellhörig. Offenbar war sich das Ehepaar Kenworthy ziemlich schnell darüber im Klaren, warum Boy Fielding sterben musste. Zu schnell?

»Boy ein Erpresser?« Lucas Carmichael füllte sein Glas auf und schnupperte daran. Offensichtlich war er nicht ganz so wagemutig, wie er die Leute gern glauben machte. »Dafür braucht man doch einen ganz anderen Charakter, oder nicht?«

»Was wollen Sie damit sagen?«, fragte Inspektor Mac-Allister.

»Ich dachte immer, Erpresser bräuchten einen langen Atem, Geduld und so weiter. Einen kühlen Kopf.«

Ein ausgezeichneter Punkt, fand Kit. Carmichael war schnell von Begriff. Kit sollte genau hinhören, zu welchen Schlussfolgerungen der Pilot kam. Er stutzte. Nein, er wollte nicht schon wieder so naiv sein. Carmichael konnte der Mörder sein und versuchen, den Inspektor von sich abzulenken. Es war wichtig, jeden zu verdächtigen, und nicht aufgrund von Sympathien oder eigenen Vorurteilen Personen von vornherein auszuschließen. Warum sollten Erpresser nicht hitzköpfig sein? Warum nicht ungeduldig?

Tilda McLeod mischte sich ein. »Er hat möglicherweise gar nicht lange darüber nachgedacht. Er hat gehört, was Miss Dupont heute Nachmittag gesagt hat, und hat den Dieb bei der ersten Gelegenheit konfrontiert.«

Warum tat die Amerikanerin derart gelassen? Was spielte sie für ein Spiel? Verstellte sie sich, oder besaß sie einen unerschütterlichen Charakter? Sie wirkte auf Kit wie ein Klotz. Ein Klotz aus weiblichen Rundungen, wenn diese Beschreibung jemals Sinn ergeben konnte.

Ganz anders Minerva Wrexley. Zerbrechlich saß sie auf

ihrem Stuhl und schüttelte schweigend den Kopf. Dennoch konnte Kit sich des Eindrucks nicht erwehren, dass sie die Pose einstudiert hatte.

Der Inspektor, dem das Kopfschütteln nicht entgangen war, fragte: »Sind Sie anderer Meinung, Lady Minerva?«

»Boy war kein mutiger Mann«, sagte sie leise. »Das hätte er nicht gewagt.«

»Aber ein gieriger«, meldete Bobby Devereux sich zu Wort. Mittlerweile wirkte sie regelrecht fahl, was sie nicht daran hinderte, sich an den bereitgestellten Häppchen zu bedienen. »Die Aussicht auf schnelles Geld könnte ihm zu Kopf gestiegen sein.«

Carmichael stieß einen verächtlichen Laut aus. »Ihr denkt nicht logisch, Mädchen. Warum sollte der Mörder eine ganze Flasche voll Blausäure mit sich herumtragen, wenn er bis heute Nachmittag noch gar kein Motiv für einen Mord hatte?«

Gerade wollte Kit zustimmen, da erinnerte er sich seines Vorsatzes, die Bemerkungen von Carmichael nicht für bare Münze zu nehmen. Der Mörder hätte auch zufällig auf die Blausäure gestoßen sein können. Oder er wusste, dass welche im Haus war.

»Vielleicht zur Sicherheit?«, antwortete Minerva. »Für genau solche Fälle?«

»Eine scheußliche Vorstellung.« Lord Kenworthy schüttelte sich regelrecht.

MacAllister machte sich eine Notiz, und Kit hätte nur zu gern gewusst, was der Inspektor da aufschrieb. »Das ist in der Tat befremdlich. Arsen, Belladonna … Diese Gifte finden sich häufig im Haushalt, als Rattengifte oder Medikamente. Blausäure ist schon sehr speziell. Es sei denn, es gab hier eine Termitenplage. Wissen Sie davon etwas, Mister Daubenay? Oder Sir Reginald vielleicht?«

»Termiten?« Daubenay dachte nach. »Nicht, dass ich wüsste. Damit haben wir eher in den Häusern aus der Tudor-Zeit Probleme.«

Auch Sir Reginald schüttelte den Kopf. »Davon wüsste ich. Außerdem werden alle Schlösser regelmäßig von Kammerjägern kontrolliert, die ihre Gifte wieder mitnehmen müssen. Da ist die königliche Familie sehr empfindlich. Wegen der vielen Hunde. Sie machen sich keine Vorstellung, was los ist, wenn auch nur ein Stück Schokolade herumliegt.«

MacAllister notierte weiter. »Das Gift muss dem Opfer sehr kurz vor seinem Tod ins Glas geschüttet worden sein, denn Blausäure verflüchtigt sich bei Zimmertemperatur sehr schnell. Gab es einen Moment, in dem die Aufmerksamkeit der Gruppe abgelenkt war?«

»Ja, natürlich«, nickte Bibi eifrig. »Der Moment, als der Duke und Sir Reginald eintraten.«

»Jemand hätte sich also unbemerkt an Mister Fieldings Glas zu schaffen machen können?«

»Bestimmt.«

Kit rief sich den Moment seines Eintritts ins Gedächtnis. »Der Mörder hätte ein Behältnis benötigt«, überlegte er laut. »Und dieses Behältnis muss sich noch immer nebenan im Raum befinden. Es hat ja niemand den Salon verlassen.«

»Doch, ich«, widersprach Sir Reginald. »Ich habe die Polizei angerufen, wenn Sie sich erinnern.«

Carmichael lachte. »Ich habe Sie schon immer für die Reinkarnation von Lucrezia Borgia gehalten.«

»Ich finde, ich habe durchaus Ähnlichkeit mit ihr«, antwortete Sir Reginald mit einem Grinsen auf dem Gesicht, »aber in meiner Laufbahn ist mir schon einiges untergekommen, und ich weiß, wie wichtig es ist, dass die Polizei ein vollständiges Bild der Lage bekommt.«

Inspektor MacAllister stimmte ihm zu. »Das ist natürlich korrekt.«

»Dass ihr scherzen könnt!« Minerva legte sich theatralisch die Hand auf die Stirn. »Ihr seid abstoßend.«

»Liebste Lady Minerva«, sagte Sir Reginald, »betrachten Sie es als Zeichen unserer Hilflosigkeit. Oder als Galgenhumor. Mister Carmichael und ich sind beide Veteranen. In Malaya musste ich einmal hilflos dabei zusehen, wie ein Mann von einem Tiger verspeist wurde.«

Bobby Devereux wurde grün im Gesicht. »Mir ist … schlecht.«

»Bobby?«, kreischte ihre Schwester und sprang von ihrem Stuhl auf. »Bobby! Um Himmels willen.«

Geistesgegenwärtig öffnete Lucas Carmichael eine der Fenstertüren. »Schnell, an die frische Luft.«

Bobby stürmte hindurch und kurz darauf war lautes Würgen zu vernehmen. Inspektor MacAllister folgte ihr bis an die Terrassentür und beobachtete sie.

Bibi Kenworthy zitterte am ganzen Körper. »Bobby«, wimmerte sie wieder und wieder.

»Verehrte Lady Kenworthy, es ist bestimmt nur der Schreck«, versuchte Sir Reginald sie zu beruhigen.

Kit glaubte das kaum. Er dachte zwar nicht, dass Bobby Devereux vergiftet worden war, aber ob es sich nur um Übelkeit und nicht um ein erneutes Ablenkungsmanöver handelte, um den Giftbehälter zu entsorgen, dessen war er sich nicht so sicher. Gewiss war nur eines: Der Mörder befand sich unter ihnen. Sie mochten zwar alle über den Tathergang spekulieren, aber einer von ihnen wusste genau, wie der Mord begangen worden war, und er würde alles dafür tun, unentdeckt zu bleiben.

Aus den Memoiren der
JACKIE DUPONT

»Jackie, ich bitte dich, hilf uns, diesen Fall schnell aufzuklären. Wir können uns im Moment kein Versagen erlauben.« Mein alter Freund, Sir Francis Horwood, der Chef von New Scotland Yard, ließ sich auf einem Sessel in der Bibliothek nieder. »Der Mayfair-Mörder bringt uns an den Rand unserer Kapazitäten. Und um unseren guten Ruf.«

Ich zündete mir eine Zigarette an und sah mich im Raum um. In Leder gebundene Bücher stapelten sich bis an die Decke, Stehlampen aus Tiffanyglas sorgten für warmes Licht, und in einer Ecke stand ein Spirituosentisch. Genau wie im Salon. David und seine Freunde bedurften offenbar des stetigen Zugriffs auf Alkohol. Ein Umstand, den der Mörder von Boy Fielding kannte und sich zunutze gemacht hatte. Sargent, der seine Zubettgehzeit längst überschritten hatte, erklomm eine Couch und rollte sich zusammen.

»Ganz London spricht von nichts anderem als eurem Verrückten«, sagte ich und schlenderte zum Spirituosentisch. Der Sherry sah vielversprechend aus, und ich schenkte mir ein Glas ein. Vorsichtshalber roch ich daran, um die Gegenwart von Blausäure auszuschließen. »Willst du auch einen Drink?«

»Nein, danke. Ich bin im Dienst.«

»Bis eben warst du noch in der Oper.«

»Werd nicht frech, Jacqueline.« Francis strich sich über den Schnauzbart.

Ich lachte und setzte mich nun ebenfalls. »Du bist bärbeißig wie eh und je. Erinnere dich, wie du letztes Jahr während der Pariser Konferenz die Garderobiere verschreckt hast.«

»Ich habe keine Zeit, freundlich zum Personal zu sein.«

»Hört, hört.« Ich seufzte und schloss für einen Moment die Augen. Es war überaus erholsam, dem aufgeregten Treiben im Salon für eine Weile zu entrinnen. Einige Male zog ich genüsslich an meiner Zigarette. »Was ist denn das Problem mit diesem Serienkiller? Es kann doch nicht so schwer sein, einen Täter dingfest zu machen, der immer wieder dem gleichen Schema folgt und eine so limitierte Opfergruppe hat.«

Resigniert hob Francis die Arme. »Das sollte man meinen. Doch es fehlen einige Attribute, die Serienkiller normalerweise aufweisen. Erstens tötet er sowohl Frauen als auch Männer. Junge und Alte. Briten und Ausländer. Ich frage dich, Jackie, was hat eine Näherin mittleren Alters aus Hongkong mit einer jungen Spitzenklöpplerin aus Manchester gemein? Was ein dreißigjähriger Kutschenbauer mit einem fast siebzigjährigen Hutmacher? Nichts, außer einer Werkstatt in Mayfair. Zweitens werden die

Abstände zwischen den Taten nicht kürzer, wie üblich, sondern immer länger. Er schlägt erst dann wieder zu, wenn wir glauben, es wäre vorbei. Drittens gibt es überhaupt keine Zeugen. Die Opfer sind jedes Mal mutterseelenallein, wenn sie umgebracht werden, und Spuren gewaltsamen Eindringens finden wir auch nicht.«

»Die Opfer öffnen ihm also freiwillig die Tür und wollen mit ihm allein sein? Wie bei einem Schutzgeld-Szenario?« Kurz spielte ich mit dem Gedanken, die Schuhe auszuziehen, verwarf ihn aber wieder. Ich wollte Francis nicht ablenken. Ich glaubte, einmal gehört zu haben, er hätte eine Schwäche für Füße.

»Genau, wie ein Schutzgeld-Szenario. Aber nun zeig mir mal den Mafiamörder, der seine Opfer pervers drapiert. Profikiller erledigen ihren Job in wenigen Minuten. Die machen keinen Firlefanz. Das weißt du selbst am besten. Ein Schuss oder ein Stich, und ab auf den Dampfer. Die haben keine Zeit für Müßiggang, schon gar nicht in einer Rezession. – Ach komm, reden wir nicht mehr darüber. Ich habe mich in den letzten Tagen mit nichts anderem befasst. Da bin ich richtig froh, endlich eine vernünftige Ablenkung zu bekommen. Ich werde sofort einen meiner Männer daransetzen, die Nachricht über den Mord im königlichen Jagdschloss der Boulevardpresse zuzuspielen, dann sind diese Bluthunde wenigstens abgelenkt.«

Ich nickte. »Das würde ich an deiner Stelle auch tun. Was ist schon ein erdolchter Hutmacher gegen einen Giftmord in Anwesenheit des Prince of Wales?«

»Die Königin wird außer sich sein.« Frankie wirkte bei diesem Gedanken gleich fröhlicher. Er hatte nicht viel für die Dame übrig. »Ich kann mir lebhaft vorstellen, wie sie schreiend durchs Schloss stampft.«

»Das wütende Weib von Windsor«, scherzte ich. »Sie muss allein wegen der verschwundenen Krone den Verstand verlieren. Wenn ich daran denke, was für ein Aufhebens sie um die Cambridge-Smaragde gemacht hat.«

»Ach je, das war doch die Geschichte mit Lady Kilmorey. Hilf meinem Gedächtnis auf die Sprünge, Jackie, wie war das doch gleich?«

Ich lehnte mich entspannt zurück und erzählte ihm die Story, wie der Bruder der Königin, Prinz von Teck, seiner Geliebten, der Countess Kilmorey, die berühmten Cambridge-Smaragde nach seinem Tode hinterließ. Eine Tiara, eine Halskette und Ohrringe, alle in Diamanten und Gold gefasst. Mary von Teck, frischgebackene Königin von England, ließ sofort das Testament ihres Bruders von einem Gericht einfrieren und bot der Geliebten zehntausend Pfund für die Juwelen. Die nahm das Angebot an, wohl wissend, welchen gesellschaftlichen Schaden die Königin ihr hätte zufügen können. »Besonders pikant, weil sie nicht nur die Geliebte von Prinz Teck, sondern auch eine Gespielin vom Schwiegervater der Königin, König Edward VII., gewesen sein soll«, schloss ich süffisant.

»Chapeau«, sagte Francis. »Du kennst dich wirklich aus mit dem britischen Königshaus, meine liebe Jackie.«

»Ganz und gar nicht.« Ich drückte die Zigarette aus. »Ich kenne mich mit Juwelen aus. Und wer hat mehr davon als die liebe Familie von Sachsen-Coburg und Gotha? Niemand. Also bin ich über ihre Sammlung im Bilde. Außerdem finde ich die Geschichte wunderbar. Dabei kann ich Smaragde eigentlich gar nicht ausstehen. Ein fürchterliches Grün. Wie Seife. Grüne Saphire, grüne Diamanten, ja, sogar Turmaline würde ich tragen, doch niemals wirst du mich mit Smaragden sehen. Sargent ist sogar allergisch darauf, er fängt sofort an zu niesen, wenn er einen findet. Na, was soll's, sie gehören eben zum Geschäft.«

Francis räusperte sich. »Windsor. Die königliche Familie heißt jetzt Windsor.«

Ich schwieg und hob vielsagend die Augenbrauen. Gleichzeitig dachte ich darüber nach, ob der Sohn selbiger Königin, unser lieber Freund Prinz Edward Albert Trallala David, womöglich die Gier seiner Frau Mutter geerbt hatte. Warum nicht Großmama die Krone stibitzen? Von dem Geld konnten er und seine Gang so manche Fete feiern, ohne dass die Kosten in den Büchern des Schatzmeisters auftauchten.

»Kommen wir zur Sache, meine Liebe.« Francis beugte sich vor und faltete bedeutungsschwanger die Hände.

Schade, dachte ich. Bald musste ich wieder zu eben erwähntem Gang hinaus, und ich durfte mich dabei nicht einmal Christophers tröstlicher Nähe erfreuen, weil wir hier auf White Lodge als Fremde auftraten. Hoffentlich konnte er meine Abwesenheit nutzen, um das Vertrauen dieser schrecklichen Leute zu gewinnen. Je länger ich in der Bibliothek blieb, desto günstiger für ihn. Oder, besser gesagt, für seine Aufgabe. Ich würde mir alle Mühe geben, Francis noch eine Weile hierzubehalten. Der war nun allerdings in den Gefechtsmodus übergegangen. Gerade brachte sein Schnauzbart sich in Stellung.

»Was hat es mit der verschwundenen Krone auf sich, und steht der Mord an diesem Theaterkritiker damit im Zusammenhang?«

»Sehr wahrscheinlich.« Ich schilderte ihm die Umstände, wie ich den Auftrag vom Königshaus erhielt, sowie den vermeintlichen Tathergang im Buckingham Palace und die wenig nennenswerten Ergebnisse meiner bisherigen Untersuchung. »Es ist davon auszugehen, dass der Mord an Fielding mit dem Raub der Krone zusammenhängt. Ich sehe das zumindest so, und du weißt, ich irre mich selten. – Übrigens finde ich es ganz praktisch«, schloss ich, »dass nun ein echter Mord stattgefunden hat, denn so kann ich unsere Verdächtigen besser unter Druck setzen.«

»In der Tat. Meinst du, wir sollten der Presse die Sache mit der Krone ebenfalls verraten? Für Hinweise aus der Bevölkerung? Oder um die Königin zu ärgern?«

Ich überlegte eine Weile. »Nein, die Krone verschweigen wir besser noch. Sonst bricht halb London zur Schatzsuche auf.«

»Könnte Heizkosten sparen. – Winston hat dich also kontaktiert, sagst du? Ich sehe, die alten transatlantischen Beziehungen reißen auch in Friedenszeiten nicht ab. Wie geht es deinem Onkel?«

»Ausgezeichnet. Er hat alle Hände voll zu tun.« Ich wusste, mit dieser Anmerkung konnte ich ihn ablenken.

»Ist er Teil von Präsident Hardings Transition Team?«

»Natürlich nicht.«

Francis sah mich zweifelnd an. »*Natürlich nicht?* Keine Geheimdienstaktivitäten für Daniel Dupont, hm? Wie komme ich nur auf solche Ideen ...«

Zeit für einen Sermon. Ich sprach betont langsam. »Dupont & Dupont beschränken sich, wie du weißt, auf den privaten Sektor. Wir denken derzeit darüber nach, Sicherheitsteams im militärischen Stil auszubilden. Ein lukratives Geschäft in Zeiten von Petroleum. Die Scheichs, die Texaner ... alle wollen beschützt werden.«

»Interessant.«

»Oh ja.

»Zurück zu Boy Fielding.« Francis ließ sich zwar schnell ablenken, fand aber leider genauso schnell zum Thema zurück. »Ist es naheliegend anzunehmen, dass er wusste, wer die Krone entwendet hat, und deshalb jetzt zum Schweigen gebracht wurde, weil du auf die Bildfläche getreten bist?«

»Keineswegs!«, widersprach ich energisch, denn hier lag einer der ganz wichtigen Clous begraben. »Der Mörder hatte die Blausäure schon dabei, als er hier eintraf. Bevor ich den Grund meiner Anwesenheit offenbarte.«

»Stimmt. Du siehst, ich bin völlig überarbeitet. Darauf hätte ich selbst kommen müssen.«

»Tu nicht so, als hättest du jemals einen Kriminalfall gelöst, Frankie«, gluckste ich. »Das machen deine Inspektoren. Gelegentlich. – Weiter im Text. Da der Mörder das Gift bei sich hatte, muss er entweder bei der Tat im Buckingham Palace bemerkt haben, dass Boy ihn beobachtete, oder Boy hat ihn irgendwann in den letzten Wochen mit seinem Wissen konfrontiert. Eines ist klar: Unser Täter handelte schnell, gezielt und grausam, ohne sich von meiner Anwesenheit aus der Fassung bringen zu lassen. Dafür braucht man einen besonders abgebrühten Charakter. Diesen gilt es hervorzukitzeln.«

Francis nickte, aber der Schnauzbart zuckte skeptisch. »Wie willst du das anstellen?«

»Provokation, Darling. Unvorhersehbares Verhalten. Gerüchte. – Wo sind meine Zigaretten?«

»Sie liegen vor dir auf dem Tisch. – Wie willst du die Freunde des Prinzen denn provozieren?«

»Da wird mir schon allerlei einfallen. Es wäre natürlich förderlich, wenn wir den ganzen Vercin hierbehalten könnten. Alle zusammen.«

Der Schnauzbart zuckte. »Rechtlich ist das eigentlich nicht möglich. Wir können niemanden festhalten, gegen den kein Haftbefehl vorliegt.«

»Ach komm, das weiß die Bande verwöhnter Aristokraten doch nicht.« Ich nahm eine Zigarette aus meinem Etui und zündete sie an.

Francis war noch nicht überzeugt. »Surrey wird sich das sicherlich nicht bieten lassen und ein ganzes Heer von Anwälten auf uns loslassen, wenn wir ihn auch nur schief ansehen.«

»Ach ja, richtig, das weißt du ja noch gar nicht«, sagte ich schnell. »Christopher ist kein Verdächtiger. Er ist mein Partner.«

Die Überraschung stand Francis in den Schnauzbart, pardon, ins Gesicht geschrieben. »Dein ... Partner?«

»Mein Partner.« Ich ließ die Worte bewusst verklingen, um mehr Zeit für ebenjenen – vermeintlich streitbaren – Duke of Surrey zu gewinnen. »Er assistiert mir in dieser Sache und soll die Reaktionen der ahnungslosen Gäste beobachten, während sie von deinen Inspektoren verhört werden.«

Francis warf einen sehnsüchtigen Blick in Richtung Spirituosenkabinett. »Meine Güte, Jackie. Du bist immer wieder für eine Überraschung gut. Wirklich. Möglicherweise kann ich den Gästen ans Herz legen, dass es in ihrem Sinne ist, White Lodge nicht zu verlassen. Wegen ihrer eigenen Sicherheit. Das könnte klappen. Wollen wir hinübergehen?«

Zum Glück überließ er die Entscheidung mir. Nicht, dass ich mich im gegenteiligen Fall nicht durchgesetzt hätte, aber Francis' Wohlwollen konnte mir die Arbeit sehr erleichtern. »Besser noch nicht. Je länger wir hierbleiben, desto nervöser werden sie. Erzähl mir doch noch ein bisschen was vom Mayfair-Mörder. Langsam werde ich neugierig. Wer weiß, vielleicht habe ich ja Lust, euch unter die Arme zu greifen, sobald der Fall hier gelöst ist.«

»Das wäre natürlich ein Ding.« Francis rieb sich erfreut die Hände. »Also, es begann kurz nach dem Krieg ...«

Wir unterhielten uns eine Weile über eine Spitzenklöpplerin aus Manchester, einen Sattler aus Schottland, eine Näherin aus Hongkong, einen Hutmacher, einen Kutschenbauer und einen Juwelier für Theaterschmuck.

Bald fand ich Gefallen an der Geschichte. Besonders charmant fand ich die Details über die Dekoration der Leichen, die Scotland Yard aus ermittlungstechnischen Gründen der Presse vorenthalten hatte. So hatte man den Juwelier splitterfasernackt und mit einer einzigen Perle im Bauchnabel gefunden, und der Kutschenbauer war vor eine goldene Quadriga im römischen Stil gespannt gewesen. Humor hatte er, der Mayfair-Mörder, immerhin. Oder um mit dem Hutmacher zu sprechen: *Chapeau!*

»Außerdem möchte ich Sie nachdrücklich darauf hinweisen, dass Sie hier, in der Obhut von Scotland Yard, sicherer sind als draußen auf den überfüllten Straßen der Stadt oder in der Einsamkeit Ihres Heimes. Selbst wenn Sie nichts über den Diebstahl der Krone wissen und nichts über den Mord an Boy Fielding, könnten Sie dennoch in Gefahr sein. Sollten Sie jedoch über solche oder ähnliche Kenntnisse verfügen, und seien sie auch noch so gering, dann bitten wir Sie, sich jetzt sofort an uns zu wenden. Hier können wir Sie schützen. Jede Sekunde zählt.«

Francis war mit seinem Sermon am Ende. Leider blieb ein inniges Amen unserer kleinen Kongregation aus. Gepasst hätte es. Er sah mich auffordernd an.

Wir befanden uns nunmehr im Speisesaal des Schlosses, wo noch immer mehr oder minder leer gegessene Tabletts auf einer großen Tafel herumstanden. Blanker Neid packte mich bei dem Gedanken, dass die Verdächtigen schon etwas zu essen bekommen hatten, während ich darben musste. Der Sherry machte mich entsetzlich hungrig. Auch Sargents Magen grummelte. Ich trug ihn auf dem Arm, um zu verhindern, dass er sich an den Waden der Verdächtigen bediente.

Nun ergriff ich das Wort. »Sir Francis und ich haben uns darauf geeinigt, dass ich diese Untersuchung in Kooperation mit Chief Inspektor MacAllister leite. Wir werden Ihre Aussagen im Folgenden studieren und morgen früh erneut mit Ihnen sprechen.«

Ich warf einen strengen Blick in die Runde. Mein Publikum saß rund um den Esstisch, und, wie immer in solchen Situationen, hingen die Augen der Zuhörer an mir, weit aufgerissen und glänzend, manche blau, manche grün, manche braun, aber alle gebannt und unbewegt.

Hinter welchem Augenpaar verbarg sich ein Charakter, der sowohl die Kühnheit als auch die Tücke besaß, einen Mann in Gegenwart all dieser Zeugen zu vergiften? Die Frage faszinierte mich. Einer solchen Person begegnete man nicht alle Tage.

»Bitte gehen Sie nun auf Ihre Zimmer. Die Herren von Scotland Yard haben das dort bereitgestellte Trinkwasser kontrolliert und werden in der Nacht auf den Fluren und im Park patrouillieren. Sie können also beruhigt schlafen.«

»Kein Auge werde ich zumachen«, raunte Tilda McLeod und warf Christopher einen vielsagenden Blick zu, den er zu ignorieren versuchte, wie ich beobachtete.

Wollüstige Rothaarige konnte ich in der kommenden Nacht überhaupt nicht gebrauchen, denn ich hatte meine eigenen Pläne mit dem Duke. Mir war eine erste Idee gekommen, wie ich die lieben Gäste aus der Fassung bringen konnte, und dafür musste ich sichergehen, dass alle auf ihren Zimmern blieben.

»Verlassen Sie Ihre Räume unter keinen Umständen«, befahl ich. »Sollten Sie krank werden oder in Gefahr sein, rufen Sie um Hilfe. Die Polizei ist vor Ort.«

Bobby Devereux hob die Hand. Sie sah fürchterlich aus. Ihr schien Boys Tod sehr nahegegangen zu sein. Eventuell war es aber auch nur das schreckliche Spektakel. Ich musste mich gelegentlich daran erinnern, dass nicht alle Menschen dem Sterben so routiniert gegenüberstanden wie ich.

»Ja, bitte, Miss Devereux?«

»Miss Dupont, dürfen … Lady Minerva und ich in einem Zimmer schlafen? Wir … wir haben das eben besprochen, und wir würden uns sicherer fühlen.«

»Nein. Tut mir leid.«

Beide Frauen machten Gesichter, als hätten sie auf Zitronen gebissen. Weitere Anfragen gab es nicht.

Sir Reginald erhob sich als Erster. »Wir werden natürlich Ihren Anordnungen nachkommen, Madam.«

»Seit wann sprechen Sie für mich, Sir Reginald?« Lucas Carmichael erhob sich ebenfalls. »Ich werde tun und lassen, was ich will. Sie können uns zu nichts zwingen, Miss Dupont.«

Ich schenkte ihm ein Lächeln und stellte mich vor ihn hin. »Das ist gar nicht meine Absicht, Lucas. Mir geht es um Ihre Sicherheit.«

»Ich kann auf mich selbst aufpassen. Wenn ich Ihren

Anweisungen Folge leiste, dann nur, weil ich sie für sinnvoll halte.«

»Jaja, Lucas«, sagte ich und streichelte dabei Sargent über den Kopf. »Das sieht mein Hund auch immer so. – Jetzt aber ab ins Bett, nicht wahr?«

Carmichael schluckte und schwieg. Der Raum geriet in Bewegung. Lady Kenworthy und ihre Schwester gingen zuerst hinaus, gefolgt von Minerva Wrexley. Sir Reginald hakte sich bei Daubenay ein, und die beiden Sekretäre verließen gemeinsam das Zimmer. Tilda McLeod streifte Christopher im Vorbeigehen.

»Ich wünschte, ich hätte einen starken Mann, der mich auf dem Weg nach oben beschützt.«

»Erlaube mir …«, schnurrte Lucas Carmichael, und die beiden verschwanden gemeinsam.

Lord Kenworthy blieb noch einen Moment zurück, und ich bedeutete Christopher mit einer kleinen Geste, Francis und mich mit dem Mann allein zu lassen.

»Miss Dupont, Sir Francis, hätten Sie vielleicht eine Sekunde?«, fragte er, nachdem Christopher sich entfernt hatte.

Gerade wollte der Butler mithilfe einiger Diener die Tabletts abräumen. »Wehe Ihnen!«, drohte ich ihm. »Keiner berührt die Speisen. Sie könnten vergiftet sein.« Sofort sprangen die Diener davon.

Kenworthy sah mich erschrocken an. »Wie bitte? Vergiftet, aber …«

»Pst. Seien Sie still.« Ich winkte das Personal aus dem Zimmer. »Kein Grund zur Beunruhigung, Marcus. Ich wollte nur die Horsd'œuvres retten. Mein Hund und ich haben noch nichts gegessen. – Was haben Sie auf dem Herzen?«

Sein Ausdruck verriet eine gewisse Verwirrung. »Äh, nun, also … Ich wollte nichts sagen, während die anderen in Hörweite waren, aber ich kann die Vermutung der meisten hier bestätigen. An besagtem Abend im Buckingham Palace führte ich ein Gespräch mit dem armen Boy. Er entschuldigte sich nach einer Weile bei mir, da er austreten musste, so behauptete er zumindest. Kurze Zeit später verspürte ich das gleiche Bedürfnis und machte mich ebenfalls auf. Boy war zu diesem Zeitpunkt noch nicht zur Party zurückgekehrt. Dennoch begegnete er mir weder auf dem Weg zu den … nun, Sie wissen schon … den Örtlichkeiten noch in den selbigen. Ich nahm an, dass er nach der Verrichtung seiner Notdurft die einmalige Gelegenheit genutzt hatte, sich im Palast ein wenig umzusehen. Inzwischen glaube ich, dass er während seiner Expedition den Moment bezeugt hat, als Sir Reginald niedergeschlagen wurde.«

»Danke, Kenworthy«, sagte Francis. »Sie befördern damit die gängige Theorie, dass Mister Fielding entweder Zeuge des Anschlags auf Sir Reginald oder des Diebstahls der Krone wurde. Wissen Sie zufällig, ob noch andere Gäste länger als üblich den Feierlichkeiten fernblieben?«

»Ich nehme an, wir sind alle das eine oder andere Mal dem Ruf der Natur gefolgt. Nur kann ich lediglich für Boy genau sagen, dass er vorher oder nachher einen Umweg eingelegt hat.«

»Schade, dass bei solchen Ereignissen nicht darüber Buch geführt wird, wann die Gäste in Richtung Donnerbalken verschwinden«, merkte ich an und freute mich über die knallroten Gesichter der Herren. Ich setzte Sargent ab und reichte ihm ein belegtes Brot mit Roastbeef. »Bitte gehen Sie nun ebenfalls ins Bett, Marcus.«

»Wie Sie meinen.« Er nahm eine Flasche Gin vom Spirituosentisch, öffnete sie und roch daran. »Für die Nerven. Gute Nacht, Miss Dupont, gute Nacht, Sir Francis.« Mit diesen Worten verschwand er.

»Das war es dann wohl für heute, Frankie.« Ich hakte mich bei Francis ein und begleitete ihn hinaus, wo die Dienstwagen von Scotland Yard auf ihn warteten. Die Nacht war kalt und feucht.

»Sei bitte äußerst vorsichtig, Jackie«, warnte er mich, bevor er einstieg. »Ein Täter wie der, mit dem wir es hier zu tun haben, könnte auch dir gefährlich werden.«

»Ach, Frankie, mal den Teufel nicht an die Wand. Vergiss nicht, ich habe einen professionellen Schutzhund an meiner Seite, und ich schlafe mit einem Colt unter dem Kopfkissen.«

»Dein Wort in Gottes Ohr. Gute Nacht, meine Liebe. – Männer, Abfahrt!«

Ich schaute den roten Rücklichtern der Polizeiautos nach, und erst als ich keines mehr sehen konnte, drehte ich mich um, schritt die Stufen zur White Lodge hinauf und ließ die Tür hinter mir ins Schloss fallen.

»Zeit, sich zu amüsieren.«

White Lodge,
mitten in der Nacht

»Und? Wer war es, deiner Meinung nach?«

Jackie rekelte sich unter der Bettdecke. Ein kurzes Zischen, eine Flamme, schon füllten Kits Nasenflügel sich mit Zigarettenrauch.

»Ich habe keine Ahnung. – Musst du eigentlich immer rauchen? Sogar im Bett?«

Nachdrücklich zog sie an ihrem Glimmstängel und steckte ihn dann Kit zwischen die Lippen. »Ja, muss ich. – Du hast keine Ahnung? Unsere Verdächtigen müssen doch wenigstens einen Eindruck bei dir hinterlassen haben. Wer erscheint dir besonders dubios?«

Kit ließ den Abend in Gedanken noch einmal Revue passieren und zog dabei an der Zigarette. Jackies Tabak war süß und vollmundig, und Kit gab seinen inneren Widerstand auf. Warum sollte sie nicht im Bett rauchen? Es gefiel ihm doch, wenn sie es tat. »Niemand. Ich fand es nur eigenartig, dass sie alle verhältnismäßig vernünftig geblieben sind, dass keine Panik ausgebrochen ist. Auch wenn Bobby Devereux sich übergeben hat und Minerva Wrexley den einen oder anderen beschimpft hat, so ist doch niemand zusammengebrochen oder vor Schreck verrückt geworden.«

»Das war auch nicht zu erwarten.« Jackie nahm die Zigarette wieder an sich. »Komm schon, Kit, ich benötige spezifischere Informationen. Wie findest du zum Beispiel unseren Piloten?«

Kit strich ihr mit der Hand über den Rücken. »Den schönen Captain Carmichael, meinst du? Nun ja, er wusste über die Eigenschaften von Blausäure Bescheid.«

Jackie schürzte die Lippen, sagte jedoch nichts.

»Er behauptete, er wisse darüber aus der Air Force.«

Sie schmiegte sich enger an ihn. »Dann wollen wir ihm das für den Moment gerne glauben … Er wirkte auf mich jedenfalls heute Nachmittag nicht besonders angetan davon, hier zu sein. Vielleicht hat er es satt, das Schoßhündchen des Prinzen zu sein.«

»Darüber sollte er sich mal mit Sargent unterhalten.«

Sie stieß ihn in die Rippen. »Frech, Christopher, äußerst frech. Sag mir lieber, was du von Misses Tilda McLeod hältst? Sie müsste doch eigentlich dein Typ sein. Rote Haare, dralle Kurven … so muss deine Rose Munroe ausgesehen haben.«

Die Bemerkung traf Kit hart und unerwartet. An Rose Munroe, jene Frau, mit der er jahrelang ein Liebesverhältnis gepflegt hatte, und zwar über seine Hochzeit mit Diana Gould hinaus, hatte er in den letzten Monaten kaum einen Gedanken verschwendet. Dass Jackie sie ausgerechnet in diesem Moment erwähnte, verletzte ihn. Er durfte ihr nicht in die Falle gehen. Sie wollte ihn aus der

Fassung bringen, das wusste er. »Bist du etwa eifersüchtig?«

Sie lachte. »Warum denn? Das war doch vor meiner Zeit.«

Schon war es ihr gelungen. Die Fassung war verloren. Kit ballte unter der Bettdecke die Fäuste. »Diana …«

»Jackie. Mein Name ist Jackie. – War die rote Tilda nicht mit deiner Frau bekannt? Was für eine Offenbarung! Wäre ich wirklich Diana Gould, hätte sie mich doch erkennen müssen.«

Kit presste die Lippen aufeinander. »Sie rechnet eben nicht damit, dass du noch am Leben bist. Wer erinnert sich schon genau an die Gesichter der Menschen, mit denen er vor vielen Jahren mal auf einer Party war. Zumal du einen gewissen Wandel vollzogen hast.«

»Schrei nicht mit mir, Kit.«

»Ich schreie nicht.«

»Doch, das tust du.« Sie stieß eine Rauchwolke aus der Nase. »In Südafrika hätte es niemand gewagt, mich so anzugehen.«

»Was hast du eigentlich in Südafrika gemacht?«, fragte Kit, dem ein Themenwechsel durchaus entgegenkam. »Mit wem warst du dort zusammen? Wer sind die Leute, bei denen du gewohnt hast? Die dich nicht angeschrien haben, so wie ich.« Tatsächlich hatte er nicht einmal die Stimme erhoben.

»Die Oppenheimers. Liebe Freunde und Klienten der Detektei.«

»Die Oppenheimers! Die Diamanten-Oppenheimers?

Aber deinen Diamanten hast du aus einer Mine von De Beers mitgehen lassen?«

»Ja doch. Freunde bestehle ich nicht.«

Kit war sich dessen nicht so sicher. »Warst du allein dort? Bei den Oppenheimers?«

Sie schüttelte den Kopf. »Nein, nein, es überwintern jede Menge Leute bei den Oppenheimers.«

»Leute, die man kennt?«, fragte Kit, und mit Leuten meinte er andere Männer.

»Ich weiß nicht, ob du sie kennst. Dieses Jahr waren es die Blixens aus Kopenhagen, die Agnellis aus Turin, Baron von Drachenstein ...«

»Die Agnellis? Die Autohersteller? Die kennst du?«

»Du nicht?« Jackie verschwand kurz hinter einer Wand aus Rauch. Es war einer ihrer Lieblingstricks, das hatte Kit mittlerweile durchschaut.

»Nicht persönlich.«

»Nicht einmal die haben mich angeschrien, und sie sind Italiener.«

Als hätte sie die kleine Auseinandersetzung längst vergessen, ließ Jackie den Kopf auf seine Brust sinken. Die Hand, mit der sie die Zigarette hielt, legte sie weiter unten ab, und Kit gab sich alle Mühe, sich seine Beunruhigung darüber nicht anmerken zu lassen.

»Um deine Frage zu beantworten«, knurrte er leise, »Tilda McLeod hat ebenfalls kaum etwas gesagt, wirkte aber auch nicht sonderlich erschüttert oder vom Schreck dahingerafft. Überraschenderweise.«

»Nein, Darling, das ist nicht überraschend, das ist völlig normal«, sagte sie, und ihr blondes Haar kitzelte ihn am Kinn. »Erinnere dich an deine eigene Reaktion in Monte Carlo. Die Zeugen sind zwar verstört und stehen unter Schock, aber das äußert sich nicht wie im Groschenroman, wo sie vor Angst erstarren oder gleich in Ohnmacht fallen. Die meisten Menschen benehmen sich in solchen Momenten zunächst so, wie sie glauben, sich benehmen zu müssen. Unsere Freunde haben überhaupt noch keinen Kontakt zu ihren Gefühlen. Die Tragweite der Geschehnisse wird ihnen sicher erst im Laufe der Nacht bewusst. Das Grauen holt sie erst ein, wenn sie in ihren Betten liegen. In der Dunkelheit.«

»Also jetzt.«

»Genau. Deswegen werden wir auch jetzt handeln. Los, steh auf und zieh dir deinen Mantel über. Und besser auch noch etwas darunter.« Schon drückte sie die Zigarette im Aschenbecher aus und schlüpfte aus dem Bett.

Bedauernd betrachtete Kit ihre Silhouette. »Was hast du vor?«

»Wir werden aufs Dach steigen.«

»Aufs Dach?«

»Pst! Sei leise. – Ja, aufs Dach.«

Kit hatte sich, nachdem Jackie kurz nach Mitternacht in seinem Schlafzimmer erschienen war, durchaus gefragt, warum sie ihren Pelzmantel trug. Der Gedanke war ihm jedoch bald entglitten, so wie der Mantel ihren Schultern. Nun hatte er seine Antwort. »Warum?«

»Um ein bisschen zu spuken. Zum Glück ist es Frankie gelungen, die Gäste davon zu überzeugen, dass es in ihrem Sinne ist, auf White Lodge zu bleiben. Legal hier festhalten dürfen wir sie nämlich nicht. Aber das wissen die wenigsten.«

Kit erhob sich widerwillig. Die Kälte des Raumes tat ihr Bestes, ihn wieder zurück ins Bett zu treiben. »Warum willst du denn spuken? Und vor allem wie?«

»Das wirst du schon sehen. Beeil dich.«

Einige Minuten später verließen sie das Schlafzimmer. Jackie hielt Kit bei der Hand und zwinkerte dem wachhabenden Polizisten vielsagend zu. Dessen Wangen röteten sich sichtlich.

Sie führte ihn mehrere Treppen hinauf, bis sie mithilfe einer Leiter durch eine Luke auf das Dach des Schlosses stiegen.

»Sei vorsichtig, es ist dunkel«, mahnte Jackie, während sie die Leiter emporkletterte.

»Das ist mir durchaus bewusst.«

Die pelzbedeckten Schultern vor ihm zuckten gleichmütig. »Ich wollte nur helfen. – Da vorne ist schon der Erste.«

»Der Erste was?«

»Schornstein. In den wirst du hineinsprechen.«

»Ich?« Kit glaubte, nicht richtig zu hören. »Ich soll in den Schornstein sprechen?«

»Natürlich du. Wenn ich es tue, wissen unsere lieben Freunde doch sofort, wie der Hase läuft. Du musst aber unbedingt deine Stimme verstellen. Ein Brummen oder

Raunen sollte genügen. Eventuell mit einem schottischen Akzent, wenn du kannst. Möglichst gruselig.«

»Kommt da nicht Rauch raus?« Kits linker Fuß rutschte ein wenig auf einer feuchten Dachplatte.

»Pass doch auf!«, zischte Jackie. »Ich brauche dich noch.«

Gegen seinen Willen wurde Kit bei dieser Bemerkung warm ums Herz, und ein Lächeln stahl sich auf seine Lippen.

Jackie erreichte den ersten Schornstein. »Um diese Uhrzeit glühen nur noch die Kohlen. Du kannst gefahrlos die Stimme der Unterwelt geben.«

»Du musst schon beiseitegehen, wir passen nicht beide neben den Schornstein.«

Wortlos balancierte sie ein Stück zurück, und Kit positionierte sich mit dem Kopf darüber. »Was soll ich sagen?«, flüsterte er. »Wessen Kamin ist das überhaupt?«

»Das ist völlig gleichgültig. Wir sagen allen das Gleiche. Probier doch so etwas wie: *Ich weiß, was du getan hast. Ich kenne deine Schuld.*«

Kit beugte sich so weit nach vorne, wie er es wagte, und sagte mit der Stimme des Vikars von Seventree, der ihm als Kind besonders bedrohlich erschienen war: »*Ich weiß, was du getan hast. Ich kenne deine Schuld. Büße deine Sünden.*«

Jackie zündete sich schon wieder eine Zigarette an. »Was für eine hübsche Idee, *büße deine Sünden.*«

»Wenn die Gäste den Rauch riechen, fliegt der ganze Spuk auf.«

»Red keinen Blödsinn, Honey, Rauch steigt immer nach oben. – Gleich noch mal.«

Kit wiederholte den ominösen Spruch, diesmal mit noch mehr Tiefe.

»Wunderbar«, befand Jackie anerkennend und schwenkte die Zigarette durch die Luft wie ein Dirigent. »Los, weiter.«

Sie stiegen von Schornstein zu Schornstein, bis Jackie der Meinung war, genug Albträume in den Köpfen der Verdächtigen gesät zu haben, und Kit wieder zur Luke im Dach kommandierte. Einige Stockwerke weiter unten schwebte sie flotten Schrittes an Kits Zimmertür vorbei. Es gelang ihm gerade noch, sie am Arm festzuhalten.

»Wo willst du hin?«

Mit einer Unschuldsmiene sah sie zu ihm empor. »In mein Bett natürlich.«

»Ich dachte …«

Gekonnt löste sie sich aus seinem Griff. »Dann liegst du falsch. Was soll der Herr von Scotland Yard denn von mir denken?«

Der Herr von Scotland Yard gab sich weiterhin alle Mühe, eine gleichgültige Miene zu wahren.

»Der saß ja wohl auch schon da, als du beim ersten Mal hier reingeschneit bist. Wenn ich mich recht erinnere, hast du ihm eben sogar zugezwinkert.«

Sie hob skeptisch die Augenbrauen. »Typisch Mann, immer musst du recht behalten. Denk nach. Wenn morgen früh das Dienstmädchen ins Zimmer kommt, um das

Feuer zu entfachen, soll sie jeden von uns in seinem eigenen Bett vorfinden. Außerdem wird Sargent eifersüchtig, wenn ich nicht bei ihm übernachte. Möchtest du etwa, dass ich ihn künftig mit zu dir bringe?«

»Um Himmels willen, nein.« Kit wurde bei dem Gedanken ganz mulmig.

»Na, also. Darüber hinaus sollten du und ich, im Gegensatz zum Rest der Versammlung, morgen ausgeschlafen und im vollen Besitz unserer geistigen Kräfte sein, damit wir die Früchte unserer Arbeit auch ernten können. Gute Nacht.«

»Gute Nacht«, sagte Kit, mehr zu sich selbst, und betrat kopfschüttelnd sein Gemach. Dort ließ er sich, noch immer in seinen Mantel gehüllt, aufs Bett fallen. »Wenn einer hier seine Sünden büßt, dann ja wohl ich.«

EXTRABLATT –
GIFTMORD IM KÖNIGLICHEN JAGDSCHLOSS

Der Prince of Wales musste alles mit ansehen!

Fürchterliche Nachrichten erreichen uns heute aus dem Königshaus. Gestern Abend wurde während einer Party auf Schloss White Lodge im Beisein Seiner Königlichen Hoheit, des Prince of Wales, der bekannte Theaterkritiker Boy Fielding vergiftet. Er verstarb noch an Ort und Stelle. Scotland Yard gab in der Nacht eine Meldung an die Presse heraus und versicherte, dass der Prinz wohlauf sei und im Buckingham Palace in Sicherheit gebracht wurde. Ein neuer Schock für die Metropolitan Police, die aufgrund der noch immer unaufgeklärten Morde in Mayfair unter großem Druck steht.

Aus den Memoiren der
JACKIE DUPONT

Nach einem erfrischenden Spaziergang durch leichten Nieselregen begaben Sargent und ich uns in den Frühstücksraum. Ich pflegte für gewöhnlich diese Mahlzeit im Bett zu mir zu nehmen, aber der englische Adel liebte es, sich zu quälen, und erschien daher gänzlich bekleidet und in aller Herrgottsfrühe am Büfett. Ja, ganz richtig, ein jeder tat sich das Essen selbst auf den Teller und trug es zum Tisch. Trotzdem mussten Butler, Diener und sonstiges Gefolge bei Fuß stehen, um die Deckel dieser merkwürdigen Silberwannen anzuheben, in denen die Briten ihre Scheußlichkeiten aufbewahrten. Unsäglichen Räucherfisch, Nierchen, Kutteln, Bohnen, Würstchen. Schon der Gedanke daran ließ mich erschaudern. Je unappetitlicher es aussah, desto lieber vertilgten es die Herrschaften. Wenn man sie ließe, würden die Lords und Ladys die Hühneraugen ihrer Leibeigenen verspeisen.

Ich war da ganz anders veranlagt. Ein paar süße Maispops mit Milch, ein Glas frischer Saft, ein paar kleine Pfannkuchen, wie Onkel Daniels Köchin sie machte, süß und saftig – danach wäre mir an so einem trüben Tag.

Doch nichts davon war auf White Lodge zu finden. Dafür stank es nach Kutteln.

Am Büfett bereitete ich zwei Teller zu. Einen für mich, mit Rührei und etwas Speck, und einen für Sargent, mit Nierchen und Kartoffeltalern. Der Hund nutzte die Zeit, um Fell und Pfoten zu reinigen, und rollte sich über den blauen Orientteppich vor dem Esstisch.

»Das war ein Geschenk des persischen Königs«, entrüstete sich Daubenay, der eben noch schweigend über seinem Rührei gesessen hatte.

»Hörst du, Liebling?«, sagte ich zu Sargent, »der Teppich war ein Geschenk des persischen Königs.«

Sargent nieste und robbte auf dem Bauch von einer Ecke des Teppichs zur nächsten.

»Er weiß Qualität zu schätzen.« Ich setzte mich an den Tisch.

Sargent verließ sein improvisiertes Handtuch und sprang auf den leeren Stuhl neben mir, damit ich ihm sein Frühstück in mundgerechten Happen verabreichen konnte.

Lord Kenworthy und seine Frau, oder seine Schwägerin – wer konnte das schon sagen? –, saßen bereits am oberen Ende der Tafel. Sie beherrschten den Dresscode der britischen Aristokratie aus dem Effeff. Bibi, oder Bobby, trug zu ihren mausbraunen Haaren einen mausbraunen Pullover und einen mausbraunen Rock, und ich fragte mich, was geschehen würde, wenn ich ein Stück Käse in die Ecke warf. Würde sie hinterherspringen?

Kenworthy selbst war nicht weniger eintönig gekleidet. Sein grauer Tweedanzug verschluckte das Licht wie der Londoner Nebel. Was für ein trübes Paar. Dass die beiden (oder die drei, wenn man die Schwägerin hinzunahm) zu den aufregenden Freunden des Prinzen zählten, wollte ich kaum glauben. Und so, wie sie meinen taillierten Reitanzug beäugten, hielten sie nicht viel von Pariser Mode beim Frühstück. Schon gar nicht am Sonntag. Wahrscheinlich nahmen sie es mir übel, dass sie meinetwegen ihren Kirchgang verpassten. Diese Heuchler! Ob sie wohl Opfer des kleinen Scherzes geworden waren, den ich mir in der vergangenen Nacht zusammen mit Christopher erlaubt hatte? Ich muss schon sagen, der Duke hatte wunderbar gespenstisch geklungen, während er sich über die Schornsteine beugte. Sehr bedrohlich.

Marcus Kenworthy warf einen abschätzigen Blick auf Sargent. »Sie tun dem Hund keinen Gefallen, wenn Sie ihn wie einen Menschen behandeln, Miss Dupont.«

Ich lächelte ihn an. »Und Sie tun sich keinen Gefallen, wenn Sie die leitende Ermittlerin in einem Mordfall belehren.«

Die Wangen des Mannes wurden fahl. Noch fahler als zuvor. »Was soll das heißen?«

Ich platzierte ein Nierchen in Sargents aufgesperrtem Mäulchen. »Es besteht grundsätzlich die Möglichkeit, jedem eine Mitwisserschaft nachzuweisen.«

»Wir wissen von nichts.«

Ich lächelte weiter. »Das können Sie mir nicht weismachen. Der Abend im Buckingham Palace war kein rauschendes Fest, sondern lediglich ein intimes Get-together. Sollte jemand der Party länger als gewöhnlich ferngeblieben sein, werden Sie das ja wohl bemerkt haben.«

»Haben wir nicht«, protestierte Kenworthy beharrlich.

»Sprechen Sie bitte nicht für andere. – Wen auch immer Sie decken, es wird Ihnen nichts nützen, seien Sie sich darüber im Klaren. Der Mensch, der hier agiert, hat keine Skrupel, wird jede Schwäche ausnutzen, und er kennt Ihre Geheimnisse.«

Bibi, oder Bobby, schluchzte laut auf. »Oh Gott, Marcus!« Die kleine Maus zitterte regelrecht. »Sie müssen ein sehr kaltes Herz haben, Miss Dupont.«

»Oh ja. Kalt wie ein Eisberg.«

»Was ist denn hier los?«

Der spukende Duke betrat den Frühstücksraum. Im Gegensatz zu den Kenworthys sah er aus wie das blühende Leben, und der maßgeschneiderte Jagdanzug brachte seine Figur besonders gut zur Geltung.

Daubenay als Beamter der Krone reagierte auf so viel angeborene Autorität sofort. »Miss Dupont beliebt, Lord und Lady Kenworthy zu quälen.«

Ich zündete mir eine Zigarette an. »Ich weiß nicht, warum ich mit mutmaßlichen Mördern zaghaft umspringen sollte.«

Christopher kannte seine Rolle in diesem Stück. Er war der strahlende Held, der die hilflosen Opfer vor dem Feuer speienden Drachen beschützen sollte. Also vor mir. Um meinen Feuer speienden Charakter zu zementieren, entließ ich eine besonders dramatische Rauchwolke aus meiner Kehle, die mich für einige Augenblicke gänzlich einhüllte. Ein Trick, den mir einst John D. Rockefeller gezeigt hatte.

»Miss Dupont«, sagte Christopher streng, »ich denke, dazu besteht kein Anlass. Wir sind alle zur Kooperation bereit.«

»Sind Sie das?«

»Natürlich.« Christopher setzte sich mit einer Tasse Tee in der Hand an den Tisch, und ich beobachtete, wie Bibi Kenworthy ihm ein *Danke* zuhauchte.

Ich sagte einen Moment lang nichts und tat, als hätte Christophers Ermahnung mir zu denken gegeben.

Innerhalb der nun folgenden Minuten fand ein Austausch der Frühstückenden statt. Die Kenworthys verließen mit säuerlichen Mienen den Raum und wurden von Tilda McLeod und Lucas Carmichael ersetzt. Die Einzige, die jetzt noch fehlte, war Minerva Wrexley. Nein, Bobby Devereux war ebenfalls nicht da. Zwillinge als unterschiedliche Personen zu akzeptieren, war noch nie meine Stärke. Vielleicht sollte ich mir ihre Namen auf den Handrücken schreiben.

Die Neuankömmlinge wirkten übermüdet. Ich war mir fast sicher, dass sie die unheimliche Botschaft aus dem Kamin gehört hatten. Dennoch sprach niemand darüber. Was ich daraus schließen sollte, wusste ich noch nicht genau, aber es gab genügend Gründe, die ominöse Geisterstimme zu verheimlichen.

Tilda ließ sich mit ihrem Teller gleich neben mir nieder. Selbstverständlich nicht dort, wo Sargent saß, sondern auf der anderen Seite. »Ich hasse englisches Frühstück, Sie nicht? Was würde ich für Mister Kellog's Corn Flakes geben.«

»Dem Hund schmeckt es immerhin«, erwiderte ich.

»Eigentlich wollte ich über Weihnachten die Familie meines Mannes in Philadelphia besuchen. Aber nun sind wir doch hiergeblieben. Gerade zur Weihnachtszeit bekomme ich Heimweh.«

»Tja, ich wollte dieses Jahr in Südafrika überwintern, um der Kälte zu entrinnen, und wo bin ich gelandet? England im Winter. Ein Albtraum.«

»Manche Amerikaner finden das ja ganz atmosphärisch.«

Christopher räusperte sich. »Ich bekomme in den nächsten Tagen Besuch aus New York«, sagte er beiläufig. Ein zuckender Muskel in seiner Wange verriet mir jedoch, dass er diesen Besuch keineswegs auf die leichte Schulter nahm und es kaum erwarten konnte zu verkünden, wen er da aus New York erwartete.

Tilda McLeod war ganz Ohr. »Ach ja, wer kommt denn?«

»Die Großmutter meiner Frau.«

»Maria Dalton?« Tilda konnte ihre Überraschung kaum im Zaum halten. »Die Grande Dame der Upper East Side?«

Diese Information hatte Christopher auch mir vorenthalten.

»Ja«, sagte er und beäugte mich dabei von der Seite. »Sie wird einige Tage bei mir im Surrey House wohnen und dann weiter zu Lady Randolph-Churchill reisen. Die beiden sind seit ihrer Kindheit befreundet.«

»Jennie Jerome ...« Tilda nickte wissend. Wie jede Frau aus Amerika kannte sie die Geschichte der Pionierinnen, die ausgezogen waren, um britische Lords zu heiraten.

Ich nahm Sargent auf den Schoß. »Richtig, Tilda. Sie kannten ja Diana Gould. Ich vergaß.«

Tilda strahlte mich verklärt an, und ihr Blick schweifte in weite Ferne, ja, sogar ein beseeltes Lächeln bekam sie hin. Der Effekt ging an mir vorbei, denn sie erinnerte mich immer noch an ein Auto. Ihre Augen und ihr Mund sahen aus wie Scheinwerfer und Kühler eines Bostoner Busses.

»Diana ... oh ja. Das war natürlich, bevor Sie unseren Duke hier heiratete.«

Christophers Augen verdunkelten sich.

»Haben Sie die Frau des Dukes denn häufiger getroffen?«, bohrte ich weiter.

»Hin und wieder. Auf den üblichen Partys. Sie war so ein reizendes Geschöpf. Man musste sie einfach gernhaben.«

»Misses Dalton wird bestimmt hocherfreut sein zu hören, dass Sie in London sind«, urteilte ich. »Christopher, Sie müssen Tilda unbedingt zu sich einladen, damit sie ihre Freundschaft zur Familie Ihrer Frau erneuern kann.«

»Gewiss«, antwortete Christopher. »Ich werde eine Einladung an die Botschaft übermitteln lassen, sobald wir einen Termin finden.«

»Oh, äh … ja … ganz reizend.« Tildas Ton wurde zögerlich. »Wenn ich in der Stadt bin … Ich habe sehr viel zu tun in nächster Zeit … Sie kennen das, Weihnachten steht vor der Tür …«

Ich war mir sicher, die Verabredung würde nie zustande kommen. Tilda McLeod war meiner Meinung nach eine Aufschneiderin und hatte sich die Begegnung mit Diana Gould nur ausgedacht. Ihr Bestreben lag darin, sich mit ihrer Freundschaft zu berühmten Menschen zu brüsten, sie zu sammeln wie andere Leute Briefmarken. Ich konnte mir genau vorstellen, wie sie nach ihrer Ankunft in London mit aller Kraft um den Prinzen gebuhlt hatte. Die Haltung, die sie nun einnahm, zeigte mir deutlich, dass sie sich von mir durchschaut fühlte. Die Gefahr, aufzufliegen, brachte sie wie erhofft aus dem Konzept. Jetzt kam der Moment, um zuzuschlagen.

»Haben Sie einen Verdacht, wer Sir Reginald im Buckingham Palace niedergeschlagen haben könnte, Tilda? Haben Sie eine längere Abwesenheit bemerkt?«

Tildas Augen zuckten zu Lucas Carmichael herüber. Der unterhielt sich mit Daubenay und nahm keine Notiz von ihr. »Nein … nichts.«

»Kann mir dann bitte endlich jemand erklären, was sich an jenem Abend überhaupt zugetragen hat?« Ich hob die Stimme. »Hallo? Victor? Lucas? Hätten Sie die Güte, mir zuzuhören?«

Die beiden Herren stellten ihr Gespräch ein.

»Danke – Also, Lucas? Tilda?«

Tilda schilderte mir ihre Ankunft am Buckingham Palace mit Minerva Wrexley. Darüber hinaus konnte sie mir sagen, wann die anderen eingetroffen waren. Abendessen hatte es nicht gegeben, man hatte bereits vorher etwas zu sich genommen. Sie alle hatten gewusst, dass der Prinz mit seiner Geliebten in Paris weilte, und es war ihnen ein großes Vergnügen, dem Königspaar einen Streich zu spielen. »Allein wegen Bertie«, schloss sie.

»Bertie?«, fragte ich.

»Prinz Albert«, erklärte Carmichael. »Davids jüngerer Bruder. Er hat sich breitschlagen und Sheila sausen lassen.«

»Wer ist denn nun wieder Sheila?« Diese Geschichte war komplizierter als ein Roman von Tolstoi.

Tildas gewaltige Lider bewegten sich derartig heftig auf und ab, dass ich befürchtete, der dadurch entstehende Wind brächte meine Frisur durcheinander. »Sheila ist eine sehr liebe Freundin«, raunte sie. »Sheila Loughborough. Misses Sheila Loughborough.«

Ich grinste. »Der kleine Bruder hatte also eine Freundin, und der König hat zu ihm gesagt: *Pfui, Bertie, eine verheiratete Frau, such dir gefälligst was anderes*«?

Lucas Carmichael prustete los. Wenigstens einer hier hatte gute Laune. »So ähnlich.«

»David hat die Trennung von Bertie und Sheila nicht gut weggesteckt.« Tildas Scheinwerferaugen füllten sich mit Tränen. Regen in Boston. »Er schwört, er werde sich unter keinen Umständen die Frau entreißen lassen, die er liebt.«

»Sein Wort in Gottes Ohr.« Keine guten Voraussetzungen für einen Monarchen, dachte ich mir. Sentimental durfte man nicht sein. Vielleicht sollte ich Königin werden. Ich war nicht zimperlich, und eine Krone würde mir ausgezeichnet zu Gesicht stehen. Aber dafür einen Windsor heiraten? Nicht gerade verlockend. »Weiter im Text. Was ist im Verlauf des Abends geschehen?«

Diesmal ergriff Carmichael das Wort. Der Abend sei vorangeschritten, man habe getrunken und getanzt. Viel Neues sei nicht zu berichten gewesen, mal sei einer hier, mal einer da verschwunden, aber im Großen und Ganzen sei nichts Unvorhergesehenes geschehen.

»Bis zu dem Moment, als Victor«, ich deutete auf Daubenay, »aus dem Theater zurückkommt und Ihnen verkündet, dass er soeben Sir Reginald bewusstlos am Fuß der Treppe vorgefunden hat?«

Carmichael nickte. »In etwa.«

Die Tür zum Frühstücksraum öffnete sich, und ich vernahm Sir Reginalds Stimme. Wenn man vom Teufel sprach.

»... schon als kleines Mädchen so gern verkleidet. Meine Frau und ich haben uns immer ein Mädchen gewünscht, aber es wurden und wurden nur Jungen!«

Sir Reginald erschien mit Minerva Wrexley im Schlepptau, die sich alle Mühe gab, seinem Geplänkel höfliche Aufmerksamkeit zu schenken.

»Guten Morgen«, sagte sie müde.

Ich hob die Hand zum Gruß. »Guten Morgen, Minerva. Setzen Sie sich. Reginald, haben Sie gut geschlafen?«

»Eher gedöst, Miss Dupont. Aber das ist schon seit Längerem so. Seitdem ich keine Schmerzmittel mehr nehmen darf, ist es sogar noch schlimmer geworden.«

»Dafür haben Sie aber ziemlich laut geschnarcht.« Tilda McLeod war im Gegensatz zu ihrer Freundin nicht gewillt, dem älteren Herrn den verdienten Respekt zu zollen. Der Privatsekretär einer ehemaligen Königin zählte auf ihrer gesellschaftlichen Skala nicht sonderlich viel. Nicht glamourös genug.

»Wenn Sie erst einmal mein Alter erreichen, dann schnarchen Sie auch, wenn Sie wach sind, Misses McLeod. Lange ist es nicht mehr hin.«

Ich verkniff mir ein Lachen. Unser Reginald hatte es in sich.

»Sie haben also nichts Verdächtiges gehört?«, fragte Christopher gespannt, und nicht zum ersten Mal in meinem Leben spürte ich das Verlangen, ihn zu treten. Ich gab mir seit einer Stunde alle Mühe, meine Neugier im Zaum zu halten, und er agierte mit der Vorsicht einer Dampflok.

»Was soll er denn gehört haben?«, fragte ich spitz. »Es war die ganze Nacht mucksmäuschenstill im Haus, das haben die Herren von Scotland Yard mir bekundet.«

Keiner der Anwesenden reagierte auf meine Bemerkung. Nur Sargent schnaubte zur Bestätigung und sah mich anschließend fragend an.

Den Blick kannte ich. »Schätzchen, du hast schon aufgegessen. Ach, du meinst, der gute Captain Carmichael will seine Kutteln nicht mehr? Sie erlauben, Lucas.« Ich streckte die Hand aus, und nach einem Moment ungläubigen Staunens reichte der Pilot mir seinen Teller.

Minerva Wrexley schüttelte sich. »Ich frage mich, wie ihr überhaupt alle essen könnt und hier so geruhsam beieinandersitzt. Ein Mord hat stattgefunden. Ein Mord!«

Sir Reginald, der soeben hinter mir vorbeihumpelte, beugte sich ein Stückchen vor. »Lady Minerva ist sehr theatralisch veranlagt«, raunte er mir zu. »War sie schon als Kind.«

Verschwörerisch sah ich zu ihm hoch. »Sagen Sie nichts weiter, ich kenne die Mutter. – Und kommen Sie bloß nicht näher, mein Hund hat Sie schon im Visier.«

»Sir Francis hat uns doch versichert, dass wir nicht in Gefahr sind, Minerva-Liebes«, sagte Tilda beschwichtigend. »Komm, setz dich und trink eine Tasse Tee. Du siehst heute übrigens bezaubernd aus.«

Minerva sah wirklich bezaubernd aus. Sie trug einen knallroten Kaschmirpullover zu einem schmal geschnittenen Tweed-Rock, dazu schlichte Perlen und die dunklen Haare in große Wellen gelegt. Vermutlich war sie deswegen so spät zum Frühstück erschienen. Eine solche Frisur machte sich nicht von allein.

Sie fuhr sich mit den Fingern dramatisch durch die Coiffure. »Boy war mein bester Freund.«

Mit einem lauten Seufzen ließ ich mich gegen die Lehne meines Stuhls sinken. »Haben Sie ansonsten nichts beizutragen, Minerva?« Es war an der Zeit, mal wieder die Hackordnung festzulegen und den Verdächtigen verstehen zu geben, dass sie mit mir nichts zu lachen hatten und ich ihnen keine Allüren durchgehen ließ. »Wenn Boy Fielding Ihr bester Freund war, warum wissen Sie dann nicht, wer ihn umgebracht hat und wieso? Na, wahrscheinlich wissen Sie es doch. Glauben Sie mir, Ihre kleine Show lässt mich kalt.«

Die Anschuldigung traf sie, wie geplant, völlig unerwartet. Ihr Mund öffnete sich, aber es kam kein Laut heraus. Im Gegenteil, für einen Augenblick war sie wie versteinert.

Auftritt Christopher.

Scheinbar hatte er seine Wissbegierde hinsichtlich des Erfolgs seines nächtlichen Spuks inzwischen in den Griff bekommen und erinnerte sich an seine Aufgabe. Energisch sprang er auf. »Miss Dupont, das geht zu weit!«

»Das entscheide immer noch ich.«

Drohend hob er den Zeigefinger. »Ich bin mir zwar darüber im Klaren, dass Sie, aus welchen Gründen auch immer, über eine gewisse Kompetenz in dieser Sache verfügen, dennoch haben Sie kein Recht, uns derart herablassend zu behandeln. Wie Sie sicher wissen, bin ich auch in Ihrem Heimatland nicht ohne Einfluss.«

»Bravo«, murmelte Daubenay, und Minervas Augen blitzten triumphierend auf.

Ich erhob mich von meinem Stuhl und nahm den mittlerweile laut kläffenden Sargent auf den Arm. Christopher würde sich mir in nächster Zeit nicht einfach nähern dürfen. Sargent war zwar ein überaus begabter Hund, das Konzept der Schauspielerei überstieg jedoch seine Intelligenz. Umso besser. Ein paar kleine Bisswunden würden

Christophers Rolle als Retter in der Not nur unterstreichen.

»Es ist mir gleich, womit Sie mir drohen«, sagte ich mit eisiger Stimme. »Denn eines weiß ich sicher. Wenn ich hier fertig bin, wird einer von Ihnen hängen.«

Langsam schritt ich zur Tür und spürte förmlich, wie sich die Kälte meiner Worte über den Raum legte. Wenn schon ein nächtlicher Spuk nicht ausreichte, um die Freunde des Prinzen aus der Fassung zu bringen, dann musste eben der Strick her. Der Gedanke an die eigene Hinrichtung konnte auch dem fröhlichsten Menschen die Stimmung verderben.

Leider blieb die Stimmung nicht das Einzige, was in diesen Sekunden verdarb, nein, auch mein finsterer Abgang ging daneben. Gerade wollte ich unheilvoll die Hand auf den Türgriff legen, da sprang die Tür auf, und Bibi Kenworthy platzte in den Raum. Tränen liefen ihr über die Wangen.

»Schnell, schnell!«, rief sie grell und hielt sich krampfhaft am Türrahmen fest. »Bobby geht es sehr schlecht. Ich glaube, sie stirbt.«

Aus den Memoiren der
JACKIE DUPONT

Bobby Devereux lag zusammengerollt auf ihrem Bett und zitterte. Einer der Polizisten von Scotland Yard fühlte ihren Puls, während Lord Kenworthy regungslos danebenstand. Sargent sprang aufs Bett und knurrte die Männer an.

»Beruhige dich, Darling«, sagte ich streng. »Der Herr Polizist darf das.«

Der Hund legte sich ans Fußende des Bettes und fixierte uns argwöhnisch.

»Ist es Blausäure?«, jammerte Bibi. »Da steht eine kleine Flasche auf dem Nachttisch.«

Ich trat zu dem Polizisten. »Was sagt der Puls?«

»Sehr schnell und heftig, Madam.«

»Dann ist es keine Blausäure.« Ich holte ein seidenes Taschentuch aus meiner Jackentasche hervor, wickelte es um besagte Flasche und hob sie hoch. Mit größter Vorsicht löste ich den Glaskorken aus dem Flaschenhals. Falls es sich doch um unseren Blausäurebehälter handeln sollte, waren schon die entströmenden Gase gefährlich. Ein betörender Duft stieg mir in die Nase. Ich erkannte ihn sofort. »Wie ich schon sagte. Keine Blausäure. Hier haben wir ein anderes Gift.«

»Oh, lieber Herr Jesus, steh uns bei«, flüsterte Bibi Kenworthy.

Mittlerweile hatten Christopher, Daubenay, Carmichael und Minerva Wrexley das Zimmer erreicht. Sargent bellte wieder los.

Energisch drehte ich mich zur Tür um. »Darf ich alle Herren bitten, den Raum zu verlassen. Wir sind hier nicht im Kuriositätenkabinett. Die Damen dürfen bleiben. – Und rufen Sie einen Krankenwagen.«

Der Polizist sah mich fragend an, und ich nickte. »Sie ebenfalls.«

Ich wartete, bis alle männlichen Personen gegangen waren, dann kniete ich mich neben Bobbys Bett auf den Boden. »Bobby, hören Sie mich?«

Sie versuchte zu sprechen.

»Wie bitte?«

Ihr Atem duftete ebenso blumig wie das Fläschchen auf dem Nachttisch. »Meine ... Sünden«, hauchte sie. »Die ... Stimme.«

Bibi kreischte los. »Die Stimme! Die Stimme! Ich habe sie auch gehört! Die schreckliche Stimme!«

Minerva legte eine Hand an ihren Hals. »Ich ... ich auch.«

Es kostete mich einige Kraft, nicht selbstzufrieden zu grinsen. »Sie haben also eine Stimme gehört? Sie alle?«

»Ja«, sagten Bibi und Minerva im Chor.

»Wie eigenartig.« Wieder wand ich mich Bobby zu.

»Der Krankenwagen wurde gerufen, Bobby. Sie haben eine Vergiftung.«

»Meine ... Sünden«, röchelte sie noch einmal.

Bibi packte mich an der Schulter. »Warum sollte der Mörder meine Schwester umbringen wollen?«

»Lassen Sie mich los. – Niemand wollte Ihre Schwester umbringen. Ihre Schwester hat versucht, eine Abtreibung vorzunehmen.«

Minerva und Bibi rührten sich nicht. Dennoch unterschieden sich ihre Reaktionen deutlich. In Bibis Mine spiegelten sich Entsetzen und Hilflosigkeit, Minervas Ausdruck sprach hingegen von anderen Gefühlen. Hass und Wut las ich darin. Keine Überraschung.

»In der Flasche befand sich eine Lösung aus der Tollkirsche.«

»T-T-Tollkirsche?«, fragte Bibi unter Tränen.

»Möglicherweise ist Ihnen dieses Gewächs in den Romanen meines Freundes Sir Arthur Conan Doyle begegnet. Unter den Namen Atropin oder Belladonna. Ein Gift, das den Namen *Schöne Frau* trägt, weil die Pupillen sich weiten, wenn man es in die Augen tropft. Schon in der Antike verwendeten Adlige und Konkubinen diese charmante Flüssigkeit, um verführerisch auszusehen. Oder um den Bauch flach zu halten, wenn man es einnahm. Je nachdem, wie viel verabreicht wird, kann das Gift zum Tode führen.« Ich hielt Bibi die Flasche unter die Nase. Hastig wich sie zurück. »Wenn Sie es einmal gerochen haben, erkennen sie es immer wieder. Ich nehme an, in dieser Flasche befand sich keine tödliche Dosis, sondern eine verdünnte Mischung, der eventuell weitere abtreibende Mittel beigefügt waren.«

»Würde es helfen, wenn sie sich übergibt?«, wollte Minerva wissen und stieg damit in meinem Ansehen enorm. Immerhin war sie keine hilflose Miss, der außer Wimmern nichts einfiel.

»Nein, so, wie es aussieht, hat sie das Mittel in der Nacht eingenommen. Es ist längst in ihrem Blutkreislauf. Das Gegenmittel ist Physostigmin. Es wird aus den Samen der Kalabar-Bohne gewonnen.«

»Haben die Krankenhäuser hier denn so etwas?«

»Natürlich. Wir sind in London, nicht auf den Färöer-Inseln.«

Bibi beruhigte sich ein wenig. »Können wir denn sonst nichts für sie tun?«

»Nein. Bleiben Sie bei ihr, bis der Krankenwagen kommt.« Ich stand auf. »Wissen Sie, wem wir den Zustand Ihrer Schwester zu verdanken haben?«

Bibi zog die Augenbrauen zusammen und schien mich nicht zu verstehen.

»Ihre Schwester hat versucht, eine Schwangerschaft zu beenden. Ich muss Ihnen hoffentlich nicht erklären, wie eine solche zustande kommt.«

»Ich ... ich ... Ich habe keine Ahnung, wer ...« Sie verstummte.

»Und Sie?«

Minerva verschränkte die Arme vor der Brust und schüttelte vehement den Kopf. »Natürlich nicht. Woher sollte ich das wissen?«

Wie so oft kam mir ein Zitat aus Hamlet in den Kopf: *Die Dame, wie mich dünkt, gelobt zu viel.* Minerva wusste sehr wohl, wer mit Bobby Devereux ein uneheliches Kind gezeugt hatte.

»Komm, Sargent«, befahl ich meinem Hund. »Wir haben zu arbeiten.«

Gemeinsam eilten wir die Treppe ins Erdgeschoss hinunter. Ich ballte die Fäuste. Der Fall hatte sich gerade um ein Vielfaches verkompliziert. Unter welchen Umständen griff eine Frau aus guter Gesellschaft zu einem solch lebensgefährlichen Mittel, um ein Baby loszuwerden? Üblicherweise zogen unverheiratete Ladys sich aufs Land zurück und bekamen das Kind in aller Stille. Selbst wenn der Vater verheiratet war, bestand kein Grund für eine heimliche Abtreibung, deren Erfolg keineswegs gesichert war. Blut war jedenfalls nicht zu sehen gewesen. Ob der Fötus die Belladonna-Vergiftung überlebt hatte, würde sich noch herausstellen. Warum ein solches Risiko eingehen? Noch dazu in Gegenwart von Zeugen?

Die Verquickung mit dem Königshaus dürfte einen ersten Anhaltspunkt bieten. Königliche Bastarde hatte es zwar schon immer gegeben, dennoch konnte der Druck auf eine junge Mutter zu groß werden. Hatte der Vater des Kindes – wer auch immer es sein mochte – Bobby zu diesem Schritt gedrängt, um einen Skandal zu verhindern? Ihr sogar den Giftcocktail beschafft? Oder hatte er einen seiner Angestellten darum gebeten? Es war immerhin ein Teil des Berufs von Männern wie Victor Daubenay und Sir Reginald, die königliche Familie mit allen Mitteln vor derartigen Skandalen zu bewahren. Daher hegte ich keinen Zweifel, dass beide Herren in einem solchen Fall, trotz ihres gutmütigen Gehabes, skrupellos vorgehen würden. Ein Gebräu wie dieses kaufte man jedenfalls nicht beim Apotheker um die Ecke, zumindest nicht am helllichten Tage. Und wo es Belladonna gab, da gab es auch Blausäure …

Bis vor wenigen Minuten war das Motiv für den Mord an Boy Fielding eindeutig gewesen. Ein Zeuge des Kronenraubes sollte zum Schweigen gebracht werden. Nun konnte ich mir meiner Sache nicht mehr sicher sein. Ganz andere, viel weniger greifbare Kandidaten stiegen ins Rennen um das beste Mordmotiv ein: Untreue, Eifersucht, Scham, Rache, Vertuschung. Hatten wir es etwa mit zwei unabhängigen Tragödien zu tun? Dem brutalen Angriff auf Sir Reginald und dem anschließenden Raub der Rundell-Krone einerseits sowie einem hässlichen Beziehungsdrama, in dem Boy Fielding entweder Täter oder Mitwisser war, andererseits?

Ich bog in den Flur ab, der zum Salon führte. Plötzlich griff mich jemand am Arm und zog mich in eine dunkle Ecke. Daraus, dass Sargent nicht direkt aus der Haut fuhr, schloss ich, dass es Christopher war, der mich da gegen die Wand schob.

»Schnell, Jackie, Inspektor MacAllister ist schon da. Sag mir, was los ist.«

»Ach, der Herr Detektiv«, säuselte ich. »Du kommst wohl langsam auf den Geschmack. Aber merke dir die erste Regel aller Spürnasen, Kit. Stets Ruhe bewahren.«

Christopher knurrte, und Sargent, der ihm die kleine Show am Frühstückstisch noch nicht vergeben hatte, tat es ihm nach.

»Pst. Alle beide«, befahl ich. »Nicht hier. Kommt mit.« Diesmal war ich es, die Christopher packte und mitzog. »Hier hinein.«

Zu dritt verschanzten wir uns hinter einer Tür und fanden uns in einer Toilette wieder. Auf der Fensterbank stand eine Schale mit Lavendelöl, dessen Duft mich beinahe erstickte. Nun denn, besser Lavendel als die anderen Gerüche, die einen sonst an einem derartigen Ort überwältigen konnten.

Schnell klärte ich Christopher über die neue Sachlage auf, und er zeigte sich ähnlich verdrießlich, wie ich mich fühlte.

»Was für ein Schlamassel«, urteilte er. »Jetzt operiert ganz Scotland Yard unter falschen Annahmen, und wir dürfen uns damit befassen, warum Bobby Devereux die Knie nicht zusammenhalten konnte.«

»Keine Vulgaritäten bitte. Lass uns kurz besprechen, wie wir weiter vorgehen. Ich werde versuchen, am Nachmittag Carmichael und Kenworthy zu überreden, mit mir auf die Pirsch zu gehen. Derweil solltest du dich als Salonlöwe betätigen und die Damen beruhigen. Mach unserer rothaarigen Freundin ruhig Hoffnungen auf ein Tête-à-Tête der besonderen Art. Wie ich sie einschätze, dürfte auch sie eine Ahnung haben, wer mit Bobby Devereux im Heu war.«

»Es könnte durchaus jemand sein, der mit unserer Sache nichts zu tun hat.«

»Gewiss, und es wäre für uns von großem Vorteil, das schnell herauszufinden. – Wirklich, dieser Lavendel stinkt entsetzlich, ich bekomme schon Kopfschmerzen.«

»Ich auch. Widerliches Zeug. – Meinst du, mein Spuk hat Miss Devereux dazu gebracht, das Atropin zu nehmen? Ich dachte schon, niemand hätte etwas bemerkt, aber ...«

Sargent nieste.

»Gesundheit, mein Schatz.«

»Aber ...«

»Moment, Kit. Sei bitte kurz still.«

»Was?«

»Ruhe.«

Ich schnupperte, und der Lavendelduft drang tief in meine Nase. Schnell öffnete ich das Fenster über der Toilette und warf die Schale hinaus.

»Was machst du da?«

»Pst.«

Ich schnupperte wieder. »Raus hier!«, rief ich und riss die Tür auf. »Raus hier! Sofort!«

Zu dritt stolperten wir hinaus. Kit stieß sich den Kopf und schimpfte, Sargent geriet unter seine Füße und kläffte, und ich warf, die Hand vor Mund und Nase gepresst, die Tür ins Schloss.

»Was war denn das?«, fragte Kit und rieb sich die Stirn.

Ich lehnte mich mit dem Rücken gegen die geschlossene Tür und atmete tief durch. »Das, mein lieber Kit, war Blausäure.«

White Lodge,
wenige Sekunden später

»Schnell, nach draußen.« Jackie schob Kit in Richtung Empfangshalle. »Wir brauchen frische Luft. Sofort.«

Angst übermannte Kit. So heftig, wie er sie lange nicht gespürt hatte. Er fürchtete nicht viele Dinge im Leben, aber Giftgas war seit dem Krieg ein großer Schrecken für ihn. Er rannte los und blieb erst stehen, als er den Rasen vor dem Schloss erreichte. Sein Herz pochte unbändig in seiner Brust. Sargent, der ihm direkt gefolgt war, flitzte um ihn herum und bellte so laut, als wollte er einen unsichtbaren Feind vertreiben. Das Tier hatte recht. Unsichtbar war der Feind, aber verjagen konnte man ihn nicht. Erinnerungen an Männer, die im Senfgasnebel ihre Lungen ausspien, ließen Kit schaudern. Mehrere Male atmete er tief ein und aus, um die bösen Geister aus seinen Bronchien zu pressen.

»Sargent!« Jackies Stimme klang schrill.

So hatte Kit sie noch nie gehört. Wie ein Rugbyspieler stürzte sie sich auf den Hund und schnappte ihn sich mitten im Sprung. Sie tastete seinen Hals ab, zwang seine Zähne auseinander und starrte mit fiebrigem Blick in den kleinen Rachen. Dabei bewegte sie die Lippen, und Kit fragte sich, ob sie betete. Endlich ließ sie den Hund los, und der kleine Teufel fegte davon. In sicherem Abstand wälzte er sich auf dem feuchten Boden und rieb die Nase im Gras.

Kit eilte zu Jackie hinüber und half ihr auf die Beine. »Geht es dir gut?«

Kalte Augen sahen zu ihm hinauf, und Jackies Mund verzog sich zu einem spöttischen Grinsen. »Natürlich geht es mir gut.« Schon hatte sie ihr Zigarettenetui in der Hand, schon steckte eine Zigarette zwischen den Lippen, schon loderte die Flamme ihres Taschenfeuerzeugs auf. Gierig sog sie den Rauch ein. »Blausäure in Gasform ist relativ schwer und sammelt sich am Boden. Sargent war in weitaus größerer Gefahr als wir.«

Kit konnte sich kaum beherrschen. Er wollte ihr den Glimmstängel aus der Hand schlagen. »Das nennst du frische Luft?« Warum musste sie ihm etwas vorspielen? Warum konnte sie nicht zugeben, dass sie vor Angst um ihren Hund fast verging?

Sie tätschelte ihm die Wange. »Sugar, sei bitte nicht so aufgewühlt. Wer weiß, wer uns von drinnen beobachtet. Beruhige dich.«

»Du schreist Blausäure, und ich soll mich beruhigen?« Die Wut schnürte Kit die Kehle zu. »Mich beruhigen?«

Jackie ließ den Blick über den Park schweifen und zog mehrere Male an ihrer Zigarette. »Es kann nicht viel gewesen sein, sonst würde es Sargent jetzt schon sehr schlecht gehen. Sein Geruchssinn ist sehr ausgeprägt, und er hat die Reizung als Erster wahrgenommen. Darum hat er geniest. Ich vermute, der Täter hat sein Behältnis im Waschbecken gereinigt, wenn nicht sogar direkt in der Toilette. Cyanwasserstoff, so nennen Chemiker unser Gift, verflüchtigt sich ausgesprochen schnell. In geschlossenen Räumen können jedoch Reste hängen bleiben. Ich glaube, wir brauchen kein Gegengift. Nicht einmal der Hund.«

»Es gibt ein Gegengift? Für Blausäure?«

»Ja, dafür rührt man Schwefel in kochende Natriumsulfitlösung. Allerdings bleibt in Fällen wie dem von Boy Fielding dafür keine Zeit, und die nötigen Zutaten sind meist nicht zur Hand.«

Kit raufte sich die Haare. »Oh, Mann … Woher weißt du solche Sachen überhaupt? Cyan ist für mich bloß eine Farbe in meiner Palette.«

»Ich bin vor einigen Jahren mit dem Zug durch Afrika gereist und habe dort einen Tropenarzt kennengelernt. Er war auf dem Weg nach Rhodesien, um die dortigen Heilpflanzen zu erforschen. Solche Bahnfahrten sind lang, und der Mann liebte es, über Gifte zu referieren …«

Von Jackies Männerbekanntschaften wollte Kit gerade nichts hören. »Verstehe«, sagte er brüsk. »Ich denke, wir sollten hineingehen und Inspektor MacAllister über unsere jüngsten Erkenntnisse aufklären.«

»Lass mich noch die Zigarette zu Ende rauchen.«

»Du musst eine Lunge aus Stahl haben.«

»Ein Herz aus Eis, eine Lunge aus Stahl. Meiner Anatomie wird heute einiges unterstellt. Dabei bin ich eine ganz normale Frau.«

Bei dem Wort *Frau* fiel Kit die arme Bobby Devereux wieder ein. »Na, ich weiß nicht, ob du so normal bist. Unsere nächtlichen Aktivitäten auf dem Dach sind jedenfalls nach hinten losgegangen. Macht dir das nichts aus? Ein normaler Mensch würde sich jetzt ziemlich schlecht fühlen.«

Jackie stieß den Zigarettenrauch durch die Zähne. »Wieso?«

»Willst du etwa behaupten, dass du einen Abtreibungsversuch als Erfolg verbuchst?«

»Du klingst, als hätte ich ihr das Atropin persönlich eingeflößt. Für meine Ermittlung ist es jedenfalls ein erheblicher Fortschritt.«

»Dein Zynismus kennt wohl keine Grenzen. Du scheinst es offensichtlich gutzuheißen, dass die Frau eine so schändliche Tat begeht.«

Jackie warf die Zigarette auf den Boden und trat sie aus. »Sie wird ihre Gründe haben.«

»Dafür gibt es keine guten Gründe.«

»Pah.« Jackie wollte sich in Richtung Haus aufmachen. »Warum maßen Männer sich eigentlich immer an, über die Körper von Frauen zu bestimmen?«

Eine neue Angst bemächtigte sich Kits. Die Vorstellung von Diana – Jackie! –, die eine Flasche an die Lippen setzte, um die Saat ihres trügerischen Ehemannes loszuwerden, brachte sein Blut zum Überkochen. Er hielt sie fest. »Warst du etwa schwanger?« Er atmete aus. Grelle Punkte flimmerten durch sein Sichtfeld. »Warst du von mir schwanger, als du mich verlassen hast?«

Wie der Blitz fuhr sie herum. Er wusste nicht, wie sie sich befreit hatte, aber sie war wie ein Panther zurückgesprungen. »Ich will dir nicht wehtun, Kit, aber wenn du mich noch einmal festhältst, werde ich es tun.«

Kit rang nach Atem. Die plötzlich aufgekommene Verzweiflung drohte ihn zu erdrücken. Die Welt verschwamm vor seinen Augen. Ein roter Schleier legte sich über seine Gedanken. »Diana ...«, schluchzte er.

Ein Schmerz riss ihn aus seinem Wahn. Jackie stand direkt vor ihm und hatte ihn bei den Handgelenken gepackt. »Nervenbahnen. Ich drücke mit dem Daumen darauf. – Atme tief ein.«

»Di...«, Kit schnappte nach Luft, aber seine Lunge füllte sich nicht.

Der Schmerz in seinen Handgelenken verstärkte sich. »Oh Gott«, keuchte er und sah sich um. Richtig, er stand im Park von White Lodge.

»Sieh mich an«, befahl Jackie. Ihre eiskalten Augen fanden seine. »Atme aus. Vollständig.«

Er versuchte es, doch ein Gürtel aus Stahl lag um seine Brust.

»Du hast eine Panikattacke, Kit. Du musst atmen.«

Wieder versuchte er es. Vergeblich.

»Also wirklich, Kit. Solltest du deine Gefühle nicht bald unter Kontrolle bringen und meine Ermittlungen gefährden, muss ich dich leider außer Gefecht setzen. Ich könnte dir den Arm brechen. Glaubst du, das würde helfen?«

Er röchelte. Sein Herz raste.

»Um zu unserem ursprünglichen Thema zurückzukehren: Es scheint dich ja nachhaltig zu beschäftigen, ob du jemals einen Erben haben wirst. Ich weiß allerdings nicht, warum dich das Fehlen eines solchen gerade jetzt in Angststarre versetzt, wo du tagtäglich dein Bestes gibst, um einen zu produzieren.«

Ihre Worte drangen aus weiter Ferne zu ihm, aber sie erreichten seinen Verstand. Endlich gelang es ihm zu atmen. »Was?«

Der Schmerz in seinen Handgelenken ließ nach. »Willkommen zurück, Kit.«

»Was hast du eben gesagt?«

Sie verdrehte die Augen. »Also wirklich, ich muss dir doch nicht die Grundlagen der Biologie erklären. Wir haben Wichtigeres zu tun. Sei still und atme.«

Kit atmete.

Jackie gab ihn frei und tätschelte ihm die Wange. »Braver Duke.«

Auf einmal fühlte Kit sich leicht, eigenartig befreit, und er konnte wieder klar denken. Er schüttelte sich. »Oh Gott, Di… Jackie. Bitte entschuldige. Ich weiß nicht, was da gerade in mich gefahren ist. Ich … ich … manchmal …«

»Eventuell solltest du gleich am Montag Professor Zwingli aufsuchen.«

Er war wie vom Donner gerührt. »Du weißt von Professor Zwingli?«

Spöttisch spitzte sie die Lippen. »Wirklich, Kit! Denkst du im Ernst, ich weiß nicht, was du in meiner Abwesenheit treibst?«

Es dauerte einen Moment, bis sich ihm die Bedeutung ihrer Worte gänzlich erschloss. »Hast du mich etwa beschatten lassen?«

»Natürlich. Immerhin bist du ein durchtriebener Kunstdieb. Und der zukünftige Vater meiner Kinder.« Sie hakte sich bei ihm ein. »Komm, lass uns reingehen und Inspektor MacAllister von der Blausäure in der Toilette berichten. – Sargent, ab ins Haus!«

Kit wusste nicht, ob er lachen oder weinen sollte oder ob seine Rettung nur noch im Wahnsinn lag. Dass seine unschuldige, ach so zarte Kindfrau als abgebrühte Detektivin von den Toten auferstanden war, um sich nun auch noch mit ihm fortzupflanzen, klang einfach zu irr, um wahr zu sein. Am besten fügte er sich einfach in sein Schicksal.

White Lodge, wenig später

Inspektor MacAllister wartete in der Bibliothek. Er war in Begleitung des Polizisten, der zuvor gemeinsam mit Jackie den Zustand von Bobby Devereux überprüft hatte.

»Fergus, hallo!«, trällerte Jackie, und der Inspektor errötete zart.

Der Mann war ein aufrechter Kerl, mit kantigem Kinn, einer großen Hakennase und scharfem Blick. Ein dicker Schopf aus drahtigem schwarzem Haar krönte sein Haupt. Nicht der Typ Mann, der normalerweise errötete.

»Miss Dupont, darf ich Ihnen sagen, dass es eine ausgesprochene Ehre ist, mit Ihnen zusammenzuarbeiten.«

Kit hatte diese Leier gefühlte hundert Mal gehört, dabei war dies erst der zweite Fall, in dem er Jackie assistierte oder, besser gesagt, in dem er Jackie assistieren musste. Er wusste nicht, wie er sich von jetzt auf gleich wieder auf Mord und Totschlag konzentrieren sollte. Sein Blut schäumte vor Glück wie Champagner. Jackie wollte ein Kind von ihm! Noch immer umschlang sie seinen Arm mit ihrem. Eine verloren geglaubte Welt war wieder auferstanden.

Jackie blieb indes äußerlich ungerührt und kam direkt zur Sache. »Ich nehme an, Ihr Mitarbeiter hat Ihnen schon geschildert, was für einen Zirkus wir heute Morgen mit Bobby Devereux erleben durften.«

»Ja. Eine Atropin-Vergiftung mit nicht letaler Dosis.«

»Eine versuchte Abtreibung. Vermutlich fehlgeschlagen. Aber das wird sich noch zeigen.«

Bei dieser Erklärung wurden die Wangen des Inspektors feuerrot, und er räusperte sich betroffen. »Hm. Demnach ist dieser Vorfall von unserem Mord unabhängig?«

»Auch das wird sich noch zeigen.« Jackie ließ Kit los und wies auf die Sitzgruppe in der Mitte der Bibliothek. »Kommen Sie, setzen wir uns.« Sie nickte dem uniformierten Polizisten zu. »Danke, Harry. Wir brauchen Sie nicht mehr.«

Inspektor MacAllister sank auf einen Ledersessel und sah Jackie erwartungsvoll an.

Kit bemühte sich, einen ernsthaften Gesichtsausdruck anzunehmen und nicht wie ein Idiot über beide Backen zu grinsen. Jackie nahm ebenfalls Platz, hob Sargent auf den Schoß und steckte die unvermeidliche Zigarette in die Spitze. »Feuer, Darling.«

Kit schlussfolgerte, dass Jackie Inspektor MacAllister zwar mit dem Vornamen, jedoch nicht mit *Darling* ansprechen mochte, und dass derjenige, den sie am häufigsten mit diesem Kosewort bedachte, nämlich Sargent, vermutlich nicht in der Lage war, ein Streichholz anzuzünden. Also setzte er selbst eines in Brand und hielt es ihr vor die Nase. Dass sie selbst im Besitz eines funktionierenden Feuerzeugs war, schien sie vergessen zu haben.

Sie puffte und paffte eine Weile, dann begann sie zu sprechen. »Es besteht durchaus die Möglichkeit, dass der Mord an Boy Fielding in einem Zusammenhang mit Bobbys Schwangerschaft steht. Dass sein Tod die junge Frau zu diesem Verzweiflungsakt veranlasst hat. Andererseits hatte sie die Atropin-Lösung schon im Gepäck, lange bevor Boy starb. Oder jemand hat ihr das Zeug hier gegeben. – Meine Güte, wenn man mal darüber nachdenkt, was diese Leute alles hergeschleppt haben. Eine Apotheke gibt es hier weit und breit nicht. Womit haben wir noch zu rechnen? Arsen im Pudding? Strychnin im Kakao? Man könnte glauben, wir wären bei den Medici anstatt bei den ... den Windsors.« Ein Lächeln huschte über ihre Lippen. »Aber das ist zunächst irrelevant. Christopher und ich sind eben durch Zufall auf den Ort gestoßen, an dem der Mörder, oder ein Komplize, die Reste der Blausäure entsorgt hat. Es handelt sich um die Toilette hinter der Treppe. Wir verbrachten einige Minuten bei verschlossener Tür in dem Raum und nahmen eine Reizung der Schleimhäute wahr.«

MacAllister hüstelte und warf Kit einen unsicheren Blick zu. »Sie waren ... einige Minuten gemeinsam in der Toilette?«

Kit verspürte das Bedürfnis, sich den Kragen zu weiten. Die implizierte Unschicklichkeit machte ihn verlegen. Ohnehin hatte er das Gefühl, der gesamte Erdball wüsste, was sie miteinander trieben.

Jackie schmauchte fröhlich an ihrer Zigarette. »Der Hund hat das Gas als Erster bemerkt. Sie müssen wissen, Sargent ist ein Spürhund mit ausgeprägtem Geruchssinn. Ich hoffe inständig, dass seine Nase von der Blausäure keinen Schaden genommen hat. Allerdings kann nur noch ein Hauch des Gases in der Luft gewesen sein.«

»In der Tat. Blausäure ist sehr flüchtig, wenn ich mich richtig erinnere.«

»Genau. Nun stellt sich aber die Frage, wann und wie Boy die Blausäure untergejubelt wurde, ebenso wann und wie die Reste entsorgt wurden. Einerseits ist das Zeug flüchtig, andererseits ist es extrem wasserlöslich. – Wir sind bisher davon ausgegangen, dass der Täter die allgemeine Aufregung nutzte, als der Prinz unseren Christopher hier als seinen Überraschungsgast präsentierte, um Boy das Gift ins Glas zu schütten. Allerdings kann die Tat auch unabhängig davon einige Minuten zuvor erfolgt sein. Ich war selbst im Raum und kann Ihnen versichern, es wurde pausenlos mit Flaschen und Gläsern hantiert.«

»Wir haben sämtliche Flaschen und Gläser ins Labor gebracht und erwarten die Ergebnisse in den nächsten Tagen«, sagte MacAllister.

Kit hatte immer noch Schwierigkeiten, sich zu konzentrieren, und nahm sich vor, eine Weile einfach nur zuzuhören, bis die Wogen seiner Empfindungen sich geglättet hatten.

Jackie dachte einen Moment nach, bevor sie weiterredete. »Es ist durchaus möglich, dass der Mörder das Gift in einer eigenen Flasche mitgebracht und diese bis zum eigentlichen Mord versteckt hat, damit niemand anderes daraus trinken würde. Oder er hat es vor Ort umgefüllt.

Die Reinigung des ursprünglichen Transportbehältnisses in der Toilette könnte dann schon früher erfolgt sein. Am späten Nachmittag zum Beispiel, während die anderen Gäste sich zum Dinner umzogen. Einem Benutzer der Toilette wäre nichts weiter aufgefallen. Der Lavendelgeruch des dort aufgestellten Duftöls hätte den Mandelgeruch übertüncht. Die meisten Besucher hätten sich nicht lang genug an dem Ort aufgehalten, um von dem Gift Schaden zu nehmen. Es sei denn, sie hätten zu viel schwarzen Tee getrunken. Der führt nämlich zu Verstopfung. Ich kannte mal einen Schmuggler in Indien, der sich diese Tatsache zunutze gemacht hat.«

»Es kann durchaus sein«, überlegte der schon wieder errötende MacAllister, »dass Miss Devereux ein Kind von Mister Fielding erwartete, der sich aber weigerte, sie zu ehelichen. Daraufhin brachte sie ihn um und versuchte, sein Kind abzutreiben.«

»Dann hätte sie mit der Abtreibung auch noch zwei Tage warten können«, antwortete Jackie. »Oder sie längst vollziehen. Wahrscheinlich hat sie die Mixtur nicht selbst besorgt, sondern jemand hat sie ihr hierher mitgebracht.«

MacAllister nickte. »Constable Sitwell, der Kollege, der eben noch hier war, berichtete mir, Miss Devereux habe ihm von einer schrecklichen Stimme erzählt, die all ihre Sünden kannte. Meinen Sie, das war eine durch das Gift verursachte Halluzination?«

Kit holte schon Luft, um dem Inspektor zu antworten, als ihn eine dichte Rauchwolke traf und ihm den Atem nahm.

»Möglich«, hörte er stattdessen Jackie sagen. Sehen konnte er sie hinter der Wand aus Qualm nicht mehr. »Die Belladonna-Pflanze wird von indigenen Stämmen im Amazonasgebiet als Halluzinogen verwendet. – Nichtsdestotrotz drehen wir uns im Kreis. Meiner Meinung nach sollten wir chronologisch vorgehen und mit dem Überfall auf Sir Reginald sowie dem Raub der Krone beginnen. Um ein solches Verbrechen zu begehen, bedarf es gewisser Voraussetzungen, die ein Täter mitbringen muss. Ich würde als Nächstes gern mit Ihnen die Lebensläufe der Verdächtigen durchgehen. Meine Londoner Mitarbeiter haben mir hierfür mehrere Dossiers zusammengestellt. – Warten Sie kurz, ich hole sie aus meinem Zimmer. Dann arbeiten wir sie gemeinsam ab.« Sie drückte die Zigarette aus und setzte Kit den Hund auf den Schoß. »Du passt hier auf, Darling.«

Diesmal war der Adressat des Koseworts eindeutig. Sargent nahm auf Kits Knien sofort Habachtstellung ein. Kit wurde schon wieder von wonnigen Gefühlen übermannt. Sie vertraute ihm ihren Hund an. Ihren Hund!

MacAllister lächelte nostalgisch. »Ich wünschte, wir hätten die Ressourcen von Dupont & Dupont. Wie herrlich es sein muss, ohne Rücksicht auf die Kosten zu ermitteln.«

Kit witterte die Chance, mehr über Jackies Detektei zu erfahren. Diese Gelegenheit musste er beim Schopfe packen, denn offensichtlich war die Firma in Polizeikreisen auf der ganzen Welt bekannt. »Hatten Sie schon häufiger mit Dupont & Dupont zu tun, Inspektor?«

»Gelegentlich, My Lord Duke. Natürlich können es sich die wenigsten erlauben, ein solches Unternehmen anzuheuern. Soweit ich weiß, wälzt Dupont & Dupont sämtliche Kosten auf seine Klienten ab. Die Preise sind gepfeffert, und eine Provision fällt ebenfalls an. – Wer weiß, wenn ich mich clever anstelle, kann ich als Ruheständler dort einsteigen. Viele ehemalige Polizisten treten nach ihrer aktiven Zeit in die Dienste von Detekteien wie Pinkerton oder Dupont & Dupont.«

»Interessant. Das wusste ich nicht.« Kein Wunder, dachte Kit bei sich, dass die Angestellten von Ermittlungsbehörden stets bereitwillig mit Jackie kooperierten. Ihnen winkte ein vergoldeter Ruhestand. »Kennen Sie Mister Daniel Dupont persönlich?«

MacAllister schüttelte den Kopf. »Ich bin ihm nie begegnet. Soweit ich weiß, hat er als junger Marshall im Wilden Westen angefangen. Sich mit den ganzen berühmten Namen herumgetrieben. Sie wissen schon, Sir. Jesse James, Billy the Kid ...«

Sargent spitzte die Ohren, gab einen hellen Ton von sich und legte den Kopf schief. Kit bekam eine Gänsehaut. Das Tier erkannte den Namen. Billy the Kid. So hatte der Hund von Diana Gould geheißen, der kleine weiße Welpe, der mit ihr und dem größten Schiff der Welt in den Tiefen des Atlantiks spurlos verschwunden war ... Kits Glückseligkeit wurde jäh von okkulten Überlegungen gedämpft. War Diana wirklich als Jackie Dupont auferstanden? War sie ein Wesen aus Fleisch und Blut? Oder ein dämonisches Gespenst?

»Das müssen Zeiten gewesen sein«, fuhr MacAllister fort, ohne Kits Abdriften zu bemerken. »Später hat Dupont einige Jahre die Sicherheitsabteilung der Wells Fargo Bank geleitet. Als er sich vor gut fünfundzwanzig Jahren selbstständig machte, hatte er bereits einen ausgezeichneten Ruf als Detektiv. Es wird spekuliert, dass er in die Geheimdienstaktivitäten der USA verwickelt ist. Bei seinem Netzwerk wäre das nicht weiter verwunderlich.«

»Und Miss Dupont?«, gab Kit sich weiterhin nur beiläufig interessiert, obwohl es ihm unendlich schwerfiel. »Hatten Sie mit ihr schon mal das Vergnügen?«

»Nein, aber ich bin sehr froh, es jetzt zu haben.« MacAllister rieb sich die Hände. »Sie war bislang nicht in Großbritannien aktiv. Ich kann es wirklich kaum erwarten, ihr bei der Arbeit zuzusehen.«

Jackie kam mit einer Aktentasche aus Leder unter dem Arm herein. »Ein Diamantendieb braucht vor allem eines: einen Abnehmer«, erklärte sie ohne Umschweife. »Die wertvollsten Diamanten nützen einem nicht, wenn man sie nicht an den Mann bringt.« Sie ließ sich in den Sessel neben Kit fallen, und Sargent kehrte auf den Schoß seiner Herrin zurück. Kit vermeinte, Erleichterung aus der Körperhaltung des Tieres zu lesen. »Das klingt so einfach. Aber wüsstest du, Christopher, an wen du dich wenden musst, wenn du Diamanten verkaufen willst? Als ehemals verarmter Adliger bist du eventuell ja schon mal in die Verlegenheit gekommen.«

Kit überging den kleinen Seitenhieb. »An einen Juwelier, versteht sich.«

»Auch wenn die Gefahr bestünde, dass Scotland Yard längst alle Juweliere der Stadt über den Diebstahl informiert hat? Immerhin geht es um Steine einer bestimmten Größe und eines bestimmten Schliffs. Ganz so unbedarft bist du ja wohl hoffentlich nicht, mein Lieber.«

Kit seufzte. Sofort setzte die Ernüchterung ein. Jackie blieb immer noch Jackie. Gnadenlos und berechnend. »Dann natürlich nicht. Ich würde es eventuell im Ausland versuchen. In Paris oder in Wien.«

»Keiner der Verdächtigen ist in den vergangenen Wochen verreist, soweit wir wissen. Jedenfalls haben sie ihre Pässe nicht benutzt.«

»Ein Komplize vielleicht? Oder ein Hehler?«

Jackie grinste zufrieden. »Sehr gut, Kit. Das war doch gar nicht so schwer. Die Antwort lautet also, man braucht Beziehungen ins kriminelle Milieu. Oder zu den Diamantengroßhändlern von New York oder Antwerpen. Sind die Diamanten dort erst mal gelandet und wurden neu geschliffen, fragt niemand mehr, woher sie kommen. Diamanten werden per Handschlag gehandelt, ohne schriftliche Verträge. Jeder kann in Antwerpen einen Diamanten loswerden, wenn er nur weiß, wie. Aber das wissen die wenigsten.«

MacAllister rutschte aufgeregt auf die Kante seines Sessels vor. »Könnte jemand aus dem kriminellen Milieu unseren Dieb zu dieser Tat gedrängt haben? Mittels Erpressung? Oder Bedrohung?«

»Ein ausgezeichneter Punkt. Bravo, Fergus. Unser Dieb müsste in diesem Fall erpressbar sein. Soweit ich weiß, hat außer Tilda McLeod keine der Damen ein Kind, und Tildas Sohn besucht ein Internat in den Vereinigten Staaten. Kinder sind bei Frauen der wunde Punkt. Warum auch immer.«

»Wie bitt… Ähem. Ich meine, in der Tat, Madam.«

»Nicht hinhören«, murmelte Kit resigniert, jedoch nicht laut genug, dass MacAllister seine Bemerkung wahrnahm.

Jackie griff in die Aktentasche und wuchtete einen Stapel Papiere auf ihren Schoß. »Lassen Sie uns die Lebensläufe durchgehen. Es gilt zu prüfen, wer dubiose Kontakte haben könnte. Fangen wir mit den Zwillingen an.«

»Die Devereux-Zwillinge sind zwar bekannte Partygängerinnen«, sagte Kit, diesmal laut genug, »aber die Familie an sich ist gut.«

Schon nahm Jackie eine Akte zur Hand. »Welch überhebliche Bemerkung, mein Lieber. Typisch Aristokrat. Als ob die gute Familie allein für ihren Charakter spräche. – Na, schauen wir mal. Bibi und Bobby Devereux, geboren 1897 in Gloucestershire, Besuch der höheren Töchterschule. Debüt bei Hofe 1913. Bibi ist seit 1916 Lady Kenworthy. Sie hat Lord Kenworthy geheiratet, den sie seit ihrer Kindheit kannte, während seines Heimaturlaubs von der Front. Bobby hingegen war eine Weile halbherzig mit einem Sohn von Lord Inglesea verlobt, der ist jedoch in der Schlacht von Gallipoli gefallen. – Schon praktisch, wenn der Zukünftige von einem Granatsplitter getroffen wird. Es erspart einem eine Menge Peinlichkeiten, sofern man die Verlobung auflösen will.«

Kit stöhnte. »Wie wäre es mit ein bisschen Pietät?«

»Sagt der reichste Witwer aller Zeiten. – Zurück zum Thema. Ich kann mir nicht vorstellen, dass Bibi oder Bobby je Zugang zur Londoner Unterwelt gehabt haben. Lord Kenworthy ist da schon ein anderes Thema, im Krieg trifft man bekanntlich die merkwürdigsten Gestalten.«

MacAllister schmunzelte. »Nicht unbedingt im Offiziersstab der Marine.«

»Wenn Sie das sagen ... Aber bleiben wir ruhig bei Kenworthy. Als Sohn eines Marquis ging er selbstverständlich in Eton zur Schule, danach besuchte er das Royal Navy College, wo er sich mit Prinz David anfreundete. – Abgesehen von den üblichen Jungenstreichen werden die beiden sich an der Marineakademie nicht unbedingt mit der Mafia herumgetrieben haben, oder? Christopher? Wie steht es mit dunklen Gestalten, die nachts um die alten Gemäuer der ehrwürdigen Akademie schleichen? Richtig, du hast ja in Oxford studiert, du Feingeist. Also, vergessen wir das. Es geht mir um die Wahrscheinlichkeit, und die ist eher gering. Drogendealer ja, Diamantenhehler nein. Allerdings war Kenworthy sehr schnell dazu bereit, mir mitzuteilen, dass Boy Fielding Zeuge der Attacke auf Sir Reginald war.«

»Das ist allerdings verdächtig«, stimmte MacAllister zu. »Scotland Yard lässt übrigens derzeit von Psychologen erforschen, warum Straftäter sich so gern in Ermittlungen einmischen.«

Jackie lachte. »Dafür brauchen Sie keine Studie, das

kann ich Ihnen in zwei Worten erklären: überhöhte Selbsteinschätzung. Wer eine Straftat begeht, rechnet nicht damit, gefasst zu werden. Nun ja, vielleicht geht er gar nicht so fehl in der Annahme, solange ihm nur die normale Polizei auf den Fersen ist. Aber mir entkommt keiner. Das sollten die Kriminellen mittlerweile begriffen haben.«

»Hört, hört«, brummte Kit. So viel zum Thema überhöhte Selbsteinschätzung.

Jackie zog die nächste Akte aus der Tasche. »Lady Minerva Wrexley, Tochter des ehemaligen Vizekönigs von Indien. Geboren in St. Petersburg, wo ihr Vater seinerzeit Attaché an der Botschaft war. Es folgen Buenos Aires, Melbourne und Hongkong, bis es schließlich nach Kalkutta ging. Dieser Lebenslauf ist schon ein wenig bunter als der davor. Außerdem hat Minerva durch ihre Tätigkeit als Modeschöpferin Kontakt zu Lieferanten und Händlern aller Art. Edelsteine, Edelmetalle, Pelze, Seide und, und, und. Sie ist darüber hinaus mit der werten Mademoiselle Chanel befreundet, die sich in einem recht wilden Freundeskreis bewegt. Man würde instinktiv sagen: Als vermögende junge Frau aus einer sehr guten Familie würde Minerva sich nicht mit Kriminellen umgeben. Allerdings haben Reichtum und Status noch keine Frau davor bewahrt, in die Hände eines fragwürdigen Liebhabers zu geraten. Im Gegenteil. Eine Verwicklung mit einem Kriminellen möchte ich daher nicht ausschließen.« Wieder zückte sie eine Akte.

Gespannt beugte Kit sich nach vorne, und auch MacAllister hörte aufmerksam zu.

»Das Gleiche gilt für Tilda McLeod. Sie hat meiner Meinung nach eine ziemlich aufreibende Affäre mit Lucas Carmichael, und für eine verheiratete Frau, die in der amerikanischen Botschaft mit ihrem Mann lebt, ist ein einziger Liebhaber schon Aufwand genug. Ich frage mich auch, ob sie ihren gesellschaftlichen Stand durch eine derart riskante Tat gefährden würde. Überhaupt lebte sie früher hauptsächlich in Neuengland, USA. Das ist nun wahrlich kein Sündenpfuhl, und ich muss es wissen, denn ich lebe selbst dort.«

Der Gedanke, dass Jackie tatsächlich irgendwo lebte, kam Kit sehr eigenartig vor. In seiner Vorstellung spielte ihr Leben sich in einer Art metaphysischem Orientexpress ab, in einem Fiebertraum aus Rauch und Pelz und Diamanten.

»Kommen wir zu den beiden aufregendsten Kandidaten«, fuhr Jackie fort. »Carmichael und Boy Fielding. Fangen wir gleich mit Boy an. Er ist, oder vielmehr war, der uneheliche Sohn der Schauspielerin Martha Fielding und eines deutschen Adligen namens Freiherr von Würfelsbach. Seine Mutter, die aufgrund ihrer diversen reichen Liebhaber keine mittellose Frau gewesen sein soll, sorgte dafür, dass ihr Sohn eine ordentliche Bildung genoss. Später fiel sie jedoch dem Alkohol zum Opfer, wurde unansehnlich, und mit ihren Liebhabern verlor sie auch ihr Geld. Boy musste für sich selbst sorgen und wurde, nach seinen Studien in Cambridge und Paris, Theaterkritiker für die *Times*. Zu seinem Glück hat er die Fähigkeit seiner Mutter geerbt, mit Charme und Humor die Gunst reicher

Menschen zu gewinnen, die ihm ein angenehmes Leben ermöglichen. Meine Quellen dichten ihm aktuell eine Affäre mit der vermögenden Witwe eines Bankiers an. Boy müsste eigentlich mein Favorit für den Kronenraub sein, denn er kannte die Schattenseiten des Lebens – und Londons. Wäre da nicht der Cyanidi gewesen, stünde er auf meiner Liste ganz oben. Er hat einen eigenartig verzweifelten Eindruck auf mich gemacht. Vor seinem Tod. Hinterher wirkte er wesentlich entspannter.«

»Der Zia…was?«, fragte MacAllister verwirrt.

»Na, der Cyanidi. Ein sehr gehaltvoller Cocktail. Ein Teil Martini, vier Teile Blausäure. Cyanwasserstoff. Sie wissen schon. Steigt einem sofort zu Kopf.«

»Richtig. Das Zyankali.«

»Nein, Fergus, wir wollen bitte genau bleiben. Zyankali ist Kaliumcyanid. Das sind Kristalle, die sich in Alkohol nur schlecht auflösen. Bleiben wir besser bei Blausäure, damit treffen wir immer den Nagel auf den Kopf.«

»Blausäure. Gern.«

Kit musste sich ein hämisches Grinsen verkneifen. Inspektor MacAllister würde seinen Wunsch, endlich mit Dupont & Dupont arbeiten zu dürfen, sicher noch einmal überdenken.

»Jedenfalls kommt Boy derzeit nur als Mittäter infrage«, sagte Jackie. »Gesetzt den Fall, dass der Mord überhaupt etwas mit der Affäre um die Krone zu tun hat und nicht das Nebenprodukt irgendeiner liderlichen Liebesgeschichte ist.«

MacAllister rieb sich die Augen. »Nebenprodukt?«

»Genau. Aber lassen Sie uns Boy fürs Erste beerdigen. Natürlich meine ich das metaphorisch. Tun Sie es also bloß nicht.«

»Gewiss nicht, Madam.«

»Kommen wir zu Carmichael.« Jackie verschwand schon wieder in einer Rauchwolke. »Carmichael … ein zweischneidiges Schwert. Hier haben wir einen berühmten Helden, doch vom Ruhm allein kann man nicht leben. Er scheint, wie gesagt, eine nicht sonderlich geheime Liebschaft mit Tilda McLeod zu führen. Aufgewachsen ist er in einem Militärhaushalt, der Vater ist noch immer ein Brigadegeneral bei der Armee. Geld hat er kaum, denn es gibt in der Familie Carmichael eine ganze Horde an Brüdern und Schwestern und kein bedeutendes Vermögen.« Langsam verflog Jackies Schleier aus Rauch, und für eine Sekunde blitzte ein fernes Leuchten in Jackies Augen auf. Eine schöne Erinnerung musste sie überkommen haben. Was das mit Lucas Carmichael zu tun hatte, konnte Kit nur erahnen, und er ermahnte sich, seine Gedanken nicht in eine für ihn schmerzliche Richtung abdriften zu lassen.

»Carmichael ist ein waghalsiger Typ«, fügte MacAllister hinzu. »Sonst könnte er seinen Beruf nicht ausüben.«

»Stimmt. Die Air-Force-Piloten kommen übrigens aus allen gesellschaftlichen Schichten. Nehmen wir die Techniker und Betanker hinzu, dann arbeiten die Piloten viel enger mit der einfachen Bevölkerung zusammen als unsere braven Lords von der Navy. Den intensivsten Kontakt mit der Arbeiterklasse hatten natürlich die Offiziere der Army, die in den Schützengräben lagen. So wie du, *Sweetheart*.«

MacAllisters Augenbrauen schossen nach oben, und er gab einen gurgelnden Laut von sich.

Kit räusperte sich. »Sie meint mich.«

»Gott sei Dank«, entfuhr es MacAllister. »Ich war nämlich Offizier in der Army.«

»Dann seid ihr ja schon zu zweit.« Ungerührt blätterte Jackie in der Akte. »Zurück zu Carmichael. Kampfpiloten sind notorische Schmuggler und Weiberhelden, Abenteurer und Egozentriker. Unser Lucas ist also für Raub und Mord bestens gerüstet. Deswegen werde ich ihn mir auch gleich als Ersten vorknöpfen. Leider ist es schon zu spät, um noch vor dem Lunch damit anzufangen. Hinterher werde ich mit ihm auf die Pirsch gehen und ihm gehörig auf den Zahn fühlen.«

»Allein?«, fragte MacAllister. »Ist das nicht zu riskant? Wenn er wirklich der Täter ist, könnte er versuchen, Ihnen etwas anzutun.«

»Da machen Sie sich mal keine Sorgen«, brummte Kit.

»Wie meinen Sie, Sir?«

»Nichts, nichts.«

»Da machen Sie sich mal keine Sorgen, Fergus«, verkündete Jackie und stand auf. »Wyatt Earp persönlich hat mir das Schießen aus der Hüfte beigebracht. Mit links. Ich werde mich bis an die Zähne bewaffnen. – Und dann habe ich ja auch noch dich, Darling.«

Sargent bellte zur Bestätigung, und Kit konnte nicht

fassen, dass einem Hund gelang, was erwachsenen Männern verwehrt blieb: Er verstand Jackie Dupont.

»Wyatt Earp ...«, flüsterte MacAllister andächtig, nachdem die Detektivin die Bibliothek verlassen hatte.

Kit ließ die Schultern hängen und seufzte. »Wyatt Earp.«

White Lodge, um die Mittagszeit

Hatten sich die Gäste des Prinzen während des Frühstücks noch einigermaßen wacker geschlagen, herrschte beim Lunch Begräbnisstimmung. Bis auf Jackie, die genüsslich ihren Shepherd's Pie verspeiste, stocherten die Anwesenden lustlos im Essen herum. Das galt auch für Kit, dem Jackies Offenbarung noch immer wie ein Feuerwerkskörper durch den Kopf schoss. Wollte sie wirklich ein Kind von ihm?

Sir Reginald gab als Erster auf und legte sein Besteck nieder. »Es tut mir leid, aber angesichts dieser Tragödie bringe ich keinen Bissen herunter.«

Jackie brachte ihren Bissen ohne Probleme herunter und zog einen Mundwinkel hoch. »Tragödie, Reggie? Ich bitte Sie. Tschaikowskys Tod war eine Tragödie. Das Ableben von Boy Fielding würde ich nicht als eine solche bezeichnen.«

Minerva Wrexley hob den Blick. »Wie würden Sie es denn dann bezeichnen, Miss Dupont?«

»Als Mord. Ganz einfach.«

»Ein Mord ist Ihrer Meinung nach keine Tragödie?«

»Nein. Die meisten Morde geschehen aus gutem Grund. Fragen Sie mal einen Mörder.« Jackie stand vom Tisch auf. »Lucas, ich möchte mit Ihnen zur Rebhuhnjagd aufbrechen, sobald Sargent von seinem Mittagsschlaf erwacht ist. Das dürfte etwa in einer Viertelstunde sein.«

Carmichael nickte stumm.

Tilda McLeod stöhnte hörbar und sah ihren vermeintlichen Geliebten so leidvoll an, dass ein romantischer Maler es nicht besser hätte darstellen können. Ohnehin entsprach Tilda ganz dem Frauentypus dieser Gattung. Rothaarig, blass, mit vollen Lippen ...

Ein schelmischer Gedanke kam Kit. Er könnte heimlich einige Porträts von Tilda anfertigen und sie als verschollene Werke auf den Kunstmarkt bringen. Gerade in diesen Tagen, so kurz nach einem schrecklichen Krieg, dürften eskapistische Arbeiten ein Vermögen einbringen. Eine geniale Idee. Am liebsten hätte er sofort zu malen begonnen.

Kit stutzte. Woher kam dieser Antrieb, auf der Stelle ein Kunstwerk zu schaffen, nachdem ihm monatelang nicht ein einziger Pinselstrich gelungen war? War es die Aussicht auf eine Zukunft mit der Frau, die er liebte? Die neu entfachte Hoffnung auf das Leben, das ihm vom Schicksal bestimmt gewesen und von ihm allzu leichtsinnig aufs Spiel gesetzt worden war?

Spontan wollte er aufspringen, Jackie nachlaufen und ihr die frohe Botschaft seiner Genesung überbringen, da fiel ihm wieder ein, wo er sich gerade befand. Immerhin musste er trotz seiner übersprudelnden Gefühle seine Tarnung aufrechterhalten.

»Ich weiß nicht, was daran so komisch sein soll, Duke«, zischte Minerva, die direkt neben ihm saß.

Offenbar hatte er wieder gegrinst.

Wie häufig hat Minerva sich eigentlich in den vergangenen Stunden über die fehlgeleiteten Stimmungen anderer empört?, fragte sich Kit. Bestimmt dreimal, allein in seiner Gegenwart. Langsam kam ihm dieses Gehabe verdächtig vor. Da gab es doch ein passendes Zitat aus Macbeth? Oder war es Hamlet? Es handelte von einer Dame, die zu viel protestierte. Kit konnte sich nicht genau erinnern … Er musste Jackie fragen. Die hatte es sicher von Shakespeare persönlich gelernt.

»Nichts ist komisch, Lady Minerva, bitte entschuldigen Sie«, sagte Kit und bemühte sich, reumütig zu wirken. »Mir ist gerade Miss Duponts Bemerkung über Tschaikowsky durch den Kopf gegangen, und ich war einmal mehr von ihrer Nonchalance überwältigt.«

»Sie nimmt sich einiges heraus, Ihre Miss Dupont. Benimmt sich hier, als wäre sie die ranghöchste Dame. Dabei haben wir im Grunde alle den Vortritt vor ihr.«

Kit biss sich auf die Lippe, um nicht damit herauszuplatzen, dass Jackie als Duchess of Surrey im Gefüge der britischen Aristokratie den höchsten Rang bekleidete, den eine Dame außerhalb des Königshauses nur einnehmen konnte. »Miss Dupont ist Amerikanerin«, antwortete er stattdessen, »und den Amerikanern liegen solch archaische Ideen wie Klasse und Rang gänzlich fern.«

Minerva rümpfte die Nase. »Dazu sollten Sie aber mal Tilda befragen.«

»Redest du über mich?« Die Rothaarige wendete sich von Carmichael ab, der soeben aufstand, gewiss um Jackies Befehl zu folgen und sich für die Jagd fertig zu machen.

Kit verspürte einen Hauch von Neid, weil der aparte Pilot Jackie Dupont bald für sich allein haben sollte. Ganz gleich, wie Kit und Jackie einander privat begegneten, es kam ihm nie vor, als hätte er einen echten Zugang zu ihr, zu ihren Gedanken oder Gefühlen. Er nahm den Zustand zwar hin, doch die Vorstellung, jemand anders könnte es gestattet sein, mit der echten Person, dem Wesen hinter der glamourösen Fassade, zu sprechen, quälte ihn.

»Nein«, sagte Minerva, und Kit hatte kurz Schwierigkeiten, sich zu erinnern, worum es gerade ging. »Ich habe mit dem Duke über Miss Dupont gesprochen.«

Tildas schwere Augenlider senkten sich. »Oh.«

Sir Reginald nippte an seinem Wasserglas. »Miss Dupont muss etwas von ihrem Fach verstehen, wenn sogar Scotland Yard bereit ist, ihr die Leitung der Untersuchung zu überlassen.«

Daubenay räusperte sich. »Mister Churchill hat uns versichert, dass Miss Dupont in dieser Hinsicht über alle Zweifel erhaben ist.«

»Ist sie in Amerika sehr bekannt, Tilda?«, fragte Reginald daraufhin.

Tilda drehte ihren langen Hals in seine Richtung. »Die Detektei genießt dort einen exzellenten Ruf.«

»Aber sie ist so … so …«

»Exzentrisch?«, bot Kit an.

»Genau das Wort habe ich gesucht.«

Kit sah sich derweil am Tisch um und hatte den Eindruck, dass jemand fehlte. »Wo ist eigentlich Lady Kenworthy?«, fragte er schließlich.

Lord Kenworthy erwachte aus einer Art Apathie, als er seinen Titel hörte. »Was bitte, Surrey?«

»Ich habe gefragt, wo Ihre Frau ist, Kenworthy.«

»Ach so, ja. Meine Frau. Sie ist mit ihrer Schwester im Krankenwagen mitgefahren. Nach London. In dieser schweren Stunde will sie verständlicherweise bei ihr sein.«

Kit glaubte ein leises Knurren neben sich zu hören. Kam das Geräusch von Minerva?

Verstohlen beobachtete er seine Sitznachbarin. Ihr Mund zuckte eigenartig, und für den Bruchteil einer Sekunde befürchtete Kit, Minerva wäre ebenfalls vergiftet worden.

Doch ihr Ausdruck normalisierte sich schlagartig, und sie fragte: »Gibt es kein Dessert? David sollte wirklich heiraten, seine Dienerschaft lässt zu wünschen übrig. Hier fehlt eine Frau, die den Überblick behält.«

Daubenay, tief getroffen von diesem Kommentar, erhob sich wortlos und trat hinaus, nur um augenblicklich zurückzukehren. »Das Dessert wird sofort serviert, Madam.«

Minerva senkte huldvoll das Haupt. »Danke, Daubenay.« Dann richtete sie sich erneut an Kit. »Meine Mutter behauptet, der Hund von Miss Dupont könne Gold und Edelsteine am Geruch erkennen. Sagen Sie, Duke, das ist doch eigentlich gar nicht möglich. Diamanten riechen doch nach nichts.«

»Offenbar schon. Wenn ich es richtig verstanden habe, kann Miss Duponts Hund auf Befehl Edelsteine aufspüren.«

»Sämtliche?«

»Ich denke, ja. Saphire, Smaragde, Rubine, Diamanten …«

»Er hat uns gestern beim Tee beschnuppert«, raunte Tilda ominös. »Jeden Einzelnen von uns. Sollte die Krone jemals gefunden werden, kann er den Mörder offenbaren.«

»Warum sollte die Krone jemals gefunden werden?«, fragte Sir Reginald belustigt. »Man müsste schon wahnsinnig sein, ein solches Stück zu stehlen, ohne einen Abnehmer dafür zu haben. Eine Krone bewahrt man doch nicht in einer Hutschachtel auf.«

»In einer Hutschachtel?«, fragte Minerva scharf. »Wie kommen Sie denn darauf? Ich hoffe, Sie spielen damit nicht auf mich an?«

»Wieso sollte ich, Verehrteste?«

»Weil ich an jenem folgenschweren Abend mehrere Hutschachteln dabeihatte, wie Sie bei meiner Ankunft bezeugt haben dürften. Glauben Sie mir, Sir Reginald, das Gewicht einer Krone mit Diamanten von tausend Karat wäre mir nicht verborgen geblieben.«

»Sie können mir glauben, liebe Lady Minerva, dass ich Ihre Hutschachteln angesichts der Ereignisse jenes

Abends vollkommen vergessen hatte. Ich entschuldige mich dennoch für die Bemerkung.«

Kit machte sich eine gedankliche Notiz, dass die Hutschachteln womöglich von Bedeutung waren.

»Wenn ich mich recht entsinne«, erklang Kenworthys dünne Stimme, »hat Boy dir beim Tragen der Schachteln geholfen. Möglicherweise hat er die Krone darin aus dem Palast geschafft, sie später bei dir aus dem Atelier geholt und anschließend verkauft.«

»Und dann hat er sich selbst die Blausäure in den Drink getan?« Minerva war sichtlich aufgebracht »Wohl kaum.«

»Sein Komplize vielleicht. Oder seine Komplizin. Jemand, der die Beute nicht mit ihm teilen wollte.«

»Du solltest dir gut überlegen, was du als Nächstes sagst, Kenworthy.«

»Meine Güte, Minerva.« Kenworthy hob resigniert die Hände. »Ich spekuliere doch nur.«

Die Diener servierten das Dessert, und für eine Weile löffelte die jämmerliche Gesellschaft heißen Apfelkuchen mit Vanillesoße. Kit stellte fest, dass es ihm leichterfiel, den Nachtisch zu essen als zuvor das Hauptgericht. Den anderen schien es ähnlich zu ergehen. Menschen, die einen Schock erlitten hatten, bekamen Zucker zu essen. Daran erinnerte sich Kit aus seiner Offiziersausbildung. Gab es einen Instinkt, der Menschen in einer Ausnahmesituation wie der hiesigen dazu trieb, Süßspeisen zu verzehren? Oder lag der neu entdeckte Appetit der Gäste in den tröstlichen Qualitäten von heißem Apfelkuchen mit Vanillesoße begründet? In einem Gericht, das in jedem besser gestellten Haushalt Englands regelmäßig auf dem Speiseplan stand?

Sir Reginalds Gedanken waren wohl einem ähnlichen Pfad gefolgt, denn er sagte: »Das hat mir in den Kolonien übrigens am meisten gefehlt: heißer Apfelkuchen. Und vernünftige Herrenschneider. Wissen Sie, in China ist es ja so, dass ...«

Ein ohrenbetäubender Knall ertönte.

Alles schrie und sprang auf die Beine. Sir Reginald fing an zu husten wie verrückt, und nach einer Sekunde der Orientierung stürzte Kit zu ihm hinüber und schlug ihm mit der Handkante zwischen die Schulterblätter. Der arme Mann keuchte schwer. Schließlich holte er tief Luft. »Was ... war das?«

Kit sah sich rasch im Speisesaal um, aber im Raum war alles unverändert. Dann trat er ans Fenster und entdeckte die Ursache des Knalls.

Jackie Dupont stand direkt unter dem Fensterladen, so dicht am Gemäuer, dass man sie vom Tisch aus nicht hatte sehen können. In ihren Armen ruhte ein Jagdgewehr, und neben ihr saß der unvermeidliche Sargent, der mit einer eigenartigen Kopfbedeckung ausgestattet war.

Kit riss das Fenster auf und beugte sich über den Sims.

»Hast du etwa geschossen?«, fauchte er leise, damit die anderen ihn nicht verstanden.

Jackie lächelte spitzbübisch. »Natürlich.«

»Warum?«

»Na, ich dachte, ich mische den Leichenschmaus ein wenig auf. Wie findest du Sargents Schallschutz? Ein Freund von meinem Onkel Daniel hat die Haube für Infanteristen entwickelt, die große Maschinengewehre bedienen mussten. Sargent trägt eine Sonderanfertigung für Hunde.«

Kit wusste nicht, ob er lachen oder weinen sollte. Oder ob er sich direkt in einem Sanatorium für Geisteskranke anmelden musste, denn er konnte sich beileibe nicht vorstellen, dass Jackie Dupont irgendetwas anderes war als eine Ausgeburt seiner Fantasie. Jemanden wie sie konnte es einfach nicht geben.

»Aha!« Jackie winkte einer Gestalt in der Ferne zu. »Das ist Carmichael. Ich muss los. Bis später, Darling. – Komm, Sargent. Mal schauen, ob wir ein paar Rebhühner für dich erwischen.«

Kit schloss das Fenster und richtete sich an die Anwesenden. »Ein Schuss hat sich aus Versehen aus Miss Duponts Gewehr gelöst. Es ist nichts passiert.«

»Frauen und Schusswaffen«, grummelte Kenworthy und setzte sich wieder an den Tisch.

Sir Reginald kam langsam wieder zu Atem. »Mir reicht's«, japste er. »Mir reicht's. Ich fahre nach Hause.«

Daubenay eilte zu ihm. »Aber Reginald. Wir brauchen dich doch für die Ermittlungen.«

Sir Reginald wollte nichts davon hören. »Ich kenne meine Rechte«, keuchte er. »Niemand kann mich zwingen hierzubleiben.«

»Was soll das heißen?«, fragte Tilda. »Die Herren von Scotland Yard haben doch gesagt, wir sollen vor Ort bleiben.«

»Sie haben kein Recht, uns hier festzuhalten.«

»Reginald«, versuchte Daubenay es wieder. »Bleib bitte ruhig.«

»Nein, Victor, ich bleibe nicht ruhig. Ich bin ein alter, kranker Mann, hinter dem ein Mörder her ist, der sich offenbar hier in diesem Haus befindet. Außerdem ist diese Gruppe längst nicht mehr vollständig. Die Devereux-Schwestern sind auf und davon, genauso wie Seine Hoheit. Und diese Miss Dupont ist ein einziger Bluff! Ich will sofort nach Hause, zu meiner Frau.«

»Wenn Sir Reginald geht, reise ich auch ab«, erklärte Minerva energisch.

Kit legte Reginald einen Arm um die Schultern. »Bitte denken Sie an Ihre Sicherheit.«

Aber der alte Sekretär war wie ein Elefant in Panik: nicht aufzuhalten. »Nein, Sir, ich gehe. Ich wohne auf dem Palastgrund. Da kann niemand hinein. Dort bin ich in Sicherheit.«

»Kommen Sie. Trinken Sie einen Scotch.«

»Nein, ich esse und trinke in diesem Haus nichts mehr. Ich rufe jetzt meine Frau an.«

»Daubenay«, sagte Lady Minerva streng, »ich verlange, dass man mich ebenfalls abholt. Und Tilda nehme ich gleich mit.«

Kenworthy hob die Hand. »Wenn das so ist, fahre ich auch nach Hause. Soll ich euch mit in die Stadt nehmen, Minerva?«

»Danke, gern. Was ist mit Carmichael?«

»Der ist doch ein Kriegsheld. Er wird schon allein in die City finden.«

Kit versuchte es noch einmal. »Meine Damen, meine Herren, ich bitte Sie.« Und zu Daubenay sagte er: »Holen Sie den Inspektor. Schnell.«

»Ich weiß gar nicht mehr, was ich tun soll«, jammerte Daubenay und rannte aus dem Saal.

Kurz darauf kam er mit Inspektor MacAllister zurück, doch es war zu spät. Die Herde war auf Flucht gepolt, und niemand konnte sie aufhalten.

Sir Reginald proklamierte wieder und wieder, dass er seine Rechte kenne, und Inspektor MacAllister musste, als er endlich zu Wort kam, kleinlaut zugeben, dass Sir Reginald seine Rechte in der Tat kannte und dass er niemanden aufhalten durfte, der White Lodge verlassen wollte.

Eine halbe Stunde später saß Kit allein mit dem Inspektor im Speisesaal.

»Was wird Miss Dupont nur dazu sagen?«, fragte MacAllister verzweifelt und raufte sich die Haare.

»Das, mein lieber Inspektor«, antwortete Kit mit einem Seufzen, »frage ich mich auch.«

Aus den Memoiren der
JACKIE DUPONT

Wo blieb Carmichael? Ich wartete nun schon fünf Minuten!

Ungeduldig tappte ich mit dem rechten Fuß, bis Sargent mir durch ein Knurren zu verstehen gab, dass ich ihm gewaltig auf die Nerven ging. Er war ebenso ungeduldig wie ich. Seit ich ihm in unserem Zimmer die Schallschutzhaube aufgesetzt hatte, bewegte er sich nur noch in Pirouetten vorwärts, der blutrünstige Geselle. Jetzt warf er mir durchweg vorwurfsvolle Blicke zu.

»Du stellst dich ganz schön an«, bezichtigte ich ihn.

Er sah mich empört an.

»Nur weil du einen Hauch Blausäure erschnuppert hast, bist du noch lange kein Märtyrer. Könntest du sprechen, würde ich dich jetzt losschicken, um Carmichael gehörig die Leviten zu lesen. Komm, wir stellen uns unter das Fenster des Speisesaals, vielleicht können wir die anderen belauschen. Sicher lästern sie über uns.«

Die Anwesenden waren noch immer viel zu gelassen dafür, dass einer ihrer Freunde auf abscheuliche Weise umgebracht worden war. Wähnten sie sich allesamt nicht in Gefahr, weil sie nichts mit dem Diebstahl der Krone zu tun hatten?

Leider konnte ich kaum verstehen, was drinnen gesagt wurde. Der Esstisch stand nicht dicht genug am Fenster. Nur Sir Reginald hörte ich klar und deutlich reden. Nervös kratzte ich am Lauf des Jagdgewehrs herum. Es handelte sich dabei um ein besonders hübsches Exemplar dieser Gattung aus Davids ansehnlichem Waffenkeller. Eine zweiläufige Flinte der Marke Beretta, angefertigt für den jugendlichen Schützen und daher für eine zarte Dame wie mich wunderbar geeignet. Ich mochte große Gewehre – sie weckten gewisse Urinstinkte –, dennoch war es stets angenehmer, eine leichtere Waffe zum Einsatz zu bringen. Zumal ich an jenem Tag außer der Beretta noch meine Mauser, Rote 9 genannt, und drei Magazine Munition am Leib trug. Die transportierte ich nun unter meiner Jacke in einem Halfter. Sollte Lucas Carmichael während unseres Jagdausflugs Anstalten machen, mir etwas anzutun, würde ich keine Zeit verschwenden und ihn direkt mit Blei füllen. Aus der Westentasche sozusagen.

Ich presse mich eng ans Gemäuer, doch ich verstand immer noch nichts. »Denen geht es einfach zu gut«, sagte ich leise zu Sargent. »Aber das lässt sich ändern.«

Ich richtete den Lauf des Gewehrs gen Himmel und legte den Zeigefinger auf den Abzug.

Gerade faselte Sir Reginald irgendwas von Apfelkuchen und Herrenschneidern in China.

»Auf die Plätze, fertig, los«, sagte ich. Und schoss.

Sargent sah sich aufgeregt um, in der Hoffnung, ich hätte Beute erlegt.

»Tut mir leid, Darling, es war nur ein Warnschuss.«

Nach ein paar Sekunden öffnete sich das Fenster über mir, und Christopher steckte den Kopf heraus. »Hast du etwa geschossen?«

»Natürlich«, antwortete ich.

»Warum?«

»Na, ich dachte, ich mische den Leichenschmaus ein wenig auf. Wie findest du Sargents Schallschutz? Ein Freund von meinem Onkel Daniel hat die Haube für Infanteristen entwickelt, die große Maschinengewehre bedienen mussten. Sargent trägt eine Sonderanfertigung für Hunde.«

Der arme Christopher schien nicht zu wissen, was er darauf antworten sollte. Vermutlich hatte er ohnehin noch an meinem psychologischen Trick vom Vormittag zu knabbern. Aber was hätte ich tun sollen? Nichts wirkte bei einer Panikattacke so gut wie Ablenkung. Ich konnte keine Szene riskieren, nur weil Christophers Fantasie mit ihm durchging. Kriegstrauma hin oder her, ich brauchte seine Unterstützung, um diesen Fall zu lösen. Wenn es bedeutete, dass er sich in einer bestimmten Sache Hoffnungen machte, war das für den Moment durchaus zu verkraften. Ich wollte ja keineswegs ausschließen, dass ein gewisser Umstand eintreten mochte. Eine Frau musste sich schließlich überlegen, wie und wo sie Wurzeln schlug. Eines Tages würde ich zu alt sein, um ständig um die Welt zu reisen. Warum sollte ich da einen reichen

Herzog ablehnen, der mir sein Herz zu Füßen legte und mit dem ich überaus gern ... konversierte?

Just in diesem Moment schlenderte Carmichael um die Ecke, Gewehr in der Hand und Feldstecher um den Hals. Ich winkte ihm zu und verabschiedete mich von Christopher, der weiterhin konsterniert im Fensterrahmen stand.

»Sind Sie bereit, ein wenig Federvieh zu erlegen, Lucas?«

Carmichael presste den Mund zu einem grimmigen Strich zusammen. »Haben Sie vorhin geschossen?«

»Natürlich.«

»Warum?«

Ich seufzte. Ich hatte keine Lust, dieses Gespräch noch einmal zu führen, schon gar nicht mit einem Mann, dem ich nicht so wohlgesonnen war wie Christopher.

»Warum nicht? Ich schieße nun einmal gern.«

»Das ist mir durchaus bekannt.«

»Pst.« Ich hob warnend den Zeigefinger. »Wir sind noch nicht außer Hörweite. Kommen Sie. Forsch voran.«

Fünf Minuten später verließen wir den weitläufigen Rasen des Parks und traten in den Wald.

Carmichael grummelte unentwegt vor sich hin. Eine Weile ignorierte ich ihn.

»Was liegt Ihnen denn auf dem Herzen, Lucas?«, fragte ich schließlich, nachdem er ein besonders markantes Brummen von sich gegeben hatte.

»Sie spielen mit dem Leben dieser Menschen«, platzte es aus ihm heraus.

Ich zündete mir eine Zigarette an. »Finden Sie?«

»Sie können doch hier im Wald nicht rauchen!«

»Sie sehen ja, dass ich kann. Außerdem ist es so feucht, dass ich bestimmt keinen Waldbrand entfachen werde. Sie lenken ab, Lucas.«

Er fluchte. »Zweimal musste ich Sie schon in Feindesland fliegen. Ich weiß, wie skrupellos Sie sind.«

Sie haben es doch für Ihr Vaterland getan, oder nicht?«

»Habe ich das? Soweit ich weiß, sind wir zum Schloss Ihres deutschen Liebhabers geflogen. Besonders patriotisch finde ich das nicht.«

Carmichael musste aufpassen. Er betrat dünnes Eis. Wenn er sich meines guten Willens sicher sein wollte, durfte er einige Themen aus meiner Vergangenheit nicht weiter anschneiden.

»Na, na, na, Lucas. Sie hatten Ihre Befehle.«

»Die ich ausgeführt habe. Trotzdem habe ich nie ganz verstanden, warum ich mein Leben riskieren musste, um eine Amerikanerin und ihren Hund über ein brennendes Schlachtfeld zu fliegen.«

Besagter Hund war gerade damit beschäftigt, auf dem Bauch durchs Herbstlaub zu kriechen, und reagierte daher nicht auf seine Erwähnung.

»Diese Einsätze waren nicht umsonst, mein Lieber. Das können Sie mir glauben.«

»Amerika war damals noch neutral.«

»Aber nicht mehr lange.«

Er lachte bitter. »Wollen Sie etwa behaupten, Ihretwegen seien die USA in den Krieg eingetreten? Soweit ich weiß, waren daran deutsche Torpedos im Atlantik schuld.«

Gern hätte ich ihm einen Vortrag über die Ursachen des Eintritts der Vereinigten Staaten in den Krieg gehalten, doch war dies nicht der geeignete Moment. »Seien Sie nicht theatralisch, Lucas. Ich war als Agentin einer befreundeten Nation im Feld, und Sie sind für den Geheimdienst Missionen geflogen. Wenn Sie möchten, arrangiere ich ein Treffen mit Winston Churchill, dann können Sie ihm die relevanten Fragen stellen. Mir ist es nicht erlaubt, Ihnen etwas über meinen Aufenthalt in Deutschland zu verraten. Aber jetzt genug davon. Hören Sie auf zu schmollen, und helfen Sie mir, den Mörder Ihres Freundes Boy zu finden.«

»Mein Freund. Ja, er war wohl mein Freund. Wenn auch kein guter. Die meisten meiner Freunde liegen irgendwo in Belgien unter einem weißen Kreuz begraben, und über ihnen blüht der rote Mohn.«

»In Zeiten wie diesen nimmt man die Freunde, die man kriegen kann, wollen Sie damit sagen?«

Er zuckte mit den Schultern. »Wenn Sie so wollen. Es ist doch sowieso alles egal … Sie waren da. Sie haben gesehen, was ich gesehen habe. Gott, wir waren so dumm. Dumme Schuljungen. Jubelnd sind wir in den Tod gerannt.«

Eine alte Wut stieg in mir auf. Hatte ich doch einst Haut und Haar riskiert, um zu verhindern, dass noch mehr Schuljungen in den Schützengräben starben. Hätten sie von Anfang an das Jubeln sein gelassen, fehlte der

Welt heute keine Generation junger Männer. »Immerhin leben Sie noch.«

»Manchmal.«

»Manchmal? Hat Tilda McLeod etwas damit zu tun? Leben Sie manchmal mit ihr?«

»Warum nicht?« Er nahm seinen Feldstecher in die Hand und drehte an dem kleinen Knopf zwischen den Gucklöchern, um die Schärfe zu regulieren. Mit einem leisen *Plopp* löste sich der Knopf. Darunter kam ein Gewinde aus Kupfer zum Vorschein. Carmichael setzte sich das Gewinde an den Mund und trank.

»Nicht schlecht«, urteilte ich. »Ist das Wasser?«

»Nein«, gab er unumwunden zu. »Sie glauben doch nicht, dass ich einen ganzen Nachmittag mit Ihnen im nüchternen Zustand verbringe.«

»Wie Sie meinen.«

Ich betrachtete den Feldstecher eingehender, und mir kam ein Gedanke. »Wie viel bekommen Sie da hinein?«

Carmichael verzog das Gesicht. »Was weiß ich. Ein Pint vielleicht?«

»Doch so viel? Sie hätten darin also genug Blausäure transportieren können, um einen Martini daraus zu zaubern.«

Er blieb stehen. »Wie bitte?«

Ich tat es ihm gleich. »Um Boy Fielding umzubringen.«

»Glauben Sie im Ernst, ich würde noch aus meinem Feldstecher trinken, wenn vorher ein Glas voll Blausäure darin gewesen wäre?«

Ich schüttelte den Kopf. »Nein, nein. Es war eine hypothetische Frage.«

»Stellen Sie sich vor, ich wäre der Mörder, und Sie würden mich hier, ganz allein im Wald, fragen, ob ich Boy umgebracht hätte. Was sollte mich daran hindern, Sie einfach mit diesem Gewehr hier zu erschießen? Ich könnte hinterher behaupten, es sei ein Jagdunfall gewesen.«

Ich schwang das Revers meiner Jacke nach hinten. »Das hier.«

Carmichael sog die Luft durch die Zähne. »Das … das ist eine Mauser Automatik.«

»In der Tat. Eine charmante kleine Kriegswaffe. Ich nutze sie meistens im Ein-Schuss-Modus, aber ein Klick genügt, und sie wird zur Maschinenpistole. Peng, peng, peng. Federleicht, präzise und tödlich.«

»Daran habe ich keinen Zweifel. Wo haben Sie die her?«

Ich zwinkerte ihm zu. »Sagen wir mal, Sie waren nicht ganz unbeteiligt an der Beschaffung. Ich habe sie geschenkt bekommen.«

»Von Baron Laszlo von Drachenstein? Sehen Sie, ganz so dumm bin ich nicht. Auch wenn ich kein Geheimnisträger bin.«

Jetzt hörte der Spaß auf. »Erwähnen Sie diesen Namen am besten nie wieder. Schon gar nicht in der Gegenwart des Dukes.«

Carmichael sah mich unverwandt an. »Ach. So sieht es also aus. Einflussreiche Adlige sind wohl ihr Beuteschema. – Was würden Sie denn tun, wenn ich Surrey berichte, dass Sie sich mit einem Mitglied des deutschen Generalstabs vergnügt haben, während er im Feldlazarett um sein Leben kämpfte?«

Ich hatte keine Lust, mich mit den Provokationen eines Mannes zu befassen, dem außer Frustration nichts geblieben war. Solche Typen waren gefährlich. Ihnen wurde mit der Zeit alles egal, sie fingen an zu trinken und, noch schlimmer, zu reden. Mit wem und wo ich mich während des Krieges getroffen hatte, war allein Sache der amerikanischen Regierung. »Das Kriegsende entbindet Sie nicht von Ihrer Pflicht zur Verschwiegenheit, Lucas. Wollen Sie diesen Jagdausflug überleben oder nicht? Ich frage Sie das nicht als Detektivin. Ich frage Sie das als Agentin der Vereinigten Staaten von Amerika.«

»Schon gut, schon gut.« Er trank einen Schluck aus dem Feldstecher. »Sie verstehen auch keinen Spaß mehr.«

»Nicht, wenn es um Christopher geht.« Sargent fing an zu bellen. Aufgeregt sprang er im Kreis um uns herum. »Kommen Sie, wir müssen weiter, sonst bekommt er einen Tobsuchtsanfall.«

»Ich habe Boy jedenfalls nicht umgebracht, um darauf zurückzukommen«, sagte Carmichael grimmig und setzte sich in Bewegung.

»Das kann jeder behaupten.«

»Warum hätte ich ihn umbringen sollen?«

»Aus Habgier zum Beispiel. Weil Sie die Krone nicht mit ihm teilen wollten.«

»Vier Jahre lang habe ich mein Leben für das Königshaus riskiert. Da glauben Sie doch nicht im Ernst, dass ich der Königinmutter eine Krone stehle. Ich gebe zu, ich habe schon die eine oder andere Schmuggeltour übernommen, aber ich würde niemals meinem König schaden.«

»Ich befürchte, ich glaube Ihnen. Wer war es, Ihrer Meinung nach?«

»Eine der Frauen. Gift ist Frauensache. Ich glaube, es war Minerva.«

Wir gelangten auf ein freies Feld, welches wir zügig durchkreuzten. Der Waffenmeister hatte mir erklärt, dass gleich dahinter, in einer Sumpflandschaft, die Jagdgründe für Rebhühner und Fasane lagen.

»Wieso glauben Sie, dass es Minerva war?«

»Sie hat ständig irgendwas mit Boy ausgeheckt. Und sie braucht Geld für ihr Modeunternehmen.«

Wie zuvor erwähnt, kannte ich die Eltern Minervas, da ich ihnen im Februar in Monaco begegnet war. Ihr Vater war einst Vizekönig von Indien gewesen. »Als Tochter der Wrexleys dürfte sie das kaum nötig haben.«

»Soweit ich weiß, sind ihre Eltern nicht mit ihrem Lebensstil einverstanden. Dass Minerva immer noch nicht geheiratet hat und meint, einer Arbeit nachgehen zu müssen, ist den alten Wrexleys ein Dorn im Auge.«

Ich nickte. »Das kann ich mir allerdings vorstellen.«

Eine junge Frau, die einen hohen Preis für ihre Freiheit bezahlte, war zu einigem in der Lage. Aber Giftmord an einem Freund, vor aller Augen? Immer wieder stieß ich mich an der Skrupellosigkeit des Mordes. Einen älteren Herrn niederzuschlagen, um sich einer Krone zu bemächtigen, sprach von Verzweiflung. So handelte jemand, der Schulden bei der Mafia hatte und nicht recht wusste, wie er sie begleichen sollte. Ein Blausäure-Martini hingegen sprach für die Notwendigkeit, jemanden schnell und sicher aus dem Weg zu räumen. Mit eiskalter Präzision, Zeugen hin oder her. Eine solche Risikobereitschaft ließ sogar mich alt aussehen.

»Das ist schon alles sehr eigenartig«, meinte Carmichael, der augenscheinlich ähnlich schlussfolgerte. »Ich hätte keinem dieser Leute einen Mord zugetraut. Das sind doch eher Genussmenschen.«

»Allerdings. So voller Genuss, dass Bobby Devereux plötzlich bester Hoffnung ist.«

»Ja. Von ihrem eigenen Schwager.«

Mir stockte der Atem. »Wie bitte? Lord Kenworthy schläft mit Bobby Devereux?« Damit hatte nicht mal ich gerechnet.

»Ja.«

Ich war sprachlos. Jedenfalls beinahe. Und ich war denkbar enttäuscht. Mir hatte die Vorstellung von Sir Reginald als durchtriebenem Giftmischer sehr gut gefallen. Nach einigen Sekunden des ungläubigen Staunens fing ich mich. »Wie entsetzlich langweilig! Wo bleibt denn da der Sinn des Seitensprungs, wenn man die Zwillingsschwester der eigenen Frau beglückt? Nicht zu fassen.« Ich begann zu kichern. »Und Bibi weiß nichts davon?«

»Nein. Jedenfalls macht es nicht den Anschein.«

»Woher wissen Sie überhaupt von dem Verhältnis der beiden?«

»Ich habe sie mal beobachtet. Und bevor Sie fragen, woher ich weiß, dass es nicht seine eigene Frau war: Bibi lag seinerzeit mit einer schweren Grippe im Bett.«

Mein Kichern wich schallendem Gelächter. »Weiß … weiß noch jemand außer Ihnen davon?«

»Ich glaube, Minerva. Sie wirft Kenworthy jedenfalls ständig böse Blicke zu.«

Mit einem lauten Schrei hob ich die Hände zum Himmel. »Minerva! Immer wieder Minerva! Hat sie Belladonna für Bobby beschafft? Blausäure für Boy?« Ich schnappte nach Luft. »Wunderbar, diese Alliterationen. Finden Sie nicht?«

»Diese was?«

»Alliterationen. Belladonna, Blausäure, Bobby, Boy. Viermal B. B, B, B, B.«

»Also, ich weiß nicht …«

Sargent gab ein tiefes Knurren von sich.

»Still«, gluckste ich, so leise ich konnte. »Fasane voraus.«

»Woher wissen Sie das?«

»Der Hund hat es mir gesagt.«

Carmichael ließ hilflos die Arme hängen. »Ihr Hund kann sprechen?«

»Na klar! Los, Gewehr bereit, Soldat. Ich will heute Abend Fasan mit Preiselbeeren essen.«

Während der nun folgenden Stunden im Sumpf kreisten meine Gedanken sowohl um die diversen Affären meiner Verdächtigen als auch um Carmichaels Feldstecher. Ich überlegte, welche Gegenstände noch dazu geeignet waren, Flüssigkeiten zu transportieren, und fragte mich, wie viele Feldstecher dieser besonderen Art auf White Lodge zu finden wären. Es ergab durchaus Sinn, wenn der Mörder das Gift in einem unverdächtigen Objekt transportiert hätte. In einem Buch zum Beispiel. Gerade Bibeln enthielten nicht selten gewisse Aussparungen, um den weniger devoten Gottesdienstbesuchern die Zeit auf der Kirchenbank zu versüßen. Auch Pfeifen kamen infrage. Ja, eine Pfeife passte perfekt ins Bild, weil ihre Gegenwart in einem Salon völlig unauffällig gewesen wäre. Ich versuchte mich zu erinnern, ob jemand Pfeife geraucht hatte. Ja, in der Tat. Lord Kenworthy, der den Verdacht auf Boy gelenkt hatte, um die Verschwörungstheorien in Gang zu bringen. Kenworthy war offenbar durchtriebener, als ich bisher annahm. Wem es gelang, seiner Frau eine Affäre mit ihrer Zwillingsschwester zu verheimlichen, musste schon ziemlich gewieft sein. Aber war unser Mörder gewieft? Der Angreifer auf Sir Reginald war es jedenfalls nicht. Und wem sollte Lord Kenworthy die Krone überhaupt verkaufen? Wo steckte der verdammte Clou?

Ich war hochgradig unzufrieden. Meine Ermittlungen zeigten keinerlei Ergebnisse, bis auf die Erkenntnis, dass der Täter die restliche Blausäure in der Toilette im Erdgeschoss entsorgt hatte. Es gab einfach zu viele Nebenschauplätze und kein überzeugendes Motiv, keine klare Spur, keine Indizien. Außerdem spielten meine Instinkte verrückt. Alles in mir schrie, dass Boy Fielding die Krone gestohlen hatte. Er war der Einzige aus der Runde mit krimineller Energie und vermutlich auch der Einzige mit

Verbindungen in zwielichtige Milieus. Dass ein Mittäter ihn unschädlich gemacht hatte, war zwar ein plausibler Gedanke, jedoch kamen die anderen Partygäste kaum infrage. Gerade weil eine Ermordung Boys nur dann notwendig gewesen wäre, wenn er vorgehabt hätte, seinen oder seine Komplizen zu verraten. Warum hätte er das tun sollen? Hätte, hätte … Es gab in meinen Überlegungen zu viele Konjunktive. Ich brauchte Fakten!

Gier als Motiv hatte seine Berechtigung. Doch dann hätte der Mörder Boy schon früher um die Ecke bringen können, nicht in Anwesenheit des Kronprinzen und, viel wichtiger, nicht in meiner Anwesenheit!

Dass der verfluchte Sir Reginald die Frechheit besessen hatte, seinen Angreifer nicht zu erkennen, sondern einfach k. o. zu gehen. Was für ein Amateur!

Neben mir fiel ein Schuss. Carmichael hatte auf einen Fasan angelegt, das Tier aber verfehlt.

Es half nichts, ich musste mich auf die Jagd konzentrieren und darauf hoffen, dass mein Unterbewusstsein in der Zwischenzeit den Fall ohne mich löste.

Die Jagd lief gut. Ich schoss fünf Fasane und diverse Rebhühner, und je mehr ich mich ärgerte, desto besser traf ich. Nicht, dass ich jemals schlecht getroffen hätte. Carmichael erlegte nur ein oder zwei Vögel, aber als echter Gentleman erklärte er sich bereit, die Beute nach Hause zu tragen. Wir banden unsere Opfer an den Krallen zusammen, und er schleppte sie in bester Wildhüter-Manier mit beiden Händen, sodass das Federvieh links und rechts neben seinen Beinen baumelte. Es gab durchaus Momente, in denen sogar mir die Körperkraft der Männer gelegen kam.

»Lassen Sie uns noch einmal über Boy reden«, bat ich. »Hatte er Schulden?«

»Immer.«

»Ist er Ihnen in den letzten Wochen nervös vorgekommen?«

»Sehr. Ich habe ihn allerdings selten gesehen. Er war kaum zu Hause, soweit ich weiß.«

Ich runzelte die Stirn. »Gehen wir mal davon aus, er war am Diebstahl der Krone beteiligt. Wissen Sie, ob er Kontakte zu Leuten hatte, die ihm beim Verkauf hätten helfen können?«

»Sie meinen Hehler? Bestimmt. Er hat ja auf allen Hochzeiten getanzt. Kann es nicht sein, dass Boys Mitverschwörer einen der Angestellten von David erpresst und gezwungen haben, die Blausäure in Boys Glas zu schütten?«

Ich schüttelte den Kopf. »Soweit ich mich erinnere, haben Sie selbst zu Bedenken gegeben, wie flüchtig Blausäure ist. In den Minuten vor Boys Tod war kein Diener im Salon. David hat die Drinks selbst gemischt.«

»Das stimmt.«

Wir betraten erneut das Feld zwischen Sumpf und Wald. »Hatte er ein Motiv, Boy zu ermorden?«

»Wer?«

»David«, sagte ich hoffnungsfroh. »Oder die Menschen, die ihn schützen wollen. Die das Königshaus schützen wollen.«

Carmichael holte tief Luft und sah mich an, als hätte ich gerade ein Baby erdolcht. »David?«, röchelte er, zutiefst erschüttert.

»Was entsetzt Sie denn so an dieser Idee? Prinzen sind auch nur Menschen.«

Der arme Mann lief knallrot an und wollte mir wohl eine Standpauke halten, doch dazu kam es nicht mehr. Im nächsten Moment fiel ein Schuss, und Carmichaels Gesicht … verschwand. Kein schöner Anblick – damit sei genug gesagt.

Carmichael, oder vielmehr der Rest von Carmichael, geriet ins Schwanken.

»Runter!«, brüllte ich Sargent zu.

Schon riss der leblose Körper des Piloten mich zu Boden. Ein zweiter Schuss fiel. Die Kugel schlug in Carmichaels Oberkörper ein, durchdrang ihn aber nicht.

Nach einer kurzen Phase der Orientierungslosigkeit hatte ich meine Arme und Beine wieder sortiert und befand mich im Gefechtsmodus. Meine Gedanken richteten sich ausschließlich darauf, der tödlichen Gefahr zu entrinnen. Der Mensch ist zu unglaublichen Dingen in der Lage, wenn er sich in diesem Zustand befindet. Wer auch immer da schießt, trägt ein Jagdgewehr kleinen Kalibers, raste es durch mein Hirn. Eine schwerere Waffe hätte die Kugel durch Carmichael hindurchgetrieben. Solange es mir also glückte, direkt hinter ihm liegen zu bleiben, konnte der Angreifer mich nicht treffen, ohne eine höhere Position einzunehmen. Aber, so fragte ich mich besorgt, wo war mein Hund?

»Sargent!«, keuchte ich, so laut ich es in meiner Lage konnte. »Bleib unten!«

Ein dritter Schuss fiel. Die Kugel schlug auf Höhe meines Kopfes ein, etwa zwei Fuß von mir entfernt.

Hinter mir raschelte es, und eine Sekunde später presste Sargent sich in meine Kniekehle.

Ich beruhigte mich. Er war bei mir und vorerst in Deckung.

Während des Sturzes hatte ich die Geistesgegenwart besessen, mich zu drehen, um nicht auf die Maschinenpistole zu fallen. Der Schütze musste annehmen, der Hund und ich wären lediglich mit sperrigen und vermeintlich leer geschossenen Jagdgewehren unterwegs. Gleich würde er sein blaues Wunder erleben.

»Wo ist er?«, fragte ich, und der Hund drückte die Nase gegen mein Bein. »Alles klar. Fünfundvierzig Grad Ost.«

Wieder fiel ein Schuss. Die Kugel flog über Carmichael hinweg und schlug direkt hinter uns ein. Der Schütze hatte offenbar einen besseren Platz gefunden. Wenn er seine Stellung nur noch einen Hauch optimierte, konnte er echte Todesschüsse abgeben. Ich durfte keine Sekunde zögern. Doch um die Mauser gezielt abzufeuern, musste ich einen Teil meiner Deckung hinter Carmichaels Leiche aufgeben, und da ich nicht genau wusste, wo mein Widersacher sich versteckte, war das äußerst riskant.

Ich entschied mich für einen anderen Weg. Die Person, die da im Wald hockte und es auf mein Leben abgesehen hatte, war bestimmt nicht auf eine Salve aus einer automatischen Waffe vorbereitet.

Ohne hinzusehen, legte ich den Lauf der Mauser auf Carmichaels Hüfte ab und drückte den Auslöser. Sofort tat das Maschinchen sein Wunderwerk: Dauerfeuer. Zehn Schuss. Ich tauschte das Magazin gegen eins der beiden Ersatzmagazine aus meiner Jackentasche, und wieder ließ ich die Mauser singen. Diesmal wagte ich einen kurzen Blick an Carmichaels Schulter vorbei und sah den schwachen Umriss einer Gestalt. Offenbar versuchte mein Gegner, sich vor dem Schauer aus Holzsplittern zu schützen, die meine Kugeln erzeugten. Er war kurzzeitig außer Gefecht gesetzt. Ich wuchtete mich laut fluchend herum, bis ich auf dem Bauch zu liegen kam. Sargent kauerte jetzt zwischen meinen Beinen. Es knisterte im Gebüsch, jemand verschwand im Unterholz. Sargent wusste aber genau, in welche Richtung, und gab es mir durch einen gezielten Stupser in … nun ja, in meine Kehrseite zu verstehen. Das dritte Magazin rastete ein. Diesmal feuerte ich nur wenige Schüsse ab, aber sie genügten. Einer offensichtlichen Übermacht ausgesetzt, sprang der Täter hinter einen Baum, und kaum waren die Schüsse verklungen, hörte ich lautes Rascheln, wie von rennenden Füßen auf Laub.

Sargent und ich schnellten hoch und machten einen Satz über Carmichael hinweg. Ein stechender Schmerz schoss in meinen Knöchel. Bei dem Sturz vorhin hatte ich mich wohl verletzt. Ich ignorierte den Schmerz und rannte los, knickte um, rannte wieder los, knickte wieder um. Unerwartet erklang das Geräusch eines aufheulenden Motors, dann quietschten Reifen, und ein Auto, oder ein Lastwagen, brauste durch den Wald davon. Ich feuerte einige Male blind in die Bäume, dann ließ ich die Waffe fallen. Hastig packte ich Sargent, hob ihn hoch wie ein Kaninchen und drehte und wendete ihn, bis ich mir sicher war, dass er keine Verletzung davongetragen hatte.

Es dauerte eine Weile, bis mein Atem sich beruhigt hatte. Schließlich sah ich Sargent tief in die Augen. »Den hänge ich persönlich auf, Darling. Das schwör ich dir.«

Aus den Memoiren der
JACKIE DUPONT

Wutentbrannt stampfte, oder vielmehr hinkte, ich nach White Lodge zurück, willens, die Verdächtigen mit vorgehaltener Waffe in den nicht vorhandenen Folterkeller zu zwingen. An der eisernen Jungfrau, auf der Streckbank und mit glühenden Kohlen würde ich ein Geständnis aus ihnen herauspressen.

Als ich endlich auf White Lodge eintraf, wo ich Christopher und Inspektor MacAllister mit hängenden Köpfen und, vor allem, allein vorfand, erlaubte ich mir einen seltenen Gefühlsausbruch.

»Wie kann es sein, dass es zwei erwachsenen Männern nicht gelingt, die Lage auch nur einen Tag lang unter Kontrolle zu behalten? Es wundert mich überhaupt nicht, dass ihr die Welt immer wieder in Krieg und Chaos führt. – Du«, ich zeigte auf Christopher, »hattest nichts anderes zu tun, als den Grand Seigneur zu geben. Und Sie«, ich ließ die Fingerspitze zu MacAllister schnellen, »sollten hier die Macht des Gesetzes vertreten. Stattdessen schaffen Sie es nicht einmal, ein paar alte Männer und einige hysterische Frauenzimmer in ihre Schranken zu weisen! Wollt Ihr wissen, was eben da draußen passiert ist?« Ich wartete nicht auf eine Antwort, sondern berichtete den beiden Herren sehr genau, was im Wald von Richmond Park vorgefallen war. Ihnen ersparte ich die Details nicht. »Und jetzt? Jetzt sind die Tatverdächtigen auf und davon! Jeder von ihnen kann in aller Ruhe nach London gefahren sein, sich dort ein Gewehr besorgt und mich und den bemitleidenswerten Lucas angegriffen haben. Jeder! Und jede! – Sie müssen überhaupt nicht so entsetzt gucken, Fergus. Nur weil die Damen auf den Jagdpartien der feinen Gesellschaft nicht schießen, heißt das noch lange nicht, dass sie es nicht können. Im amerikanischen Westen ist es völlig normal, dass Frauen bewaffnet sind. Auch in England kenne ich keine Frau, die sich während des Krieges nicht wenigstens einmal hätte zeigen lassen, wie man ein Gewehr bedient. Was glauben Sie, wer in den Jahren, als die Männer an der Front waren, Haus und Hof vor Wegelagerern und Dieben beschützt hat? Der Heilige Geist?«

MacAllister wollte antworten, doch ich ließ ihn nicht.

»Ich habe eben drei Magazine auf einen Schützen oder eine Schützin abgegeben, in einem Jagdrevier, das für die Öffentlichkeit nicht zugänglich ist. Die Person, die auf Carmichael und mich geschossen hat, war mit einem Automobil vor Ort. Wie ist das möglich?« Ich schnaubte. »Wer ist überhaupt so leichtsinnig? Was haben diese Leute zu verlieren, dass sie es darauf anlegen, mich auf so waghalsige Art und Weise umzubringen? Dass es ihnen völlig egal ist, wer dabei noch auf der Strecke bleibt? Das alles wegen einer mittelmäßigen Krone? Der Giftmord an Boy war minutiös geplant und wurde mit kühlem Kopf ausgeführt. Aber Schüsse am helllichten Tag? Bei größtmöglichem Entdeckungsrisiko? Ich glaube kaum, dass sie bloß Carmichael zum Schweigen bringen wollten, dann wären sie nämlich schon nach dem ersten Schuss verschwunden. Es kommt einem vor, als hätten wir die heißeste aller Spuren entdeckt, dabei haben wir nichts dergleichen. Überhaupt nichts! Es sei denn …« Mir kam ein Gedanke. »Kit, worüber wurde in meiner Abwesenheit bei Tisch gesprochen?«

Christopher war sichtlich erschüttert, sowohl von der Nachricht über den Tod Carmichaels als auch von meinem Gezeter. »Das Einzige, was mir bemerkenswert erschien, waren die Hutschachteln, die Lady Minerva an fraglichem Abend in den Palast mitgebracht hatte. Jemand hatte gesagt, man trage eine Krone doch nicht in einer Hutschachtel umher, woraufhin Minerva sich angegriffen fühlte.«

»Hutschachteln?«, fragte ich überrascht. »Warum habe ich davon bis jetzt nichts gehört? So was muss ich doch wissen. Wirklich, ich verfluche den Tag, an dem ich Churchills Telegramm erhalten und diesen elendigen Fall übernommen habe. Warum bin ich nur immer so gutmütig und eile jedem zu Hilfe?«

Christopher hustete eigenartig.

»Bist du krank? Was hast du?«

»Nichts, gar nichts.«

Ich überlegte scharf. »Haben sie vielleicht über Sargent gesprochen?«

MacAllister zuckte mit den Schultern, aber Christopher setzte sich aufrechter hin. »Ja, tatsächlich.«

»Worüber genau?«

»Über seine Fähigkeiten, Juwelen zu erschnüffeln. Minerva hat es von ihrer Mutter gewusst. Dieser alten Tratschtante.«

»Ha!« Ich klatschte in die Hände. »Dann hat dieser Angriff einmal mehr dem Hund gegolten! Na wartet, wenn ich diese Bastarde in die Finger bekomme. Ich drehe ihnen persönlich den Hals um!«

»Madam, bitte.« MacAllister hob beschwichtigend die Hände. »Ist das nicht ein wenig voreil…«

»Nichts da, Madam! Das ist doch endlich mal ein Clou. Wenn jemand Sargent umbringen wollte, weil er Juwelen erschnüffeln kann, dann nur, weil die Krone noch irgendwo herumliegt, wo er sie finden könnte. An einem Ort, den wir ermitteln könnten, möglicherweise sogar im Haus des Mörders, zwar gut versteckt, aber nicht gut genug für einen Spürhund. – Sonst noch was, Kit?«

»Lass mich überlegen.«

Ich hatte keine Zeit, ihn nachdenken zu lassen. »Wie haben die Anwesenden auf meinen Schuss heute Mittag reagiert? Während des Lunchs?«

»Na, panisch und hektisch, wie sonst?«, antwortete Christopher ein wenig mürrisch.

»Hast du ihnen denn erzählt, warum ich geschossen habe?«

»Nein, natürlich nicht. Ich habe gesagt, ein Schuss habe sich aus Versehen gelöst.«

Ich spürte das dringende Bedürfnis, ihn zu erdrosseln.

»Du hast was?«

»Was hätte ich denn sonst sagen sollen?«, erwiderte er trotzig. »Dass du den Leichenschmaus aufheitern wolltest? Ich dachte, es wäre besser, wenn sie sich nicht bedroht fühlen.«

Eine Ader in meiner Schläfe pochte. »Nicht bedroht, Kit? Ist dir klar, was du damit angerichtet hast? Du hast in einem Raum voller Verdächtiger den Eindruck erweckt, ich könnte nicht mit einer Waffe umgehen. Das hat den Schützen überhaupt erst dazu bewogen, uns an der Lichtung aufzulauern. Der erste Schuss auf Carmichael war ein Volltreffer! Es ist doch völlig klar, dass der Täter erst den vermeintlich guten Schützen ausschalten wollte, um anschließend den Hund und mich in aller Gemütsruhe zu erledigen.« Ich war seelisch noch nicht in der Lage, meine Gedanken zu dem Schusswechsel strukturiert zu formulieren. Sie ergaben aber durchaus Sinn. Dem Täter war klar: Sobald er einen Schuss abgegeben hatte, würde er auf Gegenwehr stoßen. Bei zwei fähigen Schützen ging eine solche Strategie niemals auf.

Christopher wurde kreidebleich. »Oh Gott, Di… Jackie!«

»Ich breche sofort nach London auf«, fuhr ich fort. »Ich will keine Minute länger in diesem schrecklichen Klotz hier verbringen. Ich brauche jetzt ein heißes Bad und meine Ruhe. Morgen fangen wir bei Minerva und ihren Hutschachteln an. Gleich nach dem Frühstück besuchen wir sie in ihrem Atelier. Ich werde jede einzelne Hutschachtel mit meiner Maschinenpistole durchlöchern, und wenn es das Letzte ist, was ich tue. Kit, kümmere dich um mein Gepäck. Und Fergus, Sie sehen zu, dass Brigadier Horwood über den Stand der Dinge informiert wird und die Verdächtigen observiert werden. – Sargent, wir gehen.«

Aus den Memoiren der
JACKIE DUPONT

In London angekommen, zog ich mich sogleich in meine Räumlichkeiten zurück. Mit meiner schlechten Laune stellte ich eine Gefahr für die Allgemeinheit dar. Auf der Heimfahrt hatte ich bereits einen Lastwagen von der Straße gedrängelt und lauthals eine Nonne auf einem Fahrrad beschimpft. Es gehörte zwar schon immer zu meinen größten Vergnügungen, Nonnen auf Fahrrädern zu beschimpfen, doch ich benötigte meine Energie dringend, um diesen verflixten Fall zu lösen, da durfte ich mich nicht meinen Befindlichkeiten hingeben. Besonders jetzt war die Gefahr groß, dass die Krone weggeschafft wurde, außerdem schwebte jeder, der mit dieser Sache in Verbindung stand, womöglich in Lebensgefahr. Ich hoffte inständig, es möge den Mitarbeitern von Dupont & Dupont in London sowie Frankie Horwoods Männern von Scotland Yard gelingen, bald alle aufzuspüren.

Nach besagtem heißem Bad und einem Glas Scotch sah die Welt ein bisschen rosiger aus. Ich schlüpfte in einen Seidenpyjama, legte mir einen Morgenmantel über die Schultern und machte mich – noch immer leicht hinkend – auf den Weg in den unteren Teil des Hauses, wo ich Christopher vermutete. Sargent folgte mir, was ungewöhnlich war, denn um diese Uhrzeit ging er normalerweise ins Bett. Vermutlich verspürte er das Bedürfnis, mich nach unserem schrecklichen Erlebnis zu beschützen.

Wie erhofft, fand ich Christopher unten im Salon vor, wo er auf einem Sofa saß und gedankenverloren ins Kaminfeuer starrte.

»Und?«, fragte ich. »Was verraten dir die Flammen?«

Er fuhr herum, und seine Augen wurden zu dunklen Schlitzen. Unverwandt sah er mich an.

Ich ignorierte das düstere Funkeln und ließ mich neben ihn aufs Sofa sinken. Sargent gesellte sich dazu, grunzte und rollte sich zwischen Christopher und mir zusammen.

»Wie es aussieht, hast du einen neuen Freund«, sagte ich mit einem Seitenblick auf den Hund.

Christophers Kiefer zuckte. Er ballte die Fäuste, und das Kaminfeuer warf flackernde Schatten auf sein Gesicht. Mir war, als säße der Herr der Finsternis höchstpersönlich neben mir.

»Spuck es aus, Darling. Man darf seine Gefühle nicht in sich hineinfressen. Das ist sehr ungesund, frag mal deinen Professor Zwingli.«

Er sprang auf. »Meine Gefühle?«, donnerte er. »Was kümmern dich meine Gefühle? Du spielst doch mit mir wie die Katze mit der Maus! Du hast mich genau da, wo du mich haben willst: am Boden vor dir kriechend. Hast du noch nicht genug von deiner Rache? Ja, ich habe dich betrogen. Ja, ich war zu dumm und zu eitel, um zu erkennen, was ich in dir hatte. Ich weiß, dass du Schreckliches erlebt hast und dass du mir nicht verzeihen kannst, aber gib es wenigstens zu, wenn du einen Fehler gemacht hast!«

Ich hob die Augenbrauen. »Was meinst du?«

»Du hast geschossen! Es war dein Schuss, der die Verdächtigen dazu gebracht hat, die Flucht zu ergreifen. Und jetzt willst du mir die Schuld dafür in die Schuhe schieben.«

Ich zündete mir eine Zigarette an und zog daran. »Soso.« Sollte er sich ruhig ein wenig austoben.

»Sir Reginald ist durchgegangen wie ein afrikanischer Elefant, und Minerva Wrexley hätte mir beinahe die Augen ausgekratzt.«

»Apropos Minerva«, antwortete ich ruhig. »Morgen früh werden wir ihr einen Besuch abstatten. Ich möchte gegen zehn Uhr hier aufbrechen.«

»Du kannst allein zu Minerva gehen. Ich mache keinen Strich mehr für dich, bevor du zugibst, dass du einen Fehler gemacht hast!«

»Deine Striche kenne ich nur zu gut, Sweetheart. Vor allem deine Pinselstriche.«

»Na und? Dann verpfeif mich doch an deine Freunde von Scotland Yard! Im Gefängnis bin ich wenigstens vor dir sicher.« Mit diesen Worten stürmte er aus dem Salon.

»Na endlich«, sagte ich zu Sargent und betrachtete nun meinerseits die Flammen im Kamin. »Vielleicht wird doch noch etwas aus ihm.«

Beim Frühstück am nächsten Morgen ließ Christopher sich nicht blicken.

»Der Duke wünscht nicht gestört zu werden, Madam«, erklärte mir Leadbetter.

»Na, dann wollen wir ihn mal in Ruhe lassen. Haben Sie das Wachtelfleisch für meinen Hund vorbereitet?«

»Natürlich, Madam. Darf ich es bringen? Ich habe es selbst für Master Billy in mundgerechte Happen zerpflückt.«

»Bringen Sie es nur, Leadbetter. Master Billy wird es Ihnen danken.«

Besagter Master Billy, wie der Butler Sargent nannte, spitzte die Ohren. Ihm war es ziemlich gleichgültig, wie der alte Herr ihn rief, solange er ihm nur regelmäßig seine Mahlzeiten servierte.

Dank Kaffee, Toast und Wachtelfleisch gestärkt, verließen Sargent und ich das Haus zu Fuß. Minervas Atelier lag unweit vom Grosvenor Square, mitten in Mayfair. Inspektor MacAllister wollte uns auf halber Strecke am Berkeley Square Park treffen, wo Sargent sich an den Bäumen und Büschen würde erleichtern können.

Entgegen unserer Abmachung erwartete MacAllister mich jedoch schon vor Christophers Haustür, und zwar in Begleitung zweier Bobbys. Er verkündete, Brigadier Horwood habe angeordnet, dass ich in Zukunft nur noch unter Polizeischutz das Haus verlassen durfte, um meine Sicherheit zu gewährleisten. Mehrere Teams von Scotland Yard seien im Wald von Richmond Park unterwegs, um Zeugen zu befragen und Spuren zu sichern.

Sargent bekam beim Anblick der ihm unbekannten Polizisten einen Tobsuchtsanfall, und ich musste ihn den ganzen Weg bis zum Berkeley Square tragen, weil er die Herren sonst zweifelsohne entmannt hätte. Am Park angekommen, wies ich die Polizisten an, die Eingänge zu bewachen, um eine Runde darin spazieren gehen zu können.

»Frankie Horwood hat vielleicht Ideen«, meckerte ich anschließend. »Ich kann sehr gut auf mich selbst aufpassen, und Sargent wird durch solche Maßnahmen nur abgelenkt.«

»Die Hände sind mir gebunden, Madam«, entschuldigte MacAllister sich.

»Es geht ihm doch bloß um Imagepflege«, schimpfte ich weiter. »Die Metropolitan Police kann sich angesichts des Debakels um den Mayfair-Mörder keine weitere Blamage erlauben. Da bewacht man mich lieber rund um die Uhr und behindert mich bei der Arbeit.«

»Sie wären gestern beinahe erschossen worden, Madam.«

»Mich bringt man nicht so leicht um, glauben Sie mir, Fergus. Das haben schon viele versucht.«

MacAllister räusperte sich. »Wo ist denn der Duke? Ich dachte, er begleitet uns?«

»Christopher muss andere Termine wahrnehmen. – Ich habe übrigens ein Update von meinen Mitarbeitern erhalten. Tilda McLeod ist gestern Nachmittag direkt in die amerikanische Botschaft gefahren, und die Zwillinge befanden sich, Stand gestern Abend, im Krankenhaus.

Einzig Lord Kenworthy ward nicht mehr gesehen, seitdem er die Damen abgesetzt hat.«

Der Inspektor verstand sogleich, dass ich mich nicht weiter zu Christopher äußern wollte, denn er verzichtete auf die Frage nach dessen vermeintlichen Aufgaben. »Was genau erhoffen wir uns von unserem Besuch bei Lady Wrexley, Miss Dupont?«

»Kooperation. Minerva weiß wesentlich mehr, als sie uns glauben machen will. Sie könnte, möglicherweise unwissentlich, über das entscheidende Wissen verfügen, das uns zum Mörder führt. – Ach, ist das da drüben nicht der Laden, dessen Eigentümer der Mayfair-Mörder kürzlich aufgeschlitzt hat?« Ich deutete auf ein Schild mit der Aufschrift: *Jesiah F. Storton, Hutmacher.*

MacAllisters Miene verfinsterte sich. »Leider ja.«

»Ich würde später gern einen Blick hineinwerfen.«

»Darf ich fragen, warum, Madam?«

Ich schürzte die Lippen. »Irgendetwas an der Sache kommt mir spanisch vor.«

MacAllister lachte bitter. »Das können Sie laut sagen.«

»Nein, ich meine, etwas daran kommt mir falsch vor, aber ich weiß nicht, was. Außerdem hilft es mir manchmal, meine Gedanken vom aktuellen Fall zu lösen und mich mit etwas ganz anderem zu befassen.«

»Wie Sie wünschen, Madam. Ich bin sicher, Brigadier Horwood hat nichts dagegen. Wenn Sie möchten, können wir sämtliche Tatorte besichtigen. Allerdings sind die Werkstätten des Juweliers und des Kutschenbauers inzwischen neu vermietet.«

»Hatten die neuen Mieter denn keine Scheu, an ehemaligen Tatorten zu arbeiten?«

Er schüttelte den Kopf. »Ganz im Gegenteil. Die Läden in Mayfair sind so heiß begehrt, dass ein paar Morde niemanden davon abhalten, sich hier einzumieten. Ich habe sogar gehört, diese Geschäfte hätten besonderen Zulauf.«

»Befürchten die Leute denn nicht, selbst ermordet zu werden? Das läge doch auf der Hand.«

»Natürlich. Es organisieren sich auch immer wieder Bürgerwehren. Weil der Mörder aber in so großen Abständen zuschlägt, lässt die Wachsamkeit zwischendurch nach. Sie wissen doch, wie die Menschen sind. Die meisten glauben, dass ihnen so etwas nicht passiert. Dass sie, wenn sie sich nur richtig verhalten, in Sicherheit sind. Außerdem beleben solch makabre Geschichten das Geschäft. Gerade die Damen der hohen Gesellschaft lassen sich gern mit wohligem Grausen am Schauplatz eines Mordes bedienen.«

»Das glaube ich unbesehen. Es gibt schließlich auch Führungen auf den Spuren Jack the Rippers drüben in Whitechapel. Vielleicht gibt es in einigen Jahren hier ja auch Mayfair-Mörder-Touren. Das wäre doch eine hübsche Idee für Ihren Ruhestand, Fergus. Sie haben sicher nur noch wenige Jahre bei der Truppe vor sich.«

MacAllister bekam einen roten Kopf. »Nun ... ich weiß nicht ... Hoffen wir zumindest, dass es im Fall des Mayfair-Mörders eines Tages zu einer Verhaftung kommt und wir nicht, wie bei Jack the Ripper, noch dreißig Jahre später im Dunkeln tappen und keine Ahnung haben, wer der Täter ist.«

»Also, ich weiß, wer Jack the Ripper war«, sagte ich und sah mich um. Mittlerweile trug ich Sargent wieder auf dem Arm. Bald würde ich ihn jedoch absetzen müssen. Leadbetter steckte ihm heimlich Leckereien zu, und das machte sich an seinem Gewicht bemerkbar. Außerdem schmerzte mein Knöchel. Immerhin hatten wir mittlerweile die nächste Straßenkreuzung erreicht, Savile Row, Ecke Conduit Street, und laut meinen Informationen lag das Atelier von Lady Minerva Wrexley genau hier. Und siehe da, auf einem der Schaufenster prangten die Lettern *MINERVA WREXLEY – MODISTE*.

»Ah, da wären wir. Kommen Sie, Fergus, gehen wir gleich hinein.«

MacAllister stand wie angewurzelt da. »Sie wissen, wer Jack the Ripper war?«

»Natürlich. Die Frau des Schlachters aus der Brick Lane. – Worauf warten Sie? Wir haben eine Verdächtige zu vernehmen.«

»Die Frau des …«

»Wenn Sie nicht sofort kommen, gehe ich ohne Sie hinein.«

»Äh … bin schon da, Madam.«

Ich öffnete die Tür zu Minerva Wrexleys Atelier und trat ein. Zwei Näherinnen bestickten soeben ein Kleid, das an einer Puppe hing.

»Ich setze dich jetzt auf den Boden, und du lässt die Herren von der Polizei in Ruhe«, flüsterte ich Sargent zu. »Du machst dich bitte einzig und allein auf die Suche nach Gold und Diamanten. Gold und Diamanten, alles klar?«

Sargent nieste. Bei ihm ein Zeichen von widerstrebender Zustimmung.

»Gut. Los geht's.« Ich setzte den Hund ab, und er düste los.

»He!«, rief eine der Näherinnen. »Sie können doch nicht einfach so Ihren Hund hier herumlaufen lassen.«

»Warum nicht? Mein Name ist Jackie Dupont. Ich möchte mit Minerva sprechen.«

Die Näherin betrachtete mich genauer, und ihre Haltung veränderte sich. Kein Wunder, trug ich doch zu diesem Anlass meinen schneeweißen Hosenanzug aus Kaschmirwolle und dazu einen weißen Hut aus Schwanenfedern, entworfen von Lady Duff Gordon höchstpersönlich. (Christopher wäre außer sich. Lady Duff Gordon hatte traurige Berühmtheit erlangt, weil sie beim Untergang der Titanic mit ihrem Mann und ihren Windhunden nahezu allein in einem der größten Rettungsboote davongerudert war.) Mein Pelzmantel und meine Perlen gaben der Näherin den Rest.

Sie machte einen tiefen Knicks. »Sofort, Mylady«, hauchte sie und eilte davon. Ihre Kollegin starrte mich mit offenem Mund an.

»Noch nie eine Frau im Anzug gesehen?«, fragte ich. »Warten Sie nur ab, Schätzchen, in spätestens zwei Jahren wird eine gewisse Französin behaupten, die Hose in der Damenmode etabliert zu haben.«

»Was wollen Sie denn noch?«, gellte Minerva Wrexleys Stimme durchs Atelier, und die Modeschöpferin kam nach vorne gestürmt. Sie blieb wie angewurzelt stehen, als sie mich erblickte. »Oh! Ist das ein Hut von Lady Duff Gordon?«

»In der Tat.«

»Ich habe bei ihr gelernt.«

»Wer nicht?«

Sie fing sich wieder. »Miss Dupont, ich weiß zwar nicht, was Sie von mir wollen, aber ich weiß, dass ich Ihnen keine weiteren Fragen beantworten muss. Ich habe mich kundig gemacht.«

Sargent kehrte zu mir zurück und legte sich auf meine Füße. Er hatte nichts gefunden.

»Zumindest verstecken Sie die Krone nicht hier in Ihrem Atelier. Das spricht schon mal für Sie. Was *ich* nicht weiß, ist Folgendes: Ändern Sie Ihre Meinung, wenn ich Ihnen sage, dass Lucas Carmichael gestern aus einem Hinterhalt erschossen wurde, während er mit mir auf der Pirsch war?«

Minerva gab einen Laut von sich, als würde sie stranguliert. »Lucas?«

»Ja. Mit einem Kopfschuss. Ein Volltreffer. Mehr möchten Sie gar nicht wissen.«

»Oh mein Gott«, schluchzte sie und schlug die Hand vor den Mund.

»Sind Sie nun bereit, mit mir zu sprechen? Wir haben es hier mit einem Killer zu tun, der nichts zu verlieren hat und vor nichts zurückschreckt. Ich selbst befinde mich in

Lebensgefahr und darf nur unter Polizeischutz das Haus verlassen.«

Minerva nickte.

»Haben Sie ein Büro?«

»Meine … meine Wohnung. Ich wohne über dem Atelier.«

»Gut, ich möchte später noch die Hutschachteln sehen, die Sie in den Buckingham Palace gebracht haben. Sie wissen schon, welche.«

Zwei rote Flecke zeichneten sich auf Minervas Wangen ab, und sie nickte stumm.

»Sind die Schachteln hier unten im Atelier?«

»Nein, die sind oben bei mir.«

»Dann lassen Sie uns bitte hinaufgehen. Fergus, Ihre Männer sollen die Eingänge im Auge behalten.«

Minerva führte MacAllister, Sargent und mich eine Treppe hinauf, an deren Ende sich eine verschlossene Tür befand.

»Katie, nicht erschrecken! Ich bin es nur!«, rief Minerva, nachdem sie die Tür aufgeschlossen hatte, und erklärte mir dann: »Katie ist mein Dienstmädchen, um diese Uhrzeit rechnet sie nicht mit mir.«

Wir betraten die Wohnung, und ich sah mich um.

Der Begriff Wohnung führt an dieser Stelle in die Irre. Unter einer Wohnung verstand ich als arbeitendes Mädchen aus Amerika eine kleine Bude mit Toilette auf dem Flur. Kein dreigeschossiges Stadthaus in Mayfair. Minerva mochte zwar auf eigenen Beinen stehen, ich bezweifelte jedoch, dass sie die Kosten für eine solche Behausung, inklusive der Bediensteten, mit ihrer Mode aufzubringen vermochte.

»Ich nehme an, dieses Gebäude gehört Ihrem Vater?«

»Ja. Es war früher einmal das Stadthaus der Familie Wrexley. Mittlerweile gibt es ein neueres Haus am Eaton Square.«

»Und Sie leben hier allein? Mit Ihren Domestiken?«

»Ja.«

»Wie viele Personen sind das?«

»Da wären Katie, die Köchin, der Diener und der Chauffeur. Und natürlich meine Haushälterin, die allen vorsteht.«

»Kein Butler?«

»Nein, das finde ich altmodisch.«

Minerva führte uns in einen kleinen, aber durchaus gefälligen Salon, wo sie uns bat, Platz zu nehmen, dann klingelte sie, und sogleich erschien das Dienstmädchen.

»Katie, könntest du die Köchin bitten, uns Tee und etwas Gebäck zuzubereiten?«

»Sehr wohl, Mylady«, antwortete das Dienstmädchen und verschwand.

»Minerva«, sagte ich, kaum dass das Mädchen fort war, »sagen Sie mir jetzt bitte alles, was Sie über den Raub der Krone wissen. Es dient Ihrer eigenen Sicherheit. – MacAllister, Sie schreiben mit.«

MacAllister zückte Block und Stift, und Minerva holte tief Luft. Ihre Stimme zitterte, als sie sprach. »Am Tag nach der Party im Buckingham Palace suchte Boy mich auf. Er behauptete, ich hätte eine der Hutschachteln in seinem Wagen vergessen, und überreichte sie mir. Ich war der festen Überzeugung, sie alle mitgenommen zu haben, aber Boy bestand darauf, die Schachtel in seinem Kofferraum gefunden zu haben. Er wirkte eigenartig aufgekratzt. Ich bat ihn herein, doch er sagte, dass er keine Zeit habe und schnell weitermüsse. Ich habe mir nicht viel dabei gedacht. Erst als Sie uns offenbarten, warum Sie in White Lodge zugegen waren, fiel es mir wie Schuppen von den Augen. Ich lauerte Boy nach dem Tee in seinem Zimmer auf und fragte ihn, ob er etwas mit dem Verschwinden der Krone zu tun habe. Er stritt alles ab, dennoch kam es mir vor, als hätte er mich angelogen.«

»Sie vermuten also, Boy habe Sir Reginald niedergeschlagen, sich der Krone bemächtigt, das gute Stück bei Gelegenheit in besagter Hutschachtel versteckt und mitgehen lassen. Aber sind Sie nicht mit Tilda und Lucas zum Palast gekommen? Heißt das, die Fahrgemeinschaften haben sich bei der Heimfahrt geändert?«

»Ja, Lucas hat Tilda mitgenommen, ich bin mit Boy gefahren.«

»Bitte präzisieren Sie. Sie sind in seinem Wagen hierhergefahren?«

»Genau. Er hat mir beim Entladen der Hutschachteln geholfen und ist dann weitergefahren.«

»Warum sind Sie nicht mit den Leuten nach Hause gefahren, mit denen Sie herkamen?«

»Tilda und Lucas wollten noch in einen Jazzklub in Soho. Ich dagegen mache mir nichts aus Jazz. Es war von Anfang an so besprochen, dass Boy mich mit nach Hause nimmt. Ich bin nur deshalb mit Tilda und Lucas hingekommen, weil ich vorher in der amerikanischen Botschaft bei einem Abendessen war. Boy hat die Hutschachteln aus dem Atelier mitgebracht.«

Ich grübelte einen Moment. »Boy wusste also schon vorher von den Hutschachteln. Sehr interessant. War er noch einmal hier im Haus, nachdem er Ihnen die Schachtel zurückgebracht hat?«

Sie schüttelte vehement den Kopf. »Nein, das ist es ja. Ich habe kaum etwas von Boy gehört oder gesehen. Ich wollte ihn sogar zweimal zu Hause aufsuchen, aber er war nie da.«

»Fergus, dieses Detail ist äußerst wichtig. Wir müssen herausfinden, wo Boy sich herumgetrieben hat.«

»Sehr wohl, Miss Dupont.«

»Also, Minerva, dann zeigen Sie uns mal die Hutschachtel, um die es geht.«

»Einen Moment, ich hole sie. Sie steht im Schlafzimmer.« Sie erhob sich und verließ den Raum.

»Ich nehme an, Minerva liegt richtig und Boy hat die Krone in der Hutschachtel aus dem Palast befördert. Beides werden wir gleich erfahren.«

»Und wie, Madam?«

»Sargent wird es uns sagen. Sollte sich eine Krone aus Gold und Diamanten darin befunden haben, ist der Geruch noch vorhanden. Hutschachteln haben den Vorteil, luftdicht verschlossen zu sein. Da verfliegt der Duft nicht so schnell.«

»Ihr Hund kann das Wochen später noch riechen?«

»Fergus, Sie enttäuschen mich. Sie sollten wissen, dass Hunde hunderttausendmal besser riechen können als Menschen. Sie bringen bei Scotland Yard selbst Bluthunde zum Einsatz.«

»Das stimmt. Nur können die bestimmt kein Gold und keine Diamanten finden.«

»Sargent ist eben außergewöhnlich.«

Minervas Schritte erklangen im Korridor. Als sie den Salon betrat, hatte sie eine gestreifte Hutschachtel dabei, mit einem Durchmesser von etwa fünfzehn Zoll und einer Höhe von etwa fünf Zoll. Die Krone der Königinmutter hätte problemlos darin Platz gefunden.

»Öffnen Sie bitte die Schachtel.«

Minerva folgte meiner Anweisung. In der Schachtel lag ein Filzhut mit einer Feder daran.

»Haben Sie selbst jemals Gold oder Diamanten in dieser Schachtel transportiert?«

»Nein, ich arbeite nicht mit Gold oder Diamanten. Nach dem Krieg ist das nicht mehr angemessen.«

Ich nahm ihr die Schachtel ab und stellte sie auf den Boden. »Sargent, riechst du hier Gold und Diamanten?«

Der Hund sprang von meinem Schoß und steckte die Nase in die Schachtel. Rundherum beschnupperte er den Hut, wobei sein kleines Hinterteil einen Kreis in der Luft beschrieb. Er gab keinen Laut von sich.

»Warte, ich nehme den Hut heraus«, sagte ich und entfernte den Hut.

Wieder schnupperte Sargent konzentriert, wieder umrundete sein Popöchen die Hutschachtel. Nichts. Er hüpfte zurück auf meinen Schoß und sah mich vorwurfsvoll an.

»Ist dies auch wirklich die richtige Schachtel, Minerva? Versuchen Sie bitte nicht, mich an der Nase herumzuführen. Wenn wir mit einem richterlichen Beschluss wiederkommen, durchkämmt Sargent das ganze Haus.«

»Ich schwöre es, Miss Dupont«, beteuerte Minerva aufgeregt. »Es war der grüne Jägerhut. Ich bin ganz sicher.«

Mir wurde unwohl. Was, wenn Sargent aufgrund der Blausäure in der Gästetoilette von White Lodge seinen Geruchssinn verloren hatte?

»Minerva, wir müssen eine Gegenprobe machen.« Ich gab mir alle Mühe, mir meinen inneren Aufruhr nicht anmerken zu lassen. »Gehen Sie doch bitte in einen benachbarten Raum und verstecken Sie dort einen Ihrer Ohrringe, und zwar gut. Ich gehe davon aus, dass es sich um echte Steine handelt?«

»Natürlich. Aber …«

»Kein Aber, Minerva. Tun Sie bitte einfach, was ich sage. Es ist von allerhöchster Wichtigkeit.«

Wieder stand sie auf und verschwand. Fünf Minuten später kehrte sie zurück. »Erledigt.«

»Sargent, suche Gold und Diamanten.«

Der Hund stürmte los. Wir hörten das Kratzen seiner Krallen auf dem Parkett, dann ein lautes Bellen.

Ein Stein, groß wie mein Rohdiamant, fiel mir vom Herzen. »Er hat ihn.«

Ich rannte los und fand Sargent in einer kleinen Bibliothek vor, wo er mit der Pfote an einem Buchrücken kratzte. Ich nahm das Buch heraus und tatsächlich: Dahinter lag Minervas Ohrring.

»Du bester, feinster, liebster Hund«, schluchzte ich und riss Sargent in die Arme. Schwanzwedelnd leckte er mir über die Nase, und ich vergrub das Gesicht in seinem Fell. »Du Schatz. Du allerbester Schatz!«

Sargent knurrte leise, und ich schaute auf.

MacAllister stand in der Tür. »Ähm, Madam? Geht es Ihnen gut?«

»Oh ja. Wunderbar, Fergus. Wunderbar. Lassen Sie uns zurück in den Salon gehen, ich habe noch eine letzte Frage an Minerva.«

Tee und Gebäck standen bei unserer Rückkehr auf einem kleinen Tisch bereit, und obwohl ich ausgiebig gefrühstückt hatte, konnte ich einen Keks und eine Tasse Tee nach dem kurzen Moment der Angst gut gebrauchen.

»Wir sind uns jetzt sicher«, erklärte ich, »dass die Krone nie in dieser Hutschachtel transportiert wurde.«

»Also hat Boy die Krone nicht gestohlen?«, fragte Minerva sichtlich erleichtert.

»Das kann ich nicht sagen, nur erscheint mir jetzt das Erpressungsszenario wieder wahrscheinlicher.«

MacAllister räusperte sich. »Diese neue Erkenntnis reduziert den Kreis unserer Verdächtigen auf Misses McLeod, Lord Kenworthy, Lady Kenworthy und Miss Devereux. Wobei Miss Devereux und Lady Kenworthy nicht für den Anschlag im Park infrage kommen.«

»Das gilt nur für Bobby«, korrigierte ich. »Ob Bibi gestern Nachmittag wirklich am Krankenbett ihrer Schwester weilte, müssen wir erst noch herausfinden. Da fällt mir ein, Minerva … Sie haben gleich gewusst, wie der Hase läuft, als wir Bobby Devereux mit der Belladonna-Lösung erwischt haben. Dass Kenworthy der Vater des Kindes ist, habe ich mittlerweile herausgefunden. Mich interessiert vor allem, wer ihr das Zeug beschafft hat.«

Minerva sah offenbar keinen Sinn mehr darin, mir noch irgendetwas zu verheimlichen. »Ich habe gewusst, was vor sich ging«, sagte sie verbittert. »Das heißt, ich war über die Schwangerschaft im Bilde. Ich wollte für Bobby einen Aufenthalt bei Freunden in Frankreich arrangieren. Auf White Lodge nahm sie mich dann beiseite und meinte, ich solle mich nicht weiter darum kümmern, Marcus übernehme das jetzt. Was genau sie damit meinte, wusste ich nicht. Ein Auslandsaufenthalt wäre wohl zu verdächtig gewesen. Sie wollten sichergehen, dass Bibi nichts mitbekommt. Vermutlich dachte Bobby, Boys Tod böte eine gute Gelegenheit, ihr Unwohlsein zu erklären. Sie hat sicher nicht damit gerechnet, dass dieses Mittel sie fast umbringen würde. Beide Devereux-Schwestern sind Marcus hörig. Es ist grauenhaft.«

Ich nickte. »Danke für Ihre Aufrichtigkeit. – Sagen Sie, Minerva, noch eine letzte Sache, dann lasse ich Sie in Ruhe. Haben Sie gar keine Angst, dem Mayfair-Mörder zum Opfer zu fallen? Immerhin entsprechen Sie seinem Beuteschema.«

Minerva verzog den Mund. »Ein wenig mulmig ist mir schon, aber ich halte mich niemals nachts allein im Atelier auf, und ich schicke auch meine Näherinnen stets bei

Tageslicht nach Hause. Soweit ich weiß, hat der Mayfair-Mörder immer dann zugeschlagen, wenn sich sein Opfer spätabends allein im Geschäft aufhielt. Fast so, als würde er nachts durch die Straßen ziehen, um jemanden zu suchen, der noch etwas fertigstellen muss.«

»Jawohl«, stimmte MacAllister zu. »Bisher haben alle Morde bei Nacht stattgefunden.«

Ich trank meinen Tee aus. »Na, dann kommen Sie mal, Fergus. Lassen Sie uns ein wenig auf den Spuren des Mayfair-Mörders wandeln. Ich brauche Zerstreuung, und Sie können schon mal für Ihren Ruhestand üben.«

Wieder wurde MacAllister eigenartig rot. Er dachte bestimmt nicht gern über seinen Ruhestand nach.

»Sehr wohl, Madam«, sagte er und erhob sich steif. »Sehr wohl.«

Surrey House, London,
am selben Tag

Kit sah aus dem Fenster und beobachtete, wie Jackie Dupont sich mit Inspektor MacAllister und zwei Polizisten in Uniform in Richtung Süden entfernte. Kaum war das Grüppchen in die Grosvenor Street abgebogen, verließ er seinen Posten im Arbeitszimmer, wo er sich mit seinem Frühstück verschanzt hatte.

»Leadbetter!«, rief er dem Butler zu, der gerade unten durch den Korridor schlich. »Ich bin heute im Atelier.«

Leadbetter blieb stehen. »Sehr wohl, Sir.«

»Hat die Duchess eine Nachricht für mich hinterlassen, bevor sie das Haus verließ?«

»Nein, Sir.«

»Danke, Leadbetter.«

Der Butler schlich weiter.

»Ach, Leadbetter, warten Sie. Bitte lassen Sie mir den Lunch nach oben bringen.«

Noch einmal blieb der alte Mann stehen. »Sehr wohl, Sir.«

»Hat denn die Duchess gesagt, wann sie gedenkt, nach Hause zu kommen?«

»Nein, Sir.« Wieder setzte Leadbetter sich in Bewegung, diesmal etwas schneller, wohl in der Hoffnung, weiteren Fragen seitens seines Herren zu entgehen.

»Danke, Leadbetter!«, rief Kit noch einmal.

Keine Reaktion.

Kit überlegte kurz, ob er vielleicht doch nach unten gehen sollte, um sich zu vergewissern, dass die Detektivin ihm wirklich keine Notiz dagelassen hatte, entschied sich aber dagegen. Stattdessen erklomm er die schmale Treppe, die ins Dachgeschoss führte. Dort hatte er sich neun Jahre zuvor, im Rahmen des Umbaus von Surrey House, ein weitläufiges Atelier mit großen Dachfenstern einrichten lassen. Mit Dianas Geld.

Kurz überfiel ihn das schlechte Gewissen, jedoch nicht besonders lange. Diana war nicht tot. Sie lebte, wenn auch in Form von Jackie Dupont, ob nun wissentlich oder nicht. Das änderte die Sachlage erheblich. Immerhin hatte er aufgrund ihres vermeintlichen Freitods zeitweise den Verstand verloren und war auf der Suche nach Erlösung sogar in den Kugelhagel deutscher Maschinengewehre gestürmt. Er hatte einiges an Abbitte geleistet. Er musste sich nicht für alle Zeit von ihr wie ein Lakai behandeln lassen.

Mit ein paar routinierten Handgriffen baute er seine Staffelei auf. Diana – Jackie – würde schon merken, was er von ihren erpresserischen Methoden hielt. Sie sollte nicht glauben, dass er sich von ihr einschüchtern ließe. Er würde ein Bild fälschen, wie es noch kein Mensch zuvor gesehen hatte. Keinen lahmen Romantiker, nein, etwas Großes, eine Weltsensation. Einen alten Meister. Er wollte doch einmal sehen, ob seine liebe Frau ihn tatsächlich ans Messer lieferte, wenn es hart auf hart kam. Ihn, den zukünftigen Vater ihrer Kinder.

Er warf einen prüfenden Blick auf die Leinwände in seinem Bestand. Für einen Leonardo waren sie nicht alt genug, für einen Rembrandt hingegen schon. Ja, ein Rembrandt müsste es sein, und dieser Rembrandt würde eine schöne Blondine zeigen, mit dem Antlitz eines Engels und den Augen des Teufels.

Voller Genugtuung spannte er die Leinwand auf einen Rahmen aus altem Holz und begann, Ölfarben auf eine Palette aufzutragen.

»Sir?«, erklang auf einmal eine Stimme hinter ihm. »Sir!«

Kit drehte sich um und sah sich seinem Sekretär gegenüber. »Gingrich. Was gibt es denn?«

»Sir Reginald Hemsquith-Glover und Lady Hemsquith-Glover sind unten im Salon. Sie wünschen mit Ihnen zu sprechen.«

»Sir Reginald?«

»Ja, Sir. Mit seiner Frau.«

»Na, dann werde ich wohl hinuntergehen müssen.« Kit ärgerte sich, Leadbetter nicht befohlen zu haben, Besucher abzuweisen. Gerade war er so gut in Fahrt. Er reinigte sich die Hände, zog den Malerkittel aus und begab sich nach unten.

Sir Reginald quälte sich auf seinen Krücken in den Stand, kaum dass er Kit im Türrahmen bemerkte. »My Lord Duke, vielen Dank, dass Sie uns empfangen.«

»Selbstverständlich.« Kit begrüßte Lady Hemsquith-Glover mit einem Handkuss. »Madam, es ist mir eine Freude, Sie wiederzusehen.«

»Danke, Duke. Die Freude ist ganz meinerseits.«

Sir Reginalds Gesicht war puterrot, und ihm stand der Schweiß auf der Stirn. »Mein lieber Surrey, ich möchte mich bei Ihnen für mein kindisches Benehmen aufs Inständigste entschuldigen. Ich weiß nicht, was in mich gefahren ist.«

»Nicht der Rede wert.« Kit deutete auf das Sofa. »Bitte setzen Sie sich doch.«

»Oh, bitte seien Sie nicht auch noch großzügig, Surrey! Ich habe die Ermittlungen durch mein Verhalten behindert, und bin darüber zutiefst erschüttert und beschämt.«

»Ich habe ihm bereits eine Standpauke gehalten«, erklärte Lady Hemsquith-Glover. »Aber Sie müssen verstehen, Duke, die Nerven meines Mannes sind schon lange nicht mehr die stärksten. Ich bin sehr wütend auf ihn, weil er mir nicht von Anfang an die Wahrheit gesagt hat. Ich habe bis gestern geglaubt, er sei bei seinem Sturz verunglückt. Dabei war es ein Anschlag!«

»Bitte beruhigen Sie sich, Madam.« Kit nahm Lady Hemsquith-Glovers Hand. »Es war nicht die Schuld Ihres Mannes, dass er es gestern mit der Angst zu tun bekam. Miss Duponts Methoden sind einfach zu provokant. Sie hat direkt unterhalb des Esszimmers einen Schuss abgefeuert. Wer sollte da die Nerven behalten? Ich möchte einmal behaupten, Miss Dupont trägt in dieser Angelegenheit die alleinige Verantwortung.«

»Ich hätte wissen müssen, dass Miss Dupont etwas im Schilde führt«, schalt sich Sir Reginald. »Aber ich habe das Vertrauen in sie verloren. All das Gerede über ihre Fähigkeiten, und dann feuert sie aus Versehen einen Schuss ab? Ich dachte an meine Söhne, an meine Frau! Ich habe keine Angst vor dem Tod, Duke, aber noch kann ich meine Familie nicht allein lassen. Noch nicht.«

»Ich verstehe Sie nur zu gut, Sir Reginald, und ich vermag mir gar nicht auszumalen, unter welchem Druck Sie gestanden haben müssen. Aber der Schuss war kein Versehen. Er diente allein der Verunsicherung der Verdächtigen. Dass er auch Sie verunsichern könnte, hat Miss Dupont wohl nicht bedacht.«

»Früher hätte mir so etwas nichts ausgemacht. Als junger Mann war ich noch schussfest. Bei meinem Schwiegervater blieb mir gar nichts anderes übrig. Aber die vielen Jahre im Palast lassen einen Mann verweichlichen. Die Königinmutter liebt Tiere und verabscheut die Jagd.«

»Martern Sie sich nicht länger.«

»Sag ihm, was wir während der Heimfahrt gesehen haben, Reginald«, verlangte Lady Hemsquith-Glover.

»Oh ja, richtig.« Sir Reginald nickte. »Es war sehr merkwürdig, Sir. Aber wäre es nicht besser, wenn wir Miss Dupont rufen lassen? Das sollte sie unbedingt hören.«

»Nein«, sagte Kit und kam sich dabei regelrecht rebellisch vor. »Miss Dupont ist zurzeit nicht im Haus. Erzählen Sie es ruhig mir, ich werde es ihr übermitteln.«

»Gern.« Sir Reginald beruhigte sich sichtlich. »Wie Sie wissen, müssen die Bewohner des Palastgrundes wohl oder übel einen Umweg über den Trafalgar Square in Kauf nehmen, wenn Sie richtig herum in die Mall fahren wollen.«

»Sicher.«

»Da ich über eine Stunde auf White Lodge gewartet habe, bis meine Frau mich abholte, während die anderen direkt mit Kenworthy losfahren konnten, sind wir erst gegen fünfzehn Uhr, wenn nicht fünfzehn Uhr dreißig, in der Stadt eingetroffen. Nun stellen Sie sich vor, wen ich sehe, als wir gerade den Trafalgar Square umrunden. Kenworthy! Zu Fuß! Was hat der dort verloren, fragte ich mich, der wohnt doch ganz woanders? Und hatte er nicht eben erst Lady Minerva und Misses McLeod nach Hause gefahren? Es ergab überhaupt keinen Sinn. Wir hielten also kurz an, um zu sehen, wohin er unterwegs war. Und siehe da, nach kürzester Zeit verschwand er in einer Seitenstraße, die überhaupt nicht so aussah, als hätte ein Lord dort etwas zu suchen. Vorher sah er sich noch verstohlen um, wie ein Gangster in einem Hollywoodfilm. Es war fast schon absurd. Zunächst glaubten wir, dass wir aufgrund der Ereignisse der vergangenen Wochen überreagieren. Schließlich hatte ich meiner Frau erst während der Fahrt von dem Anschlag auf meine Person gebeichtet. Meine Frau hatte die Idee, dass Kenworthy eventuell zu Scotland Yard unterwegs war, da sich das Hauptquartier gleich um die Ecke vom Trafalgar Square befindet. Diese Erklärung erschien mir zunächst schlüssig. Im Laufe der Nacht überkamen mich dann allerdings wieder Zweifel. Warum sollte er verstohlen durch eine dunkle Gasse gehen? Eine Abkürzung war es jedenfalls nicht.«

Kit dachte kurz und scharf nach. Boy Fielding hatte in Covent Garden gewohnt, also in der Nähe des Trafalgar Squares. War Kenworthy auf dem schnellsten Wege zum Versteck der Krone geeilt, um sie eventuell woandershin zu bringen?

»Er könnte Angst gehabt haben, dass ihn der Mörder auf dem Weg zu Scotland Yard sieht. Die Wahrscheinlichkeit ist in einer Stadt wie London zwar gleich null, aber wie Sie selbst am eigenen Leib erfahren haben, handelt man in Ausnahmesituationen schnell ohne jegliche Vernunft. Angst ist kein guter Berater. Was auch immer sein Motiv gewesen sein mag, es ist eine genauere Untersuchung wert«, sagte Kit vorsichtig. »Aber Sie beide fahren jetzt besser schnell wieder in den Palast, wo Sie in Sicherheit sind. Nach der Sache mit Carmichael sollten Sie unbedingt dortbleiben, bis der Täter gefasst ist.«

»Welche Sache mit Carmichael?«

Kit biss die Zähne zusammen, um nicht zu fluchen. Woher sollte Sir Reginald wissen, dass Lucas Carmichael tot war? Die Presse hatte noch keinen Wind davon bekommen. Wenn die Polizei das Attentat nicht bekannt gemacht hatte, kam die Neuigkeit für die armen Hemsquith-Glovers überraschend. Für Ausflüchte war es jetzt allerdings zu spät. Er hatte sich verplappert. »Captain Carmichael wurde gestern am späten Nachmittag erschossen, während er mit Miss Dupont auf der Jagd war.«

Sir Reginald ließ vor Schreck eine Krücke fallen, und Lady Hemsquith-Glover stieß einen gedämpften Schrei aus.

»Ist Miss Dupont etwas zugestoßen?«

»Nein, aber Carmichael war sofort tot. Es ist Miss Dupont gelungen, den Attentäter zu vertreiben. Augenscheinlich hat er nicht damit gerechnet, dass sie eine automatische Waffe bei sich führt. Echtes Kriegsgerät übrigens. Ein einziger Schuss kann einem Mann den Unterschenkel abtrennen.«

Lady Hemsquith-Glover erschauderte und tupfte sich mit einem Taschentuch über die Stirn.

»Oh, bitte vergeben Sie mir, Madam, ich war wohl selbst zu lange im Krieg. Wo sind nur meine Manieren geblieben?« Kit läutete und befahl dem eintretenden Diener, sofort einen Brandy für die Lady zu bringen.

»Mir bitte auch«, bat Sir Reginald. »Mir bitte auch.«

Nachdem Kit die älteren Herrschaften mit Brandy und freundlichen Worten beruhigt hatte, geleitete er sie zur Tür und bat Sir Reginald, ihm noch einmal so genau wie möglich zu beschreiben, wo er Lord Kenworthy gesehen hatte.

»Ich glaube, er ist in die Craven Street gegangen. In eine sehr kleine Straße jedenfalls.«

»Also in Richtung Charing Cross Station, vom Trafalgar Square aus?«

»Genau, Sir.«

»Die Straße kenne ich. Vielen Dank, Sir Reginald, dass Sie vorbeigekommen sind. Bitte machen Sie sich keine weiteren Gedanken wegen Ihrer kleinen Panikattacke von gestern. Vielleicht hatte sie ja sogar etwas Gutes, wenn wir nun Kenworthy auf die Schliche kommen. Auch Ihnen, vielen Dank, Madam, für Ihr Verständnis. Auf Wiedersehen.«

Kit blieb in der Tür stehen, bis die Hemsquith-Glovers in ihrem Wagen saßen. Zurück im Haus, rief er nach Leadbetter und ließ ihn wissen, dass er den Lunch nun doch im Esszimmer zu sich nehmen würde, und ordnete an, Carlton möge in einer Stunde den Wagen vorfahren. Vergessen war der Rembrandt, Kit wollte zum Trafalgar Square.

Aus den Memoiren der
JACKIE DUPONT

MacAllister und ich verließen Minerva und begaben uns, begleitet von meiner Polizeieskorte, zur Werkstatt des Hutmachers Storton. An der Tür hing ein Schild, welches den Zutritt zum Geschäft unter polizeilicher Strafe verbot. Die Tür war jedoch nicht verschlossen, also traten wir ein. Sargent lief sogleich umher und schnupperte interessiert.

»Wie hat der Täter den Hutmacher noch gleich drapiert?«, fragte ich MacAllister.

»Er hat einen Damenhut getragen. Einen schwarzen. Wie ein altes Mütterlein beim Kirchgang.«

»Ulkig.«

MacAllister guckte betreten, und ich tätschelte ihm den Arm.

»Wissen Sie, was das größte Geheimnis beim Lösen von Kriminalfällen ist, mein Lieber?«

Er rümpfte ein wenig die Nase. »Nein, Madam.«

»Distanz.«

»Wie meinen Sie?«

»Sie müssen Abstand wahren. Zu Ihrem Fall. Deswegen sind wir hergekommen. Ich brauche Abstand von meinem Fall, also konzentriere ich mich auf einen anderen. Ich bin im Moment zu dicht dran, verstehen Sie? Erst bezeuge ich den Tod von Boy Fielding, dann wird ein Anschlag auf mich und meinen Hund verübt, der dem armen Lucas Carmichael das Leben kostet. Ich kann den nötigen Abstand nicht wahren. Durch meine subjektiven Beobachtungen und Gefühle bin ich zu sehr eingeschränkt.«

MacAllister brummte. »Ich glaube, ich verstehe Sie nicht ganz, Madam.«

»Wenn Ihnen jemand von einem Gaukler erzählt, der einen Elefanten verschwinden lässt, dann glauben Sie sofort an einen Trick und halten den Erzähler für einfältig. Wenn Sie dagegen dem Gaukler selbst dabei zusehen, wie er den Elefanten verschwinden lässt, dann sind Sie fassungslos und können sich nicht erklären, wie das vonstattengegangen sein soll. Das ist der Unterschied. Als Detektivin darf ich nicht Teil des verzauberten Publikums sein.«

»Und Sie meinen, im Fall des Mayfair-Mörders sind wir von Scotland Yard Teil des Publikums?«

»In gewisser Weise, ja. Sie haben es mit einem Serienkiller zu tun, der Sie auf die Folter spannt. Wie ein guter Geschichtenerzähler. Monatelang warten Sie darauf, dass er wieder zuschlägt, wen er ermordet und wie. Und jedes Mal lässt er Sie länger warten. Damit hat er die Macht über Ihre Gedanken. Ich finde nicht, dass der Fall nach einem Triebtäter klingt, so aus der Ferne betrachtet. Aber Sie sind längst von ihm hypnotisiert. Sie sind schockiert darüber, dass jemand so pervers und niederträchtig mit Leichen umgehen kann. Sie suchen nach einem Spinner, einem Psychopathen. Sie fragen sich, wie er in die Geschäfte kommt, ohne einzubrechen. Lauert er seinen Opfern auf? Oder kommt er bei Tag als Kunde und versteckt sich irgendwo im Laden?«

»Genau das sind unsere Überlegungen.«

»Sie fragen sich, wo das Muster ist. Natürlich. Die Getöteten waren allesamt Menschen, die in Mayfair handwerklich arbeiteten. Menschen, die viel Kundschaft hatten.«

»Stimmt«, sagte MacAllister. »Erkennen Sie denn ein anderes Muster?«

»Das ganze Leben besteht aus Mustern. Ich suche nicht nach ihnen, sondern nach den Fehlern in ihnen. – Was ist, zum Beispiel, mit der Spitzenklöpplerin? Hat ihr das Geschäft gehört, in dem sie getötet wurde?«

»Ja.«

»Und der Sattler, der Kutschenbauer? Waren sie ebenfalls Eigentümer ihrer Werkstätten?«

»Ja.«

Ich hob die Hände. »Sehen Sie?«

»Was soll ich sehen?«

»Die Näherin. Was ist mit der Näherin von Madame Gilbert?«

»Sie wurde mit Garn umwickelt, sodass es den Anschein hatte, als wäre sie in einem Spinnennetz gefangen.«

»Fergus«, protestierte ich. »Wieso hat der Täter nicht Madame Gilbert ermordet, sondern ihre Näherin?«

»Zufall, nehmen wir an. Pech für die Näherin, Glück für Madame Gilbert.«

Ich klatschte in die Hände. »Merken Sie es? Sie lassen sich etwas vorgaukeln. – Stellen wir das kurz hintenan. Es erweckt also den Anschein, als ließen die Opfer ihren Mörder allein und zu später Stunde in ihr Geschäft eintreten. Warum tun sie das?«

MacAllister verzog den Mund. »Schutzgelderpressung?«

»Und was hätte die Näherin damit zu tun? Wenn sie nicht die Eigentümerin war? – Nein, denken Sie andersherum. Der Täter hat den Geschäftsinhabern einen Grund gegeben, ihn bei Dunkelheit und nach Geschäftsschluss hereinzulassen, obwohl – und das ist wichtig, Fergus –, *obwohl* ein Serienkiller in der Gegend sein Unwesen treibt. Er muss also jemand sein, den niemand für einen Mörder halten würde.«

»Ja, das stimmt schon ...«

»Also, Fergus, suchen Sie nach einer Person, der diese Menschen auch heute noch gern und vertrauensvoll bei Nacht die Tür öffnen. Jemanden, der darüber hinaus ein Motiv hätte, die Näherin von Madame Gilbert zu ermorden. Dann haben Sie Ihren Irren. Es wird jemand sein, der sich redlich gibt, obwohl er im Geheimen alles andere als redlich ist. Vielleicht sogar ein Polizist oder ein Pfarrer. – Ha!«

Der Inspektor zuckte zusammen. »Was meinen Sie damit, Madam?«

Ich nahm ihn am Arm und zog ihn zur Tür. »Eine

Person, die den Anschein erweckt, redlich zu sein, und es dabei ganz schön bunt treibt, haben wir auch in unserem Reigen von Verdächtigen. – Komm, Sargent. Ich weiß, Leichengeruch ist faszinierend, aber wir müssen weiter.«

»Wen meinen Sie? Tilda McLeod, die eine Affäre mit Carmichael hatte? Oder etwa den Prinzen selbst?«

»Nein.« Wir traten auf den Bürgersteig hinaus. »Ich meine Lord Marcus Kenworthy, der so blass in seinem Tweed herumsitzt und der vermutlich der Zwillingsschwester seiner Frau ein Abtreibungsmittel verschafft hat, um die Spuren seiner Sünden zu beseitigen.«

MacAllister schnappte hörbar nach Luft. »Wie bitte?«

»Sehen Sie? Meist führen diejenigen Böses im Schilde, die wir nicht auf Anhieb als Sünder erkennen. Carmichael erzählte mir von der Affäre, aber ich habe nicht mehr darüber nachgedacht, weil kurz darauf der Anschlag stattfand. Es ist auch nichts bewiesen, außer der Tatsache, dass Lord Kenworthy eben nicht der ehrenwerte Langweiler ist, für den er sich ausgibt. Da sehen Sie, wie schnell man den Überblick verliert, wenn man selbst in den Fall verwickelt ist.«

»Wollen Sie damit sagen, Lord Kenworthy ist der Mayfair-Mörder?«

Am liebsten hätte ich MacAllister geohrfeigt. »Nichts dergleichen. Ich glaube nur, dass der Mann kriminelle Energie hat und in der Lage ist, mich in aller Seelenruhe über die Tischmanieren meines Hundes zu belehren, während seine Geliebte, die Zwillingsschwester seiner

Frau, in der Nacht einer Belladonna-Vergiftung hätte erliegen können. Erinnern Sie sich, was wir gestern zueinander sagten? Wo es Belladonna gibt, da gibt es auch Blausäure. Selbst wenn Kenworthy nicht der Mörder ist, dass ein solcher Charakter nicht versucht haben sollte, von dem Raub zu profitieren, ist eher unwahrscheinlich. Vermutlich weiß er deutlich mehr darüber, als er bislang durchblicken ließ. – Taxi!«

»Schnell«, befahl MacAllister einem der Polizisten meiner Eskorte. »Besorgen Sie uns einen Wagen. Wir müssen nach Kensington zu Lord und Lady Kenworthy.«

Bald saßen wir im Taxi und brausten über den Piccadilly Circus und weiter in Richtung Hyde Park Corner. Dort passierten wir den Triumphbogen des Duke of Wellington, fuhren auf die Knightsbridge und am Kaufhaus Harrod's vorbei (wo ich in der vergangenen Woche eine herrliche Vase für Christophers Empfangsbereich bestellt hatte) und bogen schließlich in die Exhibition Road ein. Dort befand sich der Prince's Gate Park, eine der kleinen Grünanlagen, von denen sich in Londons gut betuchten Vierteln so viele fanden. Die Kenworthys bewohnten ein Stadthaus, das im typischen Stil der Jahrhundertwende gebaut war: weiß getüncht, mit einer kleinen, von Säulen gerahmten Treppe davor.

Kaum war ich aus dem Taxi gestiegen, stand ich auch schon auf der obersten Stufe und läutete an der Tür.

Ein Dienstmädchen öffnete. »Ja bitte?«

»Ich möchte mit Lord Kenworthy sprechen. Mein Name ist Jackie Dupont.«

Das Mädchen machte einen Knicks. »Der Herr ist nicht da, Madam.«

»Dann will ich eben mit Lady Kenworthy sprechen.«

»Mylady empfängt heute nicht.«

»Reden Sie keinen Blödsinn«, sagte ich und schob das Mädchen beiseite. Energisch schritt ich durch den Hausflur und stellte mich an den Fuß der Treppe.

»Bibi, kommen Sie herunter! Hier ist Jackie Dupont. Ich habe die Polizei dabei.«

Sargent, den ich zur Sicherheit auf den Arm genommen hatte, bellte zur Unterstützung.

Bibi Kenworthy, geborene Devereux, tauchte am oberen Ende der Treppe auf. Sie trug einen Morgenmantel, und ihr mausbraunes Haar war zerzaust. Sie sah aus wie ein Biber, der soeben aus dem Winterschlaf erwacht war. Wenn Biber denn Winterschlaf machten. Ich fragte mich jedenfalls, was einen Mann dazu bewog, sich mit einem solchen Nagetier einzulassen. Und dann auch noch mit dem Zwilling, Bobby Devereux, alias Biber Deux. (Nun denn, über Geschmack lässt sich bekanntlich nicht streiten, was ich übrigens für ein Gerücht halte.)

»Kommen Sie herunter, Bibi.«

»Nein, ich will nicht!«, rief Bibi hektisch.

»Sie kommen jetzt sofort zu mir, Bibi, oder ich rufe etwas nach oben, von dem Sie nicht wollen, dass Ihre Dienerschaft es hört.«

Hastig rannte Bibi daraufhin ihre Biberrutsche – pardon, ihre Treppe – hinunter. »Kommen Sie mit«, flüsterte sie, kaum dass sie unten angekommen war.

»Fergus!«, rief ich in Richtung Tür, weil Inspektor MacAllister sich noch nicht an dem Dienstmädchen vorbeigewagt hatte. »Kommen Sie endlich?«

MacAllister trat beschämt ein, und ich wünschte mir sehnlichst Christopher zurück. Auch wenn der Duke manchmal ein wenig schwer von Begriff war, so war er doch unschlagbar, wenn es darum ging, andere einzuschüchtern. Allein sein Titel reichte aus. Ich musste mir die Kapitulation meiner Gegenüber stets erkämpfen. Seine Durchlaucht dagegen, der Duke of Surrey, mit seiner hübschen Visage und dieser unnachahmlichen Aristokratenstimme … ja, vor dem gingen sie alle in die Knie.

Bibi führte uns in den Salon, und ich nahm unaufgefordert in einem der Sessel Platz. »Wo ist Ihr Mann, Bibi?«

Sie senkte den Kopf und sagte mit schwacher Stimme: »Ich nehme an, er ist in seinem Klub.«

Zärtlich strich ich Sargent über den Kopf. »Ich kann den Hund nach ihm suchen lassen. Sie wissen, er ist auf seinen Geruch trainiert.«

»Er ist wirklich nicht hier.« Bibi schob sich eine Haarsträhne aus dem Gesicht. »Heute Morgen sagte er, er fahre jetzt in den Klub.«

»Bibi.« Ich sah ihr streng in die Augen. »So, wie Sie aussehen, hat Ihr Mann heute Nacht gar nicht hier geschlafen.«

»Das hat er sehr wohl.«

Langsam spürte ich meine Geduld schwinden. Der Schusswechsel vom Vortag saß mir noch in den Knochen. Ich war nicht mehr daran gewöhnt, dass man auf mich schoss. Merkwürdig. Während des Krieges war ich eine ganz harte Hündin gewesen, der kein Einsatz zu gefährlich war. Und nun? Inzwischen war ich regelrecht zu einer Mamsell geworden, die sich von ein paar Kugeln aus einem harmlosen Jagdgewehr aus der Ruhe bringen ließ.

»Bibi«, sagte ich drohend, »Lucas Carmichael wurde gestern Nachmittag in meinem Beisein erschossen. Ich habe keine Zeit für Ihre Sperenzchen.«

Dem Biber fiel die Kinnlade herunter.

»Ja, Bibi. Peng, peng, peng. Mein schönster Tweedanzug ist hinüber. Das bekommt die beste Reinigung nicht mehr raus.«

Sie sprang auf und rannte aus dem Raum, wobei sie sich die Hand vor den Mund hielt, und ich war gespannt, ob sie es bis zum nächsten geeigneten Behältnis schaffen würde.

»Miss Dupont«, flehte MacAllister. »Die arme Frau!«

Genauso wie jammernde Lügnerinnen gingen mir entsetzte Polizisten auf den Geist. Der Mann musste sich doch mittlerweile an meine Methoden gewöhnt haben. »Bitte schweigen Sie einfach, und schreiben Sie mit, Fergus.«

Mit stark geröteten Wangen und Tränen in den Augen kam Bibi zurück. »Ich … ich …«, schluchzte sie verzagt, »ich kann Ihnen nicht helfen.«

»Sie meinen, Sie wollen mir nicht helfen.«

»Mein Mann hat mit der Sache nichts zu tun. Er ist gestern Nachmittag direkt ins Krankenhaus gekommen, wo ich meiner Schwester beistand.«

Ich fischte mein Zigarettenetui aus dem Mantel und ließ mir von Fergus Feuer geben. »Meine Liebe, eigentlich wollte ich Ihnen das Folgende ersparen, aber Sie haben es nicht besser verdient.«

»Miss D...«, krächzte MacAllister.

»Ruhe, Fergus. – Bibi. Der Mann, den Sie da so eindringlich verteidigen, hat eine Affäre mit einer anderen Frau.«

Bibi gab ein eigenartiges Geräusch von sich. »Was?«

»Ja, mit Ihrer Schwester. Das Kind ist von ihm, und er hat ihr – da sind wir uns mittlerweile ziemlich sicher – die Belladonna-Lösung besorgt, mit der sie die Abtreibung vornahm. Sollte diese geglückt sein.«

»Nein«, hauchte Bibi und suchte bei MacAllister nach Rettung. »Das ist nicht wahr.«

Mein Begleiter hüstelte. »Ich befürchte, die Indizien sprechen dafür, Lady Kenworthy.«

Bibi sank auf der Couch nieder. Kein Wunder. Wenn ein Brite sagte, er *befürchte* etwas, dann war das wie ein Todesurteil.

»Nein«, wimmerte sie und begann zu zittern. »Nein, nein, nein, nein!«

»Scheuern Sie ihr eine«, sagte ich zu MacAllister.

»Nein, Miss Dupont, das kann ich nicht.«

»Dann halten Sie mal.« Ich reichte ihm meine Zigarettenspitze, erhob mich, setzte Sargent auf dem Sessel ab und gesellte mich zu Bibi auf die Couch. Wenn ich schon MacAllister nicht ohrfeigen konnte, dann wenigstens diese Hysterikerin. Ich packte sie unterm Kinn und schlug ihr links und rechts gezielt ins Gesicht.

Bibis mausbraune Augen wurden klar. »Diese … diese …«

»Ja?«

»Diese Ratte!«, schrie sie.

Ich wusste nicht, ob sie ihren Mann oder ihre Schwester meinte. Es war mir auch gleich. Immerhin blieben wir bei den Nagetieren.

»Es geht hier um grauenhafte Taten, Bibi«, stellte ich klar. »Versuchter Mord an Sir Reginald. Giftmord an Boy Fielding. Schüsse aus dem Hinterhalt. Wenn Ihr Mann darin verwickelt ist, hat er kein Recht, frei herumzulaufen. Verstehen Sie mich?«

»Marcus ist kein Mörder.«

Ich nahm Fergus die Zigarette wieder weg und zog daran. »Das denken die meisten Ehefrauen von ihren Männern. Es sei denn, sie fallen ihnen zum Opfer.«

Ein Blubbern drang aus Bibis Kehle. »Er hat gesagt … er … hat gesagt, er holt mich nach, sobald er kann.«

Ich griff sie beim Handgelenk. »Wohin holt er Sie nach?«

»Das weiß ich nicht. Er kam gestern ins Krankenhaus und sagte, er müsse sich in Sicherheit bringen. Er sei in Gefahr, aber dass wir bald sehr viel mehr Geld hätten und er mich dann nachholen werde.«

Was war nur mit den Frauen los, dass sie sich so von den Männern einwickeln ließen? Und dann auch noch von derart blassen? »Sind Sie denn pleite?«

Sie kaute auf der Unterlippe »Ich … wir … Wir waren nie gut im Wirtschaften. Und mein Mann ist der jüngste Sohn. Es ist sehr teuer, mit David befreundet zu sein.«

Das stimmte sicherlich. Schon im Mittelalter galt der Besuch eines Fürsten als Fluch, weil die gesalbten Herrschaften gern monatelang auf Kosten ihrer Vasallen lebten. Warum sollten sie damit aufhören, nur weil das zwanzigste Jahrhundert erreicht war? »Wollen Sie damit sagen, Ihr Mann hat die Krone gestohlen?«

»Ich weiß es nicht«, hauchte sie.

Ich verstärkte den Druck meines Handgriffs. »Und nach seinem Gastspiel im Krankenhaus? Ist er da gleich wieder verschwunden? Wie lange war er dort?«

»Zehn Minuten. Eine Viertelstunde vielleicht.«

»Wie weit ist das Krankenhaus von hier entfernt?«

»Es ist ganz in der Nähe.«

»Wissen Sie, ob er danach noch einmal hier war?«

Sie schüttelte den Kopf.

»Gut.« Ich erhob mich. »Das wird das Hausmädchen wissen. Dann wollen wir uns mal auf die Fährte Ihres Gatten begeben.«

Bibi vergrub das Gesicht in den Händen.

Ich nahm Sargent auf den Arm und ging zur Tür. »Los, Fergus, stehen Sie auf. Sie trödeln schon wieder.«

Im Flur entdeckte ich das Dienstmädchen, dessen Ohren so rot waren wie das Hinterteil eines Pavians.

»Haben Sie an der Tür gelauscht?«, fragte ich. »Sehr lobenswert. Das sollten alle jungen Mädchen tun. Es bildet ungemein.« Als sie darauf nichts antwortete, sondern mich nur verdutzt ansah, schenkte ich ihr ein müdes

Lächeln. »Und jetzt raus damit. War Lord Kenworthy gestern Nachmittag hier?«

»Ja, Madam. Aber nur sehr kurz. Er hat einen Koffer geholt und ist gleich wieder gegangen.«

»Einen Koffer?«, rief MacAllister. »Darin könnte er das Gewehr transportiert haben.«

In der Tat, und wenn dem tatsächlich so war, dann gnade ihm Gott. »Wie groß war der Koffer?«, fragte ich das Mädchen.

»Nicht sehr groß.« Sie zeigte die Größe mit den Händen an.

»Nicht groß genug für ein Jagdgewehr des gesuchten Kalibers. Selbst wenn er es in Teilen transportiert hätte, wäre der Lauf länger als die Diagonale des Koffers.«

»Dann die Krone.«

Ich marschierte zum Ausgang. »Oder das Nötigste, um zu flüchten. Vor uns oder vor dem Killer.«

Das Hausmädchen hastete an mir vorbei, um mir die Tür aufzuhalten. Die Kleine war auf Zack. Solche jungen Frauen lobte ich mir. Keine weinerliche Maus wie ihre Arbeitgeberin. Wenn es nach mir ginge, kämen die Hausmädchen dieser Welt an die Macht.

»Ist Kenworthy zu Fuß gegangen?«, fragte ich.

»Ich glaube, das wollte er, aber zufällig fuhr gerade ein Taxi die Straße entlang, das winkte er heran.«

»Bitte sagen Sie mir, dass Sie die Ohren gespitzt und gehört haben, was er zu dem Taxifahrer sagte.«

Das Mädchen nickte aufgeregt. »Ja, er wollte nach Covent Garden!«

Fergus grunzte hinter mir. »Zu Boy.«

»Hervorragend. Wenn Sie einen neuen Job suchen, Miss, dann melden Sie sich bei Dupont & Dupont Detectives in der Chancery Lane. Sagen Sie einfach, Sie kommen von mir.«

MacAllister grunzte schon wieder, ja, er verschluckte sich sogar.

»Geht es Ihnen nicht gut, Fergus?« Ich klopfte ihm auf den Rücken und richtete mich wieder an das Hausmädchen. »Wo bekommen wir hier am schnellsten selbst ein Taxi her?«

Sie zeigte nach rechts. »An der Brompton Road.«

»Na, dann los.«

Boy Fieldings Wohnung lag unweit des bekannten Kreisverkehrs Seven Dials, im nördlichen Teil Covent Gardens, in der Monmouth Street. Es amüsierte mich, dass diese Straße den Namen eines der berühmtesten Kronenräuber aller Zeiten trug. Henry of Monmouth, später bekannt als König Heinrich IV., hatte seinen Cousin Richard II. in einem Kerker verhungern lassen und war so zum König von England geworden.

»Wie passend. Monmouth«, sagte ich zu Fergus.

Er sah mich nur fragend an, und schon wieder sehnte ich mich nach Christopher. Der hätte mir sogar sagen können, welcher seiner Urururgroßväter die Tür des Kerkers aufgehalten und welcher Richard II. hineingestoßen hatte.

»Boy Fielding hat allein gelebt und keine Dienstboten

beschäftigt«, bemerkte MacAllister, als wir vor der Haustür standen. »Wie sollen wir in die Wohnung gelangen?«

»Wir schließen die Tür auf und gehen hinein.«

»Womit denn? Wir haben keinen Schlüssel.«

Ich deutete auf meinen Kopf. »Damit.«

»Mit Ihrer Geisteskraft, Madam?«

»Nein, mit meiner Hutnadel.«

Vorsichtig zog ich die lange Nadel hinaus, die Lady Duff-Gordons Federkonstruktion auf meiner Frisur sicherte, schob sie in das Schloss und bohrte darin herum, bis der Bolzen hörbar zurücksprang. MacAllister dachte noch darüber nach, ob er mich an dem Einbruch hindern sollte, da standen Sargent und ich schon im Treppenhaus.

»Boy hat im ersten Stock gewohnt, wenn ich mich richtig erinnere!«, rief ich auf halbem Weg nach oben über die Schulter. »Stimmt das?«

»Ja, Madam. Erster Stock.«

In dem Wohnhaus gab es nur eine Wohnungstür pro Etage. Sofort kam die Hutnadel wieder zum Einsatz, und innerhalb von Sekunden gab das Schloss nach.

Der Anblick, der sich uns in Boys Behausung bot, ließ mich laut mit der Zunge schnalzen. Es war ein einziger Trümmerhaufen. Jemand hatte sämtliche Schränke geöffnet, die Schubladen herausgezogen, Bilder von der Wand genommen und die Sitzmöbel aufgeschlitzt.

»Was ist denn hier passiert?«, fragte MacAllister beim Betreten der Wohnung.

»Sieht so aus, als hätte Lord Kenworthy alles auseinandergenommen.« Ich zeigte auf einen Sessel, dessen Sitzkissen herausgerissen war. In das gepolsterte Gestell hatte jemand ein Loch gesägt, und zwar genau in der Mitte, wo sonst das Kissen lag.

»Sargent«, ich deutete auf den Sessel. »Waren hier Gold und Diamanten?«

Der Hund machte einen Satz auf das Gestell und beschnupperte es. Kein Bellen. Nichts. Er sah mich fragend an. Ich sah ihn fragend an.

»Keine Krone?«

Daraufhin sprang er vom Sessel hinab und kehrte an meine Seite zurück.

»Sargent, bitte suche den Rest der Wohnung nach Gold und Diamanten ab.«

Er flitzte los wie von der Tarantel gestochen, und keine zehn Sekunden später ertönte lautes Gebell. Ich entdeckte den Hund in einem kleinen Badezimmer, wo er eine Taschenuhr auf einer Ablage gefunden hatte. Gold, keine Frage.

»So ein feiner Hund. So ein feiner Sargent. Du bist der Allerbeste«, lobte ich ihn bei unserer Rückkehr ins Wohnzimmer.

Er ließ sich für seine Entdeckungen gern ausführlich gratulieren und konnte sehr unleidig werden, wenn man die Huldigungen einmal vergaß.

»Das gibt es doch gar nicht«, schimpfte ich anschließend. »Wonach soll Kenworthy denn hier gesucht haben, wenn nicht nach der Krone? Wo soll sie gewesen sein, wenn nicht in diesem Loch?« Ich trat gegen den Sessel.

»Möglicherweise hatte Kenworthy die Krone schon die ganze Zeit bei sich und suchte bei Boy etwas ganz anderes?«, schlug MacAllister vor. »Vielleicht ein Beweisstück? Bargeld? Gefälschte Dokumente?«

»Gut möglich.« Ich prüfte den Sitz meines Hutes. »Lassen Sie uns keine Zeit verlieren. Wir müssen herausfinden, wohin Kenworthy von hier aus gegangen ist. Er wird nicht zweimal das Glück gehabt haben, dass ihm zufällig ein Taxi über den Weg fuhr. Außerdem ist man in dieser Gegend schneller zu Fuß unterwegs. – Sargent, folge der Spur von Lord Kenworthy.«

Sargent bellte zweimal laut. Damit gab er mir zu verstehen, dass es in der Tat eine solche Spur gab und dass er hiermit die Verfolgung aufnahm.

»Los, hinterher!«, kommandierte ich und setzte ihm nach, sehr zum Leidwesen meines Knöchels.

MacAllister folgte uns durchs Treppenhaus nach draußen, wo die beiden Polizisten, die mich eskortierten, sich anschlossen. Wir gaben sicher ein komisches Bild ab. Eine Dame in Pelz und Federhut, ein Herr in Hut und Mantel und zwei Polizisten in Uniform, die allesamt im Gänsemarsch einem kleinen weißen Hund folgten. Wie im Märchen von der goldenen Gans. Nur dass ich die Gans auf dem Kopf trug.

Trafalgar Square, London, wenig später

»Sie können jetzt Feierabend machen, Carlton«, sagte Kit und stieg aus dem Wagen. »Ich weiß nicht, wie lange ich hierbleibe. Ich nehme mir später ein Taxi.«

»Danke, Sir«, antwortete Carlton. »Ich fahre dann mal zurück zum Grosvenor Square. Eventuell benötigt die Duchess meine Dienste.«

Kit stutzte. »Sie meinen Miss Dupont?«

»Mister Leadbetter sagt, sie sei die Duchess. Sie wissen selbst, wie es ist, Sir. Wenn Mister Leadbetter sagt, sie sei die Duchess, dann ist sie auch die Duchess.«

»Klären Sie das mit der Duch... ich meine, mit Dia... äh, mit Miss Dupont. Sie entscheidet normalerweise selbst darüber, wer sie gerade sein möchte.« Er sollte sich schleunigst auf den Weg machen, bevor er noch mehr Blödsinn stotterte und sein Chauffeur ihn für völlig verrückt hielt. »Auf bald, Carlton.«

»Auf Wiedersehen, Sir.«

Der Rolls fädelte sich in den Verkehr ein, umrundete den Trafalgar Square und verschwand bald hinter der National Gallery. Kit hatte sich absichtlich auf der gegenüberliegenden Seite des Platzes absetzen lassen, am Ende der Pall Mall. Falls jemand die Seitenstraße beobachtete, durch die Kenworthy gestern gelaufen war, würde ihm die cremefarbene Limousine sofort ins Auge stechen. Ein Mann in Hut und Mantel dagegen, der an einem grauen Montagnachmittag durch Londons Straßen schlenderte, war gänzlich unverdächtig. Im Grunde erstaunlich, dachte Kit, als er den Square überquerte, dass Sir Reginald den vermutlich ähnlich unauffällig gekleideten Lord Kenworthy am Vortag bemerkt hatte. Allerdings waren am Sonntag weitaus weniger Fußgänger in dieser Gegend unterwegs. Palastbeamte wie Sir Reginald zeichneten sich außerdem dadurch aus, Menschen schnell wiederzuerkennen. Sie mussten ja den Royals immerzu verraten, wen sie gerade vor sich hatten.

Kit verharrte vor der imposanten Säule inmitten des Platzes, wo in luftiger Höhe die Statue von Admiral Horatio Nelson stand. »Das wäre kein Job für dich gewesen, was?«, fragte Kit den Helden der Seeschlacht von Trafalgar. »Alten Königinnen Honig ums Maul schmieren. Nein, für mich auch nicht. Und? Hast du eine Ahnung, was Marcus Kenworthy hier trieb?«

Der steinerne Admiral schwieg. Er schaute ohnehin in die falsche Richtung und hätte Lord Kenworthy gar nicht beobachten können. Kit kam sich ziemlich albern vor und setzte seinen Weg fort, bis er den Strand erreichte, eine breite Straße, die in Richtung Osten und St. Paul's Cathedral führte. Hier wollte Sir Reginald – wenn schon nicht Admiral Nelson – Lord Kenworthy in der Seitenstraße gesehen haben, genauer in der zweiten Straße von rechts. Kit hatte vor seiner Abfahrt den Stadtplan studiert, um sich seiner Sache sicher zu sein, und nach wenigen Minuten erreichte er die Craven Street. Sie verdiente die Bezeichnung »Straße« nicht wirklich, vielmehr handelte es sich um eine dunkle Gasse. In nächster Nähe hörte Kit Züge, die in die nahe gelegene Charing Cross Station einfuhren. Hatte Kenworthy etwa von dort einen Zug nach Richmond genommen? Nein, niemals von Charing Cross. Von hier aus führten die Gleise über die Hungerford Bridge nach Südosten, Richtung Kent. Hätte Kenworthy einen Zug nach Südwesten nehmen wollen, wäre er doch …

Kit blieb stehen und fasste sich an die Stirn. Natürlich! Am Ende der Craven Street lag das Ufer der Themse, und genau dort konnten Fußgänger über eine Treppe auf die Hungerford Bridge gelangen. Die brachte zwar keine Züge nach Südwesten, aber einen Fußgänger zur Waterloo Station. Von dort fuhren die Züge nach Südwesten ab, dort hätte Kenworthy einsteigen müssen, um zurück nach Richmond zu gelangen und auf Jackie und Carmichael zu schießen.

Kit zückte seine Taschenuhr. Knapp fünfzehn Uhr. Schnellen Schrittes eilte er zum Fluss hinunter. Bald ragten die Brückenpfeiler der Hungerford Bridge vor ihm in den Himmel. Er fand den Eingang zum Treppenhaus und stieg hinauf. Just als er auf den Gehsteig der Brücke trat, brauste ein Zug an ihm vorbei, und er musste seinen Hut festhalten, damit er nicht in die Themse flog. Unter der Brücke toste der Fluss. Gerade drängte die Flut hinein.

Ein Gefühl der Beklommenheit bemächtigte sich seiner, und er setzte seinen Weg rasch fort. Immer wieder blickte er über die Schulter, um zu prüfen, ob ihn jemand verfolgte. Was, wenn der Mörder ihn beobachtete? Ein kurzes Handgemenge und Kit würde über das Brückengeländer in den erbarmungslosen Strom stürzen. Mehrere Arbeiter kamen ihm entgegen, aber sie machten keine Anstalten, ihn anzugreifen. Trotzdem beäugte Kit jeden von ihnen mit größtem Argwohn, und ihm blieb vor Schreck fast das Herz stehen, als Big Ben, die Glocke des nahe gelegenen Parlamentsgebäudes, zur vollen Stunde schlug.

Was bin ich nur für ein Angsthase geworden, schalt er sich. Dabei war er viel größer als die meisten Männer, und er hatte mehrere Jahre im Krieg zugebracht. Ihn konnte man nicht einfach so eine Brücke hinunterstürzen. Seine Kriegsverletzung war so gut wie verheilt, und auch wenn er die versehrte Schulter nicht voll einsetzen konnte, hatte er doch in den letzten Monaten einiges an Kondition und Kraft zurückerlangt. Warum also fürchtete er sich? Weil er niemandem von seinen Plänen berichtet hatte? Hätte er Jackie eine Nachricht hinterlassen sollen?

Ja, war er denn von Sinnen! Er, einer der reichsten Menschen des Landes, lief mutterseelenallein durch diese Riesenstadt, auf der Jagd nach einer Diebesbande, die schon eine Krone gestohlen und mehrere Menschenleben auf dem Gewissen hatte. Diese Leute konnten ihn entführen. Drüben, auf der anderen Seite des Flusses, zwischen den Schornsteinen der South Bank, interessierte es niemanden, was mit einem Herrn in Hut und Mantel geschah.

Wie konnte er so dumm sein und gerade jetzt, da Jackie Dupont wieder in sein Leben getreten war und sich alles zum Guten zu wenden schien, sein Leben riskieren? Warum hatte er keinen Revolver mitgenommen? Jackie würde nie ohne Waffe aus dem Haus gehen. Jackie hätte ihre Maschinenpistole im Anschlag, um bei der ersten verdächtigen Bewegung um sich zu schießen.

Atemlos erreichte er das Ende der Brücke, jedoch ohne angegriffen zu werden. Schon entdeckte er die Waterloo Station zu seiner Rechten. Das monströse Gebäude befand sich gerade im Umbau, und Kit, dessen Angst beim Betreten festen Bodens sofort verflogen war, brauchte einen Moment, um den Zugang zum Bahnhof auszumachen.

In der Bahnhofshalle angekommen, musste er sich zunächst im Gewirr zurechtfinden. Denn so einsam es auf der Hungerford Bridge war, so belebt war es in der Waterloo Station. Endlich entdeckte er einen Fahrkartenschalter.

»Wann geht der nächste Zug nach Richmond?«, fragte er den Bahnbeamten.

»Gerade ist einer abgefahren, Sir. Der nächste geht in einer Viertelstunde, von Gleis neun. Ein Zug der District Railway nach Reading.«

»Und wie lange fährt man dorthin?«

»Nicht lange, Sir. Richmond ist der übernächste Halt, gleich nach Clapham Junction. Dreißig Minuten dauert es in etwa. Soll ich für Sie nachsehen?«

»Nein, vielen Dank, das ist nicht nötig.«

»Möchten Sie ein Ticket kaufen, Sir?«

Kit überlegte kurz. Sollte er? Nein, er musste erst noch etwas anderes in Erfahrung bringen. »Nein, danke. Aber können Sie mir sagen, in welchem Takt am Sonntagnachmittag Züge nach Richmond fahren?«

»Die meisten Regionalzüge von hier in Richtung Südwesten fahren über Richmond. Auch am Sonntag. Bestimmt jede Stunde einer.«

Kit tippte gegen seinen Hut. »Vielen Dank, guter Mann.« Er verließ den Bahnhof und winkte ein Taxi heran. Noch einmal würde er nicht den Fehler machen, allein über die Hungerford Bridge zu laufen. Überhaupt wollte er in Zukunft vorsichtiger sein.

»Zum Grosvenor Square«, wies er den Taxifahrer an.

Kenworthy hätte es schaffen können, überlegte Kit. Wenn der Mann um drei Uhr nachmittags einen der Züge in Waterloo erwischt hatte, war er um halb vier in Richmond angekommen. Ein kurzer Fußweg bis in den Park, und er hätte alle Zeit der Welt gehabt, Jackie und Carmichael aufzulauern und auf die beiden zu schießen. Doch welche Rolle spielte der Wagen, den Jackie gehört hatte? Hatte Kenworthy ihn gestohlen? Oder gab es Komplizen? Verdammt, warum hatte er nicht von Anfang an den Wagen berücksichtigt?

Kit ärgerte sich über seine eigene Dummheit. Er war völlig unvorbereitet aufgebrochen, unbewaffnet und ohne vorher die Fakten noch einmal durchzugehen. Mit einem solchen Verhalten schadete er der Untersuchung mehr, als dass er ihr nutzte.

Das Taxi überquerte die Themse an der Waterloo Bridge, und kurz darauf passierte Kit die Craven Street erneut. An der Ecke stand eine Frau. Sie trug einen sandfarbenen Nerzmantel um die Schultern, einen weißen Federhut auf dem Kopf und einen weißen Hund im Arm.

»Stopp!«, brüllte Kit den Taxifahrer an. »Halten Sie sofort an.«

»Ganz ruhig, Sir.« Der Mann bremste. »Haben Sie ein Gespenst gesehen?«

»Machen Sie nur Witze«, sagte Kit und stieg aus. »Ein Gespenst ist nichts dagegen.«

Aus den Memoiren der
JACKIE DUPONT

Sargent führte uns durch mehrere Gassen und über verschiedene Straßen. Wir liefen an der Oper vorbei und standen schließlich an der viel befahrenen Hauptstraße namens The Strand.

»Wir müssen auf die andere Seite«, deutete ich Sargents Zeichen. »Officers, bitte halten Sie den Verkehr an.«

Die Polizisten meiner Eskorte sprangen sofort zwischen Automobile, Lastwagen, Kutschen und Karren und hoben die Hände. Innerhalb weniger Sekunden kam der Verkehr zum Stehen, und ich erlaubte Sargent, auf die andere Straßenseite zu laufen. Schon praktisch, so eine Polizeieskorte, dachte ich mir. Ich sollte mich häufiger in Lebensgefahr begeben.

Sargent blieb vor einem Pub stehen, der nicht unbedingt einladend auf mich wirkte. Aber ich machte mir auch nicht viel aus Fish and Chips mit warmem Bier. »Kenworthy muss hier drin gewesen sein«, schloss ich. »Fragen Sie doch bitte kurz nach, Fergus. Ich rauche derweil eine Zigarette und mache mir ein paar Gedanken.«

MacAllister verschwand im Pub, und die Polizisten bezogen daneben Position.

Während ich besagte Zigarette rauchte und wenig zielführend vor mich hin grübelte, gab Sargent ein Geräusch von sich. Es war etwas zwischen einem Bellen und einem Niesen. Eine oder mehrere Zielpersonen hatten sich hier aufgehalten. »Wer war hier?«, fragte ich und hob das Tier hoch.

Sargent fiepte und wedelte mit dem Schwanz. Sehr ungewöhnlich. Es bedeutete, er hatte die Witterung eines Freundes aufgenommen, und wie aller Welt bekannt, zählten nur die wenigsten zu Sargents Freunden.

»Nanu?«

Er wedelte weiter mit dem Schwanz.

»War womöglich Christopher hier?«

Sargent bellte zweimal. Aha, Christopher war also kürzlich hier gewesen. Bemerkenswert. Und als hätte er nur auf seinen Einsatz gewartet, rief in dieser Sekunde selbiger Christopher St. Yves, Duke of Surrey, meinen Namen.

Ich drehte mich um. »Hallo, Kit, was führt dich hierher?«

Ein eigenartiger Glanz lag in seinen Augen. »Ich bin Lord Kenworthy auf der Spur.«

»Sieh an, wir auch.«

Inspektor MacAllister kam aus dem Pub zurück und hob den Daumen.

»Sir Reginald hat Kenworthy gestern Nachmittag hier gesehen«, erklärte Kit mir aufgeregt. »Mit einem Koffer in der Hand. Ich vermute, er ist von hier über die Brücke zur Waterloo Station gelaufen. Dort fahren die Züge nach Richmond ab.«

»Waterloo?« MacAllisters Blick traf meinen, und wir schienen das Gleiche zu denken.

»Fergus«, fragte ich, »fährt der Zug nach Southampton noch immer von Waterloo?«

MacAllister nickte vehement. »Ja, der Cunarder! Er fährt von Waterloo nach Southampton, und zwar genau um sechzehn Uhr. Damit haben schon viele versucht, sich abzusetzen.«

»Wir haben ihn!«, triumphierte ich. »Rufen Sie vom nächsten Telefon Scotland Yard an.«

Fergus sah mich unsicher an. »Wir sind keine fünf Minuten von Scotland Yard entfernt, möchten Sie trotzdem, dass ich …«

»Natürlich nicht«, fauchte ich. »Husch, husch, husch! Laufen Sie los! Kenworthy ist mit größter Wahrscheinlichkeit gestern Abend oder heute Morgen in Southampton an Bord eines Schiffes gegangen und hat die Krone bei sich. Mobilisieren Sie alle verfügbaren Kräfte.«

Christopher war baff. »Woher weißt du das?«

»Erzähle ich dir gleich. Lass uns nach Hause fahren, ich bin am Verhungern, und mein Fuß schmerzt entsetzlich.«

Ich winkte nach einem Taxi.

»Was genau hat Sir Reginald dir erzählt?«, fragte ich Kit leise, als wir auf der Rückbank des Taxis saßen. »Du musst vorhin schon einmal hier gewesen sein. Sargent hat mir deine Anwesenheit gemeldet, bevor du eintrafst. –

Was du übrigens sehr gut gemacht hast, Darling. Wirklich ausgezeichnet.«

Zufrieden rollte sich der Hund auf meinem Schoß zusammen.

»Sir Reginald ist mit seiner Frau bei mir vorbeigekommen und wollte sich für sein gestriges Benehmen entschuldigen.«

»Wie süß«, entgegnete ich, ohne es zu meinen. Für Stampeden hatte ich nicht einmal bei Wildpferden etwas übrig. Bei Privatsekretären auf Krücken gleich noch viel weniger. Schon gar nicht, wenn sie nicht mehr als Mischer des toxischen Tonikums von Bobby Devereux infrage kamen. So etwas konnte ich jemandem ziemlich übel nehmen. Vielleicht sollte ich ihm noch etwas anhängen? Da würde sich gewiss etwas finden lassen … Nein, es war aussichtslos. Der arme Mann hatte wochenlang im Krankenhaus gelegen. Apropos: Warum waren im Krimi eigentlich immer die besonders Unverdächtigen die Täter? Es sollte endlich mal jemand die Wahrheit schreiben. Der Unverdächtige ist unverdächtig, weil er es nicht getan haben kann. Krimiautoren konnten es sich erlauben, gefälschte Alibis zu erfinden. Aber hat mal jemand von denen versucht, ein Alibi zu fälschen? Wenn es wirklich darum ging? Das ist verdammt schwer. Man weiß nie, wer einen irgendwo gesehen hat, aus einer Straßenbahn heraus oder einem Café. Man weiß nie, wer zufällig an der Tür geklingelt hat, während man angeblich allein zu Hause war. In solchen Fällen geschieht meistens eine Katastrophe, und man fliegt auf. Es ist furchtbar! Nie platzt in der Wohnung ein Wasserrohr, aber an dem Tag, an dem man angeblich allein im Bett gelesen hat, rauscht die halbe Themse durchs Schlafzimmer.

Christopher redete längst wieder. »... mir berichtet, dass er und seine Frau gestern während der Rückfahrt Lord Kenworthy gesehen haben, der mit einem Koffer in der Hand am Trafalgar Square in einer Seitenstraße verschwand.«

»Was für ein Zufall.«

»Aber das ist doch bahnbrechend!« Christopher wollte sich gar nicht beruhigen. »So konnten wir unsere Informationen zusammenfügen und herausfinden, wo Kenworthy hinwollte.«

Sargent hätte Kenworthys Weg auch ohne Christophers Hilfe nachverfolgen können, aber zugegebenermaßen hatte uns Christophers Waterloo-Theorie einiges an Zeit erspart. Daher ließ ich es dabei bewenden.

»Woher weißt du, dass er die Krone bei sich hat?«, wollte Christopher wissen, als ich nichts weiter sagte.

Ich gähnte. »Nun denn, ich weiß es nicht mit Sicherheit, aber alles deutet darauf hin. Er trägt einen kleinen Koffer bei sich, er war in Boy Fieldings Wohnung und hat alles durchwühlt, er hat seiner Frau gesagt, er müsse umgehend verschwinden, habe aber bald viel Geld.«

»Unfassbar. Kenworthy! Der wirkt so harmlos. So langweilig.«

Ich strich Christopher über die Wange. »So harmlos, dass er mit der Zwillingsschwester seiner Frau geschlafen und ihr Belladonna für eine Abtreibung besorgt hat.«

Kits hübsches Gesicht erblasste. »Wie bitte? Seit wann weißt du davon?«

»Carmichael hat es mir gestern erzählt. Er vermutete, dass Minerva Wrexley ebenfalls davon wusste. Die Sache ist bei dem ganzen Trubel in den Hintergrund getreten, aber es fiel mir in einem anderen Zusammenhang wieder ein.«

»Moment mal.« Christopher hielt meine Hand fest, damit ich ihn nicht weiter tätscheln konnte. »Wenn Kenworthy gestern Nachmittag mit der Krone stiften gegangen ist, kann er nicht auf euch geschossen haben.«

Ich grinste. »Sehr gut, Kit.«

»Wer war es dann? Da bleiben ja nur noch Minerva und Tilda übrig.«

»Nein. Da sind außerdem noch Daubenay«, den ließ ich nicht vom Haken, »und David.«

»David? Du glaubst im Ernst, der Prince of Wales hätte einen Anschlag auf dich verüben können? Oder wollen?«

»Ich glaube gar nichts. Ich schließe nur nichts aus. Der Prinz hat die Cocktails gemischt.«

Christopher schüttelte den Kopf. »Er war doch in Paris, als die Krone gestohlen wurde.«

»Er könnte Boy oder Kenworthy dazu angestachelt haben«, sagte ich. »Immerhin hätte er so auf Kosten seiner Großmama eine nette Summe an den Büchern des Innenministeriums vorbeigeschmuggelt.«

»Aber der Mord an Boy? Mit Blausäure?«

»Es gab schon so einige Verrückte im Hause Hannover. Entschuldige, ich meine natürlich Windsor.«

»Pah.« Der schöne Duke rümpfte die Nase. »Die sind sowieso der Untergang des Empires.«

»Ihr Briten und eure schräge Monarchie«, murmelte ich. »In Amerika haben wir das zum Glück abgeschafft.«

»Ja, ihr Amerikaner. Ihr habt sowieso die Weisheit mit Löffeln gefressen. Ohne euch wären wir jetzt alle dem Kaiser untertan und müssten täglich Sauerkraut essen.«

Ich kicherte. »Weißt du, in welcher Straße Boy Fielding gewohnt hat?«

»Nein«, antwortete Christopher gereizt. »Aber ich gehe davon aus, dass du mich gleich dahingehend ins Bild setzen wirst.«

»In der Monmouth Street.«

»Ja und?«

»Komm schon, Kit, gib zu, dass es lustig ist.«

»Warum?«

»Na Heinrich der IV.! Der Mörder von Richard II.!«

»Bolingbroke«, sagte Kit.

»Wie bitte?«

Christopher hob eine Augenbraue. »Das war Henry of Bolingbroke, Henry of Monmouth war sein Sohn, Heinrich V.«

»Aber ...«

»Kein Aber, Jackie, du liegst daneben. Amerikaner eben ...«

»Ach, wer durchschaut schon eure fürchterliche Geschichte?«, protestierte ich. »Henry hier, Henry da, Richard hier, Richard da. Ich sage dir, eines Tages werden sie einen von denen irgendwo auf einem Parkplatz in Leicester ausgraben, und dann werden sie anhand der Knochen feststellen, dass ihr allesamt von einem Metzger aus Bratislava abstammt.«

»Pfft«, machte Christopher und sah aus dem Fenster. Trotzdem beobachtete ich, wie ein Lächeln seine Lippen umspielte. Nach einer Weile drehte er sich wieder zu mir um. »Daubenay kann es nicht gewesen sein, der hat White Lodge gar nicht verlassen.«

»Er war noch auf dem Grundstück?«

»Er war sogar im Haus und hat sich um MacAllister und mich gekümmert.«

»Schade. Also sind Minerva, Tilda und David die Einzigen, die als Verschwörer infrage kommen, sofern kein unbekannter Dritter im Spiel ist. Oder vielmehr Vierter. – Ich glaube, es ist das Klügste, wenn wir alle für eine Weile in dem Glauben lassen, Kenworthy habe auf mich geschossen und sei dann geflohen, und dass wir nicht wissen, wo er zurzeit ist. Damit halten wir uns zumindest den Schützen vom Hals. Frankie Horwood soll möglichst publikumswirksam zur Fahndung nach Kenworthy aufrufen und die noch übrigen Verdächtigen kontaktieren, um sie vor Kenworthy zu warnen. Und wenn du jetzt denkst, ich glaube fest daran, dass David der Killer ist, dann liegst du daneben, denn es besteht ja auch noch die viel wahrscheinlichere Möglichkeit, dass Kenworthy und Boy Komplizen in Londons Unterwelt haben. Auch Gangster haben heutzutage Telefon. – Glaubst du, es ist noch Lunch da?«

Jetzt lachte Christopher. »Leadbetter würde im Ritz einbrechen, um dir etwas zu essen zu besorgen.«

»Dann werde ich mir mal überlegen, worauf ich Appetit habe.«

Seine Augen funkelten. »Weißt du, worauf ich Appetit habe?«

»Ich habe keine Ahnung«, antwortete ich spitz und zog den Mantel fester um die Schultern.

»Vielleicht sollte ich es dir ...«

»Grosvenor Square«, verkündete der Taxifahrer.

Christopher seufzte und stieg aus, um mir auf der anderen Seite die Tür aufzuhalten. »Das besprechen wir drinnen weiter.«

Ich hakte mich bei ihm ein. »Wie du wünschst.«

Morris, der Diener, hatte unsere Ankunft offenbar schon vorausgesehen, oder zumindest erhofft, denn er stand in der geöffneten Tür.

»Sir, Madam ...« Er wirkte überaus verstört.

»Was ist denn, Morris?«, fragte Christopher. »Sie sehen gar nicht gut aus. Welche Laus ist Ihnen denn über die Leber gelaufen?«

»Misses Dalton, Sir. Sie wartet im Salon.«

Surrey House,
Sekunden danach

Misses Dalton, Dianas Großmutter! Sie war da, wirklich da, und in wenigen Sekunden sollte Kit miterleben, wie Jackie Dupont ihr gegenübertrat. Würde es zum Eklat kommen? Würde Maria Dalton ihre Enkelin erkennen?

»Sollte dein Besuch nicht erst in einer Woche eintreffen, Kit?«, fragte Jackie unüberhörbar gereizt. »Ich hatte mich gerade auf erholsame Stunden mit dir gefreut.«

Bis zu Morris' Offenbarung an der Haustür hatte Kit sich auf dasselbe gefreut. Vor allem war er überaus erleichtert gewesen, dass weder der Streit auf White Lodge noch sein Wutausbruch vom vergangenen Abend Jackie den Geschmack an den »erholsamen Stunden« genommen hatten. Doch nun bekam er vor Spannung kaum noch Luft, und an hemmungslose Leidenschaft war nicht mehr zu denken. »Natürlich kann ich dich nicht dazu zwingen, die Damen zu treffen, aber ich werde sie wohl oder übel begrüßen müssen.«

Jackie lachte leise und übergab dem wartenden Morris Hut und Mantel. »Gib es zu, du erhoffst dir ein großes Spektakel.«

Kit tat es ihr nach, und Morris verschwand in der Garderobe.

»Was willst du damit sagen?«

»Du hoffst auf eine Konfrontation. Die von den Toten auferstandene Diana Gould begegnet zum ersten Mal ihrer Großmutter.«

»Du behauptest doch immer, du seiest nicht Diana, also dürfte es für dich kein Problem sein, der alten Dame zu begegnen.«

»Darling«, seufzte sie. »Du bist wirklich naiv.«

»Was soll das nun schon wieder bedeuten?«

»Das wirst du gleich sehen.« Sie setzte sich in Bewegung, schnurstracks in Richtung Salon.

Kit beeilte sich, ihr zu folgen. »Warte! Geh nicht ohne mich da rein.«

Vor der zweiflügeligen Tür des Salons blieb sie stehen und drehte sich zu Kit um. Ihm schlug das Herz bis in die Kehle.

»Ich mache, was ich will.« Sie blickte scharf nach unten. »Sargent, ich weiß genau, dass du vorhast, dich in die Küche zu schleichen. Hierher, mein Freund.«

Der Hund gab ein beleidigtes Geräusch von sich, machte kehrt und ließ sich von seiner Besitzerin widerwillig auf den Arm nehmen.

»Brave Jungs«, sagte Jackie zufrieden und drückte die Türklinke nach unten. »Dann wollen wir jetzt mal alle zusammen in den Salon gehen.«

Im ersten Moment glaubte Kit, vor Aufregung in Ohnmacht fallen zu müssen. Er wusste gar nicht mehr, ob er dieser Konfrontation überhaupt beiwohnen, ob er die Wahrheit überhaupt erfahren wollte. Wäre sein Glaube, dass die Detektivin seine verstorbene Ehefrau Diana war, eine Ausgeburt seiner Fantasie, so wollte er in dieser Fantasie weiterleben. Kurz spielte er mit dem Gedanken davonzulaufen, dann schalt er sich einen Feigling und folgte Jackie in den Raum, in dem die Großmutter seiner Frau ihn erwartete.

Maria Dalton saß majestätisch auf einer Couch. Kit hatte sie das letzte Mal bei seiner Hochzeit gesehen. Seitdem waren beinahe zehn Jahre vergangen, doch Maria schien gänzlich unverändert. Sie war eine aufrechte Frau, mit dickem silberblondem Haar, das sie zu einer gewaltigen Turmfrisur hochgesteckt hatte. Dazu trug sie ein langärmeliges Kleid aus hellblauer Seide, das ihre üppige Figur betonte. Barock, hatte Kit bei seiner ersten Begegnung mit der alten Dame gedacht, und auch jetzt war es das passende Attribut für ihre Erscheinung. Neben ihr saß eine jüngere Frau mit Brille, deren Gesicht Kit vage bekannt vorkam. Maria hatte mit einer Zofe anreisen wollen. Wahrscheinlich war die Frau schon lange bei den Daltons angestellt und ebenfalls bei seiner Hochzeit gewesen.

»Christopher!«, donnerte Maria los. »Ich warte schon seit Stunden auf dich.«

»Seit einer Stunde«, korrigierte die Zofe leise.

»Und wenn schon, Daisy. – Wo warst du?«

Kit hastete nach vorne, um die ausgestreckte Hand zu küssen. »Vergib mir, Maria. Ich war außer Haus.«

»Außer Haus?«, donnerte die alte Dame weiter. »An so einem trüben Tag?«

»Ich … ich meine, wir …«, Kit drehte sich zu Jackie um. »Wir hatten Besorgungen zu machen.«

Kit fragte sich, warum er sich eigentlich dafür entschuldigte, dass sie eine Woche zu früh kam.

»Wer ist wir?«, wollte Maria wissen.

»Der Duke ist nicht allein hereingekommen, Misses Dalton«, sagte Daisy.

»Nein, du hast natürlich recht.«

Die Zofe warf Kit einen verstohlenen Blick zu und tippte gegen ihre Brille. Dabei formte sie mit den Lippen das Wort *blind*.

Die alte Dame war blind? Christopher sank das Herz in die Hosentasche. All die Aufregung und Maria Dalton konnte überhaupt nicht erkennen, ob Jackie Dupont ihre verschollene Enkeltochter Diana war oder nicht?

»Wer sind Sie?«, fragte Maria soeben und streckte die Hand nach Jackie aus.

»Ich bin Jackie Dupont.«

»Oh!«, rief Maria erfreut. »Die Nichte vom alten Daniel. Kommen Sie, kommen Sie, lassen Sie sich anschauen. – Oh, ja, ich erkenne die Ähnlichkeit.«

Daisy verdrehte die Augen und gab Christopher ein Zeichen, sich zu ihr zu setzen. »Sie erkennt überhaupt nichts«, raunte sie ihm zu, kaum dass er Platz genommen hatte. »Und sie hört auch nicht mehr besonders gut.«

Maria dröhnte weiter. »Ihr Onkel hat meinem Gatten, Gott hab ihn selig, oft aus der Patsche geholfen.« Sie wollte Jackie tätscheln, erwischte aber Sargent, der entgeistert nieste. Christopher war froh, dass Maria Dalton kein Mann war. Gleichzeitig nagte die Enttäuschung an ihm. Fast blind und schwerhörig. Kein Wunder, dass Maria mit ihrer Zofe verreiste. Allein war sie dazu nicht mehr imstande.

»Nanu, das ist ja ein Hündchen.«

Jackie setzte sich in einen Sessel und schüttelte eine kleine Glocke, die neben ihr auf dem Couchtisch stand. »In der Tat, Misses Dalton«, sagte Jackie laut. »Er heißt Sargent. Benannt nach dem Maler.«

Marias Mund zuckte. »Meine Enkeltochter Diana hat seine Bilder geliebt. Sie freute sich so sehr darauf, in London sein berühmtes Gemälde *Carnation, Lily, Lily, Rose* zu besichtigen. Ach, wäre sie nur nie hergekommen. Ich wusste von Anfang an, die Sache würde kein gutes Ende nehmen, aber auf mich hört ja keiner.«

»Bitte entschuldigen Sie«, hauchte Daisy. »Sie ist manchmal etwas wunderlich.«

Die Tür öffnete sich, und Leadbetter trat ein. »Sie haben geläutet, Duchess?«, fragte er und machte eine der tiefen Verbeugungen, zu denen er seit Jackies Ankunft wieder imstande war.

»Ja, Leadbetter. Bitte bringen Sie weiteren Tee und einige Sandwiches. Ich habe noch nicht zu Mittag gegessen.«

»Sofort, Mylady.«

»Haben Sie einen guten Sherry?«, wollte Maria wissen.

»Gewiss, Madam.«

»Dann bringen Sie mir einen.«

»Sehr gern, Madam.« Leadbetter verbeugte sich fast bis zum Boden.

»Wie hat der Butler Sie gerade genannt, Miss Dupont?«, erkundigte Maria sich bei Jackie, kaum dass Leadbetter abgetreten war. »Duchess?«

»Er hält mich für Christophers verstorbene Frau. Der Arme ist leider schon ein wenig verwirrt.«

»Wie nett von dir, Christopher, dass du ihn trotzdem in deinen Diensten behältst. Alte Menschen dürfen nicht aus ihrem vertrauten Umfeld herausgerissen werden, das bekommt ihnen nicht. Zum Glück habe ich noch keine solchen Verschleißerscheinungen.«

Daisy kicherte leise. »Zum Glück.«

»Wann wirst du denn zu Lady Randolph-Churchill weiterreisen, Maria?«, fragte Kit, um das Thema zu wechseln.

Maria hörte ihn nicht, sondern sprach weiter mit Jackie. »Meine Diana war ein Engel, müssen Sie wissen, ein Engel! Schön und sanftmütig.«

»Und dickköpfig«, murmelte Daisy.

Kit wurde heiß und kalt zugleich. Die Zofe kannte Diana! Sie musste sie doch wiedererkennen, oder nicht? Warum sagte sie nichts? Lag er falsch? War er das Opfer seiner eigenen Wahnvorstellungen? Halt, hatte er da gerade ein Lächeln auf Jackies Lippen gesehen?

Du bist wirklich naiv, Darling«, hatte Jackie vor der Tür gesagt. Das stimmte. Kunstfälscher hin oder her, er war immer noch ein behüteter Adelsspross, der es nie nötig gehabt hatte, List oder Tücke anzuwenden oder sich für jemanden auszugeben, der er nicht war. Eine Frau wie Jackie Dupont würde sich doppelt und dreifach absichern, wenn es darum ging, nicht entlarvt zu werden.

Kit brummte der Kopf. Wie immer, wenn er zu lange über die beiden Identitäten seiner Frau nachdachte.

Die nächste Erkenntnis traf ihn wie ein Faustschlag. Wenn sie alle unter einer Decke steckten, dann war Kits Theorie von der veränderten Persönlichkeit infolge des Titanic-Traumas null und nichtig. Dann wusste Jackie genau, dass sie in Wahrheit Diana Gould war, dann geschah alles aus Berechnung, und Kit war der Zuschauer eines Schmierentheaters. Dann wurde hier und jetzt seine Folter weitergeführt, wurde er immer noch für seinen Betrug an Diana bestraft.

»Kit? Kit!«

Jackies Stimme drang zu ihm durch, und er tauchte aus seinen düsteren Gedanken auf.

»Wie bitte?«

»Misses Dalton hat gefragt, ob du uns heute Abend in die amerikanische Botschaft begleiten möchtest.«

»Gewiss doch«, antwortete Kit, der erst einige Sekunden später verstand, was sie ihn da gefragt hatte.

Maria lachte tief in der Kehle. »Der neue Botschafter kennt mich noch nicht. Er wird mich kennenlernen. Ich habe schon vom Dampfer aus telegrafieren lassen, dass ich bei ihm zu speisen wünsche.«

»Natürlich«, sagte Kit noch einmal und dachte bei sich, wie wenig Lust er hatte, aus dem Haus zu gehen. Er hatte sich ausgemalt, den Abend mit einem dramatischen Streit mit Jackie zu verbringen, sie mit ihren Lügen zu konfrontieren und sich an ihr zu rächen, indem er ihr zeigte, dass sie in Wahrheit nicht von ihm lassen konnte, dass sie ihm gehörte ...

»Also wirklich, Kit. Wo bist du nur mit deinen Gedanken?« Wieder durchdrang Jackies Stimme den Nebel seiner Träume. »Ich glaube, du solltest dich noch einmal hinlegen, bevor wir ausgehen.« Und an Maria gewandt, sagte sie: »Seine Kriegsverletzung macht ihm hin und wieder zu schaffen. Die Schulter, wissen Sie. Granatsplitter. – Ah, da sind ja Mister Leadbetter und Morris mit unseren Snacks.«

»Muss ich euch wirklich begleiten?«, raunte er Jackie zu. »Ich wäre allein unter Amerikanern. Ihr kommt doch sicher ohne mich zurecht?«

Jackie schnalzte. »Ich dachte, du freust dich über ein Wiedersehen mit deiner Freundin Tilda McLeod.«

Richtig, Tilda McLeod! Sie war die Tochter des amerikanischen Botschafters.

»Natürlich kommst du mit, Christopher«, verkündete Maria, die immerhin irgendetwas verstanden hatte. »Dir gehört der größte amerikanische Eisenbahnkonzern. Wir wollen sichergehen, dass deine Interessen in Großbritannien würdig vertreten werden.«

Langsam fragte sich Kit, ob die liebliche Diana nicht schon immer den Charakter von Jackie Dupont besessen hatte. Bei der Großmutter lag der Verdacht nahe.

Jackie nahm gerade eine Tasse von Mister Leadbetter entgegen. »Sehr gut. Während ihr euer Geschäft vorantreibt, werde ich Tilda McLeod unter die Haube schauen. Brumm, brumm.«

EXTRABLATT –
LORD KENWORTHY AUF DER FLUCHT

Scotland Yard fahndet nach Lord Marcus Kenworthy. Der jüngste Sohn des Marquis of Arguile steht unter dringendem Tatverdacht, den Theaterkritiker Boy Fielding auf Schloss White Lodge in Richmond bei London ermordet zu haben. Auch für den Tod des Fliegerhelden Lucas Carmichael wird Kenworthy verantwortlich gemacht. Wenn Sie Lord Kenworthy sehen, melden Sie sich sofort bei der Polizei. Versuchen Sie nicht, Lord Kenworthy festzuhalten, er ist bewaffnet und gefährlich.

Aus den Memoiren der
JACKIE DUPONT

Wie von Zauberhand war Maria Dalton, die Großmutter der verblichenen Diana St. Yves, nein, Gould, eine Woche zu früh in London eingetroffen und hatte sich direkt in der amerikanischen Botschaft eingeladen. Als hätte sie geahnt, dass ich just an diesem Tage einen Vorwand benötigte, um Tilda McLeod noch einmal zu begegnen. Von allen Verdächtigen war Tilda nämlich die einzige, auf die ich nicht ohne Weiteres zugreifen konnte. Sie genoss diplomatischen Schutz.

Wir erreichten die Botschaft gegen neunzehn Uhr. Sie befand sich in jenen Tagen in Grosvenor Gardens Nummer vier und damit schräg gegenüber von einem der Hintereingänge des Buckingham Palace. Dieser Umstand war mir bisher nicht bekannt gewesen, und ich fragte mich, ob er irgendeine Bedeutung für unseren Fall hatte.

Maria schritt die Treppe zur Vertretung unseres Heimatlandes mit der Haltung einer Galionsfigur empor. Ich folgte in ihrem Windschatten, während Christopher noch die Details der Rückfahrt mit Carlton besprach. Sargent war sicherheitshalber in der Obhut von Leadbetter geblieben. Meine Polizeieskorte hingegen nicht. Die beiden parkten soeben vor dem Gebäude. Ich wusste nicht, was mich mehr irritierte, mein schmerzender Knöchel oder die Dauerüberwachung.

»Da wären wir!«, donnerte Maria, so laut, dass die Corgis der Königin im benachbarten Palast aus ihren Körbchen fallen mussten. »Fraser heißt der Botschafter, nicht wahr?«

»Ja, Maria. Mister Fraser. Der Vorname ist mir unbekannt. Seine Tochter ist mit einem gewissen Mister McLeod verheiratet.«

»Sind wir sicher, dass das hier nicht die schottische Botschaft ist?«

»Sind wir nicht. Ich habe Misses McLeod im Rahmen meiner Ermittlungen getroffen. Sie war wohl mit Diana in New York bekannt, wie sie Christopher anvertraute.« Ich konnte mir ein süffisantes Lächeln nicht verkneifen. Mit gesenkter Stimme sagte ich: »Sie sei ihr sogar eine Freundin gewesen.«

Maria blieb auf der obersten Stufe stehen und drehte sich zu mir um. »Wirklich ... Diana?«

Ich zuckte mit den Schultern. Maria hob die Augenbrauen.

Christopher schloss zu uns auf. »Was ist mit Diana?«

Maria blinzelte. »Wie bitte? Kannst du nicht lauter sprechen? Warum müssen denn alle so flüstern?«

Die Tür der Botschaft öffnete sich, und ein Diener verbeugte sich tief. Maria vergaß, dass Christopher ihr eine Frage gestellt hatte, und setzte ihre Prozession fort.

Wir waren nicht die einzigen Gäste an diesem Abend. In der Botschaft fand eine Party statt. Offenbar hatte der Botschafter alle verfügbaren Amerikaner zusammengetrommelt, um Maria einen gebührenden Empfang zu bereiten. Die alte Dame war von Kopf bis Fuß mit Diamanten behängt und zog sogleich alle Blicke auf sich. Sie schob sich durch die Menschenmenge wie ein Ozeandampfer durch die Nacht. Gewaltig und schillernd. (Ein besserer Vergleich fiel mir nicht ein, so makaber er auch sein mochte. Bei all dem Gerede von Diana Gould blieben solche Assoziationen eben nicht aus.)

Ich musste zugeben, es gefiel mir, zum ersten Mal seit langer Zeit nicht im Zentrum der Aufmerksamkeit zu stehen. Ich hatte mich bewusst dezent gekleidet, trug nur wenig Schmuck und eine schlichte Frisur. Früher oder später würde man mich erkennen, dennoch waren sowohl Maria als auch Christopher für die Amerikaner Londons, hauptsächlich Geschäftsleute, im ersten Moment aufregender.

Kaum erreichten wir den Salon, stürzte sich der Botschafter auf die alte Dame. Er war eine ergraute Version seiner Tochter. Die Bostoner Busbetriebe würden darüber nachdenken müssen, ihn bald auszumustern. Tilda entdeckte ich bisher nirgends. Gewiss war ihr nicht nach Feiern zumute. Mittlerweile hatte eine ihrer Freundinnen sie sicher darüber in Kenntnis gesetzt, dass ihr Liebhaber das Zeitliche gesegnet hatte. Ich tippte auf Minerva Wrexley. Die Devereux-Zwillinge hatten zurzeit andere Sorgen.

Nun denn, wenn Tilda nicht auftauchte, musste ich mich eben auf die Suche nach ihr begeben. Selbst wenn Kenworthy aktuell unser Hauptverdächtiger war, bestand immer noch die Möglichkeit, dass auch Carmichael in die Angelegenheit verwickelt und sein Tod kein Kollateralschaden war. Ich trat also hinter Maria hervor, gab Christopher ein Zeichen, bei ihr zu bleiben, und machte mich allein auf den Weg.

Meine Sorge war unbegründet. Sekunden später rauschte Tilda heran.

»Jackie! Sie hier!«

Ihre Finger krallten sich in meinen Arm. Übertrieben strahlend platzierte sie zwei Küsse auf meinen Wangen. Sie stank regelrecht nach Alkohol, und unter ihrem rechten Nasenflügel entdeckte ich den Hauch weißen Pulvers. Keine Frage, Tilda wusste über Carmichaels Tod Bescheid.

»Mein Mann ist hier«, erklärte sie mit zittriger Stimme.

»Verstehe.« Ich löste mich aus ihrem Klammergriff. »Keine Sorge, es gibt keinen Grund für mich, mit ihm zu sprechen. – Können wir uns kurz zurückziehen? Ich muss Ihnen einige Fragen stellen, außerdem sollten Sie sich die Nase putzen.«

Tilda wischte sich hektisch mit dem Handrücken übers Gesicht, ohne etwas zu bewirken.

»Na gut«, flüsterte ich und veränderte meine Stimmlage. Hoch und übertrieben nasal rief ich: »Oh, Tilda-Honey, du musst mir unbedingt deinen neuen Chinchilla zeigen! Lass uns nach oben gehen.«

Die umstehenden Gäste, die uns schon neugierig beäugt hatten, wendeten sich ab und reckten die Hälse wieder nach Maria und Christopher. Kreischende Frauen interessierten niemanden.

Tilda führte mich einen Korridor entlang, in dem die Porträts ehemaliger Präsidenten an den Wänden hingen, dann eine Treppe hinauf und durch mehrere Flügeltüren, bis wir ein Boudoir erreichten. Es war mit rosa Tapeten versehen, und an einer Wand stand eine rosafarbene Chaiselongue. Christopher hätte sich angesichts der Einrichtung über die Geschmacklosigkeit der Amerikaner lustig gemacht. Ich fühlte mich heimisch.

Tilda sank auf die Chaiselongue. »Ist es wirklich wahr?«

Ich hätte sie natürlich fragen können, was sie meine, aber warum sollte ich mich verstellen? »Leider ja.«

Sie presste die Hand auf den Mund. »Sie ... waren dabei?«

»Ich war, meiner bescheidenen Meinung nach, das Ziel des Anschlags. Oder können Sie mir einen Grund nennen, warum eine Gang Krimineller seinetwegen wie verrückt durch den Park von Richmond ballern sollte?«

Sie schloss die Augen und schüttelte den Kopf. »Ich wusste, dass etwas Schreckliches passiert ist. Ich wusste es.«

Wenn ich etwas nicht leiden konnte, dann böse Vorahnungen im Nachhinein. »Düstere Spekulationen bringen uns nicht weiter, Tilda. Ich brauche Fakten. Hat Lucas Ihnen etwas anvertraut? Haben Sie auf White Lodge mit ihm über den Fall gesprochen?«

Tilda hob die Hand und schüttelte den Kopf noch vehementer. »Er war genauso ratlos wie ich. Wir waren uns einig, dass nur Boy als Dieb der Krone infrage käme.« Sie schluchzte. »Und ich hatte keine düsteren Vorahnungen. Mein Mann war übers Wochenende nicht in London. Lucas wäre zu mir gekommen, wenn er mich bei seiner Rückkehr von der Jagd nicht auf White Lodge vorgefunden hätte. Aber er kam nicht.«

»Geht Ihr Liebhaber hier etwa ein und aus?« Das konnte ich mir beim besten Willen nicht vorstellen. Der britische Adel mochte seine Affären nur halbherzig verschleiern, wir Amerikaner waren dafür viel zu prüde. Affären beging man bei uns außer Haus. Das gehörte zum guten Ton.

»Nein, nein, natürlich nicht. Er wäre mit dem Wagen bis zur Ecke gefahren. Ich habe die ganze Zeit am Fenster gesessen und hinausgesehen.«

Ich durchschritt den Raum und zog eine der Gardinen beiseite. Von Tildas Boudoir aus überblickte man die Grosvenor Gardens, in Wahrheit ein kleines Rasenstück inmitten eines Dreiecks aus Straßen. Keine hundert Schritte davon entfernt lag der zuvor erwähnte Hintereingang der Palastgründe. Durch diese Einfahrt gelangten, so vermutete ich, Lieferwagen und Hofbeamte hinein. Nur die Windsors und ihre offiziellen Gäste fuhren durch das Tor an der Mall, und auch das wahrscheinlich nur dann, wenn sie gesehen werden wollten.

»Ich habe auf der Fensterbank gesessen und hinausgeschaut. Das mache ich immer so. Und ich wusste, dass etwas Fürchterliches geschehen sein musste.«

Schnell versuchte ich auszurechnen, wann Tilda zurück in der Botschaft gewesen sein konnte. »Ihnen ist schon klar, dass Lucas erst am späten Nachmittag getötet wurde? Lange nachdem Sie wieder in der Stadt waren?«

Tilda sah mich aus feuchten Augen an. »Nein, das wusste ich nicht …«

»Ab wie viel Uhr haben Sie denn hier am Fenster gesessen.«

Sie zögerte. »Ich weiß es nicht genau … Ab fünfzehn Uhr vielleicht? Etwas früher?«

»Und wann hat Kenworthy Sie hier abgesetzt?«

»Um halb zwei. Ich habe den Glockenschlag beim Betreten der Botschaft gehört.«

Ich begann zu rechnen. Hätte Kenworthy wirklich genügend Zeit gehabt, Tilda abzusetzen, danach ins Krankenhaus zu fahren, dort seine Frau abzuliefern, nach Hause zu eilen, die Krone bei Boy zu suchen und schließlich in Waterloo den Zug nach Southampton zu erwischen? Offenbar hatte er genau gewusst, was er tat und dass Boy die Krone in seiner Wohnung versteckt hatte.

»Haben Sie zufällig gesehen, wie die Hemsquith-Glovers nach Hause gekommen sind?«

Tilda richtete sich auf. »Allerdings. Die sind ja unverkennbar. Das Weib fährt wie eine Irre durch die Gegend. Älteren Damen sollte das Führen eines Automobils verboten werden.«

Da ich selbst eine rasante Fahrerin war, teilte ich diesen Wunsch nicht, denn auch ich würde im hohen Alter meiner Leidenschaft für schnelle Autos noch nachgehen wollen. »Wissen Sie, wie spät es da war?«

Sie verzog den Mund. »Wenige Minuten, nachdem ich hier am Fenster Platz genommen hatte.«

»Kurz nach fünfzehn Uhr also?«

Sie nickte.

Tatsache. Alles passte zusammen. Mir kam eine Idee. »Sagen Sie, Tilda, benutzt der Prinz diesen Hintereingang gelegentlich?«

»David? Na klar.« Tilda stand auf und nahm ein Taschentuch aus einer Kommode. Damit tupfte sie sich die Augen trocken. Ein langwieriges Unterfangen bei der Oberfläche. »Aber er lässt sich immer in einem unscheinbaren Wagen hinauschauffieren. Einmal hat er mir erzählt, dass er dem Gemüselieferanten ein halbes Pfund gezahlt hat, um sich dessen Lieferwagen auszuleihen.«

Mein Gehirn arbeitete auf Hochtouren. Ich spürte, dass hierin ein Hinweis lag. »Sind vorgestern Lieferwagen durch das Tor gefahren? Es war immerhin Sonntag.«

»Hm, jetzt, wo Sie fragen ... Ich glaube schon, dass ich einen gesehen habe. Aber Sie können unmöglich David im Verdacht haben.«

»Nein, nein«, log ich.

Tilda gegenüber würde ich meinen Verdacht ganz sicher nicht äußern. Wer wusste schon, mit wem sie unter einer Decke steckte? Immerhin hatte sie auf White Lodge meinem Christopher schöne Augen gemacht. Warum sollte sie ihre Netze nicht auch anderswo ausgeworfen haben und sich in einem Komplott mit dem Prince of Wales befinden? Meine frühere Analyse der Verdächtigen war im Übrigen ein wenig ungenau. Boy Fielding war nicht die einzige Spielernatur auf White Lodge. Betrachtete man den Prinzen nicht als Prinzen, sondern lediglich als Mann, kam er ebenfalls als Dieb der Krone infrage. Sicher, er hatte sich zur Tatzeit in Paris aufgehalten, dennoch sprach immer noch nichts gegen eine Verschwörung mit Boy Fielding. Es blieb dabei: David hatte die Cocktails gemixt, und er hätte in einem Lieferwagen nach White Lodge fahren können. Sein Motiv wäre im Fall einer Erpressung stark, und schießen konnte er auch.

»Ich muss Ihnen etwas gestehen«, sagte Tilda leise.

»Oh, was denn?«

Sie atmete tief durch. »Ich habe Diana Gould nie getroffen. Was sage ich jetzt nur zu Misses Dalton?«

Meine Mundwinkel zuckten. »Keine Angst. Die Frau ist fast taub und blind wie ein Maulwurf.«

Grosvenor Gardens, London

Während des Festessens in der Botschaft benahm Jackie sich sehr eigenartig. War sie sonst stets mit einem guten Appetit gesegnet, stocherte sie nun lustlos im Essen herum. Ihr normalerweise keckes Mundwerk blieb gleichfalls geschlossen. Eigentlich bewegten sich nur ihre Augenbrauen. Sie zogen sich zusammen, fuhren hoch und senkten sich, nur um sich gleich wieder zusammenzuziehen. Hin und wieder zuckte ihre Nase, und sie presste die Lippen aufeinander. Beinahe kam es Kit so vor, als führte sie in Gedanken eine Unterhaltung, als befände sie sich im Zwiegespräch mit einer unsichtbaren Person, wenn nicht sogar in einem Streit.

Er saß ein ganzes Stück von ihr entfernt und konnte keinen Kontakt zu ihr aufnehmen. Ihr Tischherr, ein Bankier aus Chicago, gab sein Bestes, um sie aus der Reserve zu locken, doch nach dem dritten Versuch ließ er es bleiben und schenkte seine Aufmerksamkeit der Dame gegenüber. Von Tilda McLeod war weit und breit nichts zu sehen. Kit mochte es ihr nicht verdenken. Ein Verhör mit Jackie ließ einen mutlos zurück. Mittlerweile hatten einige der Gäste die Detektivin erkannt. Schon mutmaßte man in Kits Umfeld, was sie wohl in London suchte. Es dauerte nicht lange, bis jemand den Mayfair-Mörder ins Spiel brachte. Bald meldeten sich weitere Stimmen zu Wort, die darauf beharrten, ihre Gegenwart habe etwas mit dem Mord an Boy Fielding zu tun, bis ein anderer anmerkte, dass keiner dieser Fälle irgendetwas mit Diamanten zu tun habe und ganz Amerika ja wohl eines wisse: Miss Dupont verlasse das Haus nur dann, wenn mehrere Hundert Karat im Spiel waren. Der Mayfair-Mörder habe aber doch auch einen Juwelier getötet, lautete ein Widerspruch, den jedoch gleich wieder jemand entkräftete. Immerhin sei der Mord an Juwelier Jones nun schon mehrere Jahre her, und der Mann habe sowieso nur Bühnenschmuck hergestellt, oder Kopien für diejenigen, die ihre echten Schmuckstücke lieber im Safe liegen ließen. Bei dem gebe es außer Glas und Blech nichts zu holen. Das Wahrscheinlichste, so erklärte ein junger Wichtigtuer aus dem amerikanischen Außenministerium, sei ein Einsatz Jackies im Rahmen der Geheimdienste. In Regierungskreisen wisse schließlich jeder halbwegs informierte Mensch von den Spionagetätigkeiten der Detektei Dupont & Dupont. Miss Dupont, so munkelte man, habe es während des Kriegs bis in die Führungsriege der obersten Heeresleitung des Kaisers geschafft. Mit welchen Mitteln sie dorthin gelangt war, wolle er gar nicht wissen, versicherte der Wichtigtuer und warf vielsagende Blicke in die Runde.

Es kostete Kit einiges an Selbstbeherrschung, dem Mann nicht in die Parade zu fahren. Dennoch hielt er es für klüger, sich bedeckt zu halten. Das Gespräch wechselte daraufhin die Richtung, und das aktuelle Lieblingsthema der Amerikaner kam auf den Tisch. Unlängst war ein neuer Präsident ins Amt gewählt worden. Kit verlor das Interesse an der Unterhaltung und richtete sein Augenmerk wieder auf Jackie. Offenbar hatte sie die Diskussion mit sich selbst beendet, denn sie schaute ihn an. Regungslos. Weltvergessen. Sanft. Nie war sie Diana ähnlicher gewesen als in diesem Moment.

Eine Welle an Gefühlen überkam ihn. Liebe, Wut, Hoffnung, Verzweiflung. Der Drang, aufzuspringen und vor alldem zu flüchten.

»Ich werde jetzt gehen«, donnerte es vom Kopfende der Tafel. »Ich vertrage nichts Süßes, außerdem leide ich an der Zeitumstellung.«

Ehe Kit es sich versah, marschierte Maria Dalton aus dem Raum. Er konnte gerade noch aufspringen und ihr hinterherhechten.

Der Rolls wartete zu seiner Erleichterung schon vor der Botschaft. Carlton stand daneben und las im Licht einer Straßenlaterne die frisch gedruckte Abendausgabe des *Daily Telegraph*. Kit überholte Maria auf der Treppe, um den Chauffeur zu alarmieren.

»Sir!«, rief der, als er Kit entdeckte. »Lucas Carmichael wurde auf White Lodge erschossen, während Sie dort waren, und Sie haben mir nichts davon erzählt? Ich muss schon sagen ... Da arbeite ich so lange für Sie und muss so etwas aus der Presse erfahren.«

»Pst«, flehte Kit. »Nicht vor Misses Dalton.«

Carlton nickte verständig. Flüsternd fuhr er fort. »Hat die Duchess ihn kaltgemacht?«

»Wie bitte?« Kit fragte sich, ob er richtig gehört hatte. »Warum hätte sie das tun sollen?«

»Eins der Zimmermädchen hat behauptet, sie habe beim Bettenmachen mehrere Pistolen unter der Matratze der Duchess gefunden.«

»Also wirklich, Carlton.«

Maria meldete sich zu Wort. »Hält mir vielleicht mal jemand die Tür auf, oder muss ich bis Weihnachten hier warten?«

Kit übernahm die Aufgabe, während Carlton den Motor anließ. Mittlerweile hatte sich auch Jackie eingefunden. Als sie alle im Wagen saßen, holte sie ihre Zigarettenspitze hervor.

»Sie wollen doch nicht allen Ernstes jetzt rauchen«, bemerkte Maria spitz.

Jackie zog einen Schmollmund und steckte die Zigarettenspitze weg. Hätte Kit nicht direkt danebengesessen, er hätte es nicht geglaubt.

»Vom Rauchen bekommt man Falten«, fuhr Maria fort. »Und der Fruchtbarkeit schadet es ebenfalls.«

Jackie verdrehte die Augen. »Ist das so?«

»Oh ja. Sie wollen doch sicher nicht vorzeitig altern.«

»Vielleicht doch«, murmelte Jackie kaum hörbar.

Maria sah die jüngere Frau scharf an. »Werden Sie nicht frech, Miss. Natürlich wollen Sie das nicht. Die wenigsten von uns bekommen die Chance auf ein zweites Le…« Mitten im Satz brach sie ab.

Es dauerte einen Moment, bis Kit die Tragweite des gerade von ihm bezeugten Gesprächs begriff. Zunächst einmal hatte Maria Jackies Gemurmel verstanden. Für jemanden, der kaum noch etwas hörte, war das geradezu unmöglich. Dann war da Jackies patzige Haltung. Patzig wie ein Teenager war sie. Jackie, die doch immer die Oberhand behielt, die sich weder von Kaisern noch von Königen einschüchtern ließ, die keinen Respekt hatte vor Alter, Rang und Würden. Sie benahm sich genauso, wie ein verwöhntes, reiches Mädchen sich seiner Mutter gegenüber benahm. Oder eben seiner Großmutter, wenn die für seine Erziehung zuständig gewesen war.

Auch Jackie und Maria schienen sich in diesem Moment ihres Verhaltens bewusst zu werden. Eine Sekunde lang sahen zwei identische Augenpaare ihn an. Scharfsinnig und klar, graugrün und blau, kalt wie der Nordatlantik im Winter.

Diese hinterlistigen Schlangen! Aber es war zu spät, sie hatten ihre Tarnung verspielt. Jackie konnte noch so sehr beteuern, sie sei nicht Diana Gould. Kit wusste es besser, und er würde sich nicht länger einreden lassen, ein Verrückter zu sein. Professor Zwingli konnte seinetwegen auf die Alm zurückkehren. Ihn, Christopher St. Yves, den Duke of Surrey, würde der Psychiater gewiss nicht wiedersehen.

Eine Sekunde zu spät begann Maria Dalton zu blinzeln. »Was hat dein Chauffeur gesagt? Es gab einen Mord? Etwa wieder dieser Mayfair-Mensch, von dem alle sprechen?«

»Aber nein«, erwiderte Kit in heuchlerischem Tonfall. »Der war es diesmal nicht.«

»Wie schade. Warum fangen Sie diesen Kerl nicht, Jackie? Und reden Sie nicht immer so leise. Ich verstehe Sie ja kaum.«

Jackie agierte wieder souverän. »Ach, ein bisschen jage ich ihn schon, zu meinem Privatvergnügen.«

Maria faltete die Hände im Schoß. »Man sagte mir, das falle nicht unter Ihre Expertise. Sie würden nur nach Diamanten schnüffeln.«

Jackie zeigte ihre schönen Zähne. »Genau. Wenn keine Juwelen im Spiel sind, hat die Sache für mich wenig Reiz.«

»So ganz stimmt das nicht«, sagte Kit, der gerade nichts lieber wollte, als Jackie in die Parade zu fahren. »Das erste Opfer war nämlich ein Juwelier. Allerdings fertigte er Bühnenschmuck und Duplikate an.«

Maria nickte »Man sollte stets mit Duplikaten reisen. Alle meine Freundinnen machen es so. Die echten Diamanten werden einem nur gestohlen, habe ich recht, Jackie? Sie würden doch niemals einen echten Stein mit sich herumschleppen.«

Kit entfuhr ein Grunzen. Jackie trat ihn sanft gegen das Schienbein, und er verstummte.

»Natürlich nicht«, erwiderte sie. »Laien sollten das niemals tun. Ich hingegen bin stets bewaffnet und aufmerksam. – Gott sei Dank, wir sind da.«

Der Wagen hielt. Ohne auf Carltons helfende Hand zu warten, kletterte Jackie hinaus und zündete sich eine Zigarette an. Dann stob sie ins Haus davon.

»Deiner Freundin muss eine Laus über die Leber gelaufen sein, Christopher«, brüllte Maria Kit ins Ohr. »Das lag bestimmt am Rotwein. So ein billiges Zeug habe ich schon lange nicht mehr serviert bekommen. Vielleicht waren wir doch im schottischen Konsulat. Die Schotten sind für ihren Geiz berühmt.«

Kit nickte gönnerhaft. »So wird es wohl gewesen sein.«

Marias Zofe empfing sie in der Eingangshalle. »Hatten Sie einen schönen Abend, Misses Dalton?«, fragte Daisy laut.

Jackie war indes nirgends zu sehen.

»Wie bitte?« Maria hielt die Hand ans Ohr.

»Ob Sie einen schönen Abend hatten.«

Kit hatte genug von dem schlechten Theaterstück. Er küsste Maria die Hand, wünschte ihr eine gute Nacht und verschwand in seine Gemächer.

Surrey House,
einige Stunden später

»Schläfst du schon, Darling?«

Kit fuhr hoch. Er war zwar noch nicht tief eingeschlafen, dennoch hatte er in seinem Dämmerzustand nicht mitbekommen, dass Jackie in sein Schlafzimmer getreten war. Sie trug einen Morgenmantel aus Seide und darunter nichts. Ihr Duft strömte ihm in die Nase.

»Was willst du?«, fragte er unwirsch.

»Ist das nicht eindeutig?«

»Du glaubst doch nicht im Ernst, dass ich dazu in der Stimmung bin«, antwortete Kit beleidigt. »Ich weiß ganz genau, dass ihr unter einer Decke steckt, Blut ist eben dicker als Wasser.«

»Eigentlich hatte ich darauf gehofft, heute Abend noch mit dir unter einer Decke zu stecken.« Jackie löste den Gürtel ihres Morgenmantels.

»Gib dir keine Mühe.«

Sie zuckte mit den Schultern und schloss den Gürtel wieder. »Dann eben nicht.« Abrupt drehte sie sich um und ging zur Tür. »Ich habe noch nie einen Mann dazu gezwungen. Allerdings dachte ich, es würde dich interessieren, was ich über Lord Kenworthy in Erfahrung gebracht habe.«

»Nein, tut es nicht.«

»Dann wünsche ich dir eine angenehme Nachtruhe.« Sie verschwand so leise, wie sie gekommen war.

Kit ließ sich zurück in die Kissen sinken. Ruhe fand er jedoch keine. Sein Blut kochte, und er presste die Lider zusammen. *Ich habe noch nie einen Mann dazu gezwungen.* Vor seinem geistigen Auge spielten sich ganze Orgien ab, in denen Jackie abwechselnd in den Armen des Prince of Wales, Sir Arthur Conan Doyles, Winston Churchills und Rudolph Valentinos lag. Als sich auch noch Carlton in den Reigen von Jackies Liebhabern einreihte, wurde es Kit zu viel. Er sprang aus dem Bett und lief durch das Ankleidezimmer hinaus in den Flur, mit nichts am Leib außer einer Pyjamahose. Die Gemächer, die traditionell als »Appartement der Herzogin« bezeichnet wurden, lagen auf derselben Etage wie die seinen. Daher musste Kit nur wenige Schritte barfuß auf dem dicken roten Teppich zurücklegen.

Er stieß die Tür zu Jackies Räumlichkeiten auf und stürmte in ihr Schlafzimmer.

Das Licht brannte noch. Jackie saß mit einer Bürste in der Hand auf dem Bett. Sargent, der neben ihr lag, hob den Kopf und gab ein empörtes Knurren von sich.

»Jetzt hast du ihn geweckt«, schimpfte Jackie und legte die Bürste auf den Nachttisch.

»So. Habe ich das?« Kit marschierte, ohne zu zögern, auf den Hund zu und packte ihn. Er konnte nicht genau sagen, wer entsetzter dreinblickte, Jackie oder der Hund, aber es war ihm egal. »Du, mein Freund, schläfst heute auf der Couch«, verkündete er dem verdutzten Vierbeiner und transportierte ihn aus dem Zimmer. Auf einer Chaise im Vorzimmer legte Kit den Hund ab, kehrte in Jackies Schlafzimmer zurück und schloss die Tür. »Und jetzt zu dir, Fräulein. Dir werd ich zeigen, wer hier der Herr im Haus ist.«

Jackie legte die Bürste aus der Hand. »Ich bitte darum.«

Eine halbe Stunde später holte Kit, auf Jackies Wunsch, den Hund zurück ins Bett. Der drückte seine Kränkung durch lautes Murren aus und rollte sich schließlich am Fußende zusammen, wo er regungslos liegen blieb, jedoch nicht, ohne hin und wieder entrüstet zu schnauben.

Jackie bettete ihren Kopf auf Kits Brust. »Das wird er dir nicht so schnell verzeihen.«

Kit ließ die Finger durch ihre Haare gleiten. »Ich frage mich, wer hier wem etwas zu verzeihen hat.«

»Wenn ich doch nur wüsste, wovon du sprichst.«

»Von dir und Maria«, sagte Kit. Er lachte resigniert und küsste sie auf den Scheitel. »Dass du mal vor jemandem kuschen würdest ...«

»Also wirklich.« Sie kniff ihn sanft in die Seite. »Ich habe Rücksicht auf die Wünsche einer alten Dame genommen.«

»Als ob du dich um die Wünsche einer alten Dame scheren würdest.«

»Sicherlich. Besagte Dame ist die Großmutter deiner verstorbenen Frau, da werde ich mich ihr gegenüber doch respektvoll verhalten?«

Kit drehte sie auf den Rücken, beugte sich über sie und küsste sie. »Was alles aus diesem Mund kommt ... Nicht zu fassen. Aber du musst mir nichts vormachen. Ich habe dich durchschaut.«

Sie schenkte ihm ihr Krokodilsgrinsen. »Mich kann man gar nicht durchschauen.«

»Das ist allerdings wahr.«

»Du willst es doch gar nicht anders haben, Darling.« Sie schlang die Beine um ihn. »Du willst, dass ich dich immer und immer wieder an der Nase herumführe. Das ist es doch, was dich dazu veranlasst hat, mein Schlafzimmer zu stürmen, dich meiner zu bemächtigen und sogar todesmutig den Hund davonzutragen.«

»Unsinn.« Kit packte sie bei den Schenkeln, und Sargent sprang fauchend vom Bett.

»Du wolltest mir noch berichten, was du über Kenworthy in Erfahrung gebracht hast«, sagte Kit eine ganze Weile später, nachdem sein Atem sich beruhigt hatte.

Jackie klopfte auf die Matratze und rief: »Es ist vorbei, du kannst wieder reinkommen.«

Ein weißes Fellknäuel flog aufs Bett und positionierte sich diesmal gleich zwischen Kit und Jackie. Zur Sicherheit.

»MacAllister hat mir eine Nachricht hinterlassen. Kenworthy ist tatsächlich mit dem Cunarder nach Southampton gefahren. Er ist an Bord der RMS Aquitania gegangen, mit dem Ziel Bermudas.«

Kit befürchtete das Schlimmste. »Heißt das, er kann erst dort aufgegriffen werden?«

»Nein, das heißt es zum Glück nicht. Die Aquitania ist heute Vormittag in See gestochen. Der Mitarbeiter im Büro der Cunard-Linie in Southampton, den MacAllister heute Nachmittag angerufen hat, konnte sich an Lord Kenworthy erinnern, der sein Ticket in letzter Minute kaufte. Kenworthy hatte keine Zeit, sich eine neue Identität zu besorgen, und reist daher unter seinem eigenen Namen. Er konnte ja nicht ahnen, dass wir ihm so schnell auf die Schliche kommen.«

»Aber dann ist er ja mittlerweile auf hoher See.«

»Nein, er ist in einer Gefängniszelle in Cherbourg.«

»In Cherbourg.« Kit atmete auf. »Richtig, die Dampfer machen ja noch einen Zwischenhalt in Frankreich.«

»Er sollte übermorgen zurück in London sein, dann können wir ihn verhören. Ach ja, die Krone hat er auch dabei.«

Kit traute seinen Ohren kaum »Das sagst du mir erst jetzt?«

Jackie kicherte. »Ich wollte mir den Höhepunkt aufsparen.«

Kit lachte laut los. »Du Teufel. Du böser, böser Teufel.«

»Siehst du, es gefällt dir so. Und jetzt wird geschlafen.«

»Darf ich etwa hierbleiben?«, fragte Kit verdutzt.

»Warum denn nicht?«

»Bisher bist du immer gegangen, nachdem wir …«

Sie drehte sich auf die Seite. »Leg dich hin und schlaf.«

»Was machen wir denn morgen, wenn wir Kenworthy erst in zwei Tagen befragen können?«

»Wir schnappen uns den Mayfair-Mörder.«

»Und die Todesschützen? Willst du nicht zuerst herausfinden, wer auf dich geschossen hat?«

»Die sollen ruhig glauben, wir jagen einer falschen Fährte hinterher.«

»Wie soll …«

Ich will nichts mehr hören. Gute Nacht.«

»Gute Nacht.«

Kit grübelte eine Weile über die Geschehnisse des Tages nach, rief sich noch einmal den Besuch der Hemsquith-Glovers ins Gedächtnis, seine angstvolle Überquerung der Hungerford Bridge und die überraschende Begegnung mit Jackie am Trafalgar Square. Er dachte über Marias unverhofftes Erscheinen nach, den Empfang in der Botschaft und die Rückfahrt im Rolls, und fragte sich, wie es wohl für Maria sein musste, ihr Enkelkind in dieser Rolle zu sehen. Als kettenrauchenden Vamp. Er hielt gedanklich inne. War er ungerecht zu der alten Dame? Hatte sie nicht ihren Mann und ihren Schwiegersohn beim Untergang der Titanic verloren? Woher wollte er wissen, ob seine Frau auch gegenüber Maria darauf bestand, Jackie Dupont zu sein? Was, wenn das Trauma tatsächlich zu einer Veränderung ihrer Persönlichkeit geführt hatte? Musste Jackie Dupont ins Leben treten, um Diana Gould zu retten?

Kit betrachtete den goldenen Hinterkopf auf dem Kissen neben sich. Wie sehr er sich wünschte, alles Elend und alle Trauer auf ewig von ihr fernzuhalten.

Vorsichtig legte er seinen Arm um sie und vergrub das Gesicht in ihrem Haar. »Bleib bei mir«, flüsterte er. »Bleib für immer bei mir.«

Er erhielt keine Antwort. Jackie schlief. Vielleicht.

Hyde Park, London,
am nächsten Morgen

Endlich schien wieder die Sonne, und Jackie und Kit spazierten mit Sargent durch den Hyde Park. Jackies Polizeieskorte folgte ihnen unauffällig. Maria und ihre Zofe waren nach dem Frühstück zu einer Shoppingtour aufgebrochen, für die Kit ihnen die Dienste von Carlton zur Verfügung gestellt hatte. Trotz seiner ausgiebigen Versöhnung mit Jackie in der vergangenen Nacht konnte Kit seine unerfreuliche Orgien-Fantasie vom Vorabend nicht vergessen. Daher hielt er es für besser, den Chauffeur eine Weile von der Detektivin fernzuhalten. Für seinen eigenen Seelenfrieden.

Jackie griff in die Tasche ihres Pelzmantels, zog einen grauen Ball hervor und schleuderte ihn über die Wiese. »Lauf, Darling!«, rief sie fröhlich, und Kit wusste, zumindest unter diesen Umständen, dass er diesmal nicht gemeint war.

Sargent jagte dem Ball hinterher. Der landete eigenartig schwer im Rasen, und der Hund hatte erhebliche Schwierigkeiten, das Spielzeug zwischen die kleinen Zähne zu bekommen. Irgendwann gelang es ihm jedoch, und er lieferte seine Beute schwanzwedelnd bei Jackie ab. Sofort hüpfte er laut bellend um sie herum, bis sie erneut zum Wurf ausholte.

»Und los!« Wieder flog der Ball über die Wiese, nur diesmal traf ihn ein Sonnenstrahl, und für den Bruchteil einer Sekunde sprühten gleißende Funken durch die Luft.

»Grundgütiger«, ächzte Kit. »Du lässt ihn den Diamanten apportieren?«

»Aber sicher. Das gehört zum Training eines Spürhundes dazu. Leichenspürhunde werden genauso geschult. Es ist wichtig, dass die Tiere etwas suchen, das sie wirklich haben wollen. In Südafrika haben wir tagelang nichts anderes gemacht.«

Kit wollte sich nach dieser Erklärung das Training von Leichenspürhunden lieber nicht vorstellen. »Würde ein weniger wertvoller Diamant es nicht auch tun? Oder ein Ball, in dem nur ein klitzekleiner Diamant steckt?«

»Bestimmt«, antwortete Jackie, die sich gerade wieder von Sargent den mit Hundespeichel bedeckten Zweitausend-Karat-Stein im Wert des Buckingham Palace überreichen ließ. »Aber so macht es Sargent eben mehr Spaß.«

»Der Diamant kann doch so Schaden nehmen.«

»Nicht, solange wir ihn nicht über einen Bunsenbrenner hängen. Einen Diamanten kann man weder zerbeißen noch zerkratzen noch zerschneiden. Man kann ihn nur zerschlagen, wenn sich natürliche Bruchstellen im Kristall befinden. Oder eben verbrennen.«

»Verbrennen?« Kit war überrascht. Das hatte er nicht gewusst.

»Ja, Diamanten sind im Grunde besseres Grafit. Sie bestehen vollständig aus Kohlenstoff. Bei großer Hitze verbrennen sie, und es bleibt nichts von ihnen übrig. – Hier, willst du auch mal werfen?«

Kit nickte. Jackie legte ihm den Stein in die Hand.

Kit warf und kam sich herrlich verschwenderisch dabei vor. Ein seltenes Gefühl für einen Mann seines Vermögens. Einen gestohlenen Riesendiamanten von De Beers für einen Hund durch den Hyde Park zu schleudern, war auch für ihn die Krönung der Dekadenz. Er lachte und zog Jackie in die Arme. »Ich liebe dich.«

Sie lachte ebenfalls. »Du alter Charmeur. – Komm, lass uns weitergehen, ich möchte Madame Gilbert in ihrem Geschäft einen Besuch abstatten.«

Kits erhitztes Gemüt kühlte schlagartig ab. Auf ein *Du alter Charmeur* konnte er als Erwiderung auf eine Liebeserklärung verzichten. »Was erhoffst du dir davon?«, fragte er dementsprechend frostig und ließ von Jackie ab.

Sie tat, als wäre nichts gewesen, und hakte sich bei ihm unter. »Mir ist aufgefallen, dass die chinesische Näherin von Madame Gilbert das einzige Opfer des Mayfair-Mörders ist, dem das Geschäft nicht gehörte. Diesem Umstand ist Scotland Yard nicht weiter nachgegangen. Außerdem hatte ich heute Nacht einen schrecklichen Albtraum von der chinesischen Oper. Die Sängerinnen hatten allesamt Kronen aus Blech auf, und Minerva Wrexley beschwerte sich, dass die Kostüme kein bisschen chinesisch seien, sondern japanisch. Dann bewarf sie die Chinesinnen mit Apfelkuchen. Nun gut, sie musste es wissen, sie wurde schließlich in China geboren. Vielleicht will mein Unterbewusstsein mir etwas sagen, jedenfalls geht mir dieser Fehler im Schema des Mayfair-Mörders nicht mehr aus dem Kopf, und ich möchte die Sache weiterverfolgen. Falls uns dabei der Attentäter vom Richmond Park beobachten sollte, wird er denken, wir verfolgen eine völlig falsche Fährte.«

Kit ließ sich bereitwillig von seinen verletzten Gefühlen ablenken. »Sollte der Attentäter nicht erst recht zuschlagen wollen, nun, da wir wissen, dass Kenworthy die Krone bei sich hat und vermutlich bald alles ausplaudern wird?«

»Das weiß der Attentäter noch nicht. Die Gangster, David oder wer auch immer glauben weiterhin, dass Kenworthy über alle Berge sei und wir im Dunklen tappen. In diesem Fall wäre er eher daran interessiert, Kenworthy selbst ausfindig und unschädlich zu machen.«

»Möglich. Ich kenne mich nicht so gut mit den Gedankengängen Krimineller aus.«

»Sagt der Kunstdieb. Vielleicht solltest du doch noch mal Professor Zwingli aufsuchen, du scheinst ein Problem mit deinem Selbstbild zu haben.«

»Touché.«

Sie verließen den Hyde Park und kreuzten die Park Lane, um nach Mayfair zurückzukehren. Jackies Eskorte schloss auf, um einen Angreifer, der unverhofft aus einem Hauseingang oder einer Gasse sprang, rechtzeitig abwehren zu können.

»Wie geht es deinem Fuß?«, erkundigte sich Kit.

»Schon besser, Darling. Danke der Nachfrage. – Ich habe übrigens bei Harrod's eine Vase für dich bestellt. Marias Zofe wird sie heute für mich abholen.«

»Eine Vase?« Kit war sich nicht sicher, ob er sie richtig verstanden hatte.

»Ja, für den Flur.« Sie zückte ihre Zigarettenspitze und ließ sich von Kit Feuer geben. »Ich finde, dort fehlen Blumen. Vergiss nicht, ich bin direkt aus dem südafrikanischen Sommer hergekommen. Ich brauche Blumen.«

»Blumen sollten noch in meinem Budget enthalten sein«, witzelte Kit. »Wenn ich dir schon keine Agnellis bieten kann. Oder einen Baron von Rachenschleim.«

»Drachenstein.« Ein Schatten huschte über ihr Gesicht, und Kit fühlte Kälte aufkommen. Zum Glück redete Jackie sofort weiter, und der Schatten verflog wieder. Vielleicht war es auch nur Einbildung gewesen. »Also, der Winter in Südafrika ist wunderbar. Du solltest es mal versuchen. Für deine Schulter wäre es genau das Richtige. – Ah, wir nähern uns Madame Gilberts Salon. Mein Plan sieht folgendermaßen aus: Ich bin deine Verlobte aus Amerika. Mein Daddy ist ein Bankier, und du führst mich heute aus, um mir Abendkleider zu kaufen. Wie findest du meinen Look?«

Erst jetzt bemerkte Kit, dass Jackie anders aussah als sonst. Jünger und irgendwie rosiger. Auch die Farbe ihres Lippenstiftes war eine andere. Eher orange als feuerrot. Er hatte sich mittlerweile so sehr daran gewöhnt, sie ohne Make-up zu sehen, dass ihm die Veränderung gar nicht aufgefallen war.

Sie streckte die Arme aus, und an ihren Handgelenken funkelten Perlen und Diamanten. »Ich habe mich bei Diana bedient. Es liegt eine Menge Schmuck von ihr in den Schubladen der Herzoginnen-Suite. Meine eigenen Juwelen sind längst nicht so verspielt.«

Kit kapitulierte innerlich. Wenn Sie Jackie Dupont sein wollte, würde er sie eben Jackie Dupont sein lassen. Solange sie nur ihm gehörte, sollte sie sich nennen, wie es ihr gefiel. »Du wirkst heute sehr jugendlich auf mich.«

»Willst du damit sagen, sonst wirke ich alt?«

Kit schnaubte. »Du lässt mir überhaupt keine Chance.«

»Nein.« Sie lachte und drehte sich zu den Polizisten um. »Ihr wartet bitte in sicherer Entfernung, Jungs. Wir ermitteln undercover.«

Die Polizisten – beide recht junge Burschen – beteuerten Jackie ihren absoluten Gehorsam und warfen ihr Blicke zu, die an Hundewelpen erinnerten. Kit wollte sich die Haare raufen. Mussten denn alle Männer ständig in Liebe zu Jackie entbrennen?

»Komm bitte, Darling«, befahl Jackie, und Kit beeilte sich, ihr zu folgen.

»Was soll ich noch mal da drinnen tun?«, fragte er, da er sich seiner Rolle noch nicht bewusst war.

»Sei gönnerhaft und großmütig. Gib Madame Gilbert zu verstehen, dass du für mich weder Kosten noch Mühen scheust und sie heute das Geschäft ihres Lebens machen kann.«

»Wird sie dich denn nicht erkennen? War nicht mal die Rede davon, dass ein Bild von dir aus Monte Carlo die

Damen von Welt dazu inspiriert hat, sich die Haare abzuschneiden?«

»Oh, Honey!«, flötete Jackie mit nasaler Stimme und eine Oktave höher. »Nein, nein, nein.« Ihre Augen wuchsen, ihre Wangen wurden voller, und ihr Mund wölbte sich nach vorn. »Meinst du, ich sollte lispeln? Nur einen Hauch?« Sie übte. »Susi, sag mal saure Sahne. Wuwi, wag mal waure Wahne.«

»Himmel hilf!«, flehte Kit. »Lass es uns schnell hinter uns bringen.«

Jackie lispelte weiter. »Du biwt wo wüw, Chriwtopher.«

»Bitte, nicht lispeln. Hab Mitleid.«

»Na gut. Es ist auch sehr anstrengend.«

Sie betraten das Modeatelier von Madame Gilbert, ein in London durchaus bekanntes Modehaus. Madame Gilbert hatte einst in Paris beim berühmten Modeschöpfer Charles Frederick Worth gelernt und brüstete sich, nach dem Tod des großen Mannes die Einzige zu sein, die den Esprit des House of Worth weiterzutragen vermochte.

Ein pomadiger Angestellter in einem Anzug aus Samt sprang herbei. »My Lord Duke, was für eine Ehre!«, rief er so laut, dass es jeder in den weitläufigen Räumlichkeiten hören konnte.

»Guten Morgen«, sagte Kit. »Meine Verlobte …«

»Miss Jacqueline«, warf Jackie strahlend ein.

»Meine Verlobte Jacqueline braucht ein paar Abendkleider.« Kit lächelte Jackie selbstsicher an. »Vielleicht auch ein paar mehr.«

»Oh ja, Mister«, legte Jackie in ihrer neuen Stimmlage los. »Ich habe ein nagelneues Ankleidezimmer, und es ist viel zu leer.«

Kit räusperte sich. »Natürlich möchten wir von Madame Gilbert persönlich betreut werden.«

»Gewiss, My Lord Duke. Da kommt sie schon.«

Madame Gilbert war eine aufrechte, überaus große Frau mit schwarzem Haar und einem ausgeprägten Unterkiefer. »My Lord Duke«, sagte sie entzückt. »Was für eine Ehre.«

»Hallo, hallo.« Kit gab sich alle Mühe, arrogant zu klingen. »Meine Verlobte möchte bei Ihnen einige Kleider ordern.«

Madame Gilbert warf einen Blick auf Jackie, die mit Hund im Arm und Nerz um die Schultern dastand, und ihre Miene sprach Bände. Schon wieder eine amerikanische Erbin, schien sie zu denken. »Wie reizend von Ihnen, mich zu beehren, Miss. Bei mir sind Sie an der richtigen Adresse.«

»Oh ja, Madame Gilbert«, beteuerte Jackie mit leuchtenden Augen. »Meine Mutter und meine Großmutter sind früher jedes Jahr nach Paris gereist, um ihre Kleider im House of Worth schneidern zu lassen. Meine Mutter hat gesagt, wenn ich in London bin, darf ich nur bei Ihnen bestellen.«

»Wie entzückend von Ihrer Frau Mutter.« Es war klar ersichtlich, dass Madame Gilbert nur zu gern die Identität dieser Person erfahren hätte, aber sie war zu geschäftstüchtig und bewandert im Umgang mit reichen Kunden, um danach zu fragen. »An wie viele Kleider hatten Sie denn gedacht?«

»Oh.« Jackies Mund wurde rund, und sie griff nach Kits Hand. »So zehn? Oder zwölf?«

Pfundzeichen spiegelten sich in Madame Gilberts Augen, und sie winkte drei Assistentinnen heran. »Kommen Sie, My Lord Duke, und ...«

»Miss Jacqueline«, erklärte Jackie triumphierend.

Sie folgten Madame Gilbert in einen abgetrennten Bereich des Geschäfts, wo die Kundinnen diskret vermessen werden konnten.

»Kit und ich haben uns an der Riviera kennengelernt.« Jackie wackelte beim Gehen mit den Hüften. »Er hat für mich seine Verlobung mit Miss Fortescue aufgelöst. Es war Liebe auf den ersten Blick.«

Madame Gilberts Mundwinkel zuckten. Wochenlang hatten die einschlägigen Magazine Großbritanniens darüber gerätselt, wie es zum Zerwürfnis zwischen dem reichen Duke und seiner ehemaligen Verlobten gekommen war. Nun war sie die Erste, die den Grund erfuhr.

»Wie wundervoll. – Wenn Sie bitte ablegen würden, wir nehmen als Erstes Ihre Maße.«

»Honey, halt bitte mal kurz das Baby«, säuselte Jackie und streckte Kit den Hund hin.

Kit nahm Sargent entgegen, der es sich bereitwillig auf seinem Arm bequem machte. Immerhin waren die beiden jetzt Bettgenossen.

Jackie legte den Pelz beiseite. Darunter trug sie ein körperbetontes Kleid in der Farbe ihres Lippenstiftes.

»Ist das ein Entwurf von Madame Lanvin?«

»Oh ja, wir haben ihre Boutique in Paris fast leer gekauft, stimmt's, Honey?«

»Ein herrlicher Tag«, versicherte Kit.

»Ist es wahr, dass eine Ihrer Näherinnen vom Mayfair-Mörder umgebracht wurde?«, fragte Jackie mit Engelsmiene.

Madame Gilbert, offenbar an solche Fragen gewöhnt, antwortete mit Gelassenheit. »Oh ja, Miss, vor etwa einem Jahr. Es war sehr unerfreulich.«

Jackie gab ein Quietschen von sich. »Schauderhaft! Haben Sie die Leiche entdeckt?«

»Nein, das war eine meiner Mitarbeiterinnen. Eine fürchterliche Geschichte, aber nun ist sie vergessen.«

Jackie warf Kit einen verstohlenen Blick zu. Madame Gilbert war sehr zurückhaltend.

»Meine kleine Jacqueline liebt Mord und Totschlag«, lachte Kit. »Wenn ich sie aufheitern will, muss ich ihr nur von einem besonders grauenhaften Mord aus der Zeitung vorlesen.«

»Oh ja!«, bestätigte Jackie. »Das muss er. Stimmt es, dass sie Chinesin war?«

Madame Gilbert, die an der guten Laune ihrer Kundin besonders interessiert war, gab sich einen Ruck. »Sie stammte aus Hongkong, einer unserer Kronkolonien, wie Sie bestimmt wissen, und war daher der britischen Krone untertan.«

»Aufregend. Wie war ihr Name?«

»Anna Chang.«

»Anna?«, schrie Jackie grell. »Das klingt aber nicht sehr chinesisch.«

»Es ist durchaus üblich, dass die Hongkong-Chinesen christliche Vornamen tragen, mein Herz«, erklärte Kit ihr wohlwollend.

»Ach so … Warum war sie denn dann hier, wenn sie aus Hongkong kam?«

Madame Gilbert legte das Maßband um Jackies Hüfte. »Sie deutete an, dass ein Verwandter von ihr in London lebte. Meiner Meinung nach war es eher ein Gönner. Ich habe sie nicht genauer dazu befragt. Sie brachte ein hervorragendes Zeugnis eines bekannten englischen Herrenausstatters in Hongkong mit, war sauber, ehrlich und religiös, da habe ich sie angestellt. Der Krieg war gerade erst vorbei, als sie kam, und die Nachfrage nach Abendkleidern wuchs rasant. Ich konnte gute Näherinnen gebrauchen.«

»Und dann wurde sie von diesem schrecklichen Irren umgebracht. Einfach so!«

»Scotland Yard glaubt«, Madame Gilbert senkte verschwörerisch die Stimme, »dass eigentlich ich das Ziel war.«

»Um Himmels willen!« Jackie hauchte und kreischte zugleich. »Haben Sie denn keine Angst, dass er immer noch hinter Ihnen her ist?«

»Die Polizei hat alle Kaufleute von Mayfair wissen lassen, dass der Mörder nicht mit Gewalt in die Geschäfte eindringt, sondern allem Anschein nach von seinen Opfern hineingelassen wird. Solange wir nach Einbruch der

Dunkelheit niemandem mehr die Tür öffnen, sollten wir nicht in Gefahr sein. Wir halten uns strikt daran.«

Jackies Wangen leuchteten fiebrig. »Aber ... wen würden denn die anderen Opfer einfach so hereinlassen?«

»Meine Theorie ist«, wieder senkte Madame Gilbert die Stimme, »dass es jemand Berühmtes ist. Vielleicht ein Star aus dem Kino. Jemand, der alle paar Monate aus Amerika herüberkommt und behauptet, sich nur im Geheimen mit den Opfern treffen zu können, um seine Identität nicht preiszugeben. Aber bei mir kommt nach Ladenschluss keiner mehr rein. Nicht mal der König. Das können Sie mir glauben.«

Kit glaubte ihr kein Wort, aber er sagte lieber nichts. Die Windsors waren berüchtigt für ihre mitternächtlichen Einkaufstouren, bei denen sie die Geschäfte quasi leer kauften. Den Umsatz ließ sich kein Ladeninhaber entgehen, zumal die königliche Familie stets mit einem Heer von Leibwächtern erschien. Ein Angriff des Mayfair-Mörders war in deren Gegenwart nicht zu befürchten.

Jackie nickte heftig. »Oh ja, eine sehr plausible Erklärung. Ich dachte schon, ich hätte auf dem Dampfer hierher Rudolph Valentino erkannt.«

Kit, der schlagartig an seine bedrückenden Visionen vom vergangenen Abend erinnert wurde, empfand eine gewisse Genugtuung bei der Vorstellung, Rudolph Valentino am Galgen baumeln zu sehen. »Ja, wirklich sehr plausibel. Scotland Yard sollte sich über die Aufenthaltsorte von Rudolph Valentino genauer informieren.«

»Jetzt einmal bitte die Arme heben, Miss Jacqueline. – Ach, Sie haben eine beneidenswerte Taille. Was würde ich dafür geben, noch einmal zwanzig zu sein.«

»Einundzwanzig schon«, verriet Jackie. »Aber sagen Sie es nicht Kit. Seine erste Frau war erst achtzehn, als er sie geheiratet hat. Und jetzt ist sie tot! Und noch keine dreißig!«

Kit richtete flehend die Augen gen Himmel, und als Madame Gilbert sich nach vorn beugte, verzog Jackie den Mund und zuckte mit den Achseln. »Ups.«

Eine Mitarbeiterin von Madame Gilbert drapierte eine Auswahl an Stoffen vor Jackie. Sie warf jedoch nur einen oberflächlichen Blick darauf. »Kit, ich habe Hunger und bin müde. Ich nehme einfach alle Kleider in allen Farben. Komm, lass uns nach Hause gehen. Ich habe viel zu wenig geschlafen letzte Nacht … du hast mich zu lange wach gehalten.«

Kit errötete, und zwar völlig ungekünstelt. »Ähm … Gut, Madame Gilbert, wir nehmen alle.« Er reichte ihr seine Karte. »Lassen Sie die Sachen an meine Londoner Adresse liefern, mein Sekretär, Mister Gingrich, wird sich um den Rest kümmern.«

Madame Gilbert knickste vor Kit. »My Lord Duke, es war mir das höchste Vergnügen.«

»Komm her, Baby«, frohlockte Jackie und befreite Sargent aus Kits Armen. »Mommy und Daddy wollen nach Hause und ein kleines Nickerchen machen.«

»Soll ich Ihnen ein Taxi rufen lassen?«, fragte Madame Gilbert.

Kit legte Jackie ihren Mantel über die Schultern. »Nein danke, das ist nicht nötig. Mein Haus ist ja gleich um die Ecke. Und der Hund muss sich noch ein wenig die Beine vertreten.«

»Kit hat mir einen herrlichen kleinen Sportwagen besorgt«, posaunte Jackie völlig zusammenhangslos heraus und hakte sich mit der freien Hand bei Kit unter. »Auf Wiedersehen, Madame Gilbert. Sie haben so einen süßen Laden. Ich hoffe, dass der Mayfair-Mörder Sie nicht doch noch umbringt. Bye, bye!« Sie zog Kit mit sich aus dem Geschäft.

Draußen auf dem Bürgersteig gesellte sich die Eskorte zu ihnen, und die Prozession nahm ihren Marsch in Richtung Grosvenor Square auf.

»Du wolltest auf einmal aber schnell da raus«, stellte Kit fest.

»Ja, ich muss zur Toilette.«

»Hättest du nicht bei Madame Gilbert …?«

Sie sah ihn entsetzt an. »Ich hasse fremde Toiletten.«

»Na gut, dann ab nach Hause.« Kit war zwar von dieser privaten Offenbarung überrascht, da er sich nicht vorstellen konnte, wie Jackie mit solchen Befindlichkeiten um die halbe Welt reiste, dennoch freute er sich, weil er dadurch einen Einblick in ihre Persönlichkeit bekam. »Hast du denn bei Madame Gilbert neue Erkenntnisse gewonnen?«

»Ja. Lass uns darüber reden, wenn wir zu Hause sind. Jetzt muss ich mich konzentrieren.«

»Wie du möchtest.«

Keine zehn Minuten später erreichten sie Kits Haus am Grosvenor Square. Mit großer Würde betrat Jackie das Haus, bevor sie in Windeseile die Treppe hinauflief und in den Gemächern der Herzogin verschwand.

Etwas zu spät fiel Kit ein, sich nach Sargent umzusehen, der Jackie nicht nach oben gefolgt war. Er begab sich zu der Treppe, die hinunter in die Küche führte. Am unteren Ende verschwand gerade die weiße Schwanzspitze, und die Stimme von Leadbetter erklang. »Da ist ja mein Billy! Alfons, geben Sie dem Hund ein Stück Leber.«

Alfons, Kits französischer Koch, gab etwas Unverständliches von sich, woraufhin der Butler in aller Strenge antwortete: »Der Duke kann ein Truthahn-Sandwich essen. Billy bekommt die Leber.«

Resigniert zog Kit sich in den Salon zurück, wo Morris gerade einige Scones für den Elf-Uhr-Tee arrangierte.

»Ist Misses Dalton schon zurück?«, fragte Kit den Diener.

»Nein, sie isst heute mit Mister Churchill zu Mittag.«

»Mit Mister Churchill, soso.«

Jackie betrat den Raum. »Oh, Scones. Wo ist Sargent?«

»In der Küche.«

»Und das lässt du zu?«

»Er ist nicht mein Hund.«

Sie zündete sich eine Zigarette an und setzte sich auf das gegenüberliegende Sofa. »Bringen Sie mir bitte einen Kaffee, Morris. Ich bin wirklich ausgesprochen müde heute.«

»Dann solltest du dich nachher noch mal hinlegen«,

schlug Kit hoffnungsvoll vor. »Oder hast du heute noch etwas vor?«

Sie schüttelte den Kopf. »Nein, nein, ich will nur ein bisschen nachdenken. Und unserer Dependance in Hongkong telegrafieren. Frankie Horwood werde ich am besten auch gleich darauf hinweisen. Es bleibt uns ohnehin nichts anderes übrig, als auf Kenworthys Auslieferung zu warten. Ich gehe nicht davon aus, dass der Mörder von Carmichael uns in der Zwischenzeit seine Aufwartung machen wird. Da können wir ruhig erst mal den Mord an Anna Chang aufklären.«

»Was sollen deine Kollegen in Hongkong denn herausfinden?«

»Welche Verbindung die Näherin nach England hatte, natürlich. In einem Mordfall ist der Verdächtige fast immer mit dem Opfer gut bekannt.«

Kit zog die Augenbrauen zusammen. »Aber Anna Chang ist dem Mayfair-Mörder zum Opfer gefallen.«

»Was, wenn nicht? Der Mayfair-Mörder hatte schon zweimal zugeschlagen, bevor Anna Chang ermordet wurde. Was, wenn jemand eine gute Gelegenheit darin sah, Anna Chang zu beseitigen? Sie entspricht einfach nicht dem klassischen Opfertypus des Mayfair-Mörders. Serienmörder machen dahingehend keine Fehler. Ein zweiter Täter wäre eine Erklärung.«

»Spricht man in so einem Fall nicht von einem Copy-Killer?«

Sie grinste. »Hast du das in einem von Arthurs Büchern gelesen?«

»Nein, in der Zeitung.«

»Im Übrigen halte ich Madame Gilberts Theorie bisher für die logischste«, fuhr Jackie fort. »Die Opfer haben ein Interesse daran, die Identität des Täters zu verschleiern. So wie die Mitarbeiter des *Ritz* in Paris ein Interesse daran hatten, Davids Inkognito zu wahren.«

»Willst du jetzt etwa behaupten, David sei der Mayfair-Mörder?«

Jackie zog an ihrer Zigarette. »Nicht unbedingt.« Sie sann einen Moment nach, und ihr Gesicht nahm kurzzeitig den Ausdruck an, den Kit schon in der amerikanischen Botschaft bemerkt hatte. Was hatte Tilda McLeod ihr dort anvertraut? Wusste Jackie etwas über den Prinzen, das sie ihm vorenthielt? »Hotels, Modeschöpfer und Juweliere«, fuhr Jackie fort, »haben häufig mit Kunden zu tun, denen ihre Privatsphäre wichtig ist. Es ist nicht außergewöhnlich, dass für die Mitglieder von Königshäusern ganze Geschäfte abgeriegelt werden oder dass Filmstars nach Ladenschluss Zutritt bekommen.«

»Rudolph Valentino«, knurrte Kit ominös.

Auf dem Parkettboden des Salons war das Trippeln von Krallen zu hören. Wenige Sekunden später sprang Sargent zu Jackie aufs Sofa und leckte sich die Nase.

»Und, hat dir mein Mittagessen geschmeckt?«, fragte Kit den Hund, der ihn ignorierte und den Kopf auf ein seidenes Sofakissen bettete. »Es sei dir gegönnt.«

Im Flur klingelte das Telefon, und bald stand Morris vor Jackie, mit einer Tasse Kaffee in der Hand. »Scotland Yard für Sie, Duchess.«

»Ah, danke.« Jackie stand auf. »Stellen Sie den Kaffee ruhig im Salon ab, es wird nicht lange dauern.« Sie trat in den Korridor hinaus, ohne die Tür zum Salon zu schließen, was Kit in seinem neuen Selbstbewusstsein stärkte. Jackie Dupont betrachtete ihn als Partner. Nicht als Knecht.

»Immer die gleiche Geschichte«, stöhnte Jackie bei ihrer Rückkehr. »Irgendwer hat den falschen Stempel ins falsche Feld gesetzt, und der Antrag auf Auslieferung musste noch einmal neu ausgestellt werden. Deswegen hat der Kurier die frühe Fähre verpasst, das Prozedere verzögert sich, und anstatt morgen früh, wird Lord Kenworthy erst morgen Nachmittag in London eintreffen.«

»Was machen wir jetzt?«, fragte Kit.

»Na, was schon? Wir gehen ins Bett.«

THE SUN – SOCIETY NEWS – DUKE OF SURREY VERLOBT

Ganz London hält den Atem an. Ist es wirklich wahr? Hat Christopher St. Yves, der Duke of Surrey, in einer jungen Amerikanerin eine neue Liebe gefunden? Die Beweise erhärten sich. Nachdem er schon bei einem Empfang in der amerikanischen Botschaft mit der unbekannten Schönheit gesichtet worden war (fälschlicherweise wurde behauptet, es handele sich um die weltberühmte Privatdetektivin Jackie Dupont), hat sein gestriger Besuch in der Boutique von Madame Gilbert auch die letzten Zweifler verstummen lassen.

Ja, es ist wieder eine junge Amerikanerin. Sie ist kaum einundzwanzig und stammt aus einer vermögenden Familie, so viel hat Madame Gilbert unserem Reporter verraten. Nicht, dass der Duke es auf ihr Geld abgesehen haben dürfte. Seine erste Ehe mit der beim Titanic-Unglück umgekommenen Diana Gould machte ihn zu einem der vermögendsten Männer des Planeten …

Aus den Memoiren der
JACKIE DUPONT

»Ich fahre heute Morgen noch einmal nach White Lodge«, sagte ich zu Christopher am Frühstückstisch, der sich hinter seiner Zeitung verschanzt hatte.

Kenworthy traf erst gegen Nachmittag in London ein, und ich fühlte mich rastlos. Vielleicht war es ja hilfreich, mir die Umstände des Mordes an Boy Fielding noch einmal ins Gedächtnis zu rufen, vor Ort, allein und ungestört.

Christopher sah von der *Times* auf. »Soll ich dich begleiten?«

Ich überlegte einen Moment. »Nein. Ich möchte, dass du zusammen mit Brigadier Horwood in den Buckingham Palace fährst, sobald Kenworthy bei Scotland Yard eintrifft. Bis jetzt weiß der Prinz noch nicht, dass wir den durchtriebenen Lord in unseren Fängen haben. Ich möchte, dass du seine Reaktion auf diese Nachricht genau beobachtest.«

»Davids Reaktion? Warum Davids Reaktion?«

Ich hob eine Augenbraue und schwieg.

»Das kann nicht dein Ernst sein«, fuhr er fort. »So unsympathisch er mir auch ist, du glaubst doch nicht wirklich, dass er der Mörder ist?«

»Bitte befolge einfach meine Anweisungen«, sagte ich streng.

Christopher wollte noch nicht klein beigeben. »Warum erst, wenn Kenworthy bei Scotland Yard ist?«

»Weil es dann kein Entrinnen mehr gibt. Ich möchte, dass du David sagst, Kenworthy sei hinter Schloss und Riegel, und ich hätte bereits mit dem Verhör begonnen. Wenn David Teil der Verschwörung ist oder wenn er weiß, dass Kenworthy etwas gegen ihn in der Hand hat, müsste er nervös werden und versuchen, sich zu verdünnisieren.«

Kit räusperte sich. »Dir ist schon klar, dass wir den Prince of Wales nicht einfach zu Boden werfen und an der Flucht hindern können.«

»Das sollt ihr auch gar nicht. Ich will ihn nur im Auge behalten. Könnte ich mich zweiteilen, würde ich selbst hinfahren. Es ist jedoch unabdingbar, dass ich zunächst Kenworthy befrage. Betrachte es als Zeichen meines Vertrauens.«

»Und warum soll ich Brigadier Horwood mitnehmen?«

»Für die nötige Autorität. Daubenay und Co. könnten ansonsten versuchen, dich hinauszukomplimentieren.«

»Verstehe.«

Leadbetter betrat den Frühstücksraum und trug mehrere Briefe auf einem Tablett herein. »Madam, die Post ist soeben eingetroffen.«

»Vielen Dank, Timmy. – Ist Misses Dalton schon abgereist?«

»Ja, gegen acht, Madam. Carlton hat sie zur Victoria Station gebracht.«

»Wie schade.« Ich nahm die Briefe von Timmy entgegen.

»Wieso bekommst du die Post?«, fragte Christopher, kaum dass Leadbetter verschwunden war. »Das ist mein Haus.«

»Dein Butler hält mich eben für die Hausherrin. Was soll ich da machen?« Ich erhob mich vom Tisch. »Wo ist überhaupt mein Hund?«

Christopher blätterte die Zeitung um. »In der Küche, nehme ich an.«

Zwei Stunden später saß ich mit Sargent in meinem Sportwagen und fuhr in Richtung Süden über die Hammersmith Bridge, gefolgt von drei Polizeiautos. Als ich Frankie Horwood am Telefon von meinen Plänen unterrichtete, hatte er darauf bestanden, meinen Polizeischutz auf acht Mann auszuweiten. Es war durchaus möglich, dass der Mörder von Carmichael mich beobachtete und es zu einem erneuten Schusswechsel kam. In weiser Voraussicht hatte ich meinen Safarianzug angezogen. Er verfügte über einen stabilen Ledergürtel und jede Menge Taschen. Darin ließ sich die Rote 9 mitsamt drei Magazinen bei ausreichender Bewegungsfreiheit auch im Falle einer Verfolgungsjagd zu Fuß problemlos mitführen – sofern mein Knöchel mitspielte. Der kleine Colt, ein Geschenk von Onkel Daniel, ruhte derweil in der Innentasche meines Mantels, und in den zum Safarianzug passenden braunen Reitstiefeln steckten noch zwei flache Messer, die ich im Falle eines Nahkampfes zum Einsatz bringen konnte.

Sargent war ebenfalls ausgerüstet, denn er trug bereits seine Schallschutzhaube. Wie immer, wenn wir mit dem Auto unterwegs waren, hockte er auf meinem Schoß und bildete sich ein, den Wagen selbst zu steuern. Es war schon sonderbar, überlegte ich, während er mit den Vorderpfoten auf meinen Oberschenkeln Gas gab, dass er weder in der Hutschachtel noch in Boys Wohnung die Krone gerochen hatte. Warum hätte Boy die Schachtel unterschlagen sollen, wenn nicht, um darin die Krone zu transportieren? Warum hätte er ein kreisrundes Loch in einen Sessel sägen sollen, wenn nicht, um darin die Krone zu verstecken? Überhaupt passte der Fall vorn und hinten nicht zusammen. Boy Fielding und Lord Kenworthy als Verschwörer leuchteten mir ja noch ein. Auch der Gedanke, dass sie mit finsteren Gestalten der Londoner Unterwelt kooperierten, fand ich nicht abwegig. Die Morde selbst passten dagegen nicht ins Bild. Wenn Kenworthy und Boy seit Wochen die Krone besaßen, bestand schlicht kein Grund, sich gegenseitig umzubringen. Im Gegenteil, man müsste eigentlich so gut wie möglich kooperieren, um mich an der Nase herumzuführen. Man würde sich gegenseitig Alibis verschaffen und, und, und. Für den Kronenraub allein wäre der Täter mit einer Gefängnisstrafe davongekommen, und – dank eines guten Strafverteidigers – nicht einmal mit einer besonders langen. Bei einer hinreichend rührseligen Geschichte hätten die

Windsors sich bestimmt bereit erklärt, für die Freunde Partei zu ergreifen und ihnen zu vergeben. Aber mehrfacher, kaltblütiger Mord? Dafür wurde man in England aufgehängt, ohne Wenn und Aber. Warum ein solches Risiko eingehen? Nur weil ich auf der Bildfläche erschienen bin?

Nein, das war ein gedanklicher Fehler. Die Verdächtigen hatten bis zu ihrer Ankunft auf White Lodge keine Ahnung, dass ich in dem Fall ermittelte. Der Mord an Boy war zu dem Zeitpunkt längst geplant. Er konnte mit mir nichts zu tun haben. Selbst wenn Boy drauf und dran gewesen wäre, sein Gewissen gegenüber der Polizei zu erleichtern, hätte Kenworthy ihn viel unauffälliger beseitigen können. Besonders wenn er Kontakte zur Londoner Unterwelt pflegte. Derjenige, der auf mich und Carmichael geschossen hatte, hätte doch genauso gut Boy Fielding aus dem Weg räumen können. Ein gestellter Raubüberfall in einer dunklen Gasse, zum Beispiel, wäre als bedauerlicher Zwischenfall ad acta gelegt und bald vergessen worden. Nein, nein, nein. Der Täter musste Boy auf White Lodge umbringen, weil er sonst keine Gelegenheit dazu bekam.

Nein, so wurde das Ganze nicht rund. Ständig saß mir die Vorstellung von David im Nacken, der in einem Lastwagen heimlich das Palastgelände verließ, um auf Carmichael und mich zu schießen. Aber das konnte, das durfte nicht wahr sein. Nicht der Kronprinz von England. Alles in mir sträubte sich, dieser Fährte nachzugehen. Aber ich musste. Ich musste!

Kurz darauf rollten wir die lange Auffahrt von White Lodge entlang. Der Marmorkasten wirkte im spätherbstlichen Licht grau und fahl, wie aus einem gewaltigen Knochen geschnitzt. Bedrückend und abstoßend zugleich.

Der Butler erwartete uns auf der Treppe, und nachdem ich die Polizisten angewiesen hatte, sich rund um das Gebäude zu positionieren, betraten Sargent und ich die Eingangshalle.

»Ich werde direkt in den Salon gehen, wo Mister Fielding starb«, erklärte ich dem Butler. »Bitte lassen Sie mir ein Kännchen Tee und etwas Gebäck bringen.«

Der Mann hielt von meiner Person noch immer nicht viel. Seine überaus steife Verbeugung gab mir das eindeutig zu verstehen.

Es kribbelte mir in den Fingern, und ich konnte der Verlockung nicht widerstehen. »Warten Sie noch eine Sekunde. Mein Göttergatte glaubt, seinen Schal hier vergessen zu haben.«

Er sah mich verdutzt an. »Ihr … Wer, Madam?«

»Christopher. Mein Mann. Es ist ein blauer Seidenschal.«

»Der … ah! Der … oh«, stotterte der Butler hilflos. »Ich hatte ja keine Ah… Gewiss, D-D-D-Duchess, ich werde sofort danach suchen lassen.«

»Danke. Ich brauche Sie nun nicht mehr.«

Er verschwand im Stechschritt und mit hochroten Wangen.

Sargent nieste enerviert.

»Ich weiß«, antwortete ich, »das war unter meiner Würde, aber ich konnte es mir nicht verkneifen. Ich bin auch nur ein Mensch.«

Wieder nieste er.

»Du wirst mir doch wohl ein bisschen Spaß gönnen? Dieser unerträgliche Kerl hat es verdient, für immer darunter zu leiden, der Duchess of Surrey nicht mit gebührender Höflichkeit begegnet zu sein. Los, ab in den Salon.«

Sargent musterte mich einen Moment mit tiefer Verachtung. Dann trippelte er los.

»Du Moralapostel!«, fluchte ich und folgte ihm. »Schwingst dich hier zum Helden der Arbeiterklasse auf. Ausgerechnet du, der du dich nach Strich und Faden von Timmy verwöhnen lässt. Sogar in seiner Freizeit!«

Wir erreichten den Salon, und ich ließ mich in den Sessel fallen, von dem aus ich Christophers Ankunft auf White Lodge beobachtet hatte. Sargent, dem Bequemlichkeit schon immer über seine Prinzipien ging, sprang auf meinen Schoß und rollte sich zusammen.

»Du elender Salon-Kommunist.« Ich nahm ihm die Schallschutzhaube ab und kraulte ihn hinter den Ohren. »Warum hast du eigentlich nicht gesehen, wer Boy ermordet hat? – Also, ich fasse zusammen. Du kannst mich ja unterbrechen, sollte ich etwas Unstimmiges sagen.«

Sargent gähnte.

»Sehr hilfreich, danke.« Ich schob eine Zigarette in die Zigarettenspitze, zündete sie an und rauchte ein paar Züge. »Ich hab hier gesessen. David stand rechts von mir am Spirituosentisch und mixte Cocktails. Tilda und Carmichael standen links am Fenster, ihre Gläser in den Händen. Bibi und Bobby umrundeten das Klavier, Kenworthy saß mit Boy auf dem Sofa, Minerva auf einem Sessel daneben. Personal war keins im Raum. Plötzlich öffnete sich die Tür, und Daubenay trat ein, gefolgt von Christopher und Sir Reginald. Alle Augen richteten sich auf Kit. Wie er dastand in seinem Dinnerjacket, machte er eben eine ausgesprochen gute Figur. Dazu die perfekten Züge, die strahlenden Augen, das dunkle Haar ...«

Sargent brummte.

»Richtig. Wie gesagt, alle Augen richteten sich auf Christopher. David wechselte von der Bar zur Tür. Tilda und Carmichael traten ein Stück vor. Boy und Kenworthy erhoben sich, Minerva kurz danach. Wenn ich mich recht erinnere, ging sie ebenfalls zu den Zwillingen hinüber. Es herrschte relativ viel Bewegung, denn es war klar, dass David etwas sagen wollte. Sir Reginald hinkte durch mein Blickfeld und setzte sich auf den frei gewordenen Sessel. David sprach mich an, ich stand ebenfalls auf und ging zu Kit. Von jenem Moment an habe ich nicht mehr mitbekommen, was hinter mir geschah. Kurz darauf torkelte Boy auf uns zu und fiel tot um.«

Sargent öffnete die Augen, allerdings nur zur Hälfte, und seufzte.

»Richtig. Irgendwann in diesen Minuten muss das Gift in Boys Glas gekommen sein. Aber konzentrieren wir uns zunächst auf die Entsorgung des Giftes in der Toilette. Wann ist das geschehen? Das kann ja nur passiert sein, als die Gäste zu Bett gingen. Sag mal, hat nicht Kenworthy eine Flasche Gin mit aufs Zimmer genommen?«

Mein Hund zog es an dieser Stelle vor zu schweigen.

»Ja. Kenworthy hat eine Flasche mitgenommen. Natürlich hätte er schnell in der Toilette verschwinden und das restliche Gift aus der Gin-Flasche hineingießen können. Er hat allerdings daran gerochen … Das hätte er nicht getan, wenn Blausäure in der Flasche enthalten gewesen wäre. Und genau wie alle anderen stand er dauerhaft unter Beobachtung. Verdammt noch mal, demnach muss die Entsorgung erst am nächsten Tag stattgefunden haben. Der Täter hat das Behältnis also über Nacht mit aufs Zimmer genommen.«

Ich drückte die Zigarette im nächsten Aschenbecher aus und starrte ins Leere. Sargent schnarchte. Nach einer Weile nickte ich ebenfalls ein und träumte schon wieder von der chinesischen Oper.

»Madam?«, sagte jemand ganz in meiner Nähe.

Sargent bellte alarmiert, und ich fuhr hoch. Gerade noch sah ich, wie der Butler zurückwich.

»Nanu? Was gibt es denn?«

Er verbeugte sich fast bis zum Boden und sagte ehrfürchtig: »Ein Inspektor MacAllister für Sie am Telefon, Madam.«

»Oh.« Ich setzte Sargent auf den Boden, was er mit einem Fauchen kommentierte, und stand auf.

Das Telefon hing im Korridor an der Wand. »Hallo? Fergus?«

»Guten Tag, Madam«, sagte MacAllister am anderen

Ende der Leitung. »Ich wollte Ihnen mitteilen, dass Lord Kenworthy eingetroffen ist.«

»Was denn, jetzt schon?«

»Es ging nun doch schneller als erwartet. Ich nehme an, Sie wollen gleich herkommen?«

»Auf jeden Fall. Ich bin aktuell auf White Lodge und werde umgehend in die City fahren. Brigadier Horwood muss auf der Stelle mit dem Duke in den Buckingham Palace, bitte sorgen Sie dafür.«

»Ich kümmere mich darum, Madam.«

Ich legte auf und rannte in Richtung Ausgang. »Sargent!«, rief ich. »Los geht's!«

Dem verdatterten Butler riss ich meinen Mantel förmlich aus dem Arm, und mit einem lauten »Alle Mann zu Scotland Yard!« sprang ich in meinen Wagen.

Aus den Memoiren der
JACKIE DUPONT

Eine halbe Stunde später erreichte ich das Hauptgebäude der Metropolitan Police, das sich unweit vom Trafalgar Square am Whitehall Place befand. Von meiner Eskorte war weit und breit nichts zu sehen. Ich hatte sie wohl spätestens an der Stelle verloren, wo ich auf Höhe der Battersea Power Station auf dem Bürgersteig drei Busse überholte. Darüber hinaus vermutete ich, dass die Polizisten es nicht gewagt hatten, auf den Straßenbahngleisen bis nach Westminster zu fahren.

Endlich würde ich erfahren, wie der Raub der Krone abgelaufen war. Daraus würde sich automatisch die Lösung des Falls ergeben, und sobald ich alle Puzzleteile zusammengefügt hatte, würde der Zugriff auf den Todesschützen vom Richmond Park stattfinden.

Sargent auf dem Arm, betrat ich das Foyer von Scotland Yard und verkündete: »Mein Name ist Jackie Dupont!«

Sofort eilte ein Polizist herbei, den ich mit einer Handbewegung dazu aufforderte, sich mir nicht weiter zu nähern. »Stopp! Dies ist ein Personenschutzhund, und ich bin im Einsatz. Inspektor MacAllister erwartet mich dringlich.«

»Ja, Madam. Er hat mich gebeten, Sie in Empfang zu nehmen.«

»Also los.« Ich hatte keine Zeit für Höflichkeiten. Höchste Konzentration war das Gebot der Stunde.

Es ging durch ein Labyrinth aus Gängen und Türen, eine Treppe hinunter, durch zwei Stahltüren hindurch und um eine Ecke herum. Am Ende eines durch unangenehm grelles Kunstlicht erhellten Flures stand Inspektor MacAllister.

»Miss Dupont«, sagte er, kaum dass er mich entdeckte. »Wie sind Sie denn so schnell …?«

»Das tut nichts zur Sache. Wo ist er?«

MacAllister deutete auf eine weitere Stahltür. »Hier drin.«

»Gut. Sind Sir Francis und der Duke im Palast?«

»Sie müssten mittlerweile dort angekommen sein, ja.«

»Ausgezeichnet. – Dann machen Sie mal auf.«

Er folgte meiner Anweisung und öffnete die Tür.

Lord Kenworthy saß an einem Tisch, blass und sichtlich müde. Handschellen fixierten ihn an seinen Stuhl.

»Marcus. Wie schön, Sie zu sehen.« Ich setzte den knurrenden Sargent vor ihm auf den Tisch, legte meinen Mantel auf die Rückenlehne des zweiten Stuhls im Raum und setzte mich Kenworthy gegenüber. Sein Blick fiel auf die Rote 9, die gut sichtbar in meinem Gürtel steckte.

»Hübsch, nicht wahr?«, fragte ich. »Es ist eine Mauser

C96. Neun Millimeter. Das Militärmodell des deutschen Heeres. Ein ganz besonderes Geschenk. Andere Frauen lassen sich von ihren Liebhabern Juwelen schenken, ich bevorzuge Schusswaffen. Das hätten Sie wohl besser vorher gewusst.«

Kenworthy presste die Lippen aufeinander. »Ich habe keine Ahnung, wovon Sie sprechen, Miss Dupont. Aber wenn Sie glauben, ich hätte Boy umgebracht, liegen Sie falsch. Wir waren Freunde.«

Ich lächelte warm. »Natürlich, Marcus. Enge Freunde. – Was ist die Freundschaft eines Mannes wert, der seine Frau mit ihrer eigenen Zwillingsschwester betrügt und sie dazu nötigt, sich mit einer gefährlichen Belladonna-Lösung des ungewollten Kindes zu entledigen?«

Er ließ den Kopf hängen. »Das wissen Sie alles?«

Natürlich wusste ich das nicht alles, aber ich hatte es stark vermutet. »Selbstverständlich. Es gibt durchaus einen guten Grund, warum die Reichen und Mächtigen dieser Welt mich teuer für meine Dienste bezahlen. Ich finde alles heraus.«

»Ich habe Boy nicht umgebracht«, hauchte er.

»Warum sind Sie dann geflohen?«

Er hob den Kopf wieder, und seine Augen glänzten, fast wie vom Fieber. »Ich hatte Angst. Angst, dass diese Leute mich auch erwischen würden.«

»Welche Leute meinen Sie?«

»Keine Ahnung!« Seine Stimme war brüchig. »Ich dachte, Sie finden alles heraus. Diejenigen, die Boy umgebracht haben.«

»Und Lucas Carmichael.«

Kenworthy wurde noch fahler, und auf seiner Stirn standen plötzlich Schweißperlen. »Lucas?«

»Er wurde am Sonntagnachmittag von einem Heckenschützen getötet. Ich konnte mich nur durch den resoluten Einsatz meiner Schusswaffe retten. Wyatt Earp hat mir das Schießen aus der Hüfte beigebracht, müssen Sie wissen.«

»Äh … ich …« Er presste die Lider fest zusammen. »Ich bin sehr müde …«

»Sind wir das nicht alle, Marcus? Ich habe in den letzten Nächten auch nicht genug Schlaf bekommen. Trotzdem lasse ich mich nicht gehen. Kommen Sie. Erzählen Sie mir, inwieweit Sie in den Raub der Krone verwickelt sind.«

»Ich … ich …«

Sargent, der auf dem Tisch die Haltung einer Sphinx eingenommen hatte, stieß ein verächtliches Schnauben aus.

»Er sagt, Sie sollen sich am Riemen reißen.«

Kenworthy holte tief Luft. Offenbar sah er keinen Sinn mehr darin, noch irgendetwas zu verschweigen. Warum auch? Die Krone war schließlich in seinem Gepäck gefunden worden.

»Ich hatte mich mit meiner Schwägerin zu einem kurzen … einer kurzen Begegnung in einer Nische im Palast verabredet. Ich wartete dort auf sie, als Boy an mir vorbeilief, die Krone in der Hand. Ich erkannte gleich, dass es die Rundell-Krone aus Sir Reginalds Arbeitszimmer war. Also folgte ich Boy und beobachtete, wie er die Krone unter seinem Mantel versteckte. Am nächsten Tag suchte ich ihn auf und konfrontierte ihn mit meinem Wissen. Ich sagte ihm, dass ich am Verkauf der Krone beteiligt werden wollte. Boy hatte bei mir Schulden, und ich war nicht besonders gut bei Kasse. Er sagte, er werde die Krone versetzen, sobald der Diebstahl öffentlich bekannt wurde. Vorher glaube sowieso niemand, dass es die echte Rundell-Krone sei. Er kannte sich mit diesen Dingen aus, und ich vermutete, dass er schon einen Abnehmer im Auge hatte.«

»Aber dann geschah nichts«, schlussfolgerte ich. »Der Palast meldete den Diebstahl der Krone nicht bei der Polizei, niemand sprach darüber, und Boy blieb auf der Krone sitzen.«

Kenworthy nickte. »Genau. Wir konnten uns die Sache nicht erklären. Boy befürchtete, dass Scotland Yard in aller Heimlichkeit ermittelte, also tauchte er zwischenzeitlich bei einer Bekannten unter und bat einen Freund, ein Auge auf seine Wohnung zu haben, um zu erfahren, ob sich dort etwas tat. Doch es blieb ruhig. Erst als Sie uns am Samstag verkündeten, dass Sie in dem Fall ermitteln, begriffen wir, was geschehen war. Der Palast wollte sich nicht die Blöße geben einzugestehen, dass es jemandem gelungen war, ein so wertvolles Stück mitgehen zu lassen.«

Ich zündete mir eine Zigarette an. »Möchten Sie auch eine, Marcus? Ach, ich sehe, Sie können ja gar nicht, so wie die Herren Polizisten Sie verzurrt haben. – Haben Sie auf White Lodge mit Boy gesprochen?«

»Ja. Ich habe ihm versprochen, ihn zu decken. Das war kurz bevor er umgebracht wurde.«

Ich blies ihm eine Rauchwolke ins Gesicht. »Und Sie wollen mir glaubhaft versichern, Sie haben beim Apotheker Ihres Vertrauens neben der Belladonna-Lösung nicht auch noch ein Fläschchen Cyanwasserstoff bestellt?«

»Habe ich nicht!«, protestierte er und wirkte überaus verzweifelt. »Ich wüsste gar nicht, wie man Blausäure verwendet.«

»Sie sind doch zur See gefahren. Haben Sie etwa noch nie Ratten ausgeräuchert?«

»Nein, nie. So etwas haben die einfachen Matrosen gemacht.«

Ich zwinkerte ihm zu. »Für ein wenig aristokratische Überheblichkeit haben Sie wohl immer Zeit, was? – Sagen Sie, hat Boy die Krone allein gestohlen, oder gab es mehrere Verschwörer? Vielleicht einen Palast-Insider, der ihm beim Herausschmuggeln geholfen hat?«

Kenworthy schüttelte den Kopf. »Nein. Er sagte mir, die Idee habe ihn einfach so überkommen.«

»Wirklich?«, fragte ich zweifelnd. »Niemand wusste davon? Nicht einmal David, der die ganze Farce anberaumt hat?«

»David?« Kenworthy klang ehrlich verwundert. »Nein, der hatte bestimmt nichts damit zu tun.«

Das mochte Kenworthy glauben, ich dagegen war noch nicht überzeugt. Boy musste ihn nicht zwingend eingeweiht haben. Aber es brachte nichts, den Mann weiter auszufragen. »Na gut, gehen wir mal davon aus, Sie erzählen mir die Wahrheit. Was haben Sie getan, nachdem Sie White Lodge am Sonntag verließen?«

»Ich bin ins Krankenhaus gefahren und danach weiter nach Hause, wo ich einen Koffer holte. Mit dem Taxi fuhr ich zu Boy, holte die Krone und nahm den Cunarder von Waterloo nach Southampton. Aber das wissen Sie ja alles schon.«

»Moment.« Ich ließ die Asche meiner Zigarette auf den Boden fallen, weil die Dilettanten von Scotland Yard nicht daran gedacht hatten, mir einen Aschenbecher hinzustellen. »Haben Sie gerade gesagt, Sie holten die Krone bei Boy?«

»Ja, ich wusste, dass er sie vor dem Wochenende auf White Lodge in seiner Wohnung versteckt hatte.«

Alle Muskeln in meinem Körper spannten sich an. »Wo war sie?«

»In einem Sess…«

Ich sprang auf. »Wie hat Boy die Krone aus dem Palast geschmuggelt?«

»In einer von Minervas Hutschachteln.«

Ohne ein weiteres Wort zu sagen, klemmte ich Sargent unter den Arm, nahm meinen Mantel vom Stuhl und hämmerte gegen die Tür des Verhörzimmers. »Schnell, Fergus! Lassen Sie mich raus.«

Sofort sprang die Tür auf.

MacAllister stand in Angriffshaltung im Flur. »Was ist passiert?«

»Apfelkuchen und Herrenschneider. Ich muss die Krone sehen. Sofort!«

»Apfelkuchen und was …? Die Krone ist nicht hier.«

Ich verstand nicht, was er mir damit sagen wollte. »Wie, nicht hier? Reden Sie keinen Unsinn.«

»Brigadier Horwood hat sie mit in den Palast genommen.«

»Er hat was getan?«

»Er hat … sie mitgenommen. Er sagte, der Dieb wäre gefasst, da könne er die Krone doch gleich mitnehmen, wenn er sowieso hinfahren müsse.«

»Und da haben Sie ihn nicht aufgehalten?«

»Aber Madam«, wimmerte MacAllister, »er ist doch der Chief.«

Ich stieß ihn beiseite und rannte los. »Wir müssen sofort in den Palast. Er muss in heller Panik sein. Sie sind alle in Lebensgefahr.«

MacAllister lief hinter mir her. »Wer muss in heller Panik sein?«

Wie von Furien gejagt preschte ich durch den Flur. »Der Mayfair-Mörder, Fergus. Der Mayfair-Mörder!«

Aus den Memoiren der
JACKIE DUPONT

Atemlos riss ich die Fahrertür meines Sportwagens auf. Sargent sprang von meinem Arm auf den Beifahrersitz, dabei kläffte er pausenlos. Er wusste, jetzt galt es. Ich setzte mich neben ihn und stülpte ihm die Schallschutzhaube über.

»Los geht's, Darling. Wir fangen einen Mörder. Und was für einen. – Oh, dieser Mistkerl! Ich hätte es wissen müssen. Schon bei Minerva hätte ich es wissen müssen.«

Sargent unterbrach sein Kläffen und nieste zustimmend.

»Genau. Du konntest die Krone gar nicht riechen, weil sie bloß eine Kopie ist. Ein Duplikat! Und wer hat in London Bühnenschmuck und Duplikate hergestellt? Bis ihn der Mayfair-Mörder umbrachte?«

Wieder nieste der Hund.

»Richtig. Juwelier Jones. Kein Wunder, dass ich von der chinesischen Oper geträumt habe. Mein Unterbewusstsein will mir seit Tagen mitteilen, dass es den Fall gelöst hat, aber ich habe nicht hingehört. Ich habe mich ablenken lassen. Von Christophers schönen Augen und seinem –

nun, das ist nichts für Hundeohren.« Ich manövrierte den Wagen der Ausfahrt entgegen. »Hongkong, Herrenschneider und der Mord an einem Kronendieb. Das Motiv ist so offensichtlich. Die Krone ist nicht echt. Früher oder später hätte Boy das bemerkt, und dann wäre ihm klar geworden, was mir gerade klar geworden ist. Nur eine Person konnte die Krone unbemerkt gegen eine Fälschung tauschen. Nur eine einzige Person konnte, ohne Verdacht zu erregen, eine solche Kopie in Auftrag geben und obendrein auf Geheimhaltung bestehen. Boy hätte denjenigen in der Hand gehabt. Und diese Person hatte einiges mehr zu verschleiern als den Tausch der echten Krone gegen ein Duplikat. Kein Wunder, dass Boy zum Schweigen gebracht wurde. Sein Mörder wusste, wenn herauskommt, dass die Krone eine Fälschung ist, geht er aufs Schafott.«

Sargent knurrte. Ich hupte. Die Autos in der Einbahnstraße vor uns wollten einfach nicht weiterfahren. »Warum hatte der Mörder die Krone überhaupt fälschen lassen, hm? Weil er Geld brauchte, natürlich. Wofür brauchte er so viel Geld, wo er doch so ein angenehmes Leben führte? Wofür braucht man heimlich so viel Geld?«

Sargent knurrte.

»Jawohl. Weil man erpresst wird.« Wieder hupte ich. »Womit kann eine Person wie unser Mörder erpresst werden? Mit einem Skandal. Mit etwas, das sein schönes Leben und das schöne Leben seiner Familie auf ewig zerstört. Wer könnte etwas gegen diese Person in der Hand haben? Wie wäre es mit einer Chinesin, die als junge Frau bei einem Herrenausstatter in Hongkong gearbeitet hat?

Zur selben Zeit, als unser Mörder dort stationiert war. Ich kann es dir noch nicht im Detail erklären, mein Herz, aber ich bin sicher, wir werden gleich alles erfahren. – Verdammt, was ist denn da vorne los? Warum geht es nicht weiter?«

Plötzlich klopfte jemand an das Seitenfenster. Es war MacAllister.

Ich ließ die Scheibe herunter. »Warum geht es nicht weiter, Fergus?«

»Das Pferd vom Milchmann weigert sich, auch nur einen Schritt zu machen. Das passiert leider ab und zu. Wir müssen zu Fuß weitergehen.«

»Das Pferd vom Mi...? Ich fasse es nicht. Ich fasse es nicht!« Sargent und ich stiegen aus dem Wagen. »Zu Fuß? Ich? Mit meinem Knöchel? Das werden wir aber mal sehen.«

Am Ende der Straße stand tatsächlich eine Kutsche. *O'Hara's Daily Dairy* war in weißen Lettern darauf gepinselt. Das sich davor befindliche Kaltblut betrachtete interessiert seine Umgebung und rührte sich nicht.

»Das ist ja ... das ist ja bodenlos!« In ungleichmäßigem Stechschritt marschierte ich, Sargent bei Fuß, auf den Milchmann zu, der an der Kutsche lehnte und sich mit einem Schutzmann unterhielt.

»Das glaube ich ja wohl nicht«, entfuhr es mir. »Schaffen Sie sofort die Kutsche von der Straße.«

Der Milchmann zog die Schiebermütze vom Kopf, als er mich sah. »Entschuldigen Sie, Ma'am, aber Molly will nicht weitergehen. Sie braucht noch einen Moment.«

»Und Sie unternehmen da nichts?«, brüllte ich den Schutzmann an.

MacAllister war mir dicht gefolgt. »Ich bin Inspektor Fergus MacAllister, Scotland Yard, wir müssen hier wirklich dringend durch.«

Der Schutzmann lief rot an. »Sie kennen doch Molly, Sir. Es geht bestimmt gleich weiter. Mister O'Hara hat doch schon alles versucht. Wenn sie steht, dann steht sie.«

»Meine Großeltern sind mit dem Planwagen durch ganz Amerika gefahren«, schrie ich, »und nie hat ein Zugtier den Dienst verweigert. Sie haben einfach keinen Pferdeverstand.« Mein Blut kochte. Wenn ich daran dachte, dass Christopher sich bereits im Buckingham Palace befand. Ahnungslos und unbewaffnet! Ich konnte Frankie Horwood dankbar dafür sein, dass er die Krone mitgenommen hatte, denn so wähnte der Mörder sich in Sicherheit und würde nicht sofort losschlagen. »Molly?«, sprach ich die Stute an. »Wir werden uns jetzt mal unterhalten.«

»Aber Ma'am, das bringt nix«, wehrte sich der Milchmann. »Wir haben doch schon alles versucht, da hilft kein Zucker, und da hilft keine Peitsche.«

»Zucker und Peitsche«, sagte ich zu Sargent. »Da haben wir es wieder. Das funktioniert bei Männern, aber doch nicht bei Pferden.« Ich trat vor das gewaltige Tier. »Molly, mein Name ist Jackie Dupont. Ich muss einen Mörder dingfest machen und benötige diese Straße. Darf ich dich bitten, den Weg zu räumen.«

Molly setzte sich umgehend in Bewegung.

»Danke.«

Ohne ein weiteres Wort, aber mit einem Blick, der Bände sprach, ließen Sargent und ich die Herren stehen und bestiegen erneut unser Fahrzeug. Die Straße leerte sich, im nächsten Moment brausten wir schon um den Trafalgar Square, dann in die Mall und dem Buckingham Palace entgegen.

Buckingham Palace, London, zur selben Zeit

»Ist sie nicht wunderschön?« Sir Reginald stand mit leuchtenden Augen vor der Vitrine, in der nun wieder die Rundell-Krone lag.

»Also wirklich, mein alter Junge, sie ist schon ein wenig angestaubt«, meinte der Prince of Wales und schenkte mehrere Gläser Sherry ein. »Sie werden das gute Stück polieren müssen.«

»Ach, Hoheit«, gluckste Sir Reginald. »Solange sie nur wieder da ist, bin ich zufrieden.«

Kit stellte sich neben Sir Reginald und schaute sich die Krone zum ersten Mal genauer an. Brigadier Horwood hatte sie, in ein Tuch eingeschlagen, in den Palast befördert, um kein Aufsehen zu erregen. Daher hatte Kit noch keine Gelegenheit gehabt, dieses Kunstwerk zu betrachten, das so vielen Menschen zum Verhängnis geworden war. Wie der Prinz ganz richtig sagte, hatte die Krone unter ihrem Ausflug gelitten. Das Gold war matt, und die Diamanten funkelten nur wenig. Kein Wunder, nach einem Monat in dem staubigen Versteck.

Brigadier Francis Horwood nahm, wie auch alle anderen Herren, ein Glas vom Prinzen entgegen und hielt es in die Höhe. »Auf die Krone!«

»Auf die Krone!«, erwiderten Kit, der Prinz, Sir Reginald und Mister Daubenay.

Daubenay hatte seinen Sherry als Erster ausgetrunken. »Ich muss Ihnen sagen, Gentlemen, ich bin froh, dass der Spuk ein Ende hat. Meine Nerven haben ziemlich unter den Ereignissen der vergangenen Wochen gelitten.«

»Ich gebe Ihnen gern Urlaub«, meinte David, der Prince of Wales. »Was sagen Sie, fahren wir zwei in die Karibik?«

Kit horchte auf. Bis eben hatte der Prinz sich noch völlig unauffällig verhalten. Von Unruhe oder Nervosität keine Spur. Trotzdem hatte Jackie ihn gewarnt, David könnte versuchen, sich alsbald ins Ausland abzusetzen, falls er mit der Verschwörung etwas zu tun hatte.

»Und du?« David sah Kit grinsend an. »Ist bald eine Hochzeitsreise geplant? Freda hat von Misses Brighton-Hobbs erfahren, dass Lady Tinsdale von Caroline Dorchester gehört hätte, dass du mit deiner amerikanischen Verlobten namens Jacqueline bei Madame Gilbert warst? Dürfen wir gratulieren?«

Kit stand da wie vom Donner gerührt. Er hatte überhaupt nicht über die Konsequenzen nachgedacht, als Jackie sich in Gegenwart Dritter als seine Verlobte ausgab. Eine Sensation wie die neuerliche Verlobung des Duke of Surrey würde sich in London wie ein Lauffeuer verbreiten ... und hatte es offenbar längst getan.

Zu Kits Erleichterung bewahrte Brigadier Horwood ihn vor einer Antwort. »Miss Dupont und der Duke haben in Zusammenarbeit mit Scotland Yard einen echten Durchbruch bei der Fahndung nach dem Mayfair-Mörder erzielt«, berichtete der Commissioner. »Offenbar ist die Rolle der getöteten Näherin von Madame Gilbert bedeutender als bisher angenommen. Miss Dupont hat bereits nach Hongkong telegrafieren lassen und ihre dortigen Kontakte beauftragt, alles über diese Näherin herauszufinden.«

»Hoppla. Undercover.« David zog einen unsichtbaren Hut vor Kit. »Ich wünschte, Miss Dupont würde mich eine Weile unter ihre Cover lassen, wenn du verstehst ...«

Kit verstand sehr gut und wägte ab, was wohl geschah, wenn er dem Prince of Wales die königliche Fresse polierte.

Sir Reginald stand immer noch vor der Vitrine. Plötzlich klatschte er in die Hände. »Agatha! Ich muss Agatha anrufen. Sie muss sofort rüberkommen.«

Er humpelte zum Schreibtisch und nahm den Hörer des Telefons ab. »Ja, Lucy, verbinden Sie mich doch bitte mit meiner Frau. – Hallo? Hallo, Agatha? – Du, die Krone ist wieder da. Stell dir vor, Kenworthy hatte sie. – Ja! Ja genau! Ist das nicht wunderbar? – Ja, sie sind alle hier, Brigadier Horwood, der Prinz, Daubenay und der Duke. – Ja. Oh, ja. – Miss Dupont erwarten wir auch noch. – Komm nur rasch.« Er legte auf und richtete sich strahlend an die versammelten Herren. »Sie ist außer sich vor Glück. Ach, was für ein Tag. Was für ein Tag!«

Die Freude ist dem alten Herrn zu gönnen, dachte Kit. Immerhin war er brutal niedergeschlagen worden und hatte wochenlang mit einem Beinbruch im Krankenhaus gelegen. Bei dem sonst so beschaulichen Leben, das er hier im Palast führte, wahrhaftig eine doppelte Belastung.

»Komm schon, Kit«, frotzelte der Prinz weiter. »Ich habe mehr als einmal gesehen, wie du die feurige Miss Dupont angesehen hast. Sie ist genau dein Typ. Blond, Amerikanerin …« Er schlenderte zur Vitrine und blieb mit verschränkten Armen davor stehen. »Schon interessant, wie die Erinnerung einen täuschen kann, nicht wahr? Ich hatte Großmutters Krone viel eindrucksvoller in Erinnerung.«

»Der Zahn der Zeit nagt nun mal an uns allen«, schmunzelte Sir Reginald.

»In der Tat, in der Tat«, stimmte Brigadier Horwood zu. »Kommen Sie, meine Herren, darauf genehmigen wir uns noch einen Dr…«

Mit einem lauten Krachen flog die Tür zu Sir Reginalds Arbeitszimmer auf. Vor ihnen stand Jackie Dupont. Ihr Pelzmantel schwang um sie herum wie der Umhang einer Königin aus längst vergangener Zeit. Auf ihrem linken Arm saß Sargent, der schon wieder diese eigenartige Haube trug, während sie den rechten Arm nach vorn ausstreckte. Mit gutem Grund, denn in der dazugehörigen Hand hielt sie ihre Maschinenpistole. »Keine Bewegung!«

»Jackie«, entfuhr es Brigadier Horwood und Kit im Chor.

»Bleibt, wo ihr seid!«, rief Jackie. »Keiner rührt sich von der Stelle!«

Sie machte zwei Schritte in den Raum, und Kit erkannte nun, auf wen sie die Waffe gerichtet hatte. Er konnte es kaum glauben.

Mit eiskalter Stimme sagte Jackie: »Heben Sie die Hände über den Kopf, Reginald.«

Die Zeit schien stillzustehen. Kit hörte sich selbst einatmen und wieder ausatmen, dann erst hob Sir Reginald die Hände.

»Wenn Sie auch nur zucken, drücke ich ab. Und nicht nur einmal.«

Wieder kam es Kit vor, als verginge eine Ewigkeit, bis Sir Reginald sprach. »Ob Sie mich hängen oder erschießen, kann mir doch gleichgültig sein.«

»Oh, Reggie«, Jackie lachte bitter. »Ich würde Sie doch nicht erschießen. Ich würde Ihnen sehr unangenehme Wunden zufügen, mit denen Sie wochenlang dahinsiechen und von denen Sie sich erst würden erholen müssen, bevor man Sie hängt.«

Brigadier Horwood, der von allen Anwesenden aufgrund seines Berufs wohl der Abgebrühteste war, fing sich als Erster. »Sir Reginald hat Boy Fielding ermordet?«

»Ja«, antwortete Jackie. »Unter anderem. Darf ich vorstellen: der Mayfair-Mörder. Jedenfalls einer von ihnen.«

»Moment, Moment«, hörte Kit sich selbst sagen. »Der letzte Mord des Mayfair-Mörders hat stattgefunden, als Sir Reginald im Krankenhaus war.«

»Das liegt daran, dass es mehrere Mayfair-Mörder gibt. Unser Reggie ist eine Kopie, genau wie die Krone.«

»Du!«, rief Victor Daubenay fassungslos.

Sir Reginald gab sich keine Mühe, seine Unschuld zu beteuern. »Oh ja, mein lieber Victor. Ich! – Sagen Sie, Miss Dupont, was hat mich verraten?«

»Sie haben uns den entscheidenden Hinweis selbst gegeben. Als Sie Christopher darüber informierten, dass Sie Kenworthy gesehen haben. Das war ein grober Fehler. Sie sind Ihrem eigenen Trick auf den Leim gegangen und haben Kenworthy für den harmlosen Langweiler gehalten, als der er sich ausgab. Sie wollten sich ein Alibi verschaffen. Sie dachten, wir würden überprüfen, ob er tatsächlich nachmittags am Trafalgar Square rumgelaufen war. Dass ausgerechnet er die Krone bei sich haben würde, haben Sie sich in Ihren kühnsten Träumen nicht ausgemalt.«

David stotterte. »Ich ... ich komme da nicht mit.«

»Meine Güte«, seufzte Jackie. »Jetzt bräuchte ich eine Zigarette. Ich wünschte, ich hätte eine Hand frei. Also, einmal für alle zum Mitschreiben: Boy hat die Krone gestohlen und Sir Reginald niedergeschlagen. Und im Gegensatz zu seiner Behauptung hat Sir Reginald das sehr wohl gewusst.«

Sir Reginald schwieg, und sein jovialer Gesichtsausdruck schwand.

Jackie sprach weiter. »Bei all den Spiegeln, die im Buckingham Palace hängen, haben Sie sehr wohl gesehen, wer Sie da von hinten angriff. Als Sie später im Krankenhaus lagen und erfuhren, dass die Rundell-Krone verschwunden war, da war Ihnen klar, dass Boy früher oder später herausfinden würde, dass es sich bei der Krone um eine Fälschung handelte. Angefertigt hatte sie das erste Opfer des Mayfair-Mörders, der Juwelier Jones, der Schmuck für die Londoner Theater herstellte. Man benötigt schon das Original, um eine so gute Kopie hinzubekommen. Seit vielen Jahren hat nur eine einzige Person den Schlüssel zu dieser Vitrine und kann ungefragt die Krone herausnehmen. Sie, Sir Reginald. Ich nehme an, Sie haben Juwelier Jones unter einem Vorwand den Auftrag erteilt, ein Duplikat der Krone anzufertigen. Für eine Reise vielleicht oder weil die echte Krone für die alte Dame zu schwer war. Natürlich haben Sie den Mann auf Verschwiegenheit eingeschworen, was er als guter Untertan akzeptierte. Liege ich so weit richtig?«

»Im Großen und Ganzen«, bestätigte Sir Reginald eisig.

»Nun fragt man sich, warum haben Sie ein Duplikat benötigt? Tja. Sie brauchten Geld, viel Geld. Oder etwas Vergleichbares. Gold und Diamanten zum Beispiel. Das Schweigegeld für eine chinesische Näherin.«

Brigadier Horwood kratzte sich den Bart. »Ist das nicht sehr weit hergeholt?«

»Überhaupt nicht. – Aktuell spekuliere ich zwar, aber ich vermute, meine Kontakte in Hongkong werden in einigen Tagen die Beweise für meine Theorie liefern. Anna Chang war Ihre Jugendsünde, Sir Reginald, nicht wahr? Eine junge, mittellose Näherin, die Sie beim Herrenschneider kennenlernten und die Sie, so nehme ich an, in einer Kurzschlussreaktion heirateten und bei Ihrer Rückkehr nach England einfach zurückließen. Dreißig Jahre später taucht sie auf und droht Ihnen, alles zu verraten. Ihr schönes Leben wäre im Nu vorbei gewesen,

Ihre Söhne, Ihr ganzer Stolz, wären im Handumdrehen zu Bastarden geworden. Das konnten Sie nicht zulassen.«

Keiner der Anwesenden sprach. Mit offen stehenden Mündern lauschten sie Jackies Worten.

»Mein Unterbewusstsein hatte Sie schon länger im Visier, Reggie. Wissen Sie, ich habe von Chinesinnen geträumt, von Kronen, Apfelkuchen und Minerva Wrexley. Das alles deutete, in der Rückschau, auf Ihre Vergangenheit in Hongkong hin. Aber erst die Erkenntnis, dass die Krone eine Fälschung ist, lüftete den Schleier von meinen Augen. Apfelkuchen und Herrenschneider. Was einem nicht alles zum Verhängnis werden kann.« Ihre Nasenflügel bebten. »Ich nehme an, es hat Ihnen ganz gut in den Kram gepasst, als Mister Jones vom Mayfair-Mörder getötet wurde, immerhin war ihr Geheimnis damit sicher. Doch dann geschah, was in Erpressungsfällen immer geschieht. Anna bekam den Hals nicht voll. Das Geld, das Sie für die versetzten Diamanten und das Gold bekommen haben, ging zur Neige. Aber Anna wollte immer mehr. Wie schlage ich mich bis jetzt, Reggie?«

»Nicht schlecht«, murrte der Gefragte. »Allerdings hat Anna die Steine selbst versetzt. Sie war eine durchtriebene Person.«

»Gleich und Gleich gesellt sich nun mal gern.«

»Ich habe es nur getan, um meine Söhne zu schützen.«

»Ach Gottchen, wie rührend. Sparen Sie sich das für die Geschworenen auf. – Uff, Sie erlauben, dass ich den Arm herunternehme, langsam wird er schwer. Aber machen Sie sich keine Hoffnungen, ich kann Ihnen mit diesem

Kaliber auf die Entfernung sogar durch den Schreibtisch hindurch ins Knie schießen.« Jackie senkte die Waffe. »Wo waren wir? Richtig. Sie hätten für immer ein angenehmes Dasein gefristet, wäre Boy Fielding nicht auf die blöde Idee gekommen, die gefälschte Krone zu stehlen. Plötzlich musste alles ganz schnell gehen. Boy musste sterben, bevor er jemandem verraten konnte, dass die Krone eine Fälschung war. Ihr einziger Vorteil in dieser Sache blieb, dass Boy sich dafür selbst als Räuber hätte stellen müssen und davor zurückschreckte.«

Kit rieb sich die Stirn. »Sir Reginald ist erst abends mit mir in White Lodge eingetroffen. Wie soll er Boy in der kurzen Zeit vergiftet haben?«

Jackie schürzte die Lippen. »Mmh. Möchten Sie, Reggie? Oder soll ich?«

Sir Reginald hob das Kinn »Bitte. Fahren Sie nur fort.«

»Ja, schonen Sie Ihre Kehle, solange Sie noch etwas von ihr haben. – Das Gift befand sich in einer der Krücken. Als Sie sich setzten, Reginald, haben Sie die Krücken auf Ihren Schoß gelegt. Während wir alle wie gebannt den schönen Christopher hier bewunderten, haben Sie ein Schlückchen Blausäure aus einer sich in der Krücke befindlichen Phiole in Boys Martini gegossen. Dafür mussten sie nur den Stopper am Fuß der Krücke entfernen. Sie entsorgten das restliche Gift vor oder nach Ihrem Anruf bei Scotland Yard.«

Kit war überrascht, dass ihm Jackies Beschreibung seiner Person auch unter diesen Umständen noch eine gewisse innere Wärme bescherte.

»Sehr gerissen«, kommentierte Jackie weiter, »und ich muss sagen, wirklich äußerst mutig. Sie haben keine Sekunde gezögert. Natürlich konnten Sie darauf zählen, dass man Ihnen, als Teil des Personals, keine Aufmerksamkeit schenkte. Ich hätte diesen Mord so nicht begehen können.«

Sir Reginald nickte versonnen. »Der Vorteil eines Sekretärs. Wir sind immer da und dennoch unsichtbar.«

Irgendetwas stimmt hier nicht, dachte Kit. Sir Reginald blieb viel zu gelassen. Kit versuchte, zu Jackie Blickkontakt aufzunehmen, doch sie sah stur geradeaus.

»Trotzdem ein riskantes Unterfangen. Aber sie kämpften schließlich ums nackte Überleben. Seitdem Boy Sie niedergeschlagen hat, müssen Sie in einem Zustand andauernder Panik gelebt haben. Das stelle ich mir sehr anstrengend vor.«

Sir Reginald stieß ein Lachen aus. »Wenn Sie wüssten ...«

»Oh, ich weiß, ich weiß.« Jackie überlegte einen Moment. »Minerva Wrexley erwähnte, dass Boy in den letzten Wochen nie zu Hause war. Heute wissen wir: Er ist bei einer Freundin untergekommen und hat die Krone erst am Tag seiner Abreise nach White Lodge in seiner Wohnung deponiert. Doppeltes Pech für Sie, Reggie. Denn wäre Kenworthy ohne die Krone stiften gegangen, hätte ich vielleicht noch einige Tage länger gebraucht, um Ihnen auf die Schliche zu kommen. Dann hätten Sie noch eine Chance gehabt, der Krone habhaft zu werden. Hätten Sie bloß nichts von Kenworthy gesagt. Das war völlig unnötig, schon die Wachen am Tor zum Palast hätten Ihre Ankunft dort bestätigen können.«

»Manchmal gewinnt man, manchmal verliert man«, sagte Sir Reginald mit Gleichmut.

Kit hüstelte.

Jackie reagierte immer noch nicht auf ihn. »Seitdem mir klar ist, dass es sich bei der Krone um eine Fälschung handelt, verstehe ich auch, warum Sie glaubten, Sie müssten mich und vor allem Sargent aus dem Weg räumen. Ich ging zunächst davon aus, dass der Mörder befürchtete, Sargent würde die Krone finden. Dabei hatten Sie Angst, die Krone würde auftauchen und Sargent würde die Fälschung entlarven. Kein Wunder, dass er nichts gerochen hat, es gab ja gar nichts für ihn zu riechen. – Darf ich Sie an dieser Stelle kurz fragen, welcher Teufel Sie geritten hat, als Sie glaubten, in einem Schusswechsel gegen mich bestehen zu können? Sind Ihnen die Morde zu Kopf gestiegen?«

Auf Sir Reginalds Schreibtisch raschelte ein Stück Papier, wie von einem Lufthauch berührt. Sargent knurrte, und Jackie hob erneut die Waffe.

»Das war ein Fehler, den ich nicht wiederholen werde«, erklang eine Frauenstimme.

Kit fuhr herum. Hinter ihm stand Lady Hemsquith-Glover und hielt David eine Pistole an den Kopf. Sie musste blitzschnell durch eine Seitentür in den Raum geschlüpft sein. »Dieses Mal werde ich nicht danebenschießen. Nicht, dass ich Sie verfehlt hätte. Nur war Reginald der Ansicht, wir müssten Carmichael zuerst aus dem Weg räumen. Männer eben. Wissen es immer besser.«

»Die Jagdmeute …«, wisperte Kit. »Ihr Vater hat eine Jagdmeute gehalten.«

Ein grausames Licht funkelte in Lady Hemsquith-Glovers Augen. »Sie, Miss Dupont, werden meinen Mann jetzt gehen lassen, sonst heißt der nächste König von England Albert. Mit dem Hündchen auf dem Arm können Sie sich gar nicht schnell genug umdrehen, da habe ich den Prinzen längst erschossen.«

»Sie müssen Agatha Hemsquith-Glover sein«, antwortete Jackie ruhig. »Oder wie lautet Ihr Mädchenname? Denn verheiratet sind Sie nicht. Es sei denn, das haben Sie nachgeholt. Und glauben Sie ja nicht, Sie hätten hier einen großen Coup gelandet. Dass Sie die Verbündete Ihres Mannes sind, war mir schon vor Ihrem Eintreten klar. Mit seinem kaputten Bein konnte er schließlich nicht Auto fahren. Aber nach allem, was man so hört, können Sie es auch nicht.«

David stieß einen Laut der Verzweiflung aus, und Kit wurde speiübel. War Jackie denn nicht klar, wann sie sich geschlagen geben musste?

»Provozieren Sie mich nicht«, zischte Lady Hemsquith-Glover. »Draußen steht unser Wagen mit laufendem Motor. Ich werde den Prinzen jetzt mitnehmen und meinen Mann ebenso. Außerdem verlange ich, dass uns in Dover ein Motorboot mit ausreichend Trinkwasser bereitgestellt wird und dass unser jüngster Sohn dorthin gebracht wird. Den Älteren habe ich bereits telegrafiert, damit sie sich in Sicherheit bringen. Gott sei Dank sind beide im Ausland. Wir werden mit dem Prinzen den Ärmelkanal überqueren und ihn dort am Strand absetzen, wenn wir uns sicher sind, dass uns niemand folgt.«

Im Flur vor dem Arbeitszimmer kamen schnelle Schritte näher.

»Ich schieße!«, kreischte Lady Hemsquith-Glover.

»Bleiben Sie stehen, Fergus!«, rief Jackie, die offenbar wusste, wer dort angelaufen kam. »Wir müssen hier noch schnell etwas klären. – Was lässt Sie eigentlich glauben, Agatha, dass es mir als Amerikanerin nicht völlig egal ist, wer der nächste König von England wird?«

Lady Hemsquith-Glover schnappte nach Luft.

Jackie sprach unbeirrt weiter. »Wissen Sie, was Ihr größter Fehler ist, Agatha?«

»Nein«, fauchte Lady Hemsquith-Glover.

Im nächsten Moment krachte ein Schuss. Blut spritzte Kit in die Augen, und reflexartig ließ er sich zu Boden fallen. Der Geruch von Schießpulver strömte ihm in die Nase.

Was war passiert? Hatte Lady Hemsquith-Glover den Prinzen vor Wut erschossen? Oder aus Versehen? Kit versuchte, die Augen zu öffnen, aber es gelang ihm nicht. Hektisch wischte er sich mit dem Ärmel übers Gesicht.

»Agatha!«, hörte er Sir Reginald rufen, und ein lautes Poltern ließ ihn vermuten, dass sich der Mann in Bewegung gesetzt hatte. Ein zweiter Schuss krachte, diesmal aus einer anderen Waffe. Klarer und kürzer, wie die Explosion eines Knallfroschs.

Sir Reginald stieß einen gellenden Schrei aus und fiel zu Boden.

»Sehen Sie«, sagte Jackie aus weiter Ferne. »Ihr größter Fehler war, schon wieder anzunehmen, dass ich nur eine Waffe dabeihabe. Schade um den schönen Pelzmantel. Das Loch lässt sich nicht flicken. – Entschuldige bitte den Knall, Liebling, aber du hattest ja die Haube auf. – Fergus, bitte kommen Sie doch rein.«

Endlich gelang es Kit, die Augen zu öffnen, und er sah sich um. Bis auf Jackie kauerten alle Anwesenden, genau wie er selbst, auf dem Boden. Nein, nicht alle. Der Prinz saß mit dem Rücken gegen die Vitrine gelehnt und atmete schwer. Neben ihm lag Lady Hemsquith-Glover mit schmerzverzerrtem Gesicht. Jackies Schuss hatte ihr Handgelenk zertrümmert. Im nächsten Moment war ein Polizist bei ihr und sicherte ihren Revolver.

Jackie redete ungerührt weiter. »Erlaube, dass ich dich kurz absetze, Sargent, ich muss den Herren beim Aufstehen helfen. Fergus, lassen Sie die Hemsquith-Glovers wegbringen.«

Kit schloss die Augen wieder und ließ sich auf den Rücken sinken. Es war vorbei. Jackie hatte mit einem Zauberschuss, unter ihrem ausgestreckten Arm und zwischen Sargents Vorderbeinen hindurch, Lady Hemsquith-Glover unschädlich gemacht und im Anschluss mit der Maschinenpistole Sir Reginald außer Gefecht gesetzt.

Etwas Feuchtes strich ihm über die Wange. Dann stupste ihn jemand gegen die Schulter. Es kostete ihn seine ganze Kraft, auch nur ein Lid zu heben, doch was er sah, erfüllte sein Herz mit ungeahnter Freude. Sargents schwarze Nase.

»Ich lebe noch«, krächzte Kit, und Sargent sprang ihm mit lautem Heulen auf die Brust, leckte sein Gesicht ab und hörte nicht auf, bis jemand ihn hochhob.

»Komm, Darling«, sagte Jackie Dupont – ob zu Sargent oder zu ihm selbst, war Kit völlig egal. »Lass uns nach Hause gehen. – Ach so, Fergus? Bitte verhaften Sie auch Mister Daubenay. Er ist der Mayfair-Mörder.«

Surrey House,
am selben Abend

Brigadier Sir Francis Horwood roch versonnen an seinem Glas. Zur Feier des Tages hatte Kit eine besonders gute Flasche Scotch geöffnet. Soeben trat Jackie in den Salon. Sie hatte ein Bad genommen und erschien nun, frisch duftend, in einem Abendkleid aus tiefblauer Seide. Um ihren Hals hing eine Perlenkette, die Kit einst Diana zur Hochzeit geschenkt hatte. Kits Herz machte einen Sprung, und er trank schnell noch einen Schluck. Angesichts der Geschehnisse des vergangenen Tages wollte er nicht so bald wieder nüchtern werden.

»Ah, da ist ja die Heldin der Stunde.«

Brigadier Horwood erhob sich und küsste Jackie die Hand, wofür er sich ein Knurren von Sargent einfing, der seit geraumer Zeit auf Kits Schoß lag und ihn am Aufstehen hinderte.

»Ach, bleibt doch alle sitzen«, bat Jackie und schenkte sich ein Glas ein. Sie ließ sich neben Kit auf die Couch fallen und entfachte die unvermeidliche Zigarette.

Horwood stellte sein Glas ab. »Darf ich dich jetzt endlich fragen, woher du gewusst hast, dass Mister Daubenay der Mayfair-Mörder ist? Wir haben in seiner Wohnung eine Nadel aus Stortons Hutwerkstatt und einen Lederknauf des Kutschenbauers gefunden.«

Jackies Gesicht verschwand, wie immer, wenn sie es besonders spannend machen wollte, in einer Wolke aus Rauch. »Nun denn ...«

Kit hatte keine Geduld mehr. »Spuck es endlich aus, Jackie. Ich warte keine Sekunde länger.«

Sie schenkte ihm ein verheißungsvolles Lächeln. »Soso. Also gut. Auch Daubenay hat sich selbst verraten, wenngleich erst im letzten Moment. Ihr habt es alle mitbekommen. Als ich offenbarte, dass Reginald den Mayfair-Mörder kopiert hat, um die Näherin zu töten, entfuhr ihm ein empörtes *Du!*, das so gar nicht zu meiner Offenbarung passte. Vielmehr war damit für Daubenay eine Frage beantwortet, die er sich schon seit über einem Jahr stellte. Wer hatte ihn kopiert? Wer hatte seine Serie unterbrochen und ihm vermutlich einen gewaltigen Strich durch seine perverse Rechnung gemacht?«

Horwood runzelte die Stirn. »Aber es muss doch noch weitere Anzeichen gegeben haben. Du musst ihn doch vorher schon im Verdacht gehabt haben.«

»Nein«, sagte Jackie. »Wie hat Sir Reginald es so schön beschrieben? Die Sekretäre sind zwar immer da, aber dennoch stets unsichtbar. Weißt du, in dem Moment, als ich verstand, dass die Krone ein Duplikat war, dachte ich, Sir Reginald wäre der Mayfair-Mörder. Immerhin erfüllte er alle Kriterien. Als Privatsekretär der Königsfamilie wäre er dazu in der Lage, jeden Ladenbesitzer davon zu überzeugen, dass die Königinmutter ein Geschäft besuchen wolle. Sie alle würden darüber schweigen, auch gegenüber dem Personal, wenn Sir Reginald darum bat. Doch dann fiel mir ein, dass ein Mord stattfand, während er im Krankenhaus lag. Ich brauchte also jemanden, der all diese Kriterien erfüllte, der aber nicht Sir Reginald war. Selbst da hatte ich Daubenay noch nicht im Verdacht. Erst als ich die Entrüstung in seiner Stimme hörte, begriff ich es. Der kleine Sekretär, der zu allem Ja und Amen sagt und der sich um die schönen Dinge im Haushalt des Prinzen sorgt, um seine Teppiche zum Beispiel. Er war der perfekte Kandidat.«

Kit trank sein Glas leer. »Und das ist dir alles klar geworden, während du bis an die Zähne bewaffnet Sir Reginald und Lady Hemsquith-Glover zur Strecke gebracht hast.«

»Ja, sicher. Dir nicht?«

»Werd nicht frech.«

Wieder strahlte sie ihn an. »Oh Kit …«

Sargent nieste.

»Entschuldige, Darling, du hast recht, wir sind nicht allein.«

»Das lässt sich schnell ändern«, gluckste Brigadier Horwood und stand auf. »Ich sehe schon, ich bin ein wenig *de trop*.«

»Aber Frankie, keineswegs«, protestierte Jackie, jedoch nicht sehr nachdrücklich. Sie begleitete den High Commissioner hinaus und kam wenige Minuten später zurück.

»Mach die Tür zu«, verlangte Kit, während sie eintrat.

Sie kam dem Wunsch nach und blieb stehen, wo sie war. »Was hast du vor?«

Kit setzte den Hund neben sich auf die Couch, erhob sich und ging zu Jackie hinüber. Er nahm sie in die Arme und küsste sie.

»Oh«, hauchte sie nach einer Weile. »Kit …«

Er sah ihr tief in die Augen. »Bleib bei mir.«

Sie hob die Brauen. »Ich hatte nichts anderes vor.«

»Nicht?«

»Aber, Honey, wir sind doch verlobt.«

»Was soll das heißen?«, fragte er, auf einmal ungehalten. »Willst du mich etwa ernsthaft heiraten?«

Sie befreite sich aus seinen Armen. »Also wirklich, Kit, so einen romantischen Antrag habe ich ja noch nie bekommen.« Sie ging wieder in Richtung Couch und setzte sich zu Sargent.

Er folgte ihr, stellte sich vor sie hin und sah auf sie herunter. »Du nimmst mich überhaupt nicht ernst. Übrigens sind wir längst verheiratet.«

»Das glaubst vielleicht du. In meinem Pass steht noch immer Miss Jackie Dupont. Ich bin eine unverheiratete Frau, die in wilder Ehe mit einem reichen Witwer lebt, der sie nur ausbeutet.«

»Das schlägt dem Fass den Boden aus«, fluchte Kit und schüttelte den Kopf. »Nenne mir einen vernünftigen Grund, warum ich dich noch mal heiraten sollte.«

»Zum ersten Mal.«

»Ganz gleich zum wievielten Mal! Nenne mir einen guten Grund.«

Sie legte den Kopf schief. »Warum malst du eigentlich nicht an dem Rembrandt weiter?«

»Lenk nicht ab! – Moment, woher weißt du von dem Rembrandt?«

»Ich wohne hier.«

»Und ich lasse mich nicht ablenken.«

Sie zuckte mit den Schultern und zündete sich eine frische Zigarette an.

Kit ließ nicht locker. Er würde eine Antwort bekommen, und wenn er Jackie kopfüber schütteln musste. Nicht, dass ihm das je gelänge. Aber die Vorstellung gefiel ihm. »Warum willst du mich heiraten?«

»Weil Sargent dich mag.«

»Das ist doch kein Grund, jemanden zu heiraten. Bist du …«

»Was bin ich?«

»Schwanger, Jackie. Bis du schwanger?«

»Es ist wohl noch zu früh, um das herauszufinden.«

»Warum willst du mich dann unbedingt heiraten?«

»Oh Darling«, sagte sie und drückte die kaum angezündete Zigarette im Aschenbecher aus. »Das ist doch ganz simpel. Ich liebe dich.«

Kit packte sie und zog sie zu sich empor. Sargent floh auf eine andere Couch. »Du liebst mich?«

Jackie schlang die Arme um Kits Hals. »Im Moment ganz besonders.«

Wieder küsste er sie. Leidenschaftlich und erbarmungslos. »Gut«, sagte er, nachdem er von ihr abgelassen hatte, »dann heiraten wir eben. Am besten sofort.«

»Es gibt da noch ein kleines Problem«, flötete Jackie, und ihre Lider flatterten verdächtig.

»Oh Gott«, stöhnte Kit. »Ich will es gar nicht wissen.«

»Es wird nichts aus sofort ...«

»Und warum nicht?«

»Als wir vorhin nach Hause kamen, hat Mister Gingrich mir ein Telegramm von Onkel Daniel gebracht.«

Kit ahnte, was nun kommen würde. »Was wollte dein Onkel?«

»Es hat einen Überfall gegeben. Der größte Rubin der Welt wurde gestohlen. Ich muss nach ...«

»Nach Boston?«

»Australien. Ich muss nach Australien.«

Lesen Sie weiter >>

LESEPROBE

Côte d'Azur 1920: edle Jachten,
funkelnde Juwelen und eine Dinnerparty
mit tödlichem Ausgang

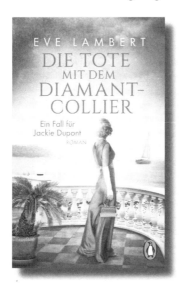

Monaco 1920: Der attraktive englische Adlige Christopher besucht eine Party an Bord einer mondänen Jacht. Die Gäste tanzen zu den Klängen einer Jazzband, trinken Champagner – doch plötzlich wird eine Leiche entdeckt, und ein kostbares Diamantcollier ist spurlos verschwunden. Die Polizei ruft Jackie Dupont zu Hilfe, Privatdetektivin mit Vorliebe für glamouröse Abendroben, schnelle Autos und ungewöhnliche Ermittlungsmethoden. Einer der Gäste muss der Täter sein, somit steht auch Christopher unter Verdacht. Und tatsächlich hütet er ein dunkles Geheimnis …

»Was sagst du da?«, fragte Samuel Greenberg.

»Tot!«, kreischte Ronald. »Meine Frau ist tot!«

Die Band am Heck der Jacht hörte auf zu spielen.

Lord Wrexley machte einige Schritte auf Ronald zu und griff ihn fest am Arm. »Tush! Was ist passiert?«

»Carla ist tot!«, keuchte der Gastgeber, riss sich los und deutete die Treppe hinauf. »Dort oben!«

»Greenberg. Balaton. Surrey. Weidemann … Sie!« Lord Wrexley zeigte auf den Butler. »Kommen Sie mit. Die Damen bleiben hier. Passen Sie auf Tush auf, er soll sich hinsetzen. Er hat offensichtlich einen Schock erlitten.«

Wie in Trance eilte Kit hinter den anderen Männern her. Die hatten sich bereits in Bewegung gesetzt und erklommen die Stufen zum Balustradengang.

Die Flügeltür zu Carlas Schlafzimmer stand offen, und schon von Weitem konnte Kit ein Paar Damenschuhe sehen. Damenschuhe, in denen Füße steckten. Keine Frage, da lag jemand. Er verspürte den Wunsch, stehen zu bleiben, doch da winkte Lord Wrexley ihn auch schon durch die Tür.

Carla lag regungslos auf dem Rücken, die Augen weit aufgerissen und von knallroten Adern durchzogen. Heinrich Weidemann sank neben der Tür auf die Knie und fing hemmungslos an zu schluchzen.

Kit zog ihn wieder auf die Beine. »Komm, Heinrich, dort drüben ist ein Stuhl. Setz dich.«

Lord Wrexley kniete sich neben Carla auf den Boden. Seine langjährige Kommandoerfahrung zahlte sich aus. Zu Kits Erleichterung war er vollkommen handlungsfähig.

»Sie, Butler.«

»Jawohl, Sir.«

»Das hier ist doch ein neues Schiff. Hat es Funk?«

»Jawohl, Sir.«

»Veranlassen Sie, dass der Kapitän dem Hafenlotsen funkt, damit er sofort die Polizei verständigt. Hier hat ein Verbrechen stattgefunden.« Er wies auf die bläulichen Markierungen an Carlas nacktem Hals.

»Mord«, wisperte Yuri Balaton, und Greenberg bediente sich eines Fäkalausdrucks.

Kit sah sich um. Alle wirkten betroffen und schockiert, und er selbst fühlte sich eigenartig taub. Eigentlich empfand er gar nichts. Da war nur ein Rauschen in seinen Ohren.

Lord Wrexley erhob sich. »Wir sollten den Raum so schnell wie möglich verlassen. Die zuständigen Behörden werden ihn auf Spuren untersuchen.«

»Mord!«, stieß Yuri Balaton abermals hervor. »Wie kann das sein? Carla? Carla!«

Greenberg raufte sich die Haare. »Die Diamanten. Die Diamanten sind weg.«

»Ja.« Lord Wrexley teilte Greenbergs Verdacht. »Es sieht nach Raubmord aus. Kommen Sie, meine Herren.«

Anne war, Lord Wrexleys Anweisung zum Trotz, die Treppe hinaufgekommen. »Ich dachte, vielleicht irrt er sich und Carla braucht Hilfe ... Aber ... um Himmels willen.« Sie schüttelte traurig den Kopf. »Hier kommt jede Hilfe zu spät.«

Kit und Greenberg halfen Weidemann auf die Beine und schleppten ihn aus dem Zimmer. Yuri Balaton wankte hinter ihnen her die Treppe hinunter, wo Lord Wrexley die übrigen Damen über Fund und Zustand der Leiche in Kenntnis setzte. Zeitgleich war von draußen ein Knarren zu hören. Maya Fay begann zu weinen.

»Das ist der Anker, Miss Fay«, erklärte Lord Wrexley. »Wir fahren in den Hafen ein, wo die Polizei an Bord gehen wird ... Wie geht es Mister Tush? Wo ist er?«

Der Gastgeber saß auf einem Stuhl, zitternd und schluchzend. Anne fühlte seinen Puls.

»Nicht gut«, sagte sie ernst. »Er braucht ein Sedativum, vermute ich.«

Der Motor der *Celluloid* fing an zu brummen, und bald setzte sich die Jacht in Bewegung.

»In wenigen Minuten laufen wir in den Hafen ein«, erklärte Lord Wrexley. »Ich schlage vor, dass wir uns bis auf Weiteres im Salon aufhalten und warten, bis die Polizei eintrifft. Wir müssen uns wohl mit dem Gedanken anfreunden, dass sich ein Mörder an Bord befindet.«

»Bitte nehmen Sie Platz. Sie werden einzeln von den Messieurs der Polizei und der Sûreté befragt. Es ist Ihnen verboten, miteinander zu sprechen. Sollten Sie dagegen verstoßen, müssen wir Sie leider in Gewahrsam nehmen. Ein Gendarm wird Sie beaufsichtigen. Wenn Sie etwas benötigen, sprechen Sie am besten mit ihm. Wir danken Ihnen für Ihre Kooperation.«

Die Crew, die Bandmitglieder und die Gäste setzten sich auf die ihnen zugewiesenen Holzbänke in dem kleinen Wartezimmer des Polizeipräsidiums von Monaco. Ségolène Pistou und Lady Wrexley hatten die Beamten aufgrund ihres fortgeschrittenen Alters gehen lassen, und Ronald Tush war mit einem Schock ins Krankenhaus gebracht worden.

Kit versuchte sich die Stunden in Erinnerung zu rufen, die zwischen seinem Schwächeanfall und der Entdeckung von Carlas Leiche vergangen waren.

Die Band, drei schwarze Musiker, die Carla angeblich auf der Überfahrt von Amerika für den Abend angeheuert hatte, war während der Besichtigungstour der Gäste in den Salon umgezogen. Kaum waren die anderen vom Oberdeck heruntergekommen, hatte Yuri Balaton die Gastgeberin zum Tanz aufgefordert, während Anne sich zu einer Runde mit Lord Wrexley und anschließend Samuel Greenberg hinreißen ließ.

Kit selbst war irgendwann aufgestanden und hatte Samuel Greenberg abgelöst. Die Musik war ohnehin zu laut gewesen, um sich zu unterhalten, deshalb hatten sie unbekümmert ihre Kreise gedreht, in dem Glauben, sich später noch ausgiebig über die anderen Gäste austauschen zu können. Was für ein Irrtum!

Nach dem Tanz mit Anne hatte Kit erst Lady Wrexley, dann Carla und schließlich Maya Fay aufs Parkett geführt, nur um anschließend wieder von vorne zu beginnen. Zwischendurch war er mit einigen Herren zum Rauchen an Deck gewesen. Wann, um Himmels willen, hatte bei all dem Trubel jemand die Gelegenheit gehabt, sich unbemerkt nach oben zu stehlen, um dort die arme Carla zu strangulieren?

Nun denn, es war an den Behörden, dies herauszufinden, und wie immer, wenn man es mit Behörden zu tun hatte, war wohl auch der Prozess der Wahrheitsfindung in einem Mordfall ein zäher Vorgang. Einer nach dem anderen forderte ein Gendarm die Wartenden dazu auf, ihm zu folgen. Erst kamen Besatzung und Musiker an die Reihe, danach die Gäste. Die meisten wirkten beim Warten einigermaßen gefasst, nur Heinrich Weidemann saß blass und zitternd in einer Ecke, was Kit allerdings keinen Hinweis auf sein Innenleben gab, denn Weidemann war ständig blass und zitterte pausenlos.

Maya Fays Blick ruhte, bis sie an der Reihe war, ununterbrochen auf Anne. In ihren Augen stand die Frage, die Kit in jüngerer Vergangenheit häufig in den Augen der glamourösen Schönheiten dieser Welt gesehen hatte, wenn er in Begleitung seiner neuen Verlobten unterwegs war: Was wollte dieser Mann, der unermesslich reich war, mit dieser zwar hübschen, aber wenig aufregenden Frau? Wo waren die Pelze, wo die Juwelen?

Kit wünschte, er könnte Anne vor dieser Missgunst abschirmen, doch er vermochte nichts zu tun. Nichts, außer zu warten.

Manchmal dauerte es nur wenige Minuten, bis jemand aufgerufen wurde, manchmal eine halbe Ewigkeit. Kit war entsetzlich müde. Immer wieder sank ihm das Kinn auf die Brust, immer wieder fuhr er zusammen und wachte auf, weil ihm im Halbschlaf das schreckliche Bild der toten Carla vor Augen trat. Im Krieg hatte er unzählige Leichen gesehen, doch war ihm keine so kläglich, so überflüssig vorgekommen wie Carlas regloser Leib in dem goldenen Kleid. Gerade so wie die zerfallenen Mumien im British Museum, umgeben von Reichtum und doch tot.

Nach unendlichen Stunden des Schweigens, mäßigen Kaffees und noch mäßigeren Keksen, die der Gendarm als lebenserhaltende Maßnahme verteilte, saßen nur noch Anne und Kit auf den Stühlen im Warteraum.

Eine weitere Ewigkeit geschah nichts. Was hatte das zu bedeuten? Zuletzt hatten sie Heinrich mitgenommen, aber der konnte nun wirklich nichts mit der Sache zu tun haben. Oder etwa doch? Waren sie bei der Spurensuche dem gefälschten Gemälde und damit ihm auf die Spur gekommen? Kit spürte, wie die Müdigkeit mit seinem Verstand spielte. Er konnte nicht mehr klar denken.

Eine weitere Stunde verging. Die arme Anne saß zusammengekauert in einer Ecke und döste unruhig. Allein diesem Umstand war es geschuldet, dass die Polizei von Monaco nicht ihr blaues Wunder erlebte, denn Kit war drauf und dran, die Fassung zu verlieren und lauthals nach dem Polizeipräsidenten zu verlangen. Aber solange Anne sich ausruhte, würde er sich beherrschen.

»Mademoiselle Fortescue.«

Endlich trat der zweite Gendarm ins Wartezimmer.

Anne öffnete die Augen, seufzte erleichtert, erhob sich und warf Kit einen bedauernden Blick zu. Er hob die Hand zum Gruß und salutierte ihr in bester Offiziersmanier. Kit wusste, dass es eine zynische Geste war, aber das stundenlange Herumsitzen hatte ihm die Pietät ausgetrieben.

»Hier entlang bitte, Mademoiselle.«

Anne verschwand hinter der inzwischen vertrauten Tür des Wartezimmers, die sich in Kits Vorstellung immer mehr in ein von seinem Idol, dem mittlerweile zu großer Bekanntheit gelangten Pablo Picasso, gemaltes Höllenloch verwandelte.

Er verschränkte die Arme und streckte die Beine aus. Der wachhabende Gendarm – ein neuer Mann, da der vorherige seine Pflicht, im Gegensatz zu Kit, offenbar schon getan hatte – begann Zeitung zu lesen. Seine Aufgabe beschränkte sich nunmehr darauf, eine eventuelle Flucht des Dukes zu verhindern, und bestand nicht mehr darin, jegliche Gespräche zwischen den Zeugen zu unterbinden.

Vierzig Minuten später, und immer noch schien Anne sich im Verhörzimmer zu befinden. Gar nicht weiter überraschend, überlegte Kit. Anne war eine überdurchschnittlich intelligente junge Frau, darüber hinaus dem Champagner und dem Scotch weniger zugetan als der

Rest der Gesellschaft, und sie verfügte über eine ausgeprägte Beobachtungsgabe.

Dann endlich öffnete sich die berüchtigte Tür.

»Monsieur le Duc.«

Kit stand auf und nahm sich vor, sich trotz Übermüdung und Wut weltgewandt zu geben. Er war immerhin ein sehr wohlhabender Mann und darüber hinaus das Oberhaupt eines der ältesten Adelshäuser Europas. Davor hatte man in Monaco den allerhöchsten Respekt. Sowohl vor dem Geld als auch vor dem Titel. Diesen Umstand sollte er für sich nutzen.

Der Gendarm führte ihn einen Korridor entlang, an dessen Ende eine weitere Tür auf ihn wartete. Kit richtete sich zu seiner vollen Größe auf und trat mit einem wohlwollenden Lächeln auf den Lippen hindurch.

»Guten Morgen, Messieurs.«

Der Raum, in den er gelangte, war verdunkelt, der Dunst von hundert Zigaretten hing in der Luft. An einem Tisch saßen zwei Herren mittleren Alters, die ebenfalls nicht mehr sonderlich frisch wirkten. Sie würden sicher froh sein, wenn sie diese letzte Befragung schnell hinter sich brachten.

»Monsieur le Duc, bitte nehmen Sie Platz.«

Kit setzte sich auf den ihm zugewiesenen Stuhl. »Gern. Ich sage Ihnen am besten gleich, dass ich nichts beobachtet habe, was für Sie von Interesse sein könnte. Da es meine erste Party nach längerer Abstinenz war, hatte der Champagner erhebliche Wirkung auf mich. *Je n'ai rien vu. Rien du tout.*«

Der Herr rechts am Tisch nickte. »Das werden wir gleich besprechen. Erlauben Sie mir, dass ich mich vorstelle. Ich bin Maréchal Georges Tranquil von der fürstlichen Staatspolizei. Mein Kollege hier ist der Leiter der Kriminaldivision der Sûreté von Nizza und der Küstenprovinz, Commissaire Jean-Louis Chatillon.«

»Monsieur le Duc.«

»Habe die Ehre, Maréchal, Monsieur le Commissaire.«

»Freundlicherweise dürfen wir in diesem Fall auf die Unterstützung einer engen Vertrauten des Fürstenhauses zurückgreifen, Madame Jackie Dupont.«

Kit hob den Blick. Erst jetzt fiel ihm die dritte Person auf, die mit dem Rücken zu ihm vor dem einzigen Fenster des Zimmers stand und durch einen Schlitz zwischen den zugezogenen Vorhängen nach draußen sah. Der dichte Qualm hüllte sie in einen dunstigen Schleier. Haltung und Statur der Gestalt deuteten darauf hin, dass es sich um eine Frau handelte. Bei genauerem Hinsehen stellte Kit verblüfft fest, dass die Frau einen Herrenanzug trug und dass ihr welliges weißblondes Haar extrem kurz geschnitten war. Es reichte ihr kaum bis ans Kinn. Zwischen den Fingern der rechten Hand hielt sie eine Zigarettenspitze, die sie nun an die Lippen setzte. Sie zog daran und stieß eine Rauchwolke aus, die sie für einen Moment gänzlich vor Kits Augen verbarg.

»Madame. Hocherfreut.«

»Hallo, Christopher.« Die Stimme der Frau war tief und rau und eindeutig amerikanisch. Daher auch die in den Staaten übliche Anrede mit dem Vornamen. Das war also die berüchtigte Expertin für Diebesgut. Langsam drehte die Frau sich um. Wieder zog sie an der Zigarette, wieder umhüllte der Rauch sie vollständig. »Dann wollen wir mal.«

Kit lächelte noch ein bisschen süffisanter, was den Damen seiner Erfahrung nach besonders gut gefiel, dann holte er sein Zigarettenetui aus der Jackentasche seines Smokings und platzierte es vor sich auf dem Tisch. »Ich bitte darum.«

»Erzählen Sie uns doch bitte in Ihren eigenen Worten von den Ereignissen an Bord der *Celluloid*.« Jackie Dupont machte ein paar Schritte nach vorn und trat aus der Dunkelheit ins gleißende Licht der Schreibtischlampe.

Zuerst sah Kit den rot geschminkten Mund, dann die Wangen und schließlich die Augen, ein wenig schräg, wie die einer Katze, in der Farbe des Nordatlantiks im eisigsten aller Winter. Nicht grau, nicht grün, nicht blau, sondern alles zugleich.

Sie holte tief Luft. »Soweit Sie sich noch erinnern.«

Die Worte, die Kit im Geiste bereits zu einer unverbindlichen Antwort zusammengefügt hatte, fielen wie Bauklötze in sich zusammen und verschwanden unrettbar in einem schwarzen Abgrund. Seine ganze Existenz reduzierte sich auf das Gesicht vor ihm. Ein Gesicht, schön und kalt zugleich.

Das Gesicht einer Toten.

[…]

Aus den Memoiren der
JACKIE DUPONT

Ein herrlicher Abend, guter Wein, ein aufmerksamer Tischherr in Gestalt des Erbprinzen von Monaco … was wollte ich mehr? Nichts, überhaupt nichts! Ich war rundherum zufrieden und genoss die entspannte Atmosphäre – nicht ahnend, dass zur exakt selben Zeit keine zwei Meilen vom monegassischen Prinzenpalast entfernt ein grausamer Mord geschah.

Während ich genussvoll Austern schlürfte, kämpfte Carla Tush um ihr Leben. Während ich mich in der Bewunderung des Prinzen sonnte, verschwand ein unbezahlbares Collier, dessen Schicksal mir durchaus am Herzen lag.

Doch wusste ich von alldem nichts, bis zu fortgeschrittener Stunde – ich spielte gerade zur Begeisterung der Fürstenfamilie eine Beethovensonate auf dem Flügel – ein aufgeregter Offizier auf den Prinzen zueilte und mit den Armen fuchtelte.

»*Meurtre! Meurtre!*«, rief er.

»Ein Mord? Hier in Monaco?« Derartige Neuigkeiten gefielen dem Prinzen überhaupt nicht. Schließlich war es sein erklärtes Ziel, Monaco zum Hort der Reichen und Superreichen zu machen, ein Ort, an dem sie sich sicher und vor allem unter sich wähnen konnten. Da kam ihm ein Kapitalverbrechen ganz und gar ungelegen. »An wem denn?«

»Madame Tush. Sie verstarb an Bord ihrer Jacht, Hoheit. Es ist eben erst passiert!«

»Um Gottes willen!« Der Prinz schlug die Hände über dem Kopf zusammen, dann trat leise Hoffnung in seine Miene. »War die Jacht denn noch in unseren Gewässern? Oder ist es ein Fall für die Franzosen?«

»Das ist nicht eindeutig, *mon Prince*.«

Ich erhob mich und ging gelassen, aber zügig vom Klavier zu den beiden Männern hinüber. Nun wollte ich jedes Detail erfahren. Immerhin war ich zu der Party auf der Jacht ebenfalls eingeladen gewesen.

»Carla Tush, sagten Sie?«

Der Offizier sah mich fragend an. »Madame?«

»Sie dürfen ganz offen vor Madame Dupont sprechen, Lieutenant. Sie ist eine enge Vertraute.«

»Gewiss, Hoheit. Erste Berichte besagen, dass es sich um einen Raubmord handelt. Madame Tush wurde erwürgt, und ein wertvolles Schmuckstück ist verschwunden.«

»Von ihrer Jacht auf See?«, hakte ich überrascht nach. »Wie ungewöhnlich.«

»*Oui*, Madame.«

Der Mann machte nicht den Eindruck, als würde er über viel Erfahrung im Bereich der Kriminalistik verfügen, daher verkniff ich mir die Bemerkung, dass sich ein wertvolles Schmuckstück nicht so leicht stehlen ließ, wenn es keinen Fluchtweg gab. Es würde auch nichts bringen, ihn zu fragen, um welches der vielen Schmuckstücke von Carla Tush es sich handelte. Womöglich war das Bernadotte-Collier im Spiel – was eine Schande wäre, da ich die Diamanten erst kürzlich unter großem Zeitaufwand wiederbeschafft hatte.

Stattdessen fragte ich das Offenkundige: »Welche Maßnahmen hat man bisher getroffen? Sind die Gäste noch an Bord?«

»Ja. Sie werden von einigen Gendarmen bewacht.«

»Die Personen dürfen mit niemandem sprechen, außerdem müssen alle durchsucht werden. Auch die Damen, hören Sie?«

»Jawohl, Madame. Ich werde es sofort weitergeben. Maréchal Tranquil hat bereits nach Nizza telegrafieren lassen, um Verstärkung anzufordern.«

»Sehr gut, Lieutenant ... Jackie, hätten Sie eventuell die Güte ...« Der Prinz zögerte und errötete leicht. »Ich frage Sie nur ungern, aber unsere Leute sind wenig erfahren in solchen Dingen, ganz im Gegenteil zu den Franzosen, die sich mit derartigen Verbrechen gerade hier an der Riviera hervorragend auskennen. Würden Sie unseren Ermittlern assistieren, damit wir die Federführung nicht aus der Hand geben müssen?« Er verbeugte sich tief. »Es soll Ihr Schaden nicht sein.«

»Sie kennen meine Honorare, Albert.«

»Und Sie kennen meine Schatztruhe.«

»Ich helfe Ihnen gern, auch wenn Mord nicht mein Steckenpferd ist. Raub und Schmuggel liegen mir eher. Diebe haben mehr Flair als Mörder, finden Sie nicht?«

»Äh, nun ja. Wenn Sie es sagen.«

»Erlauben Sie, dass ich mich in meine Suite zurückziehe und mich angemessener kleide. Ich kann wohl kaum in diesem Hauch von Nichts das Polizeipräsidium besuchen. Darin würde man mich sicher verhaften.« Ich sah an mir hinab.

»Niemals, Teuerste. Sie sehen bezaubernd aus. Hinreißend.« Der Prinz lächelte.

»Ja, das ist mir bewusst. Bitte sorgen Sie dafür, Albert, dass mein Hund morgen früh pünktlich um neun sein Wachtelfleisch bekommt und dass sein Wasser ausgetauscht wird. Sargent muss mindestens eine halbe Stunde im Park spazieren geführt werden, aber bitte nur von Ihrer Tochter, zu der hat er bereits Vertrauen gefasst. Männer mag er überhaupt nicht, wie Ihnen hinlänglich bekannt sein dürfte. Ich würde ihn unter anderen Umständen mitnehmen, doch er braucht seine Nachtruhe, sonst ist er unausstehlich und nicht einsatzfähig.«

»Selbstverständlich, Verehrteste. Selbstverständlich.«

Ich überließ den Prinzen sich selbst und machte mich auf den Weg in meine Suite.

Wie erwartet lag Sargent zusammengerollt auf meinem Kopfkissen. Ein perfekter Kreis aus weichem weißem Fell. Er zuckte bei meinem Eintreten, hob für eine Sekunde den Kopf, öffnete die schwarzen Äuglein und wackelte mit den Schlappohren, rollte sich gleich noch fester zusammen und schlief sofort wieder ein. Ich lächelte und entledigte mich lautlos meines Kleides. Dann nahm ich ein Bad, schlüpfte in meinen schwarzen Anzug – maßgeschneidert von Huntsman & Sons, versteht sich – und zog die Lippen nach. Warum sich in enge Korsetts zwingen?, fragte ich mich stets, ein Anzug umspielte die weibliche Figur doch sehr vorteilhaft. Ich warf mir den schwarzen Mantel über die Schultern und setzte einen Hut auf.

Draußen wartete bereits ein Wagen auf mich. Der Fahrer, ein Gendarm, hielt mir die Tür auf. Seine Augen wurden groß wie Untertassen.

»Madame ... äh ... Madame Dupont, Monsieur le Maréchal hat mich gebeten, Sie zunächst zum Hafen zu fahren, um den Tatort zu besichtigen.«

»Sehr gut. Haben Sie Feuer?«

»Natürlich, Madame.«

»Dann gucken Sie nicht so erschüttert. Haben Sie noch nie eine Frau im Anzug gesehen? Geben Sie mir endlich Feuer, und fahren Sie los.«